广东省作家协会
GUANG DONG PROVINCIAL WRITERS ASSOCIATION

U0585775

蓝皮书

GUANGDONG WENXUE LANPISHU 2022

广东文学

（2022）

广东省作家协会 编

SPM
南方传媒 | 广东人民出版社
·广州·

图书在版编目（CIP）数据

广东文学蓝皮书. 2022 / 广东省作家协会编. —广州：广东人民出版社，
2023.10

ISBN 978-7-218-16883-8

Ⅰ. ①广… Ⅱ. ①广… Ⅲ. ①中国文学—当代文学—文学研究—广东—2022 Ⅳ. ①I206.7

中国国家版本馆CIP数据核字（2023）第164671号

GUANGDONG WENXUE LANPISHU（2022）

广东文学蓝皮书（2022）

广东省作家协会 编

出 版 人：肖风华

责任编辑：汪　泉
装帧设计：萨福书衣坊
责任技编：吴彦斌　周星奎

出版发行：广东人民出版社
地　　址：广州市越秀区大沙头四马路 10 号（邮政编码：510199）
电　　话：（020）85716809（总编室）
传　　真：（020）83289585
网　　址：http://www.gdpph.com
印　　刷：广东鹏腾宇文化创新有限公司
开　　本：787mm×1092mm　1/16
印　　张：18　字　数：310 千
版　　次：2023 年 10 月第 1 版
印　　次：2023 年 10 月第 1 次印刷
定　　价：68.00 元

如发现印装质量问题，影响阅读，请与出版社（020-85716849）联系调换。
售书热线：（020）87716172

编委会

目录

第一章
概　述

　　党的十八大以来，习近平总书记高度重视文化建设，就加强文化建设发表了一系列重要讲话，做出了一系列重要指示，为推动社会主义文化繁荣兴盛、推进社会主义文化强国建设提供了根本遵循。2018年10月，习近平总书记在视察广东重要讲话中明确要求，广东要更加重视精神文明建设，坚定文化自信、增强文化自觉。2020年10月，习近平总书记再次视察广东时指出，城市规划和建设要注重文明传承、文化延续，并强调要保护好具有历史文化价值的老城区，增强文化旅游内涵。习近平总书记对广东文化建设的指示批示，反映出其对广东文化事业的高度重视，在建设社会主义现代化强国的新征程上，广东要更加坚定文化自信，大力推进文化强省建设。

　　2022年2月11日，广东省召开"扎实推进文化强省建设大会"。会议的主要任务是以习近平新时代中国特色社会主义思想为指导，深入学习贯彻习近平总书记关于文化建设的重要论述和对广东系列重要讲话、重要指示批示精神，认真贯彻落实中央关于文化强国建设的部署要求，对新发展阶段文化强省建设进行再部署、再推动。时任省委书记李希同志指出，党的十九大以来，我省坚决贯彻落实习近平总书记、党中央决策部署，将文化强省建设纳入"1+1+9"工作部署，推动各项文化工作取得新进展新成效。踏上新征程，我们要深入学习贯彻习近平总书记关于文化建设的重要论述精神，切实增强文化强省建设的责任感、使命感和紧迫感。一要在建设社会主义现代化强国、实现中华民族伟大复兴战略全局中把握文化强省建设的新使命，以更坚定决心、更大力度推进文化强省建设。二要从推动高质量发展中把握文化强省建设的新作为，以文化强省建设助推高质量发展。三要在物质文明和精神文明协调发展中把握文化强省建设的新高度，以更高标准、更实举措推进精神文明建设。四要从满足人民日益增长的美好生活需要中把握文化强省建设的新要求，切实解决文化发展不平衡不充分的问题，让人民群众文化获得感成色更足，更可持续。五要从统筹发展和安全的高度把握文化强省建设的新担当，强化底线思维，增强忧患意识，坚决维护文化安全，守好意识形态安全"南大门"。李希同志强调，要聚力实施"六大工程"，强基固本，守正创新，奋力开创文化强省建设新局面。

文化是民族凝聚力和创造力的重要源泉，是综合国力竞争的重要因素，是经济社会发展的重要支撑。广东历史悠久，人文荟萃，是中华民族重要的文化资源宝库，也是文化改革发展的沃土。进入新时代，广东将文化强省建设纳入"1+1+9"工作部署，以高度的文化自觉和文化自信，大力推进文化大发展、大繁荣，努力塑造与广东经济实力相匹配的文化优势，争当全国文化高质量发展排头兵。广东文化建设铿锵前行，硕果累累，正努力实现由文化大省向文化强省的华丽转身。

广东省作家协会对文化强省方略一直十分重视，先后制订实施《广东省"十三五"文学发展规划》《广东文学创作振兴三年行动计划（2020—2022年）》《广东省"十四五"文学发展规划》，以及实施广东文学攀登高峰战略、广东文学"异军突起"战略等等。在"扎实推进文化强省建设大会"召开后，省作协提高站位，积极谋划，坚决贯彻落实。省作协结合深入学习贯彻落实习近平总书记在中国文联十一大、中国作协十大开幕式上的重要讲话精神，认真贯彻落实扎实推进文化强省建设大会精神，高举伟大旗帜，珍惜、运用中国共产党一百年的宝贵文艺经验，围绕听党话、跟党走、出精品、出人才的核心任务，研究部署五个方面十项措施，积极推进新时代广东文学高质量发展。一是紧扣"做人的工作"这一重要任务，实施文学工作者理论武装项目。二是聚焦创作生产优秀作品这一中心环节，实施新时代广东文学精品创作项目。以推动高质量发展为主题，以深化文学创作供给侧结构性改革为主线，大力推进文学观念、内容形式、风格流派、题材体裁、手段方法的积极探索，推出一批彰显中国精神、时代气象的"扛鼎之作"。三是突出构建粤港澳大湾区文学这一特色品牌，实施锻造文学新增长点项目。发挥粤港澳地域相近、血脉相连的优势，把握粤港澳大湾区、深圳先行示范区和横琴、前海合作区"双区"、两个合作区建设的战略机遇，继续深化推动粤港澳大湾区文学联盟工作，加强与港澳台作家的交流互动，将粤港澳大湾区文学锻造成为新的文学增长点。四是把握向人民交出优秀答卷这一根本目的，实施文学惠民提质项目。促进满足人民文化需求和增强人民精神力量相统一，强化供需对接，提高文学普及效率，把服务群众同教育引导群众结合起来，在文学公共服务中巩固主流意识形态。五是组织系列文学惠民活动。努力构建参与广泛、内容丰富、形式多样、机制健全的文学志愿服务体系，采取文学讲座、作品鉴赏会、赠书等形式，把文学送到基层老百姓中去。总之，新时代的伟大征程上迎来了广东文学发展的崭新阶段，"扎实推进文化强省建设大会"的召开，标志着广东文学已经翻开了新的壮丽篇章。这正如广东省作家协会党组书记、专职副主席张培忠接受《南方》杂志记者采访时所说："优化机制体制创新，推动广东文学事业走在前列，对于当下广东文学发展来说至关重要。对标最高最好最优，立足当前、着眼长远，系统谋划、统筹推进，努力破解影响和制约广东文学的体制机制问题。加强沟通，迎难而上，加快推进广东文学馆统筹建设、广东文学院改革步伐，锲而不舍打造广东文化新地标和'文学粤军'主力军。"

2022年，广东作家在"扎实推进文化强省建设大会"精神鼓舞下，紧跟新时代的步伐，倾情投入，用心创作，在2021年取得优异成绩的基础上，创造了2022年各种文体从数量到质量的超越和突破。

首先是小说创作。2022年，广东中短篇小说（含小小说）的创作动态和攀登步伐，和其他的文学品种一样，在"出精品、出人才、出动力"走向高质量发展的征途中，继续书写着广东小说文体创新出彩的文学华章。据不完全统计，2022年，广东作家在全国各级报刊和出版社，发表中短篇小说和小小说2500部（篇）以上，出版中短篇小说和小小说作品专集40多部。葛亮的中篇小说《飞发》、蔡东的短篇小说《月光下》获得中国作协鲁迅文学奖；在中国小说学会"中国好小说"年度评选中，厚圃的长篇小说《拖神》、葛亮的中篇小说《浮图》、王威廉的短篇小说《我们谈谈科比》上榜。王威廉的《你的目光》获得第13届"茅台杯"《小说选刊》中篇小说年度大奖，

《岛屿移动》入围"2022花地文学榜"年度短篇小说名单；郑小琼在《青年文学》上发表的短篇小说《双城记》获得第五届"红棉文学奖"小说主奖。

2022年，广东长篇小说创作也是丰年，广东作家在沉潜之后迎来了大爆发。2022年，广东作家响应习近平总书记"讲好中国故事"的号召，勇于探索，大胆创新，以"乘长风，破万里浪"的豪情，推出了十多部长篇小说，其中还涌现了《燕食记》《烟霞里》《乌江引》《拖神》等重量级作品，取得了重要收获。2022年，广东长篇小说的崛起，令全国文坛刮目相看，一些报刊用"文学粤军重拳出击"来形容这一盛况，人民文学出版社评选"2022年度二十大好书"中，广东作家就占了3部，从历史上讲，这是继1993年"陕军东征"之后又一文坛大事，被称为"粤军北上"。

2022年广东报告文学家，以文学为载体引领思想、凝聚力量、激发活力，秉承为人民书写、为时代书写的初心而奋力创作，报告文学作家们积极参与广东报告文学活动，取得了诸多成绩。据不完全统计，2022年度，广东超过70名报告文学作家创作发表了超过200篇（部）作品，出版或正在出版的超过30部作品。报告文学作家们面对丰富而复杂的社会现实，面对多元又多向的生活，承续广东的民生传统，书写了许多精彩。陈启文的《中国海水稻背后的故事》获《北京文学》2021年度优秀作品奖（2022年颁发）；《中国饭碗》入选中宣部、国家新闻出版署2021年主题出版重点出版物；《血脉：东深供水工程实录》（简称《血脉》）入选中宣部、国家新闻出版署2022年主题出版重点出版物、广东省第十二届精神文明建设"五个一工程"奖。2022年，较有影响的报告文学，还有张培忠、许锋发表于《人民日报》的《竹乡厨韵》、胡子明的《欧阳山全传》、黄国钦的城市传记《潮州传》、叶曙明的《广州传》《中山传》、丁燕的《等待的母亲》等等。

2022年适逢党的二十大召开之年，广东各地举办了多种多样的放歌献礼活动。广东省委宣传部、广州市委宣传部部署的"粤港澳大湾区小学生诗歌季"，打造"诗词之都"等系列文化活动，致力于为广东营造和谐的人文环境。广东省作协诗歌创作委员会联合各地诗群，举办了"主题征诗献礼""放歌新时代""大湾区文化交流"活动，以及诗人们进行的"乡村振兴题材"和"抗疫文学"创作等，呈现了广东作协贯彻党的二十大报告所强调的"推进文化自信自强，铸就社会主义文化新辉煌"的精神。一批长期活跃在一线的实力诗人也在本年度相继出版了各自的诗集。一批诗人一如既往活跃于各大刊物，既有个人发表，也有群体呈现，郑小琼、方舟、程继龙、宝兰、梁彬、吴锦雄、李衔夏等分别以"头条"及组诗在《诗刊》等刊物发表作品。各个诗歌群体也纷纷以集体形式亮相于《诗刊》《十月》《作品》等各大刊物。"90后"诗人杨曾宇、吴子璇、莫小闲、谭雅尹等的诗歌入选了本年度出版的《中国"90后"诗选》。广州小学生周北珩的诗歌发表在《中国儿童报》等报刊上，呈现了多代同辉的繁荣景象。

　　2022年的散文创作，立足本土生活，穿越历史回声，接续过往余韵，拓展新的面相。在题材的广度、主题的深度和风格的多样化上，为湾区文学增添了不少亮色。本年度，广东作家在全国文学期刊发表了大量的散文作品，据不完全统计，共有二十多部文集出版发行。既有知名作家和编辑出版家回忆过往岁月的作品集，也有中学教师、科研人员、画家的随笔集。专事散文创作的中青年作家以各自的生活经验为基础，从不同的角度表现社会变迁和城市化进程，丰富了当代散文的创作领域。作家积极参加各种形式的散文活动，包括散文采风、散文讲座和散文研讨会，推动了散文观念的更新和变革。高凯明的《云中的灯盏》、杨文丰的《敬畏口罩外的微生灵》、邓旭的《硬币》获"刘成章散文奖"；杨文丰的《夕阳笼罩的珊瑚》、盛慧的《暂别》、石岱的《烛影斧声的那一夜》获第四届"丰子恺散文奖"。此外，本年度还举办了"詹谷丰、耿立散文研讨会""都市街巷里的行走者与书写者——王国华作品研讨会""林汉筠历史文化散文《岭南读碑记》研讨会"等文学活动。

　　2022年的广东文学评论，把握时代脉搏，开拓进取，坚持把马克思主义基本原理同中国实际相结合、同中华优秀传统文化相结合，用更宏大的历史观、更包容的文明观、更开放的学科观，研究中国问题、时代问题、前沿问题，融合创新，立心铸魂，积极构建具有岭南特色的中国文学话语和叙事体系，其主体意识、文化自觉和岭南特色愈发鲜明。人民文艺引领学术主潮，传统文化厚植文化自信，文明互鉴深化思想境界，基础研究筑牢学科之根，方法创新拓宽研究视界，成为文学评论的鲜明特征。"粤派批评"立足岭南文艺实践，面向全国，搭平台、拓空间、筑高地，集中力量和资源，加强引导、做好设计，激励和引导文艺评论工作者创作更多的优秀作品。本年度，广东文学评论最重要的谋划和活动，是广东文学评论年会。广东文学评论年会搭建了"粤派批评"和粤港澳大湾区文学交流平台，充分发挥文学评论阵地的引领作用、桥梁作用，积极开拓粤港澳大湾区文学研究和文学创作的新境界，探索构建更为广阔多元的文学评论和创作空间。

回顾2022年的广东儿童文学创作，我们欣喜地看到，广东儿童文学继续呈现出繁茂、活跃的总体景象：那些成名的儿童文学作家以沉潜、笃定的姿态保持着以往的写作水准，而近年来崭露头角的青年作家们开始进入儿童文学飞行的爬升阶段，朝向成熟和开阔迈进。他们带着风格各异的作品在全国先后亮相，与儿童文学同行交流竞技，在展示广东儿童文学集体实力的同时，作家个体的创作风格也呈现出丰富多彩的状态。无论从创作、发表的数量与质量，还是从儿童文学作家地域分布的覆盖广度来看，较之于往年都有了较大的提升。儿童文学作家们的创作实绩，既体现于发表的数量与刊物的级别，也体现于他们出版的儿童文学作品和入选的重要儿童文学活动、儿童文学奖项之中。据不完全统计，2022年广东儿童文学作家在各级儿童文学报刊上发表各类作品近300篇（首），出版作品50多部，5人加入中国作家协会。他们在创作中坚守文学理想和艺术精神，努力为"明日之中国"打下坚实的精神之基，陪伴和引领少年儿童共同奔赴星辰大海。

影视方面，2022年是为高质量发展蓄力的一年。政策方面，在2035年建成文化强国目标，在党的二十大召开等宏观层面引导下，国家文化部门多措并举指导电影和电视剧的创作、生产、发行、传播；市场方面，市场变化促使影视行业逐步规范化、标准化，行业整体呈现减量提质、降本增效，电影、电视剧及网络视听节目的规划立项、剧本创作、拍摄制作、审查播出等各环节质量把控水平逐渐提高，创作生产结构逐渐优化，大银幕小荧屏佳作迭出，为影视行业创新发展提供驱动性力量。在政策背景和市场需求影响下，2022年的广东影视年取得亮眼的成绩：全年广东省电影票房37.9亿元，在全国占比12.6%，电影年度票房连续21年位居全国榜首。创作生产上，本年度广东参与出品电影有38部，其中《万里归途》成为国庆档的"扛鼎之作"，收近16亿元票房；《奇迹·笨小孩》收入13.79亿元票房；粤产经典IP"熊出没"系列和电影之《熊出没·重返地球》收入9.77亿元票房。多部广东作品荣获国家、国际奖项。如《熊出没·重返地球》荣获第35届中国电影金鸡奖最佳美术片、《1950他们正年轻》荣获第35届中国电影金鸡奖最佳纪录、科教片；《电视剧《绝密使命》《湾区儿女》荣获第十六届精神文明建设"五个一工程"奖……上述作品获得社会效益和经济效益的丰收，在引起观众关注或获得奖项的同时，为国产影视创作注入了新鲜血液和活力。

2022年，全世界范围内新冠疫情持续蔓延，当远程和移动办公进入常态化之后，数字道德和隐私的问题日益突出，各国政府纷纷出台网络空间治理解决方案和举措，加快构建网络安全法律规范、行政监管、行业保护、技术保障等治理生态。而对于我国网络文学来讲，也同样在反盗版方面开始了重拳出击，使得网络文学的整体生态有所改善。在这一年里，我省网络文学创作者，开始在各个新的领域里取得了突破。深圳网络作家人间需要情绪稳定的《破浪时代》获得阅文集团"第六届现实题材网络文学征文大赛"特等奖；荆泽晓的《巨浪！巨浪！》获得了阅文集团"第六届现实题材网络文学征文大赛"二等奖，入选中宣部"学习强国"平台优秀网络文学作品推荐；李慕江的《南海一家人》入选国家图书馆永久典藏名单、中宣部"学习强国"平台优秀网络文学作品推荐；《茶滘往事》获"阅文集团第六届现实题材网络文学征文大赛"优胜奖，入选中作协"喜迎二十大"优秀网络文学联展；风晓樱寒的《逆行的不等式》入选2022年度中国作家协会网络文学重点作品扶持项目，获第四届辽宁网络文学"金桅杆奖"（优秀作品奖）、第二届"中国襄阳·岘山网络文学奖"最佳现实主义题材奖，入选中作协"喜迎二十大"优秀网络文学联展；书客剑影的《万亿小镇》获得"光耀杯"中国工业文学优秀奖；水边梳子的《伪装死亡》获得第四届"大湾区杯"（深圳）网络文学大赛二等奖，《贾道先行》获2022年中国作协网络文学重点扶持作品；淡樱的《星河》获得第四届"大湾区杯"（深圳）网络文学大赛入围奖，《风里有你的声音》入选中作协"喜迎二十大"优秀网络文学联展；等等。

回顾2022年广东文学发展历程和取得的成绩，梳理广东文学发展的人文历史积淀，可以看到，广东文学始终是一个独特而重要的存在。它北枕五岭，襟扼三江。集中原精粹，纳四海新风。其光芒的耀眼和别样，正吸引着越来越多的目光，并跻身于全国地域文学领先方阵。作为新时代中国文学的重镇，广东文学已经成为真实形象地观照我国改革开放和南粤社会变革历史进程的文化载体，展示新时代广东人民奋发、奋进追寻中国梦前进轨迹的文本见证。在文化高质量发展的当下，广东文学该如何培育具有广东特色的优秀作品，如何引领文学发展风潮，走出一条高质量发展的求新求变的探索之路？不仅要写出不一样的"中国故事"，呈现新的"中国经验"，而且要打造出一批具有全国影响力的扛鼎之作。这是每一个热爱广东文学的写作者必须进一步思考的课题。

百舸争流，奋楫者先。新时代，广东正以高质量发展为牵引，探索中国式现代化的广东实践，期待更多作家深入生活，改变观念，增强文化自信，在改革开放最前沿发现创作的题材、捕捉创新的灵感，用深切的感受和饱满的激情，催生更多与广东地位相匹配的精品力作，展现新时代的广东精神和广东风貌。

（本章撰写：陈剑晖，华南师范大学文学院二级教授、博士生导师、广州大学人文学院资深教授、《粤港澳大湾区文学评论》编委）

第二章
长篇小说："中国故事"与"中国经验"的新呈现

2022年，广东文学界紧紧围绕、宣传、贯彻党的二十大精神这条主线，面向粤港澳大湾区发展战略，坚持深入生活，努力创作，推出了许多富于时代性、人民性和地方性的精品佳作，在长篇小说创作领域，成绩尤其突出。我们在2020年广东文坛长篇小说综述中曾经预言，新冠疫情给了广东作家沉潜的机会，"沉舟侧畔千帆过，病树前头万木春"，广东文坛的长篇小说创作会迎来美好的明天。果然，广东作家在沉潜之后迎来了大爆发。2022年，广东作家响应习近平总书记"讲好中国故事"的号召，勇于探索，大胆创新，以"乘长风，破万里浪"的豪情，推出了十多部长篇小说，其中还涌现了《燕食记》《烟霞里》《拖神》《金墟》《潮汐图》《乌江引》等重量级作品，取得了重要收获。

2022年，广东长篇小说的崛起，令全国文坛刮目相看，一些报刊用"文学粤军重拳出击"来形容这一盛况，从历史上讲，这可能是继1993年"陕军东征"之后又一文坛盛事，必将载入中国当代文学史册。

一、长篇小说创作概况

2022年，广东文坛有近二十部长篇小说问世，分别是葛亮的《燕食记》（人民文学出版社2022年版）、魏微的《烟霞里》（人民文学出版社2022年版）、厚圃的《拖神》（作家出版社2022年版）、林棹的长篇小说《潮汐图》（上海文艺出版社2022年版）、庞贝的《乌江引》（人民文学出版社

2022年版）、熊育群的《金墟》（北京十月文艺出版社、深圳出版社2022年版）、魏强的《大风来仪》（广东人民出版社2022年版）、吴君的《同乐街》（花城出版社2022年版）、张伟棠的《商埠风云》（中国华侨出版社2022年版）、张黎明的《细妹——与深圳一起成长》（广东人民出版社2022年版）、杨争光的《我的岁月静好》（人民文学出版社2022年版）、筐筐的《小园芳菲》（成都时代出版社2022年版）、李美英的《小河弯弯》（羊城晚报出版社2022年版）、钟二毛的《有喜》（上海文艺出版社2022年版）、王溱的《同一片海》（广东人民出版社2022年版）、向梅芳的《向家湾》（北京日报出版社2022年版）、郭建勋的《清平墟》（湖南文艺出版社2022年版）、陆伟文的《西海保卫战》（岭南美术出版社2022年版）、陈柳金的《彼岸岛》（中国言实出版社2022年版）等。尚未连载结束或成书出版的长篇小说，以及再版的长篇小说，均不在此列。

相较于2021年，2022年广东文坛出产的长篇小说，不仅数量更多，而且质量更高，这些小说，大都具有以下三个特征。

一是厚重的历史分量。

常言道：文史不分。如果细分的话，历史比起文学，在人们心目中往往更为权威，更为厚重，更为高端，"站在历史的高度""以历史的名义"等说法，蕴含的境界层次和力量等级往往令文学艳羡不已。文史不分，在某种意义上，是文学想攀附历史而制造出来的说法。文学攀附历史，确实使文学获得了不竭的资源、无穷的力量和更高的境界。特别是长篇小说，往往被视为一个民族的秘史，更是将历史感作为追求。2022年广东文坛的长篇小说，有不少试图重现一段历史，具有厚重的历史分量。

《燕食记》是葛亮继长篇小说《朱雀》《北鸢》之后，书写中国近现代历史主题"中国三部曲"长篇小说系列的收官之作。《燕食记》以40余万言篇幅，以叶凤池、荣贻生、陈五举、露露等为代表的几代厨人的命运遭际，生动诠释了"粤菜师傅"的传奇故事，细致入微地描摹出中国近百年社会变迁、世态人情的雄浑画卷，以饮食的传承、流变、革新，彰显出近代百年岭南历史风云，不仅是一部岭南饮食流变史，更是一部中国人的精神旅途史。

魏微的《烟霞里》以编年史的方式，以50余万言篇幅，书写了一个出生于1970年的女性田庄的成长史，同时也描述了一个小家庭及其大家族的变迁史，并从一个侧面反映了中国从1970年至2011年的社会变革史。魏微让个人与历史直接对话，通过凡人琐事完成宏大叙事，为一个巨变的、转型的时代提供了自己的小说记录，堪称"时代中国与文化故乡的编年史"。

厚圃的《拖神》以19世纪的两次鸦片战争为时代背景，以60余万言篇幅，描写以主人公陈鹤寿为代表的潮汕商人的传奇命运，小说主人公带着拐骗来的妻子逃到韩江入海口樟树湾，在一片形同洪荒的旷野中求生存，形同中国神话的开天辟地。陈鹤寿不仅在艰苦的环境中生存下来了，而且不断生儿育女，开枝散叶，造就了一个大家族的辉煌。在某种意义上，《拖神》书写了一部潮汕人的创业史诗。

熊育群的《金墟》以广东江门赤坎古镇为原型，描述了司徒氏和关氏两大家族建设这座古镇的历史。这部小说跨度一百多年，人物众多，其中既书写了先民们的挣扎、苦难与不屈，歌颂了他们浓烈的爱国爱乡精神，同时也书写了当下的"乡村振兴"，表彰了年轻一辈的攻坚克难、无私奉献精神。书中所呈现的赤坎镇在不同历史时期的发展变化，是大湾区建设和乡村振兴的独特样板，也是对中华民族励精图治不懈奋斗发展实践的准确表达和书写。这部小说可以看作是一部华侨古镇跨越发展史，同时也是一部中华民族精神奋斗史。

庞贝的《乌江引》以1935年红军长征时突破乌江为背景，描写以曾希圣、曹祥仁、邹毕兆为主力的中华苏维埃中央革命军事委员会总参谋部第二局（简称"中革军委二局"），利用无线电通信技术与国民党军展开情报战并最终获胜的故事，展现了一段保密已久的情报战史。长征是世界历史上、人类历史上的伟大奇迹，是历史、文学的富矿，但是目前文学对长征的呈现还远远不够，《乌江引》是中国作家向"长征"这一伟大题材的致敬之作，同时也是一部解密之作。

林棹的《潮汐图》，用一种奇幻的方式，展示了鸦片战争之后广州、澳门及西欧的历史。这部小说书写历史的视野比较独特，一是用动物（巨蛙）的眼光看世界，不同于人类。二是用后设的眼光看以前民族国家的纷争史，既超越了民族主义，同时也对帝国主义和东方主义进行了批判。

魏强的《大凤来仪》，以顺德谭氏家族四代人百年来的跌宕命运为远景，着重描写改革开放时代主人公谭志远在家电行业的创业史，展现了顺德在改革开放时代翻天覆地的大变迁。吴君的《同乐街》以改革开放的前沿深圳为背景，描述洗脚上岸的农民、一夜暴富的同乐人在新的时代的前行、迷失和探索。篇末附有"我们同乐人的大事记"，记载了同乐街1979年至2022年的历史大事。张黎明的《细妹》描写了细妹杨芊羽从2000年到2020年间的成长史，同时也间接反映了细妹一家20年的生活史和深圳20年的发展史。

陆伟文的《西海保卫战》描写的是抗日战争时期的一次保卫战。1941年10月17日，广东游击二支队以不到三百人的兵力，与两千多人的日军在顺德县西海村展开激战，创下了14年抗战史上罕有的以少胜多的奇迹。《西海保卫战》详细再现了当时的战斗过程和场景，填补了中国抗战史的一个空白。

向梅芳的《向家湾》，叙事时间从1920年到2020年，叙事空间从粤西南到湘西北，小说从一个侧面书写了向氏家族的百年历程。郭建勋的《清平墟》以20世纪40年代至改革开放时期新桥街道清平古墟的历史故事为背景，书写了以楚家三兄弟为代表的清平墟人的命运与传奇。

二是浓郁的文化气息。

习近平总书记强调："中国故事的魅力植根于独特的中国文化，中国文化的独特性，是中国故事走向世界的名片。"2022年广东文坛的不少长篇小说，着力讲述中国故事，深深植根于独特的中国文化，展现了中国文化的风采，具有浓郁的文化气息。

葛亮的《燕食记》植根于中国的饮食文化。饮食文化是中华文化的重要组成部分，它源远流长，博大精深，与中国传统道德观念、审美观念和中医营养学密切相关。《燕食记》从饮食文化入手，拓展了文学创作的题材领域，正文十六篇加上"引首"，每一篇开头都征引中国文化古籍，从《周礼》到《论语》，从《广东新语》到《南方草木状》，从袁枚的《随园食单》到朱彝尊的《食宪鸿秘》，从李渔的《闲情偶寄》到红杏主人的《美味求真》，打造了一席中华民族传统文化的盛宴，营造了浓郁的文化氛围。《燕食记》被评论界誉为穗港的文化名片、湾区的文化名片、中国的文化名片，良有以也。

魏微的《烟霞里》展示了中国的世情文化。这里有空间方面的，如李庄的农村习俗、青浦小城的氛围，还有江城与广州的双城对比。作者在不同地域生活过，对各地世情的差异深有体会，如作者对"务实、淳朴、荣辱不惊"的"广州味"的把握，就颇为会心；还有时间方面的，小说善于捕捉时代气息，对80年代那种"太多新鲜事儿、令人眼花缭乱"的社会氛围，对20世纪90年代那种"荷尔蒙集体爆发""那种自由感、解脱感、年轻旺盛感、想去创造、想去犯规"的"活力"，做了准确的描述。《烟霞里》既展示了地域文化，也展示了时代文化，具有双重的文化特色。

厚圃的《拖神》则打开了潮汕文化的"百宝箱"，对潮汕地方的民俗文化做了详细、精确的描写和介绍。作者借用潮汕地区特有民俗活动"拖神"命名这篇小说。拖神，是潮汕人在农历二月二十二举行的一种游神活动，是潮汕地区特有的一种民俗活动，潮汕人以扳倒神偶、痛打神偶的方式，惩罚警醒神明，祈求来年丰收富足。别地的神都得供着，谁也不敢亵渎，但在潮汕地区，人们将神游行示众，痛打一顿，以求让神感受人间疾苦，保佑人间幸福。这种独特的敬神方式，充分体现了潮汕人敢打敢拼的剽悍民风。这种独特的民俗文化，这种独特的民风，正是潮汕人敢于闯荡天下的底气和动力。厚圃笔下的主人公，那个假冒陈鹤寿的主人公，正是潮汕人精神性格的典型代表。

在《潮汐图》这部奇特的小说中，也有对中国文化的展现。这部小说大量运用了粤语，还插入了广州地区的咸水歌、粤谚、民谣，同时也描写到疍家的一些独特民俗，读来有浓郁的广州本土特色。在《金墟》中，也充满了丰富而有趣的民俗文化细节。如关于净地仪式的描写，就非常有意思。所谓净地，其实就是驱鬼，怕有些无家可归的灵魂在地里游荡，妨碍人们的生活。这种民俗活动，不能一概斥为封建迷信，其实里面也有文化内涵。

魏强的《大风来仪》，在展示主人公创业史的同时，也描绘了顺德的风土民情，如顺德美食、早茶、新年习俗、千人宴、竞投灯等，十分详细生动。张伟棠的《商埠风云》描述了珠三角古镇的老街、老榕树、古码头和地方风土人情。《向家湾》中，粤西的风物与风情随处可见。郭建勋的《清平墟》也有浓厚的岭南文化氛围。陈柳金的《彼岸岛》呈现了富有客家民间风味的生活图景。吴君的《同乐街》和张黎明的《细妹》，写的都是深圳，两部小说都写出了岭南传统韵味，也写出了深圳当代特色。

三是创新的形式意识。

长篇小说的难度，现在越来越表现在形式上。当代作家大都意识到，怎么写比写什么更为重要。有了好的内容，还得在形式上创新，才能出奇制胜；如果在形式上不能引人注目，好的内容也会被读者忽略。形式的创新，给了长篇小说创作很大的压力。令人欣慰的是，2022年广东文坛的长篇小说，不少有着令读者眼前一亮的新形式，因此成为关注焦点，引起文坛热议。

《燕食记》借鉴了中国古词的形式，全篇分为引首、上阕和下阕。这一形式设计，表明葛亮把小说当作词在写。词，曾被称为"诗余"。王国维在《人间词话》中说："词之为体，要眇宜修，能言诗之所不能言，而不能尽言诗之所能言。诗之境阔，词之言长。"诗一般句式整齐，格律严谨，较为紧凑；词则句式长短变化，参差错落，流转荡漾。词比诗更多变化，更精微，更纤巧，更曲折，因此更适合表现那种含而不露、欲言还休的"幽约怫怨不能言之情"。《燕食记》上阕九章，下阕七章，上下阕并不整齐划一，形式上也不像诗，更像词。小说从香港同钦楼的兴衰讲起，一路娓娓道来，由香港的茶楼追溯到广州的食肆酒家，然后从广东的饮食书籍、旧年报纸中钩沉起民国时期寺庙庵堂的素筵、晚清举人的家宴渊源，最终又由同钦楼的落地香港，以山伯五举"叛逃"师门改做上海本帮菜为引，牵出香港百年来同广东、福建、上海的同气连声、一脉相传。整部小说，故事情节颇多流转，抒发的情感相当精微，作家的笔墨也非常纤巧，风格确实像"词"。

魏微的《烟霞里》借鉴使用了史书中的编年体，以时间为线索，从1970年写到2011年，每一年为一章，共写了四十一章。众所周知，编年体是史书的一种体裁，编年体史书以时间为中心，按年、月、日顺序记述史事。编年体这种形式，以时间为经，以史事为纬，能给人以明确的时间观念，容易反映出事件发生和发展的时代背景，还容易反映出同一时期各个历史事件之间的联系。但是，编年体不能集中叙述每一事件的全过程，难以记载不按年月编排的事件，也不易集中塑造同事件有密切关系的人物形象。如果用编年体来写小说，很容易把故事讲断，很容易割裂人物。不过，魏微在借鉴史书的编年体之时，同时也改造了史书的编年体。她充分运用文学的闪转腾挪手段，运用回叙、补叙、预叙等叙事手法，把不同时期的事件捉置一处，使事件相对集中。在每一年中，又往往以一个人物为中心展开叙述，便于塑造人物形象（《烟霞里》不是只写女主角一个人，而是写了一群人）。运用改造过的编年体，《烟霞里》将41年来的国家大事与个人生活编排在一起叙述，实现了个人与时代的对话与映照。

厚圃的《拖神》采取了"多声部叙事"，奇数章节采取鬼神的视角进行叙述，如第一章、第七章、第十三章，以跟主人公有过夫妻之实、因难产而丧命的女鬼如花的视角进行叙述。第三章、第九章以庇佑潮汕平原的三山国王的视角来叙述，第五章、第十一章以天后妈祖的视角来叙述。偶数章节则以第三人称全知视角讲述人间世态、世事、世情。人、神、鬼的多声部叙事，拓展了小说的叙事时空与维度，为小说提供了游刃有余的讲述空间和想象空间，同时，这些视角彼此审视，生成了多音齐鸣、众声喧哗的效果。读这部小说，如聆听一场"交响乐"。在这部小说中，万物有灵，世间事、人鬼情，彼此交融，不仅彻底打破了鬼界、人界、神界之间的区隔，并将历史、现实、神话、梦境融为一体，制造出五彩斑斓、意味无穷的艺术效果。

林棹的《潮汐图》在形式上的创新，也表现在叙述视角上。这篇小说描述了一只珠江水域的巨蛙，周游广州、澳门及西欧的传奇经历，小说以巨蛙为叙述者，由巨蛙讲述自己的所见所闻。作者自陈，《潮汐图》最初想写的是19世纪早期的广东女性，不过当时女性社会地位低下，活动范围也有限，因此便以两栖动物"蛙"为主人公，来突破空间的界限，更加自由地呈现故事。应该说，以动物视角来写长篇小说，并非林棹首创。1886年，俄国作家列夫·托尔斯泰出版了短篇小说《霍斯托密尔——一匹马的故事》，从马的视角讲述故事；1905年，日本作家夏目漱石发表长篇小说《我是猫》，从猫的视角反映当时的社会生活，这一短一长两篇小说已着先鞭。不过，在中国当代长篇小说史中，《潮汐图》还是第一部。以巨蛙为叙述者和主人公，使这篇小说产生了一种独特的陌生化效果。

庞贝的《乌江引》，打破了虚构和非虚构的固定界限，兼容了虚构写作与非虚构写作，创造了一种新文体，让人们看到小说的一种新的可能性。庞贝自己用"非虚构小说"这一概念来界定《乌江引》。他说："《乌江引》虽然是有巨量的非虚构史实，但我不想使用这个'非虚构'标签。若是硬要谈及其非虚构元素，我更愿意使用卡波特的定义：非虚构小说，nonfiction novel。"虚实结合间，那些隐没于历史长卷中的碎片故事在庞贝手中串联成章，铺展出一段具有时代特质的英雄传奇。

《金墟》聚焦"赤坎墟"成为"金墟"的前世今生，采取非线性的交叉叙事，按照奇偶数的小说章节，分别讲述了司徒文倡民国初期的建城经历以及司徒誉现今主持的古镇振兴工作。这种交织穿行的叙述策略，串起了一座城与两代人，使得发生在不同时空的故事，构成了一种遥相呼应的效果，给人一种时空穿梭之感。

一部长篇小说，在文学性之外，如果还兼具历史分量、文化气息与形式意识，无疑会大大提升其境界。在2022年的广东文坛，多部长篇小说，将这四者紧紧地结合在一起，取得了突出的成绩，因此格外引人注目。

二、讲好中国故事

故事是小说的要素，诗歌与散文可以没有故事，但小说必须得有。特别是长篇小说，更要讲好故事。讲好故事，首先要把握好"讲什么"的问题。中华民族具有讲好故事的丰富资源。五千年历史薪火相传、连绵不绝，孕育了取之不竭的故事宝藏；当代十四亿中华儿女踔厉奋发、砥砺前行，正创造着源源不断的故事题材。2022年，广东文坛作家从中国历史和当下现实中汲取资源，创作了大量优秀的长篇小说。这些长篇小说蕴藏着中国优秀的传统文化，体现了中国人民自强不息的奋斗精神，反映了中国日新月异的发展面貌。

葛亮的《燕食记》讲述的是几代粤菜师傅，特别是荣贻生和陈五举拜师学艺、创业、传承的故事。粤菜题材近年来很火，这个题材可以生发出多个主题，如展示博大精深的饮食文化，表彰精益求精的工匠精神，但这些主题一般作家都能想到。葛亮除了表现上述主题，还选择了更高难度的主题，即从一个侧面表现民国时期的政治斗争、二战后香港的社会变迁和新时期内地的改革开放。这些主题不好表现，因为厨师以厨房为自己的工作间，一般很少参与实际的社会政治运动，用厨师的故事展现社会历史风云，很多时候会显得牵强附会。但是，葛亮深入发掘到了这些厨师背后的故事，如荣贻生传奇的身世、陈五举叛师的举动，非常巧妙地在厨房油烟之外展现社会历史风云，立意高远。

进而言之，葛亮在《燕食记》中对社会历史风云的展现，并不是深度介入社会历史的进程，而是感叹社会历史的"常"与"变"。葛亮认为："只看粤广的脉脉时光，自辛亥始，便有一派苍茫气象。其后东征、南征、北伐，烽火辗转，变局纷至沓来，历史亦随之且行且进。'变则通，通则久'。时代如此，庖理亦然。忽而走出一个少年，以肉身与精神的成长为经，技艺与见识的丰盛为纬，生命通经断纬，编制南粤大地的锦绣，为铺陈一席盛宴。在这席间，可闻得十三行的未凉余烬，亦听见革命先声的笃笃马蹄声。……白驹过隙，潮再起时，是20世纪六七十年代的香港，经济起飞，是巨变，巨变如浪，将一行一人生的'常与变'挟裹。这挟裹不是摧枯拉朽，而是提供了许多的机遇，顺应时势，可百川归海，所以一时间便是龙虎之势，新的旧的、南的北的、本土的外来的，一边角力，一边碰撞，一边融合。而饮食，在这时代的磨砺中，成为了一枚切片。"[1]葛亮的写作态度和立意，赓续的是沈从文的传统。沈从文曾这样自陈创作《长河》的目的："用辰河流域一个小小的水码头作背景，就我所熟悉的人事作题材，来写写这个地方一些平凡人物生活上的'常'与'变'，以及在两相乘除中所有的哀乐。"[2]葛亮则如是说："在长时间的采风和创作过程中，我深深体会到'常与变'既是时间的哲学，更是成熟的文化形态的辩证之道。中国的传统文化是不畏变革并且拥抱变革的，这变革中国带有惜旧而布新的赤诚，也包含着和而不同的胸怀，而创造性转化、创新性发展也是中华优秀传统文化保

---

① 葛亮：《燕食记》，人民文学出版社，2022年，后记。
② 沈从文：《长河·题记》，《沈从文全集》第十卷，北岳文艺出版社，2002年，第6页。

持活力的重要推动力量。"①葛亮和沈从文都是以某一背景、某一题材，来写"常"与"变"以及"所有的哀乐"，但葛亮并不像沈从文那样对"变"忧心忡忡，而是对"变"更多一分美好的期待。沈从文的忧虑自有道理，但葛亮的期待更贴近大众心理和感受。19世纪以来，中国发生了沧桑巨变，虽然付出了沉重代价，但总的趋势是向好的。中华文化发生了创新性的变革，中国的面貌也日新月异，正成长为一个现代化强国，中国人民的幸福感和自豪感不断增强。在"常"与"变"中，《燕食记》展示了中国人民对美好生活的向往。

魏微的《烟霞里》以女性细腻敏感的笔触，书写了主人公田庄从1970年到2011年短暂一生的历史。田庄的父亲是下乡知青，和农村姑娘结婚。田庄是他们的第一个女儿，之后田庄的父亲经历招工、提干，全家进入县城生活。田庄在县城读完小学、中学，之后考上大学，大学毕业两年后考上研究生，来到广州。之后在广州工作、结婚、生子。田庄出生于1970年，有人把中国1970年出生的人，称为"最幸运的一代人"。他们出生的时候，已经避开了饥荒年代，即便是在农村长大的孩子，虽然还吃不饱，但吃的并非后来的垃圾食品。他们大多有兄弟姐妹，虽然也有各种争吵与烦恼，但还是享受到了大家庭的温暖和快乐。他们上小学和中学的时候，也很轻松，不像现在的孩子被补习班压得抬不起头。如果他们能够在1988年考上大学，那就更幸运了，因为这一年读大学不缴学费，国家还发生活补贴，大学也不内卷，大学生都是天之骄子，他们高呼"六十分万岁"，但反而体验到了大学的自由气氛。大学毕业的时候，国家还包分配。对自己的单位不满意，正好赶上1992年开始的市场经济大潮，可以下海闯一闯。1992年后中国经济一路上行，各行各业都有大量的机会，需要大量的人才，找工作也相对容易。体制内的都能赶上单位的福利分房，体制外的，可以买商品房，当时的商品房也不贵。只要努力，都能过上好日子。这就像赶上了一趟车，在一个前进的车里，每个人都跟着往前走。田庄就属于赶上了车的一个人，她不是这个时代的英雄，也不是这个时代的模范，她是这个时代的幸运儿。她的人生故事没

① 孙磊：《研讨会/大湾区作家葛亮的〈燕食记〉：淡笔浓情、清新雅正，堪称一部"岭南梦华录"》，《羊城晚报》2023年2月26日。

有大悲大喜，但仍有一些颇值得回忆的趣味。不过，魏微不是抱着"小确幸"的心态来写田庄，不是羡慕田庄的幸运与幸福，而是写她少年时代的叛逆懵懂、工作结婚后的疲惫厌倦、步入中年后的空虚挣扎。换言之，魏微写的是田庄幸运与幸福背后的苍凉。

"苍凉"这个词，不少读者非常熟悉，现代女作家张爱玲非常欣赏"苍凉"这种风格。张爱玲曾这样评说自己笔下的人物："他们不是英雄，他们可是这时代的广大的负荷者。因为他们虽然不彻底，但究竟是认真的。他们没有悲壮，只有苍凉。悲壮是一种完成，而苍凉则是一种启示。"[①]魏微则在《烟霞里》"终章"篇中说："田庄死后的十年间，我们这代人都已到了知天命的年纪，习惯性会回头看，诚实地再现亡友的生命史，使得我们也活了一回，听惊涛拍岸，看八月流火。那是我们这代人的童年、青少年时代，恢宏是恢宏，灿烂也灿烂，但时过境迁，很多事忘了。本篇是书写复活的过程。"借用张爱玲的话，魏微的《烟霞里》，写的不是悲壮的完成，而是苍凉的启示。这部小说追忆逝水年华，充满了怀旧的感慨。

厚圃的《拖神》，书写的是陈鹤寿的创业史。主人公潮州人陈兴邦（十郎），冒名顶替陈鹤寿去拜访姑丈，拐走陈鹤寿的表妹逃出山沟沟，来到韩江入海口的樟树湾落脚。陈鹤寿凭借着自己的三寸不烂之舌，左右着畲族人与疍民的大宗交易。他又凭借着自己的豪迈硬壮及大义大勇，让畲族人、疍民皆心服口服，并成为姓氏杂陈的樟树村人的主事人。之后，这个冒名的陈鹤寿贩卖鬼火灯笼，当过走乡药郎，之后造大船，遇风潮，上花艇，下南洋，斗海贼，创船行。第二次鸦片战争爆发后，汕头开埠，老一代潮商悄然没落，以陈鹤寿为代表的新一代潮商向海而生。在创下偌大家业、留下一堆子孙之后，陈鹤寿在1900年的春天里去世。创业史一般都很精彩，很传奇，也很励志。改革开放以来，潮汕地区虽然也有很大的发展，但与其他地区比较起来，进步的幅度就显得比较小，甚至可以说相对落后，潮汕人需要精神鼓励与刺激。厚圃创作《拖神》，也许不无这一考量，陈鹤寿正是厚圃想象并创造出的潮汕人的"理想典型"。陈鹤寿是个秀才，受儒家文化熏染，但

---

① 张爱玲：《自己的文章》，上海《新东方》9卷4、5期合刊，1944年5月15日。

并不"君子讷于言"，相反他口才便给，巧舌如簧，善于说服人，很会打动人。他待人处世讲究"仁、义、礼、智、信"，同时又具有杀身成仁的勇气，一生多次遭遇历史动乱，都敢于出头、敢于冒险。他从一个偏僻山村的秀才逐步成长为樟树埠的精神领袖、享誉潮汕平原的商贸大亨、走向海上丝绸之路的民族义士，他的身上彰显着民族精神和时代精神的核心力量。他是儒家文化和潮汕文化融合的产儿，是中华民族的沧桑正道在海上丝绸之路上的印证。《拖神》写的虽然是19世纪的历史故事，但仍然能带给读者深刻的现代启示。

庞贝的《乌江引》分"速写"和"侧影"两个部分。第一部分从"我们"这一视角描述了一个鲜为人知的情报站战场，"中革军委二局"破译专家曾希圣、曹祥仁、邹毕兆三人，凭着灵活的头脑、坚强的意志、破译了蒋、粤、湘、桂、黔、滇、川军177部密码，使红军击退了敌人的多次围剿，并使红军在长征途中，迅速掌握敌军动向，为红军四渡赤水、强渡乌江，出奇制胜提供了可能性。第二部分写的是何博士寻访战争年代从事秘密工作的外祖父下落的经历，同时也交代了革命胜利后这些破译专家的处境。一部叫"乌江引"的原始资料，成为连接两部分的纽带。这部小说塑造的破译专家的事迹感人，个性真实。在土城之战中，他们一位因胃病腹痛，一位患肺炎发烧，一位失眠头晕，仍能在枪炮声中顶住巨大压力，就地侦听、就地破译，仅历时一昼夜，三人就成功破解当面之敌的密电。与他们相比，国民党军队也建立了庞大的无线电侦听机构，购置了当时最先进的破译设备，还雇用了外国密码专家。但他们很多是少爷兵，吃不得苦，当兵是为升官发财，工作按部就班，不是工作时间，电报再急也是该吃吃，该睡睡，该玩玩。在对比中，小说写出了"中革二局"破译专家钢铁般的意志、吃苦耐劳的精神和必胜的信念。由于破译专家从事的是秘密工作，他们的名字不能公开，他们的成绩不能宣扬，他们的委屈也难以申辩，长期处于这种境况，难免会产生某种孤独感，又因为要不停地跟踪研究敌军密码变化，专心破译密码，无暇与其他部门同志有过多交流，工作被打扰会立马发怒，致使其他部门同志认为他们不合群，个性孤傲。事实上，巨大的压力、枯燥的工作、孤独的生活、不允许在工作中出任何差错的规则，使得他们的性格变得封闭，有着某种特别的单纯和孤独，革命胜利后，这些破译专家的"特殊性格"使得他们不足以应付复杂的人事。尽管后来他们都是省部级官员，在中华人民共和国建设中也都有可观的建树，而在他们内心深处，唯有长征才是最珍重的记忆。革命历史题材小说一般写到牺牲或胜利就停笔，但《乌江引》写到英雄在胜利之后的境遇，可以说是别开生面。小说提出的"重温历史记忆""重建长征精神"的命题，令人感慨和感动不已。

林棹的《潮汐图》虚构了一只雌性巨蛙在19世纪的广州、澳门和（大英）帝国动物园的历险经历。巨蛙生活在珠江，被契家姐发现并收留，疍民崇拜巨蛙，称呼它为"灵蟾大仙"。之后，巨蛙因其物种和形态上的奇特被博物学家H捕获，H将其带到澳门，囚禁于好景花园。好景花园的主人命人以锁链绑缚巨蛙，对其进行训练。巨蛙完成受训后，在晚宴上进行直立行走、背诵《圣经》、巧吞活兔等表演。还有商人为巨蛙量身定制了主题恐怖剧，营造出史无前例的感官盛宴。巨蛙后来又被运送到西方"帝国动物园"。为反抗人类的严刑拷打，巨蛙带领动物逃出帝国动物园，寻求自由。之后，巨蛙在马戏团度过一段被展览、被参观的时光后落脚湾镇，安然度过了"晚年"。去世后，它的尸体被封在巨大的冰块里送往"帝国自然博物馆"，却于途中离奇消失。《潮汐图》有着独特的故事形态。它不以人物为主角，而将一只雌性巨蛙作为主角，通过巨蛙之眼观察19世纪那个动荡不安的世界，产生了"去人类中心"的效果。之后又让巨蛙从东方游历到西方，通过巨蛙的遭遇，写出了西方世界以"西方中心"看东方的荒谬性，小说由此又产生了解构"西方中心"的效果。

熊育群的《金墟》书写了开平古镇的历史。开平碉楼因其中西合璧的建筑奇观被列为世界文化遗产名录，开平碉楼主要位于赤坎古镇，赤坎古镇的前身是赤坎墟。当年关氏、司徒氏自中原迁徙，先后落籍赤坎。清代时两个家族在潭江边开埠，集市相隔仅一里地，他们相互竞争，彼此融合，最终以一条塘底街为界，建起了最早的赤坎墟。美国西部淘金热潮时，关氏、司徒氏两大家族都有人漂洋过海到美国打工，他们从最底层的苦力做到了小店主，站稳脚跟后，回到赤坎建筑新城。21世纪初，开平碉楼被评为"世界自然文化遗产"，引起轰动。赤坎古镇作为粤港澳大湾区旅游"旗舰"项目，一家世界级的大公司要买下古镇，进行大规模旅游开发，通过政府跟居民一户户签订征收协议。一石激起千层浪，开发牵出了关氏、司徒氏两个家族和华侨复杂的利益与情感纠葛，百年产权的变更，更是牵出古镇不一般的历史。熊育群的《金墟》将赤坎在民国十五年和新时代的两次建设作为背景，以司徒氏两代人，主要是司徒文倡和司徒誉两位代表性人物贯穿起来，写出了两代人城市建设的艰难和业绩。特别是司徒誉，在城建项目即将启动时，将升任另一个镇的党委书记，以后再任副市长指日可待，若投入此项浩大工程，则注定面临接踵而至的风险，无法在项目半途离任，大概率致使仕途受挫。但是，司徒誉毅然迎难而上，承担领导古镇重建的重任。为了让家乡重现昔日荣光，他把个人前程放在了一边。小说结尾时，司徒誉已经取得不凡业绩，但却面临被状告和调查的处境，令人感慨不已。

魏强的《大凤来仪》描写的是以谭志远为代表的工业团队乘着改革开放的春风在家电行业创业的故事。这也是一部创业史。在这部创业史中，作者除了浓墨重彩刻画谭志远的形象，还刻画了飞天集团的孔老板这一形象。孔老板是一个资本运作高手，他用很少的钱，就把价值数十亿的飞天集团搞到了手，又利用飞天集团这个平台，玩左右口袋游戏，拆借资金，再去收购别的公司。孔老板爱财如命，只顾自己闷声发大财，请客吃饭的时候，不管被宴请的宾客是什么达官贵人还是普通朋友，都会在饭后不停念叨，这顿饭又花费了自己多少银子，真可惜啊！孔老板视员工如奴隶、蝼蚁一般，员工在他的心目中都像是贼，常常在大会小会上训斥手下。而谭志远与孔老板截然相反，他秉持"有财大家发"的理念，善待员工，反对加班熬夜，戒烟限酒，为每个员工办理健身卡，督促他们锻炼身体，开展各种各样的文体娱乐活动。最终，孔老板失败了，身陷囹圄，而谭志远成功了。魏强如此书写《大凤来仪》，显然别有怀抱。谭老板和孔老板都在创业，但结局有霄壤之别，其中轩轾之意，读者应不难体会。

书写创业史的，还有张伟棠的《商埠风云》和王溱的《同一片海》。前者故事发生在东江河畔大湾区的古镇石塘。清末民初，王家的先民王仔在石塘镇落脚，做了卖豆腐人家的女婿；抗日战争时期，王仔被日寇杀害，其妻携子王其明逃到竹园村；解放战争初期，王其明被国民党抓为壮丁后，辗转回村；中华人民共和国成立以后，王其明回到石塘镇，开启新生活；"文革"时期，王其明一家重回竹园村，与世无争；改革开放后，王家开始经商，生意做得风生水起，王其明的儿子王立西与刘家父子、叶家父子在商界竞争比拼，不断做大做强。从这一幕幕的情景中，读者可以看到商界的暗流涌动、时代的巨大变迁和大湾区的发展历程。后者围绕粤港澳大湾区的建设而展开，讲述了几个年轻人在横琴从事高新科技企业的经历。由于多重因素，这几个年轻人曾产生不可调和的分歧，但后来因为一系列机缘，他们的分歧得以解决，事业也因此出现了转机。创业史的故事，本身自带光环，一般都能引起读者的兴趣。两部小说在叙述上也很讲究；《商埠风云》采用"连续剧"的方式，讲述了几代人艰苦创业的曲折历程；《同一片海》采取"双线并行"的方式，让当年的围垦与当下的创业碰撞交错，过去与现在交叉叙述。

吴君的《同乐街》描写的是社区干部钟欣欣到基层锻炼，帮助落后户陈有光一家扭转陈旧思想，追赶时代脚步，重新脱胎换骨的故事。作者一方面呈现深圳本土人的生活图景，反映深圳改革开放的历史进程和粤港澳大湾区的发展面貌；另一方面寄寓了这样的思考：面对新的时代，富裕后的同乐人，如何吃下这个天大馅饼，消化这天外飞来的财富，仅凭一己之力如何抵挡来自生活暗处的洪峰？今天的当家人在股份合作中发挥了怎样的作用，他们能否担起昔日生产队员、今日新居民的厚望？"双线"并行，双管齐下，充分发掘了故事本身的意义。在叙述上，《同乐街》采取了交叉叙事手法，围绕"钉子户"陈有光和社区干部钟欣欣，连环展开故事，使两个人物不断产生碰撞，增强了戏剧性。

张黎明的《细妹：与深圳一起成长》（简称《细妹》）与她2020年出版的《叉仔：与深圳一起成长》是姊妹篇。《细妹》以2000年至2020年为时间框架，将主人公细妹置身于时代的变化之中，反映了近20年深圳改革开放的历史进程。张黎明坦言："我没有能力塑造一群人一座城以及40年，我小心翼翼把生于此长于此的老深圳们，从幼年至壮年，从自然人至社会人，一小块一小块，力求还原拼接出这个时代的真实状态。"这是大实话，通过不断拼图，可以讲述更宏大的故事。《细妹》围绕细妹及身边人物，不断展示变化发展中的深圳图景，如1998年金融危机、2003年深圳抗"非典"、2004年深圳地铁通车、冠丰华涉黑案事件、股市杠杆式交易、互联网与马化腾、深圳扶贫、深圳灯光秀、2020年开始的新冠疫情等等，整部小说生活气息浓郁，画面生动。

向梅芳的《向家湾》和郭建勋的《清平墟》属于家族史题材。《向家湾》讲述的是一个家族五代人的奋斗坎坷、爱恨悲欢和人生传奇。《清平墟》讲述的是楚家三兄弟的命运与传奇。家族史故事，一般都有着不少爱恨情仇，如果再与政治史结合在一起，更能从一家之兴衰管窥一国之命运，因此，家族史故事，一直为当代作家津津乐道。茅盾文学奖获奖作品《白鹿原》《尘埃落定》可以说都是家族史题材。要写好家族史，一是要加大家仇本身的分量，如果只是一些鸡毛蒜皮的小事，很难开掘出大的意义。二是要加强家仇与国恨的有机联系，如果联系不够紧密，或者太过牵强，就很难以小见大。应该说，这两部小说在这两点上做得还不够，因此尚难与《白鹿原》《尘埃落定》等家族史小说相提并论。

杨争光的《我的岁月静好》，故事形态较为简单、较为平凡。小说主人公德林毕业于师大哲学系，热衷读书和思考，他与马莉从恋爱走向婚姻，最初的激情逐渐消退，他们的关系一度走向崩溃的边缘，甚至当妻子有了外遇，德林所想的是"不是改变马莉有外遇这一个事实，而是要控制我的心跳"，这不免令人感到奇怪。但叙述这个故事，作家是想开掘其哲学意义，小说中的主人公德林，非常欣赏英国作家王尔德的一句话"成为自己生活的旁观者，可以避免生活的很多烦恼"，小说正是以旁观的方式来直面生活的很多烦恼。小说采用第一人称，但这个"我"不动感情，不露声色，采取的是"零度叙述"。这种叙述方式有力地深化了作品的"旁观"主题。

钟二毛的《有喜》讲述的是生育的故事。中国人口基数庞大，"不孕不育"人群长期为人们所忽视，钟二毛对这一群体做了细致的观察，小说讲述了四个不同的家庭，尝试了种种办法，终于"有喜"的故事。随着我国人口总数的下降和计划生育政策的调整，生育题材将越来越被作家重视。《有喜》采用了"三幕剧"的方式，围绕"宫内好运"四个不同家庭，讲述了不孕夫妇悲喜交加、跌宕起伏的求子故事，四个家庭的故事峰回路转，推动着故事的起承转合。

筐筐的《小园芳菲》书写的是校园题材，涉及学生的日常学习生活、教师的教学活动、家长的育儿经验，也涵盖了学生、教师、家长之间相互的摩擦、竞争与成长，既有学校生活的纯真美好，也有成长过程中的酸甜苦辣。孩子的教育问题，是中国人特别关注的一个问题。在叙述上，《小园芳菲》采取的是"切豆腐块"的手法，作品分为四个模块，每个篇章中主要人物不变，但情节相互关联，主题各有不同。

陈柳金的《彼岸岛》是华侨题材，小说讲述了20世纪20年代后期至40年代中叶，一批客家人背井离乡下南洋打拼的故事。表现他们在艰苦年代里的坚韧、在漂泊异乡中的忧愁，以及对故乡的眷恋，传达了客家动人的文化与精神。在讲述故事时，《彼岸岛》以"水客"递送侨批为主线展开故事，勾画梅州客家人在印尼筚路蓝缕的创业历程，在写法上有一定特色。

李美英的《小河弯弯》讲述的是一个爱情故事。男女主人公一见钟情，双双坠入爱河，虽然遭到来自家庭的反对，但两人仍相厮守，最后女主人公不幸意外去世，男主人公守着两人的爱情回忆度过余生。严格地说，这种故事形态比较老套，但作者的叙述还是值得一提，作者不断"摆路障"，有意为男女主人公的爱情设置障碍，因此将这个爱情故事讲得一波三折，也能吸引人。

概而言之，2022年广东文坛的长篇小说，在故事题材上有新的开拓。这些长篇小说讲述了从19世纪的中西交流到20世纪的家族命运、从战争年代的英雄传奇到改革时代的艰难创业等各种故事，塑造了从动物到鬼神、从潮汕人到客家人、从海外华侨到新广东人、从战士到教师等各种形象，描写了从潮汕古港到湾区古镇、从粤东到粤西、从深圳到港澳、从南洋到西欧的广大地域。题材全面开花，充分展示了广东作家讲好中国故事的情怀。

三、展现汉语魅力

讲好中国故事，要运用精准、新颖、生动、鲜活的语言。关于语言的重要性，著名作家汪曾祺如是说："我认为小说本来就是语言的艺术，就像绘画，是线条和色彩的艺术。音乐，是旋律和节奏的艺术。有人说这篇小说不错，就是语言差点，我认为这话是不能成立的。就好像说这幅画画得不错，就是色彩和线条差一点；这个曲子还可以，就是旋律和节奏差一点这种话不能成立一样。我认为，语言不好，这个小说肯定不好。"①汪老的这段话说得非常好，在某种意义上，小说就是由语言编织出的艺术品。

汉语也许是这个世界上最适合文学的语言。汉语词汇丰富，同一事物往往有不同的名词指称，汉语的动词也异常之多，且异常精确。汉语的单字有利于对偶，汉语的音调又使其具备了音乐的魅力，汉语在语法上没有繁琐的动词变化，可以省去主词的交代，减少前置词的羁绊，具有至高无上的淳朴与简洁，同时也不失朦胧迷离之美。汉语的这种特性，不论是用来叙事，还是抒情，都能产生独特的美感。同时，汉语还在不断变革之中，其语言的质地和美感的密度不断增强，特别是现代以来，汉语引入了欧化语法，句法变得更为活泼、新颖，大大增强了汉语的弹性。2022年广东文坛的长篇小说，就语言来说，风格多样，但有一个共同的特色，就是充分展现了汉语的魅力。

《燕食记》的语言，非常出色。句子不长，但不论描写，还是叙述，或者介绍说明，均给人干净、利落、清秀、醒目的感觉。如小说这样描写五举：

> 五举瞧瞧镜子里的自己，多少有点陌生。
>
> 厨师服在他身上，是有些大了。昨天下午去领衣服，管布草的阿姐看看他，说，孩子，大点儿好，看你这身量，将来个头儿且能蹿呢。
>
> 五举正一正帽子，让眉毛眼睛都露出来。他的眼神清亮，鼻梁也挺。但鼻翼却宽大，鼻头厚实，是典型的粤广人的"发财鼻"。邻居的小姐姐讲过，五举，你这个鼻子，今后要享福的。

描写五举这个广东靓仔，可以有多种笔墨，多种文风。葛亮的上述描

---

① 汪曾祺：《小说的思想和语言》，《汪曾祺全集》第10卷，人民文学出版社，2021年，第87—88页。

写，语言非常"清亮"，与人物的"清亮"外貌相得益彰。

这里再引一段：

　　一个月后，邵工公约下了几个相熟的客。凤行请缨，说，爸，我再烧一次鮰鱼。烧坏了鱼，从我工钱里扣。烧坏了"十八行"的口碑，我再也不进店里的厨房。

　　明义想一想，点点头，说，翻的时候，稳当点。记住"推、拉、扬、挫"。

　　菜端上来。邵公先动一筷。明义看他方才谈笑风生，此时却蹙了眉头，渐渐又舒展开，眼睛亮一亮，说，好啊！

　　明义松一口气。旁人一听，便也纷纷下筷子，说，戴师傅的鮰鱼，咱们吃了许多次。这次倒是怎么个好法。

　　邵公说，你们快来尝一尝。这滋味交关好。吃得出是明义的手势，但又有新的好。我却说不出哪里好，只想拍巴掌。

　　明义说，邵公好眼力。这道鮰鱼，是小女凤行烧的。

这一段文字，句子很短，字词也寻常，但故事讲得波澜起伏，充分展现了汉语的简洁、干脆利落之美。

再引两段比试厨艺的文字，这是小说故事的高潮，作家如此书写：

　　荣师傅上的是一道"黄金煎堆"。煎堆这东西，若论典故，倒是很有说道。可追溯至唐，当时叫"碌堆"，是长安宫廷的御食。王梵志诗云："贪他油煎，爱若波罗蜜。"说的便是这个。后来中原人南迁，把煎堆带到岭南，就此落地生根。粤港人要好意头，有"煎堆辘辘，金银满屋"之说。而白案师傅，多会以"空心煎堆"炫技。一个小小的面团，滚满芝麻，竟可以慢慢炸至人头这么大。荣师傅便端上了这么一个煎堆，浑圆透亮，煞是好看。可在评委看来，以顶级的大案师傅，此物未免小数。荣师傅便示意主持人举起一摇，竟是崆峒作响。再用刀切开，切着切着，评委们的眼睛睁大了。原来这个大煎堆里，还有一个煎堆，上面覆了一层黑芝麻，同样浑圆。再切开，里面竟然还有一个，滚满了青红丝。切到最后一个，打开，里面是蜂蜜枣蓉流心，淌出来，是一股浓香。难得的是，拳头大的一团，渐次炸开。各层竟可毫不粘连，如俄罗斯套娃般，各有其妙，真是堪称魔术了。

而五举则呈上了一盘蟹壳黄。蟹壳黄以蟹为名，实为糕饼。油酥加酵面作坯加馅，贴在烘炉壁上烘烤而成。取其入口松脆，"未见饼家先闻香，入口酥皮纷纷下"。成品呈褐黄色，酷似煮熟的蟹壳，因其形色而得名。而五举的"蟹壳黄"上桌，却为评委们都准备了一碟姜醋。评委咬了一口，十分罕异。朵颐之下，竟是满嘴的蟹味。原来，这馅料，五举是用了赛螃蟹的法子，将蛋白与咸鸭蛋黄混炒，辅以鸡腿菇末，提其鲜香。然后一只只包裹在酵面中，烤出来，蟹壳煎黄，壳内见肉，竟是十足的一只螃蟹。称赞之余，有评委质疑道，可这豆腐在哪里？五举便掰开一只，可见蛋白深处，竟窝着一个小小的法海。玲珑有致，全须全尾，正是用豆腐细细雕成，不禁令人拍案。

这两段文字叙述厨艺大赛，多用介绍、描写性的笔墨，冲淡了紧张气氛，语气显得平和镇定，但也有波澜，在平静中制造了悬念，暗藏了玄机。这两段文字就如同粤菜一样，入口清淡，但余味绵长。

《烟霞里》的故事本身没有太强的传奇性，但魏微的语言非常给力，因此能吸引读者津津有味地看下去。且看小说开头第一段：

她是年轻夫妇的头生子。随着她来到人世的第一声啼哭，她把年轻夫妇抬成了父母、大人。他们无所适从，又新鲜，又欣喜。在十二月最后一个星期天的黎明，父亲把她抱在怀里，端详良久。丑是丑了些，一团粉色的、皱巴巴的肉，有声音，有体温，从此世上就多了这样一个活物。

魏微自己评价说："《烟霞里》写得很顺，开头第一句就有了，句式、语感、气氛全出来了，字生字，句生句，源源不断。"确实，这开头第一段魏微就找到了语言的感觉，这一段文字看似简洁、平常，但大巧若拙，充分展开了汉语的独特魅力。

魏微的这种语言感觉一直保持到小说终篇。且看小说的最后一句：

> 很多年后，孙月华都记得她大女儿年轻的头脸，围着深灰围巾，眼睛一眨一眨的，笑起来时一口细米牙齿，不显岁数。她后来总念叨："四十一岁。"常常哭。那是她大女儿最后一次回老家，最后一次跟家里人团聚。当时没有人预知这一点。

小说的最后一句，和开头第一句一样，语言简洁、平常，但含蓄、内敛，充满了情感的力量。

《拖神》的语言风格，与《燕食记》《烟霞里》的中国风不同，元气充沛，丰满驳杂，充分吸收了欧化句法的特长，句子较长，定语较多，特别善于渲染和描写。且看下面一段：

> 暖玉转过身去撩起衣角擦拭眼睛，徐徐地舒了一口气，在一种彻底松懈下来的欢愉、祥和的氛围中听男人讲述海上的见闻，尤其是疍民的"扣圈"：大伙到了海里，由富有海事经验、能够服众的"长年"居中，负责指挥这个捕鱼活动，二三十条疍船环圈击板，将鱼群驱入早就张开以待的大网……陈鹤寿那天才般的渲染能力还有生动准确的描述，让暖玉犹如亲身经历着那个欢腾火热的捕捞场景，击板声呐喊声欢呼声号子声震荡高扬，飞鱼凌空银光闪闪，疍民们在湿滑的甲板上来回奔走，海气鲜气腥气交相混杂浓得化不开……暖玉不仅能够感受到陈鹤寿那颗年轻的心脏怦怦跳动的节奏，也仿佛从那个盛大的劳动场景中体验到久违、真实而又强烈的喜悦，一股温热的东西再次涌出眼眶。

厚圃和他笔下的陈鹤寿一样，也具有天才般的渲染能力，还有生动准确的描述。在渲染时，厚圃善用排比长句，造成一种磅礴的气势，如第一章中的鬼魂这样对主人公倾诉：

十郎啊，自从遇见你，爱情就掌控了我，成为了我的命运。我是信仰爱情的冒失鬼，坚守爱情的可怜虫，是违反天条的幽灵，是戳穿人类骗局的英雄，是夜幕下无家可归的孤儿，是望着温馨灯火摇头哭泣的游子，是离开了你就六神无主的小女人。为了和你打个照面，我苦苦等了你六十多年。为了与你相视一笑，亲口告诉你我还爱着你，我情愿接受冥府的任何惩罚。冤家啊，如果我被打入地狱——无论是热地狱寒地狱近边地狱还是孤独地狱，无论被烧至七孔冒烟或是被肢解成碎片残渣，又或是被投入熔铜中煮至皮绽肉烂，无论经年累月忍受着不断被虐杀而不得死去，还是被冻封僵立几百亿年受尽苦寒所逼而不得死去，我都绝不会向阎王判官说半句软话乞求他们的怜悯，也绝不吱半句怨言让你感到为难和心疼，如果你看到我微微张口，那是我在告诉你，爱会赢，爱的人永远是胜者！

如果说葛亮的《燕食记》的语言更多中国古风，那么，厚圃的《拖神》，语言更多欧化的色彩，古风的语言多短句，简省、冷静、内敛，欧化的语言多长句，恢宏、热烈、磅礴。

说到欧化，厚圃还善于学习外国作家的语言风格，《拖神》第一章开头一句是："暖玉骗得了别人骗不了自己，哪怕到了生命的终点，她还能清清楚楚地记得当初跳上马车的感觉，要不是陈鹤寿猛挥一鞭，说不定她就跳下车了，跳下这辆改变她一生的马车。"这句话显然模仿了诺贝尔文学奖名作《百年孤独》的开头一句："多年以后，奥雷连诺上校站在行刑队面前，准会想起父亲带他去参观冰块的那个遥远的下午。"

提及欧化文字，也要说一下汉语中的方言土语。2022年广东文坛的长篇小说，有一些小说运用了粤语。其中，《潮汐图》对粤语的运用直截、普遍，例如小说中这样写契家姐为死去的阿金梳髻敷妆：

旁人触目惊心地问："会不会艳得滞？"契家姐竖起眉来："阎王殿前，必要艳压群鬼！"梳化得，头面似白粉团，两颊猩红，唇开浓血花，是阴司路上旅客模样了，我乍醒朦胧世不估啊，个阵你阴路好行阳路别啊！个阵你阴司条路且长行，你阴路好行啊！

林棹用极富仪式感的民俗章法流程和粤式叹语勾勒了契家姐的角色性格，用原生态的话语表达了对生命的告别。不懂粤语的读者读来或许感到生涩，但从生涩中应不难感受到粤语的那种古奥又铿锵的美感。

《潮汐图》中还有一些铺排式的文字，值得一提。

有十三商行夷馆，收留寰球番鬼和番鬼公司。有海皮四街：联兴、同文、靖远、猪巷。猪巷正名新豆栏，人家叫来叫去叫成猪巷应该有个道理。有饼铺、米铺、药材铺，当铺、布铺、银钱铺；写书铺有，打铁铺有，整表铺有；绸缎铺有，茶叶铺有，料器铺有；有画肆、酒肆、食肆、烟肆；有医馆、印字馆和万国动物市场。有红毛鬼所开杂货铺，卖风灯、鱼缸灯、盆头灯，卖三鞭杯、五味架、千里镜。有外洋来的老鼠芳、老虎须、番利市钱，种在夷行花园。又有妆楼酒房大餐房、花砖拱楣活页窗点缀商行内外。有花旗鬼沿江岸踩独轮车。有装载褪骨鸡、蟹肉汤的大餐盘向廊上飞驰。有唱诗班、白兰地、八枝吊灯。有让广州人大开眼界寰宇的一切，唯独是无番鬼婆。

钱锺书曾批评汉赋中的铺排文字"繁则有之，艳实未也"，容易"板重闷塞，堪作睡媒"，但林棹用这种铺排文字来描写十三行所在地区市面的繁荣兴旺、商品的琳琅满目，展现当时中西通商口岸的新鲜气象，就显得"多文为富而机趣洋溢"①。

如果说《潮汐图》用方言土语和铺排文字充分展现了汉语的弹性，那么，《乌江引》则展示了汉语的模拟能力。这篇小说写的是破译电报的情报战，作家有意识地模仿了电报的语言风格，不少篇章的语言风格就像破译之后的电文一样简练、干脆。如小说第一章的开头两段：

① 钱锺书：《管锥编》（一），三联书店，2007年，第578—579页。

遁入西延大山以来，敌人确乎不见了。桂军并未跟追进山，湘军和"中央军"亦未有追击。疑是无线电静默，所有敌台均无信号。这个情况实属异常，背后定是有莫大的行动，我军的前程也益加险恶。

8日，我们果然侦到国民党"追缴军"第一兵团向祈宁、武冈、绥宁、靖县、洪江一线运动的敌情。10日，第一兵团第六十三师已到绥宁、第六十二师正向绥宁前进。我们将情况报告给野战军总部。

这篇小说的有些地方，语言又像破译之前的电文一样神秘、诡异、飘忽、隐秘，如：

这密雨般的嘀嘀声，令人怀想中央苏区的日子，那时我们有自己的驻地。在首都瑞金的梅坑，报房窗外有一片竹林。某人某日昏迷中醒来，忽听见窗外有密雨般的嘀嘀声。急促，清脆，连续不停的嘀嘀声，像极了发报的声响。谁在竹林里发报？提灯寻去，原来是一只秋蝉！南方知了。

可以说，庞贝在《乌江引》中用语言模拟了电文破译前后的文风，这充分展示了汉语的强大模拟能力！

杨争光的《我的岁月静好》，在语言上也有自己的风格。全篇小说，句子都很短，频频使用句号作结，多用动词，几乎很少用形容词，形成一种冷峻的风格。如这一段：

第一次看见末末，末末是一个包裹。

护士递给我一个包裹，说：女儿。

包裹上吊着一个牌子。

这就是末末。末末在这一个包裹里。末末闭着眼睛，没有呼吸一样。

我拨开包裹，看着无声无息的女儿，她和包裹重叠在一起。我想记住女儿，忘掉包裹。

想让事随人心是一件多么困难的事情。我不行。

这种冷峻的语言风格，与这篇小说冷眼观世的主题相得益彰。

熊育群的《金墟》，在语言上也有自己的特点。且看小说的开头几段：

新的一天是从声音开始的。

司徒誉打开房门，司徒氏图书馆的大钟就敲响了，钟声跟约好似的。幼儿园开始播放儿歌，镇政府大院同事们的小车嗡嗡开进来，马路上店铺卷闸门"哐当"作响，斜对面关帝庙的钟突然被人撞响，一家石材店传来电锯声，声音像氤氲的雾气，在清晨弥漫。

司徒誉三步并作两步走到办公桌边，放下公文包，习惯性地去开窗。铝合金的玻璃窗却是打开的，他昨天忘记关了。

茶几上的茶杯盛着酱色的茶，烟灰缸堆满烟头，空气中似乎还闻得到烟味。他一恍惚，恁个坐在沙发上的后生仔还在侃侃而谈……

他清洗茶具，揿下开关，桶装水哗哗流到了电热壶中。他把一颗良溪柑普茶丢进紫砂壶，倒上滚水，滗出一杯橙褐色的茶，一边吹，一边啜。

晨光如溪，带着榕树的盈盈绿意流进来。室内的绿萝、夏威夷椰子和铃兰被濯得鲜亮，让他心生欢喜。他犹豫着要不要把昨天的事报告给李玉虹书记。

这一段文字很见功力，用词准确，描写形象，细节扎实，文采斐然，可以看出作家细致的观察力和高超的语言驾驭力。

其他长篇小说如《同乐街》《商埠风云》《细妹》《小园芳菲》《小河弯弯》《有喜》《向家湾》《清平墟》《彼岸岛》等，在语言上也有自己的特色。

总的来说，2022年广东文坛的长篇小说，在语言上风格各异，有的有古风，有的较欧化，但各有优点，且与作品主题相互应和。多样的文风，充分显示了汉语的弹性，展示了汉语的魅力。

四、经验和教训

总而言之，2022年的广东文坛，在长篇小说创作领域取得了丰硕成果。从这些作品中，我们能够总结出一些成功的经验，同时也可以汲取一些创作的教训。

一是创作计划与个人经验的关系。

文学创作，就动机而言，大致可分为两种：一种是作家因内在的情感蕴积而倾诉，一种是作家接受外来的任务而执笔。应该说，现在的作家欣逢盛世，赶上了一个大好时代，整个社会都重视文学，其中又特别重视长篇小说，希望作家能用长篇小说讲好中国故事。在长篇小说创作领域，从中央到地方，都有各种项目与各种扶持。如能成功申报项目，可以得到扶持资金，可以得到出版便利。因此，作家接受外在的任务而执笔，在今天已经成为一个大趋势。在这种任务文学日益红火的今天，需要警惕的是，不能回到过去"三结合"的老路，即领导出思想（出题目）、作家出技巧、群众出生活。实践已经证明，过去的"三结合"文学，是难以创作出真正优秀的作品的。作家不要硬写别人布置的题目，硬写自己不熟悉的题目，作家一定要考虑到自己的个人经验，要写自己熟悉的生活。一部长篇小说，最好是从作家的生活中自然生长出来的，而不是外在强加的，即自己出生活、自己出技巧、自己出思想。在回顾广东文坛2022年的长篇小说创作情况时，我们惊喜地发现，这一年的作品，虽然有一些申报了项目，被列为扶持计划，但仍是自然生长的产物。

葛亮的《燕食记》，先后入选中国作家协会"新时代文学攀登计划"、广东省作家协会"2021年度重点作品创作扶持"项目和"粤菜师傅""广东技工""南粤家政"三项民生工程主题创作项目。但这部作品仍是自然生长的产物。葛亮在《燕食记》"后记"中说："想写一部关于'吃'的小说，是很久的事情了。"又在"引首"中说："说起来，跟这个茶楼文化的研究项目，算是我一个夙愿。但并非如计划书中拯救式微传统文化这么可歌可泣。祖父上世纪40年代，曾经短居粤港，在他一篇旧文里，确切而生动地写过广式的点心。其中又重点地写了同钦楼，难得文字间埋藏不少机趣。一个谈不上是老饕的人，竟在莲蓉包上盘桓了许多笔墨，这足以让我好奇。"这两段文字说明，《燕食记》这篇小说在葛亮心中酝酿已久。葛亮后来以《燕食记》申请了创作计划，但他自己对这部小说是充满好奇的，是真正感兴趣的。为讲好这个故事，葛亮付出了很多努力，查阅了很多文献资料，访谈了诸多关键人物，还对一些地方实地调查，最终，葛亮以渊博的知识、开阔的视野和大胆的想象，讲述了一个精彩的故事。

魏微的《烟霞里》，入选中国作协首批"新时代山乡巨变创作计划"。但是魏微没有硬写，而是结合自己的个人经验书写。《烟霞里》中的主人公田庄，出生于青浦县李庄，从小说的有关描述看，李庄应该是江苏农村，严格意义说，并不是山乡，而是平原里的一个村子。田庄的父亲是江城来的下乡知青，后来在青浦县工作，魏微籍贯江苏，和田庄一样出生于1970年，《烟霞里》对李庄、青浦县、江城市的描述，融进了她的个人经验。后来田庄南下广州，在文学研究院工作，这也与魏微的个人经历重合。而为了重现90年代的广州，魏微翻遍了当时的《人民日报》和《南方日报》，也是下足了功夫。

庞贝的《乌江引》入选中宣部"建党百年"主题重点跟踪项目和广东省作协"2021年度重点作品创作扶持项目"。这部小说涉及红军历史及无线电通信知识，一般作家难以承担这个项目。庞贝毕业于解放军外国语学院，之后在解放军总参谋部某部（其前身为红军时期的"中革军委二局"）北京总部工作，庞贝在工作期间，对"中革军委二局"的历史有远超外人的了解。"中革军委二局"是我军的技术侦察情报部门。由于他们所从事的情报工作具有高度的保密性，其贡献一直不被外人所知，他们是隐蔽战线上的"无名英雄"。庞贝对这段历史、对这支队伍，有着深沉的感情。为了写作这部小说，他搜集和翻阅了海量的历史档案和资料，并走访"军委二局"前辈的后人，得到了他们提供的第一手资料。在深思熟虑之后，谋篇布局，潜心创作，写出了《乌江引》这部长篇小说。这部小说，有战火，也有烟火，有知识，更有见识，有文化，还有文采，有正气，也有朝气，有性格，更有品格，有道义，还有情义，为革命历史的书写提供了新的经验。

熊育群的长篇小说《金墟》是广东省作协"改革开放再出发"作家深扎

创作活动的重要成果，系中国作家协会"新时代文学攀登计划"项目，并入选中宣部"2022年主题出版重点出版物选题"。这部小说以华侨古镇的建设与改造为题材，具有一定的专业性。熊育群大学毕业于同济大学建筑系，古镇建设与改造，正是他的老本行，因此他对这一题材充满兴趣。熊育群说："我是有一点野心，希望写出自己满意的作品。就像作家陈忠实说的，想写一部垫枕头的书。《金墟》的题材非常好，我好像抓到一个宝贝……"为了创作这部小说，熊育群常年驻扎在赤坎镇，收集资料，接触各色人等，并在那里写作，真正做到了扎根人民，讴歌时代。

《大凤来仪》的作者魏强，曾有长期在顺德工业产业线奋战的经历，从产业工人到产业管理员，体验过工人生活，了解工厂情况，亲身见证了顺德工业翻天覆地的变化与发展。他创作的《大凤来仪》，虽然申报了项目，属于任务文学，但也是自然生长的一部作品。

吴君近年来一直孜孜不倦地书写深圳，继《万福村》之后又创作了《同乐街》。这是她自己给自己定的创作任务。吴君为完成自己的创作任务，做了深入的调查研究，甚至到基层挂职，取得了宝贵的材料和丰富的体验，酝酿于心，不得不发。因此，她的创作，不完全属于硬写，仍以自然生长为主。同样，深圳作家张黎明也确定了自己的创作任务——"与深圳一起成长"系列小说。《细妹》就属于这个计划中的一部作品。张黎明确定这一任务，是有底气的。1979年，深圳特区创办之初，张黎明就从省城广州到深圳工作，她自己就是与深圳一起成长的。张黎明这部系列小说中的人物，基本上都有原型，故事基本上都有本事，并不是凭空虚构的。

《拖神》是厚圃酝酿已久的一部作品，是自然生长的一部作品。关于这部小说的创作意图，厚圃曾这样说："我的故乡在潮汕平原，老屋紧挨着樟林古港，樟林是清代'海上丝绸之路'的重要贸易港口，潮汕商帮、'红头船'的历史和各种传奇故事萦绕着它，也贯穿了我的整个童年少年。"厚圃还说："在我20多年的创作生涯中，陆续出版过几本书，得到过同道与读者珍贵的反馈，这些都汇成了激发我的力量，我更加埋首于潮汕地方文献和与潮汕相关的研究论文上，因为我知道，我的'百宝箱'一直没有真正打开，这个箱子里装着潮汕文化的精髓，也装着我窥探世界的第三只眼。这期间，我读了不少东西方大师的作品，他们对文化的归纳总结更新了我的认知，让我更加明晰地认识到中华文化多层面多意义多种表现形式当中，似乎还差了一块关于潮汕文化的拼图。这冥冥中的召唤和催生了我的灵感，而家乡的红头船便是我冒险'出海'的不二之选，樟林古港就是我的舞台，我要在这里为故乡唱一台真正的激情'大戏'，那个时代的传说存在多年。作为一名作家，我以为馈赠给家乡最好的礼物就是为她书写。这是故乡给我独有的馈赠，而我也应该且必须有所回馈。"①《拖神》就是厚圃对家乡的回馈。

《潮汐图》也是自然生长的作品。这部小说写到19世纪下半叶的广州，而林棹出生于20世纪后期的深圳。林棹的广州经验源自幼时每年回广州探亲，但这显然还远远不够。为了写《潮汐图》，林棹翻阅了《粤海日志》《广东十三行》《广州番鬼录、旧中国杂记》《疍民的研究》等资料。在这个过程中，林棹尝试梳理岭南的历史脉络，尝试通过文学复活一个被人遗忘的历史。2017年，林棹看到一批18世纪、19世纪广州风景画。作为特殊时代背景下的特殊产物，这些风景画被后世学者统称为"贸易画"或"外销画"。画中的广州对作家私人记忆中的广州发出挑战。林棹说，自己好像被猛然推背，一连串疑问随之升腾。这一串不断上涌、膨胀的能量，成为《潮汐图》最初的创作推动力。

《我的岁月静好》的作者杨争光，曾经患上抑郁症，"说生不如死并非夸张，又没有去死的勇气。绝望时从26层楼上往下看过几回的，终于没有纵身一跳，就依然焦虑着，恐惧着，生不如死"，在杨争光眼里，"冀望岁月静好者似乎越来越多，自以为岁月静好的人们在微信朋友圈的晒好也就格外显眼"，这样的感受，刺激了他"想探究一下'静好们'的静好以及何以能够静好"。小说中主人公德林的思绪纷飞，不无杨争光的亲身体悟。这部小说是杨争光蕴藏汇集于心，不得不写的产物。

《小园芳菲》的作者筐筐本身就是一名语文老师，她有着丰富的教学经验，接触了很多不同类型的学生、老师和家长，并有很多独特的感悟，在此

① 厚圃：《文化的拼图——长篇小说〈拖神〉创作谈》，《粤港澳大湾区文学评论》，2023年第2期。

之前也有创作校园题材小说的经验。《有喜》的作者钟二毛当过15年的新闻记者，大街上、电视上、广播中随处可见的"不孕不育"的广告，被钟二毛挖掘成为生育的写作题材，这与钟二毛作为记者的敏感性有相当大的关系。《商埠风云》的张伟棠出生于广州增城石滩镇，他从小就对石滩镇、新塘镇和龙门老家的故事耳濡目染，产生了十分浓厚的兴趣。改革开放后，新塘和石滩成为增城的经济重镇，发生了翻天覆地的改变。这些因素促使张伟棠将自己的所见所闻写入小说。《清平墟》的作者郭建勋，在2012年的时候将自己的工作室迁至新桥，毗邻清平古墟，这激发了他写一部关于清平墟的著作的想法，他借由清平墟这个地方，想象了一个故事。

二是宏大叙事与细节真实的关系。

长篇小说一般都是宏大叙事，宏大叙事需要细节的支撑和填补，没有细节的支撑和填补，宏大叙事往往会沦为一个故事梗概。对于宏大叙事来说，细节制造的清晰形象和感官活跃是文学审美不可或缺的部分，一个只有故事梗概的宏大叙事，其文学的魅力显然会大打折扣。事实上，无数作家都有宏大叙事的雄心壮志，但只有为数不多的作家能够完成宏大叙事。这里的关键就在于作家是否具有把握细节的能力。细节并不是无足轻重的小节，相反，对细节的把握几乎凝聚了一个作家的全部修养。细节往往依赖于作家丰富的生活经验、充分的历史知识和敏感锐利的观察。如果作家的修养不能很好地把握每一个细节，宏大叙事的可信程度就会迅速下降。

长篇小说往往出场人物多，时间跨度长，空间跨度大，故事线索繁琐，因为要照顾的方方面面太多，作家自己又不是千手观音，一不留神，往往就有照顾不到之处，在细节上犯错。无关紧要的瑕疵，也还罢了，如果细节的错误影响到全局，那就严重了，必须避免，必须修改。

在2022年广东文坛的长篇小说中，大多数在细节真实上下了功夫。为了保证细节真实，有一些作品直接取材于现实中的新闻事件。如《商埠风云》中，很多事情都可以在真实世界中找到影子，如地痞恶霸收拦路钱、两家酒店发生火拼、嫖娼者杀死"三陪女"等，都是由真实新闻改编而成。《我的岁月静好》中德林所思考的李不害杀人事件，取材于2018年张扣扣为母报仇案。《有喜》中，李丙运的妻子因为婆婆和丈夫不同意做剖腹产手术，差点选择跳楼一了百了，这与2017年曾闹得满城风雨的榆林产妇跳楼事件如出一辙。四位失独老人起诉医院夺回冷冻胚胎，也是2013年在江苏宜兴曾真实发生的事件。《清平墟》中，粤军将领香翰屏也是历史上真实存在的人物，作者将其写进虚构的故事中，增强了小说的历史真实感。

有的作家，为了保证细节的真实性，查阅了大量史料。如熊育群为创作《金墟》，足迹访遍赤坎华侨村和海外华侨家族。他的走访不是浮于表面，而是实实在在地深入到生活当中去，跟随渔民海上捕鱼，在工地看砌匠如何砌砖，徒手爬上高高的坡屋顶，看灰塑大师在屋脊塑出花鸟虫鱼，参加当地送葬礼，跟道士半夜到河边送亡魂。细致入微的观察走访，构成了《金墟》坚实的地基。庞贝为写《乌江引》，煞费苦心搜集到了解密的诸多长征密电，并获得了"破译三杰"后人提供的第一手资料。这部小说中的事件、人物都是真实的。书中所讲的破译手段，比如QRC，QRG、破译用的密码本子，通信当中的对话方式，也都是真实的。"中革军委二局"的工作纪律，即工作人员独特的个性与心态，也都有史可证。林棹为写《潮汐图》，阅读了大量的文史资料，比如《广东新语》《疍民的研究》《东印度公司对华贸易编年史（1635—1834）》《广州十三行》《广州番鬼录、旧中国杂记》《近代西方识华生物史》《澳门记略》《澳门学：探颐与汇知》《普塔克澳门史与海洋史论集》《早期澳门史》等，"仰赖这些求真、求实的耕耘，虚构之蛙获得了水源和大地"。

三是人间烟火气与超越性思考的关系。

长篇小说创作最大的难题，就是处理人间烟火气与超越性思考的关系。长篇小说书写的主要是人世间的悲欢离合，需要接地气，即需要有人间烟火气。但是，人间烟火气太浓的话，又会显得油腻与世俗，也应该有一些超越性的、形而上的思考。一句话，长篇小说既要有人间烟火气，又要有超越性思考，要做到兼美，确实不容易。但是环顾古今中外，优秀的长篇小说大抵都将这两者结合得很好。比如《红楼梦》，就既有人间烟火气，又有超越性思考。

2022年广东文坛的长篇小说，在这方面也做出了探索。像《燕食记》《烟霞里》《拖神》《同乐街》等作品，既有人间烟火气，也有超越性思考。

《燕食记》写的是饮食，饮食天然地带有人间烟火气。这篇小说写饮食，但不仅仅是饮食，并不是一部美食谱，或者美食品鉴录，而是通过饮食写出了中国人的精神追求。

从浅处说，中国人把庖厨当作一门艺术在追求，故有"厨艺"一词，要想习得"厨艺"，除了力气（兜腕掂勺的功夫），还要磨炼心性，练就眼力，掌握火候，对大众的味觉有准确的判断。小说中陈五举教露露学厨艺的段落，最能体现这种对厨艺的追求。陈五举教露露，从"吊糟"起，用这一吊一熬，磨炼露露的心性，露露失败之后，五举宽容地笑笑，口却没有松，只说四个字：倒掉，重熬。后来又教露露"大翻"，让她在锅里放的是生米，因为细碎，比当年风行用来练的铁砂更吃力，也更难控制。一不小心，就撒了一地。撒在地上，五举就让她捡起来，一粒都不能剩。捡到锅里，再练，但凡撒了出来，就再捡。露露的鲁莽与浮躁，就渐渐收敛了。这段教与学的叙述，读来发人深思，其中显然蕴含着更深的人生哲理。从高处说，中国人在饮食中寄予了对太平盛世的向往与追求，因为只有在太平的时候，中国人才会坐下来精致细腻地花慢功夫，追求古典雅正，追求从由温饱到小康。在兵荒马乱、烽火连天的战争年代，在运动不断、批斗盛行的动乱年代，人们的心思不可能放在美食之上。美食的盛行，必在安定繁荣的太平盛世。《燕食记》的好看与动人，不仅在于满足了人们对美食的想象，而且在于寄托了人们对美好生活的向往。

《烟霞里》中有很多家长里短的描写，非常接地气，但同时也能启发人的思考。比如：

> 三个孩子虽然反抗强权，同时也服膺强权，也利用强权。如果有条件的话，他们未尝不想成为强权。父母不在家，哥哥姐姐是大王，两人轮流当家，把妹妹使唤得团团转。可是妹妹也不怕的，两边传传话，稍一离间，两个大王就开战，如此她也能保一己平安。哥哥姐姐搞团结，是妹妹最不愿看到的，两强联手，她还有好日子过？不怕，妹妹有她的撒手锏，哥哥姐姐都说过父母的坏话，她牢记在心，时不时拿出来用

用，威胁说，她要告诉父母去！哥哥姐姐对了对眼色，都有点怕。

这一段写的田家三个孩子的关系，但读者不仅能从中引发对于人性的思考，甚至还可以引申到对于国际关系的思考。

在描写田庄的同学徐徐时，《烟霞里》中又有这样一段评论：

这时，我们就会以田庄为支点，来打量她的同龄友人，包括我们自己在内，是有命运这回事的。这时，我们就会想到徐徐，不去大城市有什么要紧？大城市的女人哪儿及你一星半点？主要是太操劳，一切都要靠自己去挣，当然也有靠男人挣的——靠男人挣还不如靠自己挣。男人挣得多了，就会有旁的女人来分享，多半是他找旁的女人来分享。总之，怎么样都是操劳。是各种难堪委屈，强作欢颜，四面楚歌，八面突击。职场上各种勾心斗角，厚黑学也用上了。谁是天生厚黑的？没法子，不厚黑你就签不下单、评不上职称、升不了职。金玉其外，败絮其中。常常莺歌燕舞，形同欢场女子，心里苍凉、冷漠……慢慢就跑到脸上来了，一不小心就会青面獠牙。这时我们就会想，难得徐徐还待在原来的地方，二十年来安安分分，配得上美好。

像这种评论，确实会使人感到"苍凉""冷漠"，会让人触发对"命运"的思考。

《拖神》这篇小说，以"神"开篇，以"神"收尾，中间穿插着人与神、神与神之间的对话。借用一句俗话，《拖神》写的是"人在做，神在看"。所谓"人在做"，指的是人的活动。小说从陈鹤寿拐带暖玉到樟树湾开篇，樟树湾是靠近大海的一片蛮荒之地，陈鹤寿和暖玉举目无亲，两个身无分文的人，要想生存，必须奋斗。首先要活下去，活下去就要吃饭，就要赚钱。其次是要繁衍，即生儿育女，传宗接代。因此，这篇小说有大量的"食色"描写，有了食与色，就有了人间烟火气。同时，作家请出了水流神、妈祖、三山神，对陈鹤寿的奋斗有所议论，有所评价。这就是"神在看"。神自然比凡人站得更高，看得太远。比如妈祖对陈鹤寿建造红头船，就曾议论说："我多希望樟树埠的船主们，我的侄子侄女们，哪怕是那个不肯信奉我的陈鹤寿，能够早生几十年，在湄南河上架起暹罗大臣蛮希蒂制造的第一条木夹板船，也只有如此，你们才能从中窥探科学的奥秘、精妙的技术，受到触动得到启发去改造你们的红头船。"在议论陈鹤寿时，妈祖还对天朝实施海禁政策、不重视航海、不重视海洋权益等提出批评。妈祖因为是海神的缘故，对小民的隐私、朝政的大事均无所不知，但她又不能出手干预凡间社会，因此只能发发议论。这些议论，高屋建瓴，洞穿历史，指引方向，虽然不能改变小说中人物的言行，也不能重写历史，但提升了整部小说的思想境界。《拖神》构建了"神"这一超越世俗世界的视角，用以评论人间的事情，这在中国当代小说史上是"破天荒"的创举。迄今为止的中国当代小说史都是不信"神"的，不敢把"神"写进小说，不会让"神"对人间事大发议论。也许有人对厚圃的这一写法持有异议，但我们高度肯定并评价这一写法的开创性。这一写法能将人间烟火气与超越性思考结合起来，使作品产生一定的精神高度，必将对后来者产生启发效应。

在2022年的广东文坛，还有个别小说专注于超越性思考，如杨争光的《我的岁月静好》。单看书名，会以为作家在炫耀他的生活，认为这篇小说有较浓的人间烟火气，但作家实际上是反其道而行之。这篇小说中的主人公，一直以一种旁观者的姿态，冷眼观看着人间烟火，有点像法国作家加缪的名作《局外人》中的主人公莫尔索。不过，德林毕业于哲学系，比莫尔索更多一些抽象的思考。德林思考的是"人为什么活着？怎么活着更符合人性"这样的形而上问题。这些问题，《局外人》中的莫尔索并没有想过。德林思考的结果，是走向经验主义，他认为："一个经验主义者不会为幻境而活，也正因为务实，经验主义者就会有他的岁月静好，即使在非人的境地，也能活出色彩和精彩。"德林拿周氏兄弟作例子论证说："也许，在激愤固执的鲁迅眼里，人的世界永无静好之日。鲁迅写了那么多世界的残缺、人性的扭曲，却没有写出好世界和好人性到底是什么样子的世界和人性，什么样子的活着才是好的活着。他大概是绝望的理想主义。因为理想，所以绝望；因为绝望，所以更固执于理想。一生的活着，为的是一个执念。同一个娘生的，他的弟弟周作人比他务实，'在不完全的现实中享受一点美和和谐，在刹那间体会永久'。"对德林的思考结果，读者自然可以有不同的看法，这就会刺激读者继续思考"人为什么活着？怎么活着更符合人性？"这两个形而上的问题。

《同乐街》的故事围绕着拆迁问题展开。拆迁，是当今社会非常接地气的一个现实问题，因此，这部小说具有了人间烟火气，但作家吴君未停留在问题的解决上，而是思考得更深更远。作者思考的是共同富裕的问题，这个问题的哲学性可能弱一些，政治性可能强一些，但也属于超越性的内容。有了这种超越性的思考，这部小说的思想境界也就提升了。

五、结语

2022年广东长篇小说创作取得了可喜的成绩。作家们发挥各自的优势，结合亲身体验，利用知识储备，以开阔的视野和细腻的文笔，观照并书写了关于广东的精彩篇章，立足粤港澳大湾区，择取最能代表中国变革和中国精神的湾区题材进行文学创作，充分展示了广东作家讲好中国故事、书写人民史诗的情怀和初心。

长篇小说的创作是非常艰难的。诚如吴君在《同乐街》"后记"中所说："我承认长篇如同长征。上下求索，前途未卜，路上并无助阵的锣鼓、宜人的风景，而只有难以言说的苦和累。学识上的缺失、认知上的短板、逻辑上的劣势等，它们化身为结构、情节、语言等各种难题在追问我，考验着长篇作家前行的每一步。创作的过程，同时也是一个重生的过程。"每一部长篇小说的创作，都如同一次长征，2022年度，广东作家能完成这么多篇长篇小说，委实不易，我们对此表示热烈的祝贺。

习近平总书记深刻指出："中国不乏生动的故事，关键要有讲好故事的能力；中国不乏史诗般的实践，关键要有创作史诗的雄心。"2022年，广东作家在长篇小说创作领域取得了突破性的成绩，呈现出繁荣发展、人才辈出的生动局面，值得祝贺！

凡属过往，皆是序章。伴随着粤港澳大湾区建设的发展战略，广东长篇小说作家获得了一个更为广阔的发展空间。我们完全可以期待他们在这片文学的沃土上，牢记创作人民史诗的雄心，锤炼讲好中国故事的能力，在新时代的新征程中，谱写出体现这个时代的风貌、抵达这个时代的精神高度的崭新篇章！

（本章撰写：刘卫国，中山大学中文系教授、博士生导师；李婷，中山大学中文系博士生）

第三章
高质量发展的中短篇小说

2022年，广东中短篇小说（含小小说）的创作动态和攀登步伐，和其他的文学品种一样，在"出精品、出人才、出动力"走向高质量发展的征途中，继续书写着广东小说文体创新出彩的文学华章。全省的中短篇小说创作出现了比往年更耀眼的突破点，摘取了全国小说界系列文学荣誉，初步树立了"粤港澳大湾区文学"的中短篇小说品牌，彰显了特色鲜明的"新南方写作"的美学价值和艺术风格，收获了一批能进入国家一流行列的小说创作的成熟硕果。

一、中短篇小说和小小说的总体概貌

2022年广东中短篇小说靓丽业绩的形成，得力于省作家协会精心策划和强力执行的扶持小说创作的各项组织工作。省作家协会印发《关于繁荣发展粤港澳大湾区文学、全力打造岭南文学新高地的意见》，扶持粤港澳大湾区重点题材的小说创作；在北京联合中国作协创研部、《文艺报》及相关出版社，邀请国内一流的评论家，举办"粤港澳大湾区作家（王威廉、南翔、蔡东）系列研讨会"；精心组织"粤港澳大湾区文学周"活动；《粤港澳大湾区文学评论》设置评论广东中短篇小说作家的栏目，对广东中短篇小说的新锐作家展开了系统的研究和评论。这些全面、有效的扶持和激励措施，使广东2022年各地的中短篇小说创作，跟上了全省和全国的文学前进的脚步。

据不完全统计，2022年，广东作家在全国各级报刊和出版社发表中短篇小说和小小说2500部（篇）以上，出版中短篇小说和小小说作品专集40

多部。

葛亮的中篇小说《飞发》、蔡东的短篇小说《月光下》获得国家鲁迅文学奖；在中国小说学会"中国好小说"年度评选中，厚圃的长篇小说《拖神》、葛亮的中篇小说《浮图》、王威廉的短篇小说《我们谈谈科比》上榜。王威廉的《你的目光》获得第13届"茅台杯"《小说选刊》中篇小说年度大奖、《岛屿移动》入围"2022花地文学榜"年度短篇小说名单；郑小琼在《青年文学》上发表的短篇小说《双城记》获得第五届"红棉文学奖"小说主奖。

广东作家在2022年有40多部（篇）优秀作品被全国性的文学选刊转载：王威廉的《你的目光》、吴君的《阿姐还在真理街》、马拉的《托体》、葛亮的《飞发》等4部中篇小说分别被《小说选刊》第1、第3、第7、第10期转载；汪泉的中篇小说《刺杀》、李知展的《平乐坊的红月亮》，分别发表和连载于《小说月报》第3、第5、第6期。蔡东的《月光下》、钟二毛的《晚安》、吴君的《光明招待所》、李知展的《青蛇叩水》等4部短篇小说，分别被《小说选刊》第2、第4、第8、第12期转载。

《小说选刊》转载海华的《山上有双眼睛》、胡亚林的《招飞》、远航的《蛰伏》、李学英的《流转》等小小说10篇；《作家文摘》转载胡玲的《爆款》、刘凌的《团聚》、谢松良的《继任者》《飘动的军旗》等15位作者的小小说16篇。申平的《修复村前那条河》获第13届"茅台杯"《小说选刊》微小说年度大奖；小小说集《马语者》获《小小说选刊》年度图书奖。李利君的《绿灯》、刘帆的《马灯》获《百花园》年度优秀作品奖；徐东的《不开心先生》和徐建英的《大地的声音》获《小小说选刊》第19届优秀作品奖。

2022年的《粤港澳大湾区文学评论》《广州文艺》以及《南方文坛》分别开设专栏，专题研讨广东中长短篇小说精品体现"新南方写作"的鲜明特征和创作风格。这些专家学者的高水平论文，对广东近年来"80后"、"90后"等新锐作家的整体崛起，对深圳等大湾区小说作家群代表的"新南方写作"的叙事体系和话语模式，从中国现当代文学发展史的角度，做出了有深度的学理研讨，对广东2022年在小说精品创作上呈现的枝繁叶茂、硕果累累的新气象、新面貌，有着较为全面的总结和探索。

中篇小说

二、"新南方写作"的标志性成果

广东2022年中篇小说创作的最大亮点是葛亮的2部中篇小说《飞发》《浮图》同时获奖，评为"中国好小说"上榜作品。葛亮原籍南京，香港大学中文系博士毕业，现为广州市作家协会副主席、香港浸会大学中文系副教授。这个成长于粤港澳大湾区的移民作家，近年来，努力讲述中国传统匠人在时代变迁和多舛命运中坚守中国精神的长中篇故事。他曾以长篇小说《朱雀》《燕食记》、小说集《七声》《谜鸦》《浣熊》《戏年》《相忘江湖的鱼》等，获得2008年香港艺术发展奖、首届香港书奖、台湾联合文学小说首奖。

《飞发》首刊《十月》（2020年第5期），2021年收入人民文学出版社出版的中篇小说集《瓦猫》里，2022年角逐鲁迅文学奖。这部作品讲述了一个香港理发师的人生传奇。故事叙述人"我"找师兄翟建然帮朋友辨认甲骨文，在他的理发店遇到了其驼背的父亲翟玉成。少年时代的翟玉成痴迷于演戏，终因家庭和天分等原因未能成功；但他的几张与明星校友的合照，竟使得自己创业的"乐群理发店"如鱼得水，红火兴旺。他趁势开了"孔雀理发公司"，黑白两道、明星大腕都来捧场；趁着香港经济腾飞的流金岁月，他投资、炒股、上市，走向了人生巅峰。不久香港股市坍塌，他家财亏尽，"孔雀"被封，又断一指，跌入了人生谷底。他一生的命运，概括着一个传统手艺人在香港烟火世情中的历史浮沉和时代风姿。鲁迅文学奖颁奖词写道："葛亮的《飞发》，是中国故事中的香港故事，以雅正的'格物'精神体认历史的流变、文化的根性、人的信念与坚守。"[①]

首发在《十月》第3期的《浮图》，则叙述香港的另一个"文化手艺

---

① 第八届鲁迅文学奖授奖辞，中国作家网：https://www.toutiao.com/article/7168401170808078884/

人"——退休教授连粤名的半生浮图。故事叙述人用一张一弛的节奏铺叙了他在春秧街、南华大学、仙游县等地的辗转奔波，扣住灯影牛肉、膶饼芋粿及绣花拖鞋等具有象征意义的南方物品细节，讲述他与阿嬷、妻子、女儿、情人和学生之间爱恨情仇；叠合着几十年来香港风起云涌的城市变迁，从移民潮到经济腾飞、九七回归、金融风暴和"非典"肆虐，为香港不同阶层、身份、处境、性格的人物创造了只属于他（她）们的生活与命运，为社会问题和人性内涵的反思提供了艺术支点，揭示着关于人之选择、人之生死的终极思考。葛亮的故事叙述人，使用粤语、莆仙语、北京话等方言词汇，与"直播带货""cosplay""内卷"等时代流行热词一起，用中国南方特定的人物形象、中国南方独有的语言以及面向世界、面向历史、面向未来的叙事视界，构成了"新南方写作"中特征鲜明的叙事意象和叙述语态，创建了一个充满历史韵味的粤港澳大湾区的新小说文本。《飞发》和《浮图》，以突出彰显大湾区作家独特的"新南方写作"的文学价值和创作风格，标志为广东新时代中篇小说的扛鼎之作。

吴玄评论说："《飞发》是一个关于手艺人的故事，一个关于工匠精神的故事，也是一个关于人的命运与尊严的故事。同样，葛亮也以严格的工匠精神，完成了现代汉语与古典文学的有效衔接。一百年来，现代文学与古典文学的关系时断时续，文脉不畅，葛亮以个人的能力，在《飞发》中恢复了自鲁迅、张爱玲、阿城以来，汉语小说的传统和风度。"①曾攀评论说：《飞发》将香港的城市发展史与人物主体的奋斗史、精神史相结合，写得深邃开阔，且饶富情义。②何平指出：葛亮的小说，"改造、虚构和想象而成为一个中国南方的'小说地方'、一个江湖儿女的爱恨情仇传奇。它所开辟的历史和现实进入小说的通道对于以小说写地方、写风俗史的意义，值得细究。"③

广州"80后"新锐作家陈崇正，出版过长篇小说《美人城》《悬浮

---

① 《十月》2020年第5期卷首语，中国作家网：http://www.chinawriter.com.cn/n1/2020/0831/c418956-31843544.html

② 曾攀：《汉语书写、海洋景观与美学精神：论新南方写作兼及文学的地方路径》，《中国当代文学研究》2023年第1期。

③ 何平：《葛亮小说的另一种读法》，《花城》2022年第2期。

术》，中短篇小说集《黑镜分身术》《半步村叙事》；曾获广东"有为文学奖"、"红棉文学奖"、"华语科幻文学大赛"银奖，入选"广东省青年文化英才"，是"新南方写作"的代表性作家之一。2022年他发表中篇小说《众神》（《芒种》第7期）；短篇小说《开播》（《十月》第4期）；《偏移》（《草原》第9期）。和他长期坚守和追求的创作风格一样，这是带有乡土、家族、志怪、科幻等文学元素的小说新作。近20年来，他一直坚持探索岭南题材的书写，从广东的科技发展中发掘科幻小说素材；在广阔的南海历史里，寻找中国人探索世界的愿望和雄心。

2022年2月，陈崇正担任《广州文艺》副社长，创设了《后浪起珠江》和《新南方论坛》2个新栏目。前者以年轻的新锐作家为推介对象，每期头条刊登一篇3至8万字的、配发名家短评的中篇小说新作。这个栏目以"后浪"之姿搅起的"文学新浪"，很快在全国荡开了涟漪。在《新南方论坛》刊发的36篇有新意、有分量的作家评论家的文章里，逐渐形成了下列共识："新南方写作"的基本内涵是以岭南文化为基础，立足粤港澳大湾区，辐射至"南方以南"等更广泛的南方地域，以面向世界讲好中国故事为目标，充分挖掘中国更广大南方地域文学文化经验所蕴含着的民族文化和世界品质。"南方以南"的文学坐标体系的重新厘定，使"新南方写作"与"大湾区文学"蕴含着无限创造的可能性和绚烂的艺术前景。

深圳"80后"新锐作家陈再见，2004年时仅是深圳一名默默无闻的工厂流水线工人，近20年来，他通过小说创作改变了自身命运。他笔耕不辍，对故里乡土、边缘城镇与现代都市均有独特的观察体验和深情书写。在关于他的小说创作研讨会上，专家们称誉他同时拥有：乡土中国的讲述者、城市生活的观察者、先锋小说的传承者等三种形象①。近年来，陈再见的中短篇小说的创作理念和文体意识有较大的转型和提升。他的短篇小说创作以塑造"县城人物"为主，而中篇小说创作则以描绘"南方风情"为主。

2022年他有两部中篇小说面世：《僮身》（《野草》第1期）、《谢土》（《作品》第12期）。在"创作谈"里他这样解释："《僮身》《谢

---

① 马君桐：《谢湘南、陈再见作品研讨会举行》，《深圳晚报》2021年11月30日；中国作家网：http://www.chinawriter.com.cn/n1/2021/1130/c403994-32295786.html

土》等，光看书名，就有陌生感，某些外地的朋友大概还不明就里，是个什么意思呢？自然是有意思的，作为我们老家的习俗用语，它们都是有着特定含义和指向的称谓，每个词汇后面都代表着一种渊源深厚的身份和礼仪、一个鲜为人知的神秘境地，以及活生生的生活横切面……自有它们的乡土意趣、人文意义，或者我试图赋予它们的生命力，以及更多可供解读的空间和可能。"①《谢土》的核心人物和故事情节是写潮汕地区乡民们崇拜土地神、感恩土地"生万物"的风俗。这是典型的南方风土人情的创作题材，陈再见创作意识的自觉，是在这个"谢土"仪式的描述中塑造了一个新时代的有血有肉、有情有义的"谢土"传承人刘锡。刘锡高考落榜，十几年来一直在家乡县城谋生，在自己的生父、养父两家中委曲求全，什么苦活累活都干，甚至连自己的一条腿也被人打残，在如此艰难的生活环境中，他对生父养父尽孝，对同学朋友有情，自己作为"谢土"传承人又有着极为虔诚和专业的操守。陈再见实际上是通过这样底层的南方小城人物的命运与南方风土人情的融合描写，既挖掘了南方风俗意象的文化资源，又在其中塑造了一个新时代的南方底层新人。这样一种自觉的文体创作意识和追求大湾区文学的理想品质，使陈再见近年来的中篇小说创作质量有了提升，成为"新南方写作"青年新锐作家的代表之一。

三、变革时代的人性善恶

中山作家马拉的中篇小说《托体》，原刊《钟山》2022年第3期，选载于《小说选刊》第7期。马拉的主要作品有长篇小说《余零图残卷》等5部，中短篇小说集《广州美人》等3部；他曾在《人民文学》《收获》《十月》等文学期刊发表大量的中短篇小说，作品入选了全国性的多种重要选刊选本。

《托体》延续了马拉一贯坚持着的用普通人的日常生活来深度探寻人性内涵的创作追求。作品主人公易过庭与妻子赵曼生生了五个女儿，当他们想

---

① 陈再见：《看似回归实则重生》，中国作家网：http://www.chinawriter.com.cn/n1/2021/0519/c404032-32107519.html

再生一个儿子时，赵曼生发现自己患了癌症，她吐露了一个自己严守20多年的秘密：她（他）们曾有过一个儿子，但在两人婚前吵架后弃养了。当易过庭得知自己还有儿子时又惊又喜，就马不停蹄地赴"铁城"寻子，还托了朋友邝新闻帮忙，可是未能找到。最后，赵曼生病逝，而那个为她遗体化妆的青年入殓师孟一舟便是她当年弃养的儿子，孟一舟又正好是邝新闻的女儿邝诗云的恋人。如今天人两隔，母子就此错过相认的机会……这个故事运用巧合、突转等"小说性叙事"和自由、家常的"散文性叙事"两种叙事方式，将一个戏剧性和因果性都很强的人生传奇故事，用"相关性创作思维"对芸芸众生的酸甜苦辣的世俗生活做了"原生态叙事"，以此隐喻人类对于生命与人情的阔达想象，概括普通女性与生俱来的爱子情感和普通百姓对生命意义的深度思考。作品以追寻生命意义的"托体"为名，探讨了人类生与死、爱与包容等形而上的人生哲理。

唐诗人在2022年11月9日，组织暨南大学文学院的六名本科生（钟耀祖、朱苑盈、郑涵、梁恩琪、区采婷、纪亚昆），对《托体》展开了一次对话和讨论，对这部探讨人性深层内涵的小说做出了精准的解读。①

继2021年出版了中篇小说集《阿拉善的雪》的广州作家汪泉，又一突出的中篇小说创作成绩，引发省内外小说界的关注和热议。2022年，汪泉有8部中短篇小说在全国各种文学杂志亮相，其中有3部中篇小说的故事背景是在岭南展开。这是汪泉的小说创作落地岭南后开始转型的一个明显标识，他的中篇小说聚焦的创作母题是挖掘人性之善。其中《托钵记》（《佛山文艺》第10期）最为精彩，故事叙述人通过讲述一个在广州行乞家庭中长大的孩子的经历，对广州草根普遍的善意做了深度挖掘；生活重塑了孩子的新生，使他对人性之善意葆有信心，最终考取大学，以一己之力和众生之力回归广州。作家对故事主角的艰难成长，用笔颇为多情，可说是2022年广东中篇小说的"催泪之作"。

汪泉的《刺杀》刊发于《小说月报·原创版》第9期。这部中篇小说从现实的角度来书写历史，从容自如的叙事穿梭在历史和现实之中，在历史深

① 暨南大学文学院秋野点评团：《半露于地表的"荒蛮故事"》，https://wxy.jnu.edu.cn/_t50/2022/1109/c23905a726723/page.htm

处挖掘出两广总督徐广缙的人性之隐痛和刺客一众的大义之举。作品的历史叙事，既有文人士大夫的历史担当，也有小人物的时代肩负，这部中篇小说的可贵之处在于跳出了历史窠臼，回归现实，将一个现实环境中的义士之父，对待孩子的苛责无情映衬在时光深处，对人性之"苛"做了深刻的寻幽探微。

汪泉刊发在《佛山文艺》第10期的《渔人码头隐藏着什么》，则从岭南打工者的角度深掘了父女人性中的"不善"和"疑虑"，直至小说的结局写到父亲的去世，才将人性之善揭示出来。作品超越了诉说个人打工经历艰难不易的"打工小说"，上升到了对父女关系的深层次认知，将一个冷酷地隐瞒女儿30年癌症病情的父亲形象，做了完美的塑形。渔人码头究竟隐藏着什么？这就是至死方显的慈父善意。

汪泉刊发在《四川文学》第5期的《火光照亮了我》，讲述一群懵懂少年报复地方一霸的故事。他们巧妙设计，利用烧鸡的美味诱惑狼群，在狼群将恶人包围的瞬间，少年家雀内心的人性之善突然闪现，使小说情节陡然随着人性善的闪现而翻转，这种小说构思与他刊发在《小说月报·原创版》上的中篇小说《相拥》较为接近，作家总是在摹写人性的恶意之极时发现了人性之善。

2022年，有4篇小说评论对汪泉的这种深掘人性美的小说创作风格有精到的分析：马瑜璟在《小说月报·原创版》10月7日的微信公号和《金昌日报》（10月17日）、《惠州日报》（10月9日）上，刊发题为《双线叙事：一本家谱承载的家国情怀——评汪泉中篇小说〈刺杀〉》的评论；王海军在《佛山文艺》第10期的卷首语，刊发对《托钵记》的评论：《不屈的人生奋斗之歌》；张建华在《香港文汇报·读书人》（7月4日）和《光明日报》客户端（7月6日）上，刊发对《掘墓时刻的微火》的评论：《生死寂灭，爝火熠熠——评汪泉小说〈掘墓时刻的微火〉》；于波在人民文学出版社脚印工作室微信公号上（10月21日）刊发对《枯湖》的评论：《在被风诅咒的土地上，期许未来——汪泉长篇小说〈枯湖〉读后》。2022年3月15日，广州图书馆举办"作家的善意与人间的善意——汪泉中篇小说集〈阿拉善的雪〉对谈"活动，刘斯奋、钟晓毅为主讲嘉宾，他们为读者解读了汪泉中篇小说创作特点和艺术风格。①

广州作家鲍十在《作品》第4期发表中篇小说《我是扮演者》，通过一个影视剧演员所扮演的不同角色，以手记的方式，对中国的历史进程与文化人的心路历程，做了一次探索性的演绎和阐释。佛山作家茨平在《文学港》第1期、《星火》第6期推出中篇小说《闹药》《后遗症》。《闹药》里的李不语与王小白，都是爱闹的文学青年，他们带着不同的人生经历，在一场文学活动中相识并成为朋友。王小白顿悟了人生真理：生活不闹一闹，没有味道，闹过分了却会伤害他人，是胡闹。人生还是要遵守生活秩序，道德约束人心。《后遗症》写工厂女孩胡依格在去买手机时遭到歹徒打劫并轮奸，这对她心灵造成了巨大的后遗症。胡依格给自己虚构了一个强大的男朋友青龙，并沉醉于幻想中不能自拔，却对来自身边的平常爱情拒之不理。这里不是在批判人性，而是描写了对人性里悲悯的关爱和伤感的失落，这是从岭南普通人的日常生活中真实地描写了人性的幽暗微光。

短篇小说

四、心灵深处的新南方人物

2022年11月，深圳作家蔡东在作家出版社出版短篇小说集《月光下》，这是第八届鲁迅文学奖获奖者的作品个人精选集。12月16日，深圳南山区作家协会主办了"在人间仰望星河：短篇小说集《月光下》文学沙龙"。吴笛、周思明、丁力对获得鲁迅文学短篇小说奖的《月光下》进行了专业点评。周思明在《生存叙事抑或精神隐喻：短篇小说〈月光下〉的价值勘探》发言中说：这是一篇"有理想辩证统一的高远与切近、未来与当下、宏观与微观兼而有之的精心之作"。"读《月光下》，不难发现小说所闪耀的美的光彩，这种美，不是局部的视觉，而是从整体到每个细部都漫溢出来，作品语言尤其精致，彰显了汪曾祺所说'写小说就是写语言'；其表述方式具有

---

① "羊城学堂"微信公号，2022年3月15日。

先锋文学特征，叙述方式不时跳跃，如果不具备相关知识，有时会陷入阅读迷途，而这正是先锋文学的魅力所在"。"蔡东的《月光下》，有现实写照，也有理想寄寓，是生存叙事，抑或精神隐喻。"①鲁迅文学奖颁奖词写道："蔡东的《月光下》映照人的疏离与亲情，古老的诗意转化为现代经验的内在光亮。"②

深圳作家吴君长期致力于描画"深圳叙事图谱"，出版过《亲爱的深圳》《我们不是一个人类》等多部有影响力的长篇小说，中篇小说集《不要爱我》《有为年代》曾获过首届"中国小说双年奖""广东省新人新作奖"等。2022年，吴君刊发在《上海文学》第7期的短篇小说《光明招待所》，是她把细微笔触深入到人心幽暗处，刻画粤港澳大湾区普通人心灵的符号性文本。在深圳土生土长的黄梅珠是"光明招待所"名义上的经理，在改革开放的初期，她也有过高光时刻，如今却困囿在乌烟瘴气的琐屑日常中。母亲的百般怨怼、丈夫的软弱失能、发小的谄媚逢迎、职场的卑微尴尬等，这一切似乎都与"光明"并不和谐匹配。但对这一类型的女性形象的塑造以及对时代转型和人心变化的敏锐把握，恰恰是吴君所长。她笔下的一系列"深圳女"，总是有一张沧桑而不失倔强的坚毅脸庞，黄梅珠仍以一种积极务实的精神，勇敢地面对生活的挫折与刁难，为自己也为家人，维持着一份体面与尊严。

在那部被《小说选刊》第3期转载的《阿姐还在真理街》里，吴君继续着同样的创作母题和人物类型的创造。欧逸舟在"责编稿签"中说："真理街即将拆迁的消息，给居住在这里的人们带来了希望，但在主人公姜兰惠看来，'希望'也是一体两面的。姜兰惠的丈夫及小叔子都是这里的原居民，深圳的变革影响了她（他）们的人生，从农民到工人、职员，他们的生活发生了翻天覆地的变化，思想也变得极为复杂。姜兰惠几乎是以一己之力在引导着身边的人去奋斗、努力工作，然而她的周遭充斥着各种渴望'躺平'

① 《仰望星河 品读〈月光下〉之魅》，广东作家网：http://www.gdzuoxie.com/v/2022/12/16892.html

② 丁侃：《蔡东短篇小说集〈月光下〉文学沙龙举行》，中国作家网：http://www.chinawriter.com.cn/n1/2022/1219/c403994-32589670.html

的人。姜兰惠仿佛是真理街的堂吉诃德，坚持自我使她愈发格格不入，也弥
足珍贵。吴君一直致力于刻画、赞颂时代激流中努力拼搏的普通人，这种精
神也正是深圳这座城市的独特魅力所在。"江丹主编的《深圳地理的文学表
达：吴君作品评论集》（百花洲文艺出版社2022年1月版），用作家研究、
作品赏析、作家访谈等文本形式，把吴君的这种题材一贯、风格鲜明、标识
度高的深圳小说，放置在中国当代文学史上做了精准的系统评价。吴君在创
作谈里说："为深圳文学画廊贡献鲜明个性人物形象的作家很多，我应该也
算是一个。农民工、酒店经理、破落的商人、过气的演员、梦想家、失意的
小职员……重复的只有深圳这个地名。炼的是意志，收获的是小说。我是一
个有着更大野心的作家，在不断地尝试着对这个魔幻城市进行立体的全方位
的书写过程中，一直不断修改和辨别着写作的路径和前进的方向，是的，我
正在用一百多部中短篇小说为他们，这些我创作出来的小说人物在深圳这座
城市青史留名。"①

2022年新任中山大学中文系创意写作教研室主任的王威廉，在长江新
世纪和河北教育出版社的"年轮典存"丛书中，推出一部中短篇小说集《我
们聊聊科比》。这部小说集中的8部中短篇小说，聚焦了我国西部南部的风
情描绘，讲述各类青年成长中的惶惑与希望，反映了广东新锐作家开阔的创
作视野与积极的艺术探索。其中的短篇小说《我们聊聊科比》，在《北京文
学》第2期刊发，2022年评为中国小说学会"中国好小说"的上榜作品。

《我们聊聊科比》写一对父子在面对篮球巨星科比离世时，观念和情感
上存在着的巨大鸿沟。作家风趣地描绘了父子两代人的不同观念、不同情感
以及难以沟通的生活方式。在作品的高潮部分，是儿子在放学时突然失踪，
众人在医院找到他时，儿子却平静地述说自己的动机竟是：想"到医院太平
间看看"。王威廉用短篇小说的"反转"与"留白"的特有技巧，生动地讲
述了两代人如何通过自身努力和家人的互爱，度过一场情感和精神上的危
机，深度概括了两代人情感和理性的深刻矛盾，成为中国普通人的情感发育
史的真实记录。

---

① 吴君：《与时代同频共振》，《生活周刊》2023年2月26日。

王威廉在创作谈里说："这本小说集的每一篇小说的风格都不一样，都是我的尝试和突破，挺有意思的。作家如果想通过写作去寻找自己，必须表现出积极的探索精神。这八篇小说就像八个梦，让读者阅读时会有从一个梦掉进另一个梦的感觉。现在大家都爱谈论元宇宙、虚拟现实，其实小说就是最早的虚拟现实，只不过你要从文字里去感受它、去想象它，过程是微妙而丰富的……我也希望读者能通过这本《我们聊聊科比》体会到这个世界的丰富性，以及它所包含的深刻的意涵。"王威廉是广东勇于探索、敢于尝试的"80后"新锐作家，从纯文学小说到科幻小说，从获广东鲁迅文学奖到上榜"中国好小说"，他以突出的中短篇小说的创作业绩，成长为广东青年作家中的领军人物。目前他正在中山大学教授文学创意写作课程，在课堂上，他睿智阔达地运用切身创作经验，鼓励学子们要善于思考、勤于写作，在文学创作中寻找到真正的自我。①

盛可以发表在《作品》第2期上的《黑色雪花》，叙述了一个作家一生中与三个女性相处时的独特言行。A作家从人的本性上是一个温柔善良的男人，只是他走上文学创作道路时走火入魔了。他对第一任妻子大刘又打又骂；与第二任妻子小刘相处时，又对子女冷酷无情；与第三任照顾他写作的骆嫂相处时，还是暴躁加拳头。其实，他的内心动机是想用一个特立独行的与作家身份匹配的非凡的一面，来掩盖自己平庸的个性和创作业绩。盛可以以客观冷静的第三人称叙述角度，揭开了一个平庸的文化人为了自己的理想而始终不改的、在处理男女两性关系时的丑和恶，对他想用事业上的光彩来遮盖人性丑陋的一面，做了深刻而生动的描绘。

韦名在《作品》第3期上发表的短篇小说《夜话》，叙述三男一女四个年轻人之间的男女情爱故事。陈东、周帆、莫迪和李钰四个大学刚毕业的新闻记者，同住一栋出租楼。三个男生都爱着李钰，但李钰"都不是三个男生池子里的鱼，三个男生也都不是李钰碗里的菜"。陈东和莫迪退出后，只有周帆动用了自己的全部心机和才华来关心李钰，他给李钰编造的新聊斋志异的故事成为他与李钰爱情的一把双刃剑。李钰怕鬼故事便主动要周帆留下来

---

① 中共广州市直属机关工作委员会、广州新闻电台、花城FM：《书和远方：在写作中寻找迷失的自我》，https://mp.weixin.qq.com/s/jfgUE_BPvT7Jq2DdErRy0Q

陪她；而李钰最后却要频频换男朋友才能感到安全。周帆为得到爱情的坚持与努力，既成全了他，也伤害了他，他的聪明才智使得他情场失意而又职场得意。韦名用周帆与李钰的独特故事，揭开了我们人性中某种性格元素的深层悖论，那种以自我为中心的心机和坚持，实际上会以成功的光环掩盖人性深层的丑陋。韦名的《夜话》和盛可以的《黑色雪花》，都是通过讲述转型时代的湾区普通人故事中的一些诡异奇特的文化现象和社会文化心理，将人性里一些带上了美丽光环的丑与恶，暴露在今天的阳光下。

汪泉2022年发表了4部短篇小说：《三师一生》（《飞天》第7期）；《掘墓时刻的微火》（《延安文学》第3期）；《教室里的月亮》（《特区文学》第2期）；《燃烧的冰川》（《生态文化》第2期）。他的4部短篇小说，均为用心用情之作，通过一些非合理的、有悖惯常逻辑的故事情节，展现其人物合理的人性之善。《三师一生》和《教室里的月亮》属于教育题材，无论是小学生还是校长，均有对人物心理动机的深刻挖掘。留守儿童尕东和三位老师，各自因为利益驱动，构成了相互依赖的三师一生的一个特殊学校，而最终尕东听说学校因为没有学生而要撤销时，却要求留级，于是保全了三位老师的利益，人性之美至此得以充分展示。《教室里的月亮》是写一个校长为了争取上级对学校的支持而不惜巧用手电筒，将作为教室的破旧裂缝的危房展现在了领导面前，惊心动魄地上演了一场闹剧，达到了改造危房的目的；大雪纷飞中，校长和教师们围着热气腾腾的羊肉，校长人性中的狡诈化为善意，颇得汪曾祺小说的笔法之妙。《掘墓时刻的微火》摹写了在哥哥去世后的掘墓时刻得知自己当年的打工薪水被哥哥私留，继而层层剥茧抽丝，解开了哥哥艰难不易的一生，将其人性中的"小"通过艰难的过往得以冰释。《燃烧的冰川》，通过燃烧冰川解决干旱问题的一系列艰难求生之道，讲述了爷爷无奈的归途，从生态角度揭示人性之善面临生存危机时的徘徊和抉择。汪泉的短篇小说在违背逻辑的惯常中寻找人性的合理性，多为人性之善意的发现，令人在看似违背常理的矛盾中让读者感悟到人性深层的善意，这就是汪泉短篇小说创作的一种文体观念和艺术追求。

五、湾区故事的叙事新态

2022年12月，有广州作家梁宝星、深圳作家陈再见、肇庆作家路魆、东莞作家严泽、香港作家邵栋，在《广州文艺》组织的"粤港澳大湾区小说专号"里，联袂抱团推出了一组显现"新南方写作"特征和风貌的短篇小说。这一批扎根在大湾区的新锐作家，用一种面向世界、面向未来的创作视野，把"新南方"的地理资源和文化资源，改造为大湾区文学的创作资源，展现了作家们变革湾区文学的小说观念和叙事方式的强劲努力。

陈再见的《双玉鱼》，叙述一个长期生活在南方小镇上的老母亲，在已经进入到老年痴呆状态时，仍始终铭记着要感恩在最困难的时候，给自己赊账的一个年轻店主。南方小镇的风物人情，给这个感人的故事创设了一个温馨暖人的叙事氛围。严泽的《骑白马的舅舅》，从一个少年的眼中和心中，塑造了一个在家乡渔村中像神一般存在的、激励着他们创造美好生活的舅舅，尽管这个参军抗日的舅舅早已牺牲，但整个盼望和寻找的过程，将家乡父母辈的善良美德做了动人的讲述。这个故事中反复出现的干虾米、晒渔网等南方风物中的象征性细节，显示了作家将南方乡土题材转换为文学叙事的能力。邵栋的《盂兰记》把香港的粤剧文化生活，做法事时的诡异素材以及香港底层百姓的日常生活融汇在一起，描绘了一幅香港居民沉浸于南粤风情的市井图。到了梁宝星的《寻找阿波罗》和路魆的《大禹》，则是用科幻题材和形式来隐喻"新南方写作"中面向世界的一种"寻找"与"拼搏"的母题。梁宝星近年的短篇小说创作，一直着力于用一种现实的和超现实的题材来表达一种"寻找理想、寻找诗美"的创作母题。《寻找阿波罗》里就是写一颗彗星化成为一个灵魂，开始了在宇宙间艰难不屈的"寻找"。《大禹》中的旅行家拼尽全力护卫洪水中的城市，克服无数的困难和羁绊来营救妈妈。这个形象可看作是人类勇于拼搏和创造的隐喻与象征。《广州文艺》上的这组大湾区作家的短篇小说，较为饱满地体现了"新南方写作"的一些基本风格和特性。湾区作家努力追求的创作目标和卓有成效的创作实践，显示着他们开始有了自觉追求"新南方写作"和"大湾区文学"品牌的文体意识。

深圳作家旧海棠曾是鲁迅文学院第17届高研班学员、广东文学院的签约作家，获得过广东"十大青年文学奖"、广东"有为文学奖"短篇小说奖。2022年10月，她在作家出版社出版了短篇小说集《秦嫒嫒的夏然然》。这部短篇小说集，主要收入旧海棠发表于《人民文学》《收获》《十月》等刊的《遇见穆先生》《团结巷》《山中对话》《稠雾》《天黑以后》《返回至相寺》《像没发生太多的记忆》《海滩的上空》等作品。李德南评论说："它们普遍涉及对生之艰难与欢乐的书写，涉及很多无解的难题，而旧海棠对困厄的表达往往取回望的视角，并且时常以随笔般放松的笔调展开讲述，有一种历尽沧桑后的释然、淡然与怅然，小说戏剧化的成分也因此而淡化。这些作品中对存在的疑难的表达，是探寻，是回忆，又是与往事的交谈。"[①]

肇庆"80后"作家陈天鸣，2022年在太白文艺出版社出版短篇小说集《十态》。他关注和展现普通人的真情实感和生存状态的短篇小说创作，曾获中国小说学会"文华杯"全国短篇小说大赛三等奖、第二届深圳"红棉文学奖"、第三届"广州青年文学奖"、肇庆市端州区文学艺术"四个一工程奖"等荣誉。

《十态》是一部以现代湾区城市生活为背景，或带有自传色彩，或讲述身边人故事的短篇小说集。由《补爱的女人》《寂寂深居》《茧居》《遇仙记》《困兽》《咆哮帝》《鬼才》《局外人》《末日前的归宿》《朱颜》等10个短篇小说组成。陈天鸣用真切细腻的笔触，以具有"电影感"的文字，把湾区都市人的日常生活一一呈现，读来令人有身临其境之感。纵观这些故事里的主人公，都是芸芸众生中的平凡人，生活在广州现在和过去都依然在目的建筑群里。《寂寂深居》的场景就是广州老西关的小巷街道和城隍庙附近的老巷子；《补爱的女人》的故事发生在天河龙口西一带；《局外人》里有光孝寺、六榕寺、海幢寺；《茧居》主人公涉足的地方包括白云区陈田花园、云溪公园、安华汇；《困兽》里面写的是广州雕塑公园……10篇作品大部分是发生在广东的人和事，以其生活和体验的岭南风物为主要题材与写作背景，可具体感觉到他深受岭南文化的影响。他自言受到鲁迅、张爱

① 李德南：《悦读》，《广州文艺》2022年第12期。

玲、钱锺书等文学前辈的影响。在岭南民俗风物、文化风情浸染下长大，努力吸收国内外优秀作家之所长，形成了自己与众不同的特色，即体现比较明显的"新南方写作"的创作风格和个性。杨红军评论说："陈天鸣是一位难得的富有才情的青年作家，他不但对生活感受细腻，且文字穿透力极强。即使非常细微的惊扰、稀松平实的交际，通过他的灵感透视，就总能让人怦然心动，回味无穷，让我们对生命产生一种非同寻常的反省和悸动。"华南农业大学2020级汉语言文学专业的杨丹、陈景芬、颜嘉妙、王彰君、谢金秀、薛彦婷、吴彦霖、陈楚彤、邓雯娟等9名同学，组成了现代文学史课题学习组，对陈天鸣做了专访和研讨。①

广州"90后"作家、北京师范大学文学院博士生陈润庭，在《人民文学》第12期的《新浪潮》栏目刊发短篇小说《寻找Y仔》。这位获过两届"广东高校校园作家杯"首奖、首届"全国大学生汉语创意写作大赛"银奖的青年作家，在这部作品里讲述"我"一次偶然的机会，发现了因抑郁症去世的香港表哥竟然在二三流电影里有充当跑龙套和配角的B面人生。由于内地与香港的间隔，"我"原本对表哥的了解有限，只知道他是一个设计师。但随着表哥B面人生的发掘，"我"也开启了神奇的寻找之旅。"我"通过网络媒体、中国电影资料馆的"蔡楚生"系统等方式，搜寻到表哥生前出演过的所有电影。他为什么喜欢表演；又为什么对自己的表演爱好守口如瓶？带着这些问题，"我"决定远赴香港，去见他生前合作过的一位隐退女星莉娜。然而，寻找的终点，并不是意味着答案的浮现。相反，寻找可能带来更多的谜题，寻找的终点只能是自我与世界的重新定位与和解。这篇作品体现了浓郁的粤港澳大湾区的文化氛围，隐喻着现代人对自己心灵和人生理想的探求，显现了"新南方写作"挖掘岭南传统文化基因与活力的鲜明特征。

广州市花都区作协副主席余清平（笔名：砌步者）是从小小说创作中成长起来的新锐作家，曾获"善德武陵杯"·全国微小说精品一等奖。2022年，他连续发表短篇小说4部：《立春》（《嘉应文学》第2期）、《舍身崖》（《辽河》第9期）、《草原和草原人》（《莲池周刊·文学读本》

---

① 陈天鸣：《我会一直写广州故事》，广东作家网：http://www.gdzuoxie.com/v/2022/06/16152.html

第5期）、《无语凝噎》，首发《辽河》，后被《决策》转载于第11期和第12期。

《立春》是一部抗疫题材的短篇小说，映现出特殊群体（警察阳晨、医生阳述泉）的付出是舍生忘死的：当有灾难来临，他们总是逆风而行，为大家"遮风挡雨"，把安全留给大众，而危险，甚至是死亡，留给他们自己；《舍身崖》描写女孩黄小杏对爱情的执着、对人生的执念、对孩子体现出人类原始的伟大母爱，以及男主角陈凡在劫后余生之后良知的回归；《草原和草原人》刻画了现代草原人葡萄大王丁全福和王春喜对待二十几年前以及现今孩子们的爱情观方面的变化，以及对富裕生活的追求，对往昔岁月所发生的悲凉渐次和解，体现了富裕后的草原人豁达的新生活观，折射出党的十八大后草原人的生活面貌和精神面貌；《无语凝噎》叙述了城市与偏僻乡村人物性格的多样性，塑造了乡村青年代表马书雪与白帆两个人物形象，描写了他们通过努力读书跳出农村，梦想跻身于大城市的宏大理想，展示出当下社会许多年轻人内心深处的一种期冀与追求的困惑，给予拨云见日的观感。

周其伦在《新华书目报》的评论文章《"无语凝噎"语境下的纠结与阵痛》中说："旅居在广州的余清平，是一位具有广阔文学情怀的实力作家……《无语凝噎》作者没有过多地停留在故事讲述的表面，而是更多地挖掘到人性暗角的幽微，将人们很多时候面临的纠结与阵痛，进行了淋漓尽致的剖析，字字血声声泪地蜇摸着悲情背后的无奈与沉重，使得这个篇幅不长的小说作品，有了宽广的解读空间。"①

深圳作家赵勤的短篇小说《教堂蓝》获东莞第八届"荷花文学奖"短篇小说奖。《去深圳》获2022年深圳市"睦邻文学奖"年度十佳。2022年她发表的短篇小说有4部：《一次见面》（《西部》第2期）、《浆水面》（《青年作家》第3期）、《明天是个好天气》（《飞天》第5期）、《另一个人》（《十月》第4期）。

《一次见面》通过"我"和多年未见的大学同学杨华的一次相聚，两人共同回忆了大学时代的生活和当时的老师以及同学，发现记忆的不可靠，

---

① 周其伦：《"无语凝噎"语境下的纠结与阵痛》，《新华书目报》2020年5月28日。

以及很多潜藏在生活表面下的暗流。《浆水面》写"我"下班回家途中，神思恍惚，先是下错车站，跟踪了一个美女，一路走回去才发现美女是我很厌恶的邻居。然后在家里发呆、神游，而后出门找吃的。一路上回忆幼年时的玩伴，特别想吃一碗可口的浆水面，然而这个城市没有，家乡也没有，浆水都被污染了……《明天是个好天气》里，"我"想追求理想生活和女朋友离开新疆，在东莞做着作家梦，靠女朋友打工的收入生活；因为和女友发生口角，遇见烧烤店老板老范，老范向"我"倾诉十几年的生活经历，"我"向老范讲述自己现在窘迫的生活状态。小说叙事的巧妙之处在于设置了两人讲述各自的故事时，都是采用第一人称的叙述方式："我"既是听众，又是讲述者，最后"我"是老范，老范也是"我"。大家好像都经历了彼此的人生，"我"最终与女朋友和解，感觉到"明天是个好天气"。《另一个人》是现在的"我"给自己讲述过去的"我"经历的童年往事。这篇小说换用了第二人称"你"来叙述：那时候"你"在遇见新搬来连队的"她"，和"她"成为好朋友，但是"你"无法真正接近"她"，内心里的纠结是自己最终拿刀伤了"她"，也伤了"你"自己。小说的深层内蕴被第二人称叙述饱满地呈现出来。《去深圳》则借助书信体方式娓娓道来，讲述了两份位女性微妙而复杂的友谊，以及在观念对立下的亲情之伤。用节制的叙事，平静地探查当代年轻人在命运囚笼中肉身与精神的困顿，表达了对天赋生命的尊重、对自己的生活要做出修正的渴望和决心。赵勤的这一组短篇小说采用了各种有创新意味的叙事方法，既为大湾区的各种人物画像，又在探索着湾区故事的新讲法。

小小说

六、落地与飞翔的文学活动

2022年广东的小小说创作在广东小小说学会的组织和推动下，做成了几件既落地普及又飞翔云端的大事：

"惠州小小说大课堂"获评全国文学志愿服务优秀项目。7月22日，全国文学志愿服务联席会议成立仪式暨文学志愿服务高质量发展工作推进会，采取线上线下相结合的方式在北京举行。中宣部、中国作协领导出席，各省市设立分会场。申平应邀在会上做《发挥专业优势，积极开展文学志愿服务工作》的发言，介绍惠州市小小说大课堂的创办过程。8月16日，中国作家协会发布《关于2022年文学志愿服务示范性重点扶持优秀项目和优秀项目组织单位的通知》，"惠州小小说大课堂"被评为优秀项目。9月15日，广东省文学志愿服务座谈会在河源举行，省小小说学会常务副会长雪弟出席会议并介绍经验。

"广东小小说网络大课堂"连续上课三年，效果显著。2月25日，省小小说学会借鉴"惠州小小说大课堂"的成功经验，做出《关于开展广东省小小说作家网络培训的决定》，于3月7日正式开坛授课。会长、副会长率先开讲，随后邀请杨晓敏、秦俑、刘海涛、江冰、郭晓霞等作家、评论家讲课。2022年，结合学会开展的创作交流年活动，邀请在创作上有一定成绩的小小说作家结合自身创作实践，在大课堂内交流。两年来，"小小说网络大课堂"共上课40讲，取得良好效果。

"中山市小小说作家作品全国名刊改稿会"成功举行。8月20日至21日，由中山市文联指导、中山市作家协会主办、香山文学院承办的"见微知著：中山小小说作家作品全国名家改稿会"在中山举行。会议采用线上线下相结合的方式进行，对大海、胡汉超、王玉菊、廖洪玉、紫小耕、蒋玉巧、田际洲、洪芜、泥冠、林毓宾、曾林锋、肖佑启、中山黑威、党仲良、李干钱、陈有平等16位中山小小说作家作品进行点评。学会顾问刘海涛、《小说选刊》责任编辑尚书、《微型小说选刊》主编张越、《小小说选刊》主编秦俑、《故事会》副主编高健等先后在会上指导，申平、雪弟、吕啸天、胡亚林、余清平、王溱、刘帆、刘浪等在会上发言。

第四届"扬辉小小说奖"和第三届"华通杯小小说双年奖"结果公布。由中国·东莞（桥头）小小说创作基地、《小小说选刊》杂志社、广东省小小说学会联合主办，由东莞晟匡塑胶制品有限公司协办的第四届"扬辉小小说奖"的评选结果，6月5日在东莞市桥头镇揭晓：谢志强等3人获"扬辉小小说奖"成就奖，蒋冬梅等3人获"扬辉小小说奖"新锐奖，白茅等3人获基地新秀奖，张中杰等20人获优秀作品奖；杨晓敏获本届"小小说事业推动奖"；莫树材获"扬辉小小说奖"特别奖。

"申平动物小小说线上研讨会"在深圳成功举办。6月22日，由深圳市小小说学会牵头运作的"申平动物小小说线上研讨会"举行，全国各地有26位专家撰文，高度评价申平生态小小说集《马语者》。中国作家网等50多家网站和媒体陆续转发，点击量达到百万人次，在全国产生较大影响。7月18日，《文艺报》转发会议消息。在此之前，5月6日《文艺报》刊发雪弟的文章：《马语者：生态小小说的动物样本》；7月14日，《文学报》刊发高健的文章：《动物的病痛与人类的解药：解读〈马语者〉的叙事语境、情境与理境》；5月11日，《羊城晚报》推出综述专号。

小小说学会与三地联合举办"全国小小说征文大赛"。首先，与河源市东源县委宣传部、东源县文联等单位联合举办首届"万绿湖杯"全国小小说大赛，4月10日公布大赛结果；第二，与汕尾市作家协会等单位联合举办"善美红土地"全国小小说大赛，10月30日揭晓大赛结果；第三，与佛山顺德区文联、作协、顺德小小说学会等单位联合举办"水韵凤城杯"全国小小说大赛，12月23日揭晓大赛结果；三次大赛在全国产生一定影响。佛山市小小说学会与有关部门合作，先后举办了第六届"南狮杯"全国法治小小说大赛和"筑梦佛山·我与宪法"全国文学大赛；东莞市小小说学会继续举办"美塑杯"小小说大赛；梅州市和惠州市小小说学会，也组织了地方性小小说大赛。

"梅州市女子小小说军团"引发关注。2022年4月22日，中国微型小说学会公众号推出卧虎的文章《梅州女作家方阵的形成与特色：中国独一无二的小小说木兰军》，对梅州小小说女作家群给予高度评价，从梅州小小说现象形成的外因、内因、特色及发展等方面进行了深入分析。梅州小小说作家女子方阵现有30多人，近年来在各地报刊发表小小说作品多篇，《港台文学选刊》等杂志为她们推出了作品小辑。

七、守正创新的个体和群体

在广东小小说读写活动持续升温的背景下，广东小小说作家群的生产力和创造力得到了进一步的释放和发挥。据不完全统计，2022年，广东作家在各地报刊（公众号）发表小小说作品2000篇以上；在《小小说选刊》《微型小说选刊》《微型小说月报》等3家重点的小小说文体选刊被转载100多篇。

这些广东小小说的优秀作品，积极配合着中国作协和省作协的"文学攀登计划"和"新山乡巨变创作计划"，用不断提高和淬炼的小小说技巧，讲述粤港澳大湾区的变革故事，描绘广东的"新山乡巨变"，创造着一批焕发着时代精神的新南方人；用不断创新的小小说新方法、新技巧，创作一批体现"新南方写作"风格和特性的小小说精品，它们与"大湾区文学品牌"同步发展，显示出有三大文学特性的发展方向：

一是"向南方"。"新南方"地域是中国开放程度最高、经济活力最强的区域之一，无数怀着梦想的各类人才移居"新南方"，他们带来的各地文化、各种观念理想在"新南方"这块热土上碰撞、交融，产生无数的体现新旧矛盾和文明冲突的小小说新人物与新故事。二是"向世界"。移居广东或扎根湾区的小小说作家，因地缘和海洋的优势，和东南亚及世界各地的文化产生对接、对撞与融合，世界多元文化的形态容易催生广东小小说创作的新理念和新方法，开放的文学心胸和格局打破了传统的小小说范式，从内容到形式都呈现出一种万花筒般的新形态。三是"向内根"。广东小小说在向外拓展的同时，也向内努力寻找着自己"文化的根"，作家们将"新南方"里的一些特征鲜明的地方文化资源，一些与内地殊然不同的风土人情与文化心理结构，都化为了广东小小说的叙事体系和话语体系，构成了与中国其他地域的小小说（如东北小小说、江南小小说、西北小小说、中原小小说等）不同的样式和风貌。在2022年广东小小说新锐作家的精品创作里，我们可以感受到这三个发展方向的艺术端倪。

大海在《微型小说选刊》第20期发表的《一个人的村庄》，是一篇写广东"新山乡巨变"的新作。乡村的青壮年都外出打工了，只剩下一个老祖母，因老祖父就葬在湖边，她死守着这一块乡土而不愿跟子女进城；而早已外出过上了城镇生活的孙辈们，在扶贫攻坚的大决战中，田园牧歌般的乡村开始变成农村旅游胜地；外出的青壮年要重返家乡了；老祖母的执着坚守和孙辈们的陆续回归，并不是这篇作品着力描写的重点。作品没有写村民们"外出与回归"的激烈的矛盾冲突，而是用一种诗化的文学语言写出了老祖母对家乡土地的一种深情。没有了外表上轰轰烈烈的"物质变化"，通过深层的看不见的"精神变化"来写出山乡巨变；没有了表面上的"改革与反改革"的表层冲突，而是让老祖母与故事讲述人"我"的内心冲突，上升为一种人与自然的冲突；用小小说的诗化描述来构成这种深刻的人和自然的冲突与和谐，此为这篇作品设置矛盾冲突的独到之处和深刻之处。

郑志良在《微型小说选刊》第9期发表的《天鹅塘》，描写了中国乡村正在发生着从外表到内里的巨大的、深刻的变化。他刻画的一批老村长、新村长等新时代的新农民，对乡村的土地资源和耕种方式有着新的认知、决策和实干举措。《天鹅塘》的表层故事是说：在乡里以种莲藕出名的秀清叔要接待城里的侄儿侄女们来赏荷，但反常的是，偏偏这一年，秀清叔种的荷田根本比不过村里的其他人。他的荷田稀稀疏疏，毫无亮点，他根本就不敢带城里的侄儿侄女们来赏荷。更反常的是，他越是不想让侄儿侄女们看自己的荷田，而侄儿侄女们就越是兴奋地追着、跑着去看。原来，他种的这块荷田飞来了一大群白天鹅。他自己也惊叫起来：这一大群白天鹅又来了！这是白天鹅第二次来到他的荷田里。至此，谜底揭开，原来，这一群白天鹅在第一次飞来时吃掉了荷种，才造成了他的荷田今年稀稀疏疏成不了形，于是作家隐含在这个从反常到正常故事里的意蕴便呈现出来了：乡村的生态得到了保护，青山绿水招来了几十年都不见踪影的"天鹅群"。一个生态小小说的文学创意就是这样，不是附着在人的动作行为的巨变中，也不是隐含在人的情感意识的改变中，而是从自然环境的美化、从物种的迁徙变化中得到了诗意的叙述。

申平在《微型小说选刊》上发表动物小小说《巨狼》《河流》。《巨狼》的第三人称全知叙事视角，是从巨狼和老头两个角度来展开的。巨狼也有着像人类的思维和意识，它不听狼王的警告和劝说，一步一步地侵犯、蚕食人类的生命和财产；它觉得一个瘦小的老头为了捍卫自己的核心利益，居然敢拿着菜刀与它做殊死反抗；巨狼最后在老头和村民们的拼死搏斗中被击垮了。《河流》的超现实的夸张描写和怪诞叙述，是猎人带着众野兽，面对大火扑面而来的天灾，和暗河中的"巨蟒"勇敢对峙，猎人和所有的大小动物用惊天动地、穿云裂石的声音，迫使"巨蟒"成为带他们走出险境的向导。这个令人惊悚的人类与动物共同抗击天灾、创建"生命共同体"的故事，隐喻着在人类智慧的引导下，地球上的生物终将战胜火灾和"巨蟒"，胜利的曙光即将来临。申平近期的动物小小说新作，已从过去人与动物的和谐描叙中走出，用更阔大的视野来思考地球上人与动物的生存大格局，描叙人类面对灾难时的生存智慧和抗击意志，在世界百年之变局里创建"人类命运共同体"，这是申平动物小小说的一种创新和拓展。

李利君在《百花园》第12期发表的《被遗忘原理》，是一篇标准的只写一个单一场面的小小说故事。但这一个场面的故事有横跨30年的历史长度，有经典的反转结局，还有一个具有高度概括性的小小说哲理。已退休在家的赵章程教授忽然在自己的旧书中翻出了小粉丝送给自己的一张照片。30年前，这个小粉丝是自己大学同学的妹妹，一个崇拜大诗人的初一女生；岁月流逝，人生快进，退休后的赵章程动用了现有的资源寻找30年前的小迷妹。最终小迷妹也确实找到了，可她定居国外多年，根本就记不起自己少女时代的这个偶像。这个反转，让读者和赵章程悟出了人生和命运的哲理内涵，概括了一种人生内涵和人生历史的残酷真相。少女对偶像的崇拜，随着生活长河的淘洗和遗忘曲线的轨迹会丧失得一干二净；文人所有的情感承诺也会随着岁月的更迭成为错失的遗憾。在单一故事场面的反转结局中，作家让它延伸发展有30年的历史长度，注入了一种能拨动心弦的诗化情感，创建了一种有多层厚度的哲理内涵。

朱红娜在《微型小说选刊》第20期发表的《泼妇肖艳丽》，写活了一个"新南方"乡村妇女泼辣、犀利的性格特征。肖艳丽在与赖阿二新婚的当晚，就大声喝止侄儿到新房里偷红包的小偷行为，当着全家人的面，她毫不留情地大骂侄儿的父母；28岁的侄子好赌，当大侄儿将自己那个老实本分的老公赖阿二骗上赌桌时，她挑起一担粪水去泼赌局和赌客。这个正面描绘的动作性极强的情节，将肖艳丽的泼妇形象鲜明地固化在了纸上。她表面上的泼妇形象下却有着普通人的善良品行。朱红娜用这种"动作性+双组合"的选材方法，写活了一个"新南方"妇女敢爱敢恨而又心地善良的鲜明形象。正是这样的写人方法，才使得朱红娜"新南方"的乡村叙事，战略性地转移到人物个性和命运的描写上来。

马晓红在《微型小说选刊》第9期发表的《白马湖畔》，写"她"与"男1号他""男2号他"，从4岁到28岁，又从28岁倒回4岁时青梅竹马、两小无猜的童年趣事，这个二十多年来三人从乡村融入城镇的爱情悲喜剧，在全篇中仅有958个字的故事讲述。在每一个特定的年龄节点上，"她"与两个"他"的交集只用一个南方风物意象来做借代式的隐喻。这个借代式的隐喻常常又是由一个人物动作或一个物品细节来构成一种以局部代全部的艺术概括。尽管这篇不到千字的小小说写了"她"与两个"他"二十多年的情感史，而每一个年龄段的情感史只用一个"动作＋独特＋情感"的南方物品意象来借代和隐喻，不仅浓缩了叙事的篇幅，还更让小小说文本带上了诗化的隐喻和象征。这就是马晓红处理有长度的历史故事时而采用的借代式隐喻的特定手法创造的诗化文本。

闫玲月发表在《微型小说选刊》第22期上的《眼睛告诉你》，有一个这样的"对比内核"：摄影师王戈在小山村投宿，遇见一个留守家庭的小女孩盼盼，王戈拍了盼盼的一组照片，还特别细致地拍了盼盼那一双清澈见底、没有丝毫杂芜的眼睛特写，并告诉盼盼，这一组照片将发在网上，如果盼盼妈妈看到了就会回家来看盼盼，一直默不作声的盼盼相信了。王戈这一组照片在年度摄影大赛中得了金奖。他重回山村，看到了盼盼的妈妈确实回来过，但他做梦都没有料到，盼盼的神态、言行，已发生了彻底的变化：她穿上了多套妈妈带回的崭新的衣服，要王戈继续拍照；并给王戈一串银行卡号，说是妈妈讲的，她是网络红人了，要王戈给"出境费"；王戈给盼盼拍的照片再也看不到那双清澈见底、没有杂质的大眼睛了。盼盼的前后突变，是她那个没出场的妈妈所教；一个现代社会里的商业行为，改变了盼盼妈妈的观念；改变了山村淳朴的生活方式，深刻地影响着盼盼的思想意识和价值观的形成。一张传上网的照片，得了奖后，可以改造、制约人类的艺术审美；如今的媒体可以侵蚀、颠覆田园牧歌式的乡村生活；金钱让善良的文化人无所适从。这些探索突变原因的想象思路可以四处辐射，使得这一个"对比内核"的文学叙事，形成了多层的想象空间和创意内涵。

王溱发表在《微型小说选刊》第23期上的《童年》，写一个子女用特殊的方式帮助处在生命倒计时的父亲，让父亲不留遗憾地走完了生命的最后一程。这个特殊的方式是爷孙和"我"三代人追寻储满童年记忆的玩具。牵系着父亲童年情感的是绿色金龟子、甜丝丝的茅根笛、捕知了的竹弓，还有一个四四方方的绿漆木匣，里面装着"我"的小人书、木头枪、橡皮管水炮、菱角壳哨子……"我"帮父亲"找回"和重现他的童年生活，就开始想念自己的童年玩具了，可绿漆匣子里被妻子换成儿子的游戏机、变形金刚、遥控汽车、拼图了。三代人的童年玩具，变幻为这篇作品的故事内核，包含着丰富多层的情感信息，烙上了鲜明的时代色彩：六十年前父亲的童年玩具是那个小农经济和田园牧歌时代的产物；而父亲替"我"收藏的小人书、木头枪等是改革开放前农村生活的副产物；到了儿子这一代的童年玩具则是游戏机等电子产品了。王溱对三代儿童玩具的变迁叙事仅仅是个表层的故事内核和核心细节，深层内容却是一种体现作家才华、蘸满人物情感的文学叙事。王溱是用一个独特的物品细节和情节，让父亲重获了童年时光和生命中温馨的父女深情，感动人和引人共鸣就这样成为王溱小小说文学叙事的基本特征。

肖建国的小小说有很强的故事性和可读性，构思巧妙，叙事充满情趣。无论是直接截取现实生活的题材，还是没有年代的历史故事，他常常采用一种"双重隐喻"的叙事方式来展开故事，他发表在《微型小说选刊》第24期上的《钓鱼》，隐喻了"男人"和"女人"的一种家庭关系和爱情人生的走向。男人大学毕业后到一家行政单位做办事员，十年过去了仍没有进步；女人则从各个方面鼓励男人积极上进。男人听从女人的建议，尽可能地去接近领导；领导喜欢钓鱼，男人就买来高级的鱼竿陪领导钓鱼。女人发现，男人陪领导钓鱼没有收获的原因是鱼饵不行，于是女人拿出了自己的看家本领，一方面帮男人做成了很有诱惑力的鱼饵；另一方面又亲自到男人的领导面前去充当"鱼饵"。半个月后，男人得到了提升，但他的女人却没有同乐，而是"不答话，一扭头，两串晶莹的眼泪顺着脸颊落了下来"。作品表层故事是说女人"做鱼饵"，深层故事是女人"当鱼饵"。表层和深层的叙事是"跨界"的两个故事，这不同类的跨界故事构成了作品的相互隐喻。这种方式的讲述，带出了震撼人心的哲理创意，使"鱼饵"这个具体物象概括了生活中同类的人和事。一个为了男人的进步，竟然用自己的身体做"鱼饵"，小小说塑造这种可悲可怜可叹的女人形象，概括了生活中另类的爱情，拓展了小小说塑造人物和创建立意的审美空间。

徐东的新式小小说较少出现传统形态的小小说情节和人物，呈现的是一种"心灵对话和灵魂拷问"式的小小说文本。他的小说主人公"我"常常要和一个倾听者、一个描述对象，展开心灵对话。《变化》是"我"与同事"他"，就工作和生存展开了一个十年前和十年后的对话。十年的沧桑，使"我"与"他"谈论工作的性质和住房环境的对话内容，发生了巨变。《同事》里的"我"与李更对谈的是：十年前创作、爱情都不成功，十年后的李更"圆滑"地适应了环境，李更成功了，而"我"依然在原地踏步。在《有些话只能与猫说一说》里，"我"交谈对话的对象是一只黑猫；《我永远在你的生命里》，与"我"交流对话者竟是"梦中的我"……这些与"我"交流对谈的对象无论是现实的人还是超现实的人，"我"与他们的倾诉交谈，均是普通人在生活和工作、现实和理想、情感和理智中所遇到各种矛盾纠结。这种矛盾和纠结已经从具体的人和事中抽象出来，变成人类情感生活和现实生活中有概括性的"深刻悖论"。

广州作家陈振林是中学语文正高级的特级教师，曾评为全国"十佳教师作家"，出版过《阳光爬满每一天的窗子》《父亲的爱里有片海》《鲜花开满每一个脚印》等27部作品（其中小小说集19部）。2022年，他继续创作的"历史细节"系列小小说已达52篇，以多篇组合在各文学刊物推出：《伯乐》等7篇刊《短篇小说》，《玩笑》等6篇刊《北京文学》，《小鲫鱼》等6篇刊《小说月刊》。在《中学时代》开设《作家教写作》专栏。刊发在《故事会》第10期的《小叔木江》获中国微型小说年度奖。

陈振林的小小说作品单篇看来，都是独立的个体，但整体上看，更像一部长篇小说不同部位的组件，它们由各种细节具体地构成，人物衣着、故事氛围尽管有差异，但故事主人公都受过大致相同的教育，有着方向一致的道德准则，他们构筑起一个有矛盾冲突，但人性温情浓郁的世界，展现乌托邦式的沉醉和美好愿景。陈振林以拼贴的方式，从中国宏富的历史资源中，拈出了几个细节，氤氲于笔端的鲜活，折射出大历史的波谲云诡与深邃丰赡。作家以敏锐的洞察力、简洁轻盈的文风、传说式的笔调，不仅表现出后现代主义视域下的多元历史认知，也拓展了小小说叙事的新空间。他自言："我热爱着我的教师生活。课堂教学之中，我自然地融入了文学的元素；文学作品之中，我自然地撷取了教学的资源。文学与教学，是我生活的双翼，丰富了我的精神，让我能够随意地行走，使我能够自由地飞翔。于是，我的作品中一次又一次地出现了'校园'"。

八、问题与展望

梳理了2022年广东中短篇小说和小小说高质量发展的创作业绩，分析了广东中短篇小说在各级主管部门的精心组织和作家们的勤奋努力下，所获取的重大突破和所描画的"新南方"华彩乐章，我们需要清醒地察省走向创新和突破的广东中短篇小说创作，还存在着哪些短板，需要进一步寻找它的缺陷和不足，寻找能继续提质创新、产出广东小说精品的有效路径。

2022年广东的中短篇小说虽然双双斩获了国家级的鲁迅文学大奖，部分的中短篇小说精品跻身于国内一流的行列，一批"80后""90后"的广东中短篇小说新锐作家处在一个整体崛起的创作状态，但这支队伍中多数的中青年作家还需提高水平，多数的广东中短篇小说作品，虽然能在数量颇多的省市级文学刊物和网络新媒体刊发，但质量平庸的作品仍大量存在；作家的创作心理结构中表现出来的文学格局和文学境界，仍比较狭窄。他们虽然能讲出自己身边的或自己亲历的日常生活故事，但所塑造的中短篇小说人物形象还相当一般化，人物的内蕴缺少一种处于改革开放最前沿的大湾区的新人新质；表达出来的文学创意还较为肤浅，缺乏思想含量，未能提供给读者更大的想象和探索的空间；在讲述大湾区故事时所使用的文学语言，还未能形成成熟的体现"新南方写作"特征风格的叙事语态，在普通话、粤方言以及内地的各种语言夹杂使用中，还未能寻找到、提炼出适合于我们新时代环境的中短篇小说的叙述语言；在评估自己的创作能力和认清自己的创作局限时，不太关注和留意专家学者以及读者和媒体的评价与反馈，而是津津乐道于自己的作品被某某省某某学校用作了"语文测验"的命题材料，把这种随意性和偶然性较大的"语文测评材料"的选用，看作是自己作品达到了高质量的标志……这些从中短篇小说的创作内容和艺术形式认知的短视格局提示我们：广东的中短篇小说创作要出精品，作家队伍要提高创作水平，要努力通过学习，提高认知生活和驾驭创作的能力。

广东的中短篇小说作家，无论是"50后""60后""70后""80后""90后"等哪个代际，都要通过重新学习习近平总书记关于文艺工作的重要论述和系列重要讲话，学习当代新的文学创作理论和文体理论，重新认知我们今天的新时代，特别是要重新认知和体验我们正在经历、正在创造的粤港澳大湾区的新生活，逐步地认知和掌握"新南方写作"和"大湾区文学"的基本特征和创作规律，打破"井底之蛙"的视域，用大格局的认知视野和创作思维来重新审视、描绘我们身边的日常生活和普通人情。

这种通过深入学习，通过扎根湾区前沿来提升小说创作的大格局和大境界，将会形成三种"驾驭能力"：一是驾驭生活和工作的能力。积极主动地学习和执行"新时代攀登计划""新时代山乡巨变创作计划"中的时代精神，以主动的创造精神去体验我们的新时代生活。二是驾驭"新南方写作和大湾区文学"的创作题材和创作规律的能力。在上述深植前沿根据地的基础上，重新体验、重新发现大湾区的人物和故事，学会驾驭在新时代题材里提炼"大湾区新文学"的创意能力。三是提升驾驭讲述中国故事和湾区故事的能力与技巧，精心培育讲述中国故事和湾区故事的叙事能力，反复地试验和锤炼使用中国南方故事里普通话与粤方言融合的新叙事语言。这三种"驾驭能力"的提升，就能展现和擦亮我们广东中短篇小说的"新南方写作"和"大湾区文学"的创作特征与艺术品牌。

（本章撰写：刘海涛，湛江科技学院、岭南师范学院特聘教授，广东写作学会会长）

第四章
报告文学：在时代脉搏中捕捉生活本色

2022年，广东的报告文学作家们面对丰富而复杂的社会现实，面对多元又多向的生活，承续广东的民生传统，书写了许多精彩。据不完全统计，2022年度，广东超过70位报告文学作家创作发表了超过200篇（部）作品，出版或正在出版超过30部作品。其中，陈启文的《中国海水稻背后的故事》获《北京文学》2021年度优秀作品奖（2022年颁发）；《中国饭碗》入选中宣部、国家新闻出版署2021年主题出版重点出版物，入选中宣部出版局2022年6月好书荐读书单、2021年中国当代最新作品排行榜（2022年公布）、中国编辑学会教育编辑委员会重点推荐图书、2022年4月百道好书榜、国家新闻出版署2022年全国有声读物精品出版工程项目、人民文学出版社《21世纪年度报告文学选·2022报告文学》（节选）。《血脉：东深供水工程实录》（简称《血脉》）入选中宣部、国家新闻出版署2022年主题出版重点出版物、2022年5月"中国好书"、中宣部出版局2022年5月好书荐读书单、第32届香港书展重点推荐图书、2022南国书香节重点推荐图书、第六个全国科技工作者日主题书单（百道网）、中国作协创研部选本《2022中国报告文学精选》（节选），获广东省第十二届精神文明建设"五个一工程"奖（图书类第1名）。此外，《传说中的仙鹤》在《中国作家》发表；2022年，《白洋淀的春天》在《人民日报》海外版发表。张培忠、许锋的作品《竹乡厨韵》在《人民日报》发表；谢友义发表了《他把粤菜玩出新花样》《欲与天公试比高》；又有三个短篇：《赖宣治："跳"出人生更多可能》《欲与天公试比高》《向善，让生命波澜壮阔》收录于报告文学集《时代的追光者》；李迅在花城出版社出版25万字长篇传记文学《赤血——丘东平的战火青春》

（简称《赤血》），此书入选2020年广东重大现实题材和红色题材创作选题扶持项目。中篇报告文学《"大国工匠"何满堂的神奇穿越》《血梅花——一位红军的忠魂与廖家三代人的不懈坚守》入选《时代的追光者》报告文学集，还有短篇报告文学《绝技》发表于《南方日报》。张霖、罗丽、吴海榕书写广东企业的《迎风破浪：新时代广州"智造"实录》（简称《迎风破浪》）出版。中山大学出版社出版发行了宋晓琪20万字的长篇报告文学《医心皓皓》，真实、精彩地反映了广东省第二人民医院近十五年来走过的坎坷之路，包括对医疗改革所作的不懈探索，以及努力传承部队优良传统、不断提升医疗技术水平、全心为患者服务等丰富多彩的内容。汤炎忠受《广东教学报》《中学生报》委托，创作完成13篇专题稿件（《佛山市幼儿园：艺海狮韵润童心，凝心聚爱共奋进》《陈丽云：学生阅读的领路人》等），分别发表于光明日报社的《教育家》杂志和《广东教学报》《中学生报》；报告文学《东江华侨回乡服务团应运而生》发表于民革中央机关报《团结报》，并被广西《华声晨报》转载。林璇在《海内与海外》《时代报告》《广东文坛》发表多篇报告文学。

纵观2022年的创作，其中既有深耕报告文学界的陈启文继续推出长篇报告文学《中国饭碗》《血脉》，也有左手散文右手纪实的黄国钦与丁燕分别出版的长篇报告文学《潮州传》和长篇传记文学《等待的母亲》；李迅的长篇传记文学《赤血——丘东平的战火青春》千呼万唤终于出版。此外，广东报告文学"轻骑兵"许锋在《光明日报》发表纪实文学作品《菠萝救援》，谢友义在《南方日报》发表《他把粤菜玩出新花样》；又有青年作家涂燕娜、张霖等加入报告文学创作队伍……从广东作家的创作来看，2022年作家作品已提前走出"疫情"，纷纷挖掘更多的创作题材与纪实话语，各行各业、历史现实、城市人生均在纪实文学作家的视野里，笔下风云万千，人物形形色色，作家秉持客观"新闻"的观察视角，又不断深挖现代人的精神世界，坚持书写当代中国和当代广东的社会现实。应该说2022年广东报告文学有着很强的在场意识、审美特色，更有强烈的现实主义追求与深刻的人文精神内涵，为如何讲述"中国故事"做出了极富广东特色的探索。

一、把握时代脉搏

报告文学是报告与文学的结合，语言、叙事、结构都应该在此过程中得到不断的创新与突破。同时报告文学从文体上也要有不断打破边界的追求，跨文体对报告文学带来了与时代同频的高效，也带来了与世界对话的可能。在时代书写这部分，2022年的广东报告文学有非常优秀的作品，比如陈启文的长篇作品《中国饭碗》与《血脉》、许锋的《菠萝救援》《竹乡厨韵》《工匠之路》系列中篇，以及张霖、罗丽、吴海《迎风破浪：新时代广州"智造"实录》。从这些作品的创作中，可以看出广东报告文学作家的胆气与魄力，也能看到他们的责任与追求。

报告文学史有自己的本位，那就是"人民"。从人民的立场出发，以人民的利益为重是报告文学永远的追求，而这就要求创作者深扎生活。生活是一切的起点，生活体验也必然成为报告文学真实书写的基础。但在此基础上，如何从纷繁的生活体验中把握住时代的脉搏，抽丝剥茧般书写带着历史必然性的纪实作品则对创作者提出了更高的要求，优秀的报告文学作品源于生活，但一定有高于生活的视野与胸怀，有心怀天下的追求与抱负。

陈启文在2022年出版了长篇纪实文学《中国饭碗》。悠悠万事，吃饭为大。陈启文曾经在2009年出版长篇报告文学《共和国粮食报告》，该作品追溯共和国60年的粮食之路，十年之后，他再次面对这个话题，这一次将重点放在了"全景式"展现中华人民共和国成立七十年来的粮食之路，并且将重点更多地放在了改革开放的40年，尤其是最近的10年。"确保谷物基本自给，口粮绝对安全"的新粮食安全观在近十年来指导确立国家粮食安全战略，也持续推进着农业供给侧结构性改革和体制机制创新，从粮食的供给、流通到整体产业的稳步发展、明显提升成为本书的书写基础，而中国人民从"吃不饱"到"吃得饱"到"吃得好"，不仅是中国值得骄傲的历史，更是世界值得书写的历史。因此，这本书从小岗村切入，从北大荒开始，书写上至国家领导人和以袁隆平为代表的科学家，下至普通村民、农民的耕作生活，笔触所及的每一个点都牢牢地盘踞在中国饭碗的核心话题里，也不断地突破在粮食之外的关乎家国命运的话题。

真正有社会责任感的报告文学作家一定会深入一线，亲身调研，不断取证，但这个过程往往会面临许多难以预见的困难，在2020年新冠肺炎疫情期间田野调查面对诸多困难时，陈启文依然以惊人的毅力完成了这本书的创作，并且展现出了对历史的责任、对当下的关注，以及对未来的期许。

2021年，中宣部授予东江—深圳供水工程（简称"东深供水工程"）建设者群体"时代楷模"称号，号召全社会学习这支几十年来建设、守护香港供水生命线团队的先进事迹。为传承弘扬东深供水人的伟大奉献精神，广东人民出版社策划出版长篇报告文学《血脉：东深供水工程建设实录》，由陈启文书写，这是中国第一部全景式展现东深供水工程建设的长篇报告文学。该书推出后，先后入选中宣部出版局"奋进新征程　建功新时代"好书荐读活动2022年5月书单、长安街读书会第20220404期干部学习新书书单、中国图书评论学会中国好书2022年5月榜单、中宣部2022年主题出版重点出版物，并于2022年荣获广东省第十二届精神文明建设"五个一工程"奖。

《中国饭碗》关注的是粮食问题，《血脉：东深供水工程建设实录》则关乎另一个生存的重大问题——水，而东深供水工程更回应着另一层重要意义，即香港与祖国的关系。1963年6月15日，中央政府发出《关于向香港供水谈判问题的批复》，东深供水工程应运而生。如今回想，那正是"三年困难时期"，国民经济复苏调整的重要时期，可是中央决定全力以赴建造东江深圳供水工程。可以说，东深供水工程里的每一滴水都是血浓于水的同胞之情，而陈启文在这本书的创作中更多地投入了超越供水工程之外的精神力量。主体是水，核心却是人与精神，是战胜自然、战胜匮乏的物质；是超越制度的藩篱的成功，更是祖国与香港之间血脉相连的明证。

这些年，陈启文的脚步遍布大江南北，他写粮道、水道，写出了深度、厚度与宽度；他的作品往往是对新闻、历史、社会学、心理学、人类学、生态学的综合融汇，总能从内容与精神上不断丰富和延展报告文学的再现空间。近些年来，陈启文的创作一直处于高峰的勃发状态，他一直以一种科学家的态度面对报告文学，追求真相、追求真实、追求终极价值，同时饱含着人文关怀。有理由相信，他还能走得更远。

2022年，一直深耕报告文学，且近几年在中短篇报告文学中屡出精品的许锋又推出三部非常有意义的报告文学作品，分别为2022年7月29日发表在《光明日报》的《菠萝救援》，以及发表在《人民日报》的《竹乡厨韵》（2022年6月21日）和《工匠之路》。如果说当下许多报告文学作家已经转入长篇纪实文学的创作，那么许锋似乎是一直有意识地坚持着报告文学的"轻骑兵"特质。这几年他的优秀作品集中在中短篇创作中，且总是保持了对报告文学的新闻感、社会感，能在及时书写报告文学作品的同时保持创作中的人文底蕴与人文关怀，并且有对报告文学文体的思索与突破。这些是非常难得的，对于报告文学创作来说，在读屏时代，准确而迅速地对社会现象进行深度报道是人们需要，也非常欢迎的，因此，中短篇报告文学有理由得到更多创作者的关注与思考，并且不断突破。

张培忠与许锋合作的《竹乡厨韵》一文是针对"粤菜师傅"培养这一广东省热点项目展开的。全国素有"食在广州"之说，岭南饮食文化这几年在全国的影响越来越大，广东着力于从文化、文学作品中推动"食在广州"的文化品性。《竹乡厨韵》这部作品聚焦口很小，但是线索清晰，背后的文化含蕴相当深厚，不仅描述出了从"打荷"（杂工）到真正的厨师的成长过程，也讨论了从学徒到真正有创新的粤菜师傅的职业之路。在整个作品里，饱含着对"厨师"职业的尊重，以及对"粤菜师傅"这一身份的自重与自爱，所谓的"做厨师得有'料'"，其实正是指向真正的粤菜师傅不仅能在厨房这一方天地里施展拳脚，还能不断创新，不断思考；而创新与思考的背后正是对粤菜文化的理解以及对粤菜历史的珍重。

2022年，许锋接下省文明办、省作协安排的任务书写《菠萝救援》一文。该文以报告文学的笔法，描写了"菠萝救援"从无到有、从有到大的发展历程。作者细致入微地刻画了王治勇等人物大爱无疆的内心世界，读来让人潸然泪下。原文发表于《光明日报》，以6200余字近一个版的篇幅重点推出。文章一经发表，即被数十家网站转载，被团中央、省、市"文明""青年志愿者"等微信公众号转载。这篇文章有着鲜明的许锋报告文学的特征，一开篇没有半句废话，直接将读者带进情境中，"夏日""礼拜天""工作服"王治勇一句"穿工作服，首先省钱，不用再买衣服；其次，随时出发，奔赴救援一线"。已经为整篇作品定下了基调，救援队的人都是一心扑在这项工作上，并且救援这项工作的特殊性也展现出来，灾难来临不分日夜，更不会分工作日还是休假，随时准备出发救援就是他们的工作。而这种随时等待准备出发的紧张感从作品一开始就铺垫开来，拉紧读者，文章节奏紧凑，感情深刻，让人动容。

报告文学作品有着自身文体的特殊性，要求思想性与艺术性的统一。这一点在报告文学作品创作中是不容忽视的根本要求。在许锋这些年的作品中，包括他与张培忠合作的多篇作品中，都能看到对这种统一性的高度自觉。他们的作品弘扬社会主义核心价值观，书写人民对美好生活的期待。应该说在书写新时代的现实生活、塑造新时代的人物形象、呈现中华民族伟大复兴的题材书写中不断突破。

报告文学作家要有大时代情怀，能有大眼界，看到大事件，也要能从平凡生活、普通人物身上看到真正的时代内核。这样的作品才能真正地贴近大地，贴近人民。他们既能脚踏实地，也能仰望星空；既能书写宏阔理想，也能描摹新时代的画卷。这是报告文学作家的使命与担当。

张霖、罗丽、吴海榕合作的《迎风破浪：新时代广州"智造"实录》由花城出版社出版。该书书写从"广州制造"迈向"广州智造"的大背景下，广州一大批重大产业项目的蓬勃发展。作品将目光聚焦在生物医疗、智能装备、互联网经济、文化创意行业等新业态、新产业的龙头企业、高科技企业、新材料技术企业，先后采访了广州金域医学检验集团股份有限公司董事长兼首席执行官、广州医科大学金域检验学院院长梁耀铭先生，病毒检验专家陈敬贤教授，广州漫友文化科技发展有限公司副总经理张显峰博士等人。通过展现相关企业的高、精、特、新、尖等特点，试图揭开"广州智造""出新出彩"中的一角，以窥新时代广州企业的全新风采和奋发上进的精神面貌，并在历史的卷轴中留下印记。

回望改革开放40年，广东人凭着搞活经济迅速发展，形成了自己的鲜明形象。粤商头脑灵活、会做生意是这形象的一面，另一面则是只会做生意，没啥文化，也刻板地延续多年。其实新世纪以来，广东经济发展早已慢慢摆脱传统生产模式，技术创新、科技追求才是王道，事实上，这些年广东依然保持着经济领跑姿态，与粤商在"智造"领域的创新密不可分。张霖、罗丽与吴海榕这本《迎风破浪——新时代广州"智造"实录》正是回答这个问题，时代需要新的广东书写，向社会展示新一代粤商从"制造"到"智造"的进取与发展。作为一本报告文学，《迎风破浪》提供了新的视角、新的生活发现，同时以观念上的新带动了创作上的新。

中国自明清以来有三大商帮，分别是粤商、徽商与晋商。在中国近现代商贸进入世界浪潮之后，粤商一直是中国经济中最引人注目的群体。20世纪80年代改革开放的大幕拉开，粤商又成为经济发展舞台上最重要的角色。在《迎风破浪》这本书中读者就可以看到新粤商的风貌和新粤商的精神。如书中写到的金域企业、逸仙电子商务、漫友文化……通读《迎风破浪》会发现所谓广州"智造"，原来都与老百姓的生活息息相关，从防疫检测，到美妆品牌，再到老少咸宜的漫画行业，都在默默守护着每一个人的生活，也在丰富着、精彩着普通人的生活。读这样的书，幸福感与自豪感油然而生。在几百年的商海沉浮中，粤商从来没有躺在自己的成绩上故步自封，而是一次又一次适应新的环境，接受新的挑战。广东人一贯务实、低调，因此很少"唱自己"，这本《迎风破浪》也贯彻了这样的书写方式：严肃、真诚，以材料说话，不抓眼球、不假滥情。

报告文学曾被誉为文学的"轻骑兵"，在当下这样一个非虚构写作、深度报道发挥巨大作用的时代里，报告文学显然应该有新的突破。然而综观这几年的报告文学，写经济、写实业的报告文学很少；写企业发展、写技术突破的更是少之又少。一方面固然因为许多企业对被书写心有顾虑，另一方面也和创作者有关。创作者面对自己在知识结构上不擅长的陌生内容可能会有一定的畏难情绪存在。可是，在《迎风破浪》这本书里：生物医疗、智能装备、互联网经济、文化创意行业都得到了全面介绍，高科技企业、新材料技术企业也大胆深入，这本书的创作给报告文学在经济、智造、技术、科技等方面的书写开了一个小孔，一孔之见发现生活是一片富矿，原来可以书写的东西这么多。其实书中企业都有值得大书特书之处，许多看似不经意的小细节放在商海商战里都是惊心动魄的风浪，书中却云淡风轻地浅浅而谈，但他们的实力与成绩有目共睹，从领军人物到企业员工、从企业形象到开拓发展，无不令人感动。广东文学需要这样的书写，报告文学写作提供新的内容、新的视角的同时，也在创造新的传统。什么是新的传统？如果说我们今天理解的务实求真、发展经济是前人书写的粤商传统，那么当下张霖、罗丽、吴海榕他们对"广东制造"到"广东智造"的书写，就是明天的粤商传统、广东风貌。

二、书写红色力量

报告文学既有新闻性、当下性，又有一定的"滞后性"，否则就可能陷入抓眼球追热点的困境中。现实延宕可以带来更深刻的思考，这是因为报告文学准许这种延宕才有了题材的扩充与丰富。现实题材写出了态度与思考是"新"。历史题材有新角度、新材料当然也是"新"。2022年的广东报告文学文学红色书写出版了几本非常重要的人物传记，一本是胡子明写的欧阳山，一本是李迅书写的丘东平，一本是丁燕书写的彭湃之母周凤。其中欧阳山知名度高，文学成就高，他的全传出版是广东文艺界意义重大事情；而后两部作品书写的人物都有点特殊：丘东平因为牺牲太早，在主流视野中一直关注度不够，不管是其文学追求还是革命理想；彭湃的革命自家族史，以自我革命的方式走向理想，这是红色历史中光芒万丈的故事。而在这个故事里，他的母亲周凤其实也有非常多值得挖掘与书写的部分，甚至可以说，对周凤的书写可以从更多的侧面展现革命的艰难历程。同时，丁燕以自己特殊的女性体验将对彭湃之母的书写纳入了整个近现代新女性的书写框架中。两部作品的创作者也各有追求，在人物传记的书写中、在红色题材的挖掘上，展现出了不同维度的精彩与丰富。

花城出版社2022年1月出版胡子明创作的《欧阳山全传》。欧阳山作为中国现当代著名作家，被誉为"领一代风流的世纪大家"。其报告文学《活在新社会里》获毛泽东亲笔致信，给予高度评价；代表作《高干大》以及以150万字纪录时代风云的五卷本史诗式传世巨著《一代风流》，在中国现当代文学史上占有重要地位，在国内外产生了广泛影响；特别是《一代风流》第一卷《三家巷》于1959年出版后，曾在全国范围内引起轰动，广大群众争相阅读，周恩来、邓小平、陶铸、胡锦涛等不同历史阶段的党和国家领导人先后给予好评；该书被列为中共中央宣传部2019年主题出版重点图书"新中国70年70部长篇小说典藏"；2021年，为庆祝中国共产党成立100周年，中国作家协会策划并推出的"红色经典初版本影印文库"中，《三家巷》赫然在目。欧阳山笔下所塑造的高干大、周炳、区桃、胡杏、何守礼、陈文雄、陈文婷、陈文娣等给读者留下深刻印象的栩栩如生的典型人物形象，较大地丰富和发展了中国文学的人物画廊。

胡子明曾任欧阳山秘书（创作助手）达八年之久，掌握了大量第一手资料，由他来创作《欧阳山全传》本身就是让人期待的，这本书也不仅仅是记录欧阳山的生平，更重要的是希望读者通过这本书来重新回顾、认识广东重要的文学家欧阳山。欧阳山本身的创作就是把时代的精神通过文学作品以及文学人物凝聚起来、呈现出来，并通过传播，影响广大的人民群众。为了实现这个目标，他在不同的历史时期创造了不同的艺术经典，他把文学当成自己的生命，他把理想、情感、思想融入作品的每一个文字之中，他把时代的精神艺术性地呈现出来，这是他留给我们重要的文学经验。在这本全传中对欧阳山与毛泽东、周恩来、鲁迅等世纪伟人和文化名人密切交往，与郭沫若多次交往的描写都显得既真实又生动，再现了欧阳山横跨新旧两个时代，坎坷曲折、波澜壮阔、为中国革命文学和社会主义文学奋斗终身的人生道路和他勇于探索、独树一帜、有着鲜明个人风格和特色的文学创作历程。

整体来说，《欧阳山全传》最打动人的特征是"真实"。这个"真"从三方面体现：一是人物、材料、事件和历史的真；二是真实的写作态度；三是创作者情感的真。整个文本字字句句能听回到作者对传主深挚的怀念与真切的情感，尤为难得的是作品有波澜壮阔之气，却无半点虚构之感。这在传记文学作品中殊为难得。有的传记作品干巴苦涩，有的传记作品又虚又假，这部作品却因为有非常多的生活细节，呈现出了丰满真实的质感；并且这些细节没有使作品内容琐碎，而是在很清晰的线索与很清晰的脉络中呈现出来。加上作者优美的语言，作品使人信服。尤其是对欧阳山人生和创作的发展演变、对欧阳山心理史和精神史出色的呈现都非常到位，翔实的资料、优美的文笔、生动的情节共同造就了这部史料价值弥足珍贵、又有相当高的文学价值、可读性强的名人传记。

人物传记在报告文学中较为特殊，展现传主生平固然是主要内容，却不应该成为传记文学的终极目标。好的传记文学一定是鲜活的人物在时代的舞台上行动，一定是历史上的人物被重新注入了时代的气息。只有这样，人物才能有广阔的生活空间与深厚的历史背景，传记文学才能展现超出一般"新闻"的厚度，以及超出一般"文学"的强度。这一点，在李迅书写的《赤血——丘东平的战火青春》一书中能有深切体会。

丘东平这样一位革命者、文学家如何一开篇就立于读者眼前呢？如何让读者在一本书的阅读过程中对丘东平这一人物建立起整体的理解呢？李迅采取了切面与线索相结合的方式。切面是三组人物肖像，线索则是上中下三部，有点有面按照时间线索推进，有条不紊地展开了丘东平的革命人生，也展开了围绕丘东平的那一段波澜壮阔的早期革命史。

为了让丘东平"活"起来，李迅颇具匠心地从几张照片进入丘东平这一人物形象，并以不同阶段独具风格的照片串起丘东平的一生，"个子是矮矮的、瘦瘦的，眉毛粗而且黑，眼睛凹陷，但有一对小的亮晶晶的瞳仁"。既是肖像，也是定位；"宽阔的嘴角轻抿着，只是右边有点稍稍翘起，但笑起来会发出咯咯的响声，仿佛让人感到是嘲讽般的冷笑"。既是外形描述，也是性格彰显。这些是对历史人物最直观的素描，同时也是一种书写风格的定位，源于真实，但不乏想象。

如果说三幅人物肖像串起了丘东平的一生，那么李迅详细描写丘东平生长的土壤，则是为了证明丘东平的出现是家庭与环境的必然。作品上部是成长岁月与早期革命，其中有一条暗线就是家、国之间的关系，读者可以清晰地读到丘东平如何在革命风雨中来往于前途尚不明朗的革命事业与支持他的家庭之间，这一时期的丘东平更多展现的是一种天赋，他身体上切断了脐带之后，此时在慢慢切断与家庭的脐带，成长为真正的革命者。这部分内容里李迅象征性地书写到了许多身体上的考验来证明这种成长。

作品中部是精神的痛苦与生命的磨炼，即身为创作者的痛苦、革命者的痛苦。这部分作者使用编织法：时空穿行，中国上海、安徽、香港，日本……作品的基调也在变化中，渐渐从低沉悲伤走向激昂。下部在时间上是战斗与牺牲，但更多地涉及了丘东平的创作，毕竟书写丘东平的人物传记还有一层深意值得挖掘，即丘东平本身就是中国最早的报告文学创作者之一，是最早的战地文学创作者。他笔下的英雄人物、革命人物以及战地文学将五四新文学的人道主义与"左翼"文学的英雄主义相结合，李迅也自觉地将这种精气神植入了关于丘东平的传记书写中。

李迅在大量占有资料的基础上书写传记，主线精彩，副线清晰；主角有精魂，配角有神采。毕竟这部报告文学里的配角都是自带高光的共产党早期革命者、主要领导人。军史资料、文学资料、党史资料经纬交织，多而不乱。他写到"赤血是丘东平的人生底色，而他的青春是由战地之火和文学之火所构成"。但李迅也说"牺牲，是丘东平作品的主题词"。丘东平的战火人生也正是中国革命处于艰难的时期，战争、牺牲是他面对的人生主题，他一定预见自己的人生很可能会牺牲在革命路上，却傲然前行，这种精神力量构成了《赤血》的底色。也正因为有这种高度理解，作者在作品中的情感投入非常深广，使得整个作品情感浓度极高，仿佛不时要喷薄而出。情感丰沛使文笔激昂，有纵横古今、驰骋历史的动人力量，但也偶尔显得过于激动，用词稍多，若再凝练几分也许更好。

李迅的笔下南方风情很足，他用短句，使得整个文本节奏变得紧凑紧张，配合情节推动形成一种充满激情的阅读体验。写丘东平"马死落地行"，在大屿山蛰伏，通过砍柴做工养活自己、等待革命时机的情节，生活味很浓；写丘东平的感情世界笔触节制，但情感已到位；写丘东平的革命理想贯穿全篇，有起有伏，有激动，也有落寞，但整体是一种昂扬气势，如果要比喻，丘东平的人生以及这部《赤血》就像一首小号吹奏的赞歌那么激动人心，虽然是奔向牺牲的结局，却有着烈日一般的热情与赤血。

今天，人们一提到近现代女子必自秋瑾、吕碧城、庐隐、丁玲等人开始，这类主动投入现代社会运动的女子自身携带着天然的革命气息。可是，若真回到历史现场，更多的女子虽然没有机会真正投入轰轰烈烈的社会革命，却孕育、培养了革命之子，无怨无悔地支持革命之子，这样的母亲大概也应该是当下人们书写现代女性的一个重要内容。毕竟，女性身上还有着天然的母亲的责任，夏晓虹在考察晚清女性的时候就曾谈到过晚清流行的一个说法："女子者，国民之母也。"当时的文人认为，新女性，就是新国民之母，就能带来新国民，建成新中国。从这个角度说，丁燕这本2022年出版的《等待的母亲》有着更为深刻的含义，她书写的是彭湃之母，是革命之母，也是新国民之母。

丁燕的作品一向以情感浓烈为特色，在她的散文或者纪实作品中都可以读出来自北国的她对祖国、对社会、对人民有着深沉的依恋，是一种毫不矫情的文字；尤其在报告文学中，丁燕有很强的共情能力，使得笔下文字总能穿越时空与读者共鸣。这次书写彭湃的母亲周凤，可以读出她投入了大量的心力，将自己对一位女性的深切同情灌注在一位南方女性身上，她的理解在周凤作为女儿、媳妇（妾）、母亲、婆婆等多重身份中的流转中慢慢注入，不断丰盈，并最终有了一个鲜活的传主。

《等待的母亲》由书写彭湃的母亲始，进入对一位在南方生活并经历了百年历史风云的女性书写，并围绕她展开了丰富的社会历史图景。毕竟在近代社会，女性的处境一定较男性复杂得多，在那些共同面对的社会问题之外，女性还要面对更多自己多重身份之下的难题，以及从出生开始就摆在眼前的性别歧视、教育差距、交友限制、人身自由、婚姻自由等，丁燕没有回避这些复杂的话题，相反，经由她的书写，在彭湃之母周凤身上可以看到一种近现代女性成长中人格理想日渐丰满的过程，展现的是一个女性渐渐有别于传统精神世界的转变过程。

就像演员需要把自己投入到角色中去体验，丁燕也把自己扔在海丰，让南海咸鲜的空气不断提醒她回到历史的场景中，于是深扎生活的传记作品有了呼吸与生命。作品通过书写彭湃与母亲周凤之间的情感牵绊完成家国叙事；通过书写彭湃自理解家族到理解社会、自理解母亲到理解女性，进而完成革命叙事；通过书写母亲周凤对儿子的理解，使读者顺着彭湃母亲的眼睛一点点看到一个革命先驱的成长，当丁燕笔下周凤说出"她要慢慢习惯这个簇新的儿子"，读者也顺着母亲的心理，从被动的恐惧化为主动的理解，革命不再是当代人遥不可及的历史，而是真实生命传递的信念，此时，革命者的成长不是一朝一夕，更不是石头里蹦出来的，革命者的母亲也在成长、在转变、在理解，并最终由跟跟跄跄地懵懂追随变成了坚定地一步步走向阔大。

晚清有一句很流行的话："欲新中国，必新女子；欲强中国，必强女子；欲文明中国，必先文明我女子；欲普救中国，必先普救我女子，无可疑也。"当我们阅读着丁燕书写彭湃母亲的作品时，回想一百多年前文人志士对"新女性"即新的国民之母的恳切盼望，不免百感交集。历史总是从后往前看的，但丁燕此次书写让我们重走一遍来时路。可惜作品对广东生活文化的书写仍有点缺憾，但整体瑕不掩瑜。她书写的是一位时空交错中革命母亲的百年蜕变，仿佛南海上的渔船，风浪里沉浮，劫难里重生，钩沉历史，反思现实，文中的昔世今情令人感叹。

三、捕捉生活本色

这是全球化的时代，也是全媒体的时代，在这样的语境中对报告文学创作提出了更多的要求。热点事件要不要跟踪，媒体评论如何去把持，大众要求要不要满足……这些其实都在考察作家的创作本心与创新信念，也考验着每一位报告文学创作者面对真相、面对生活、面对社会、面对人民的勇气；而创作本心又能不能在市场的诱惑面前站稳，能不能在大众的平庸趣味面前守住，这些都与生活现实紧密相关的报告文学创作紧密相关。在捕捉生活本色这方面，2022年广东报告文学创作中有老一辈作家如黄国钦的《潮州传》，也有中青年作家谢友义、莫华杰、涂燕娜跟上创作队伍，可以看到广东报告文学创作队伍的梯队培养非常合理，对广东报告文学创作可以有足够的信心。

就广东报告文学创作而言这几年的城市传记越做越好，成果积累丰富。城市传记要展现的当然是一方水土的性格，是地域风貌，但是城市传记的书写又容易陷入材料的堆砌，变成冷冰冰的地方介绍。如何将人与地融合，将地域与文化融合，将生动的个体经验与有厚度的历史相融合是城市传记需要面对的问题。2022年出版的黄国钦的《潮州传》似乎回答了以上的问题。在黄国钦看来，"以往潮州的历史文化书籍，基本上是历史学者写的，历史学者比较严谨理性，下笔不带感情，也不考虑可读性，而作家只考虑可读性"。所以他写的《潮州传》绝不仅仅是为一座城立传，而是考虑如何让读者走进一座城，阅读一座城，爱上一座城。

虽然创作者坦言《潮州传》一开始就考虑可读性，但丝毫没有降低这本书的文化价值，事实上，这本书承载了远超城市传记所具备潮州文化史的力量。从新石器时代浮滨国一直写到中华人民共和国，潮州作为历史文化名城、海上丝绸之路重镇、中国重要的侨乡和革命老区，有太多值得追溯的历史，汉唐儒佛，宋明修城，文人官僚，明清潮商，近代革命，哪一段都是荡气回肠，动人心魄，整本书读下来只觉得有难以想象的翔实史料充实着整本书，可是作者却没有陷入资料的堆砌，而是将这些重大史料与衣食住行的文化习俗相结合，二者经纬交织，自然行文。

城市传记的书写与写作者的精神立场和价值取向有关，即写作者站在什么位置去把握整个城市，以什么立场去展现和评判这个城市的历史、事件和人物。显然，《潮州传》采取的是民间立场，它以平民的视角，让历史的细节和民生百态得以较充分地展示。从中国历史来看，潮州城实在是处于中国东南的小角落，但正因这份地理上的特殊性，正因海洋文明的滋养，虽然历史悠久，却无须被宏大话语裹挟，黄国钦使用的或许是别人不屑理会的"边角料"，却恰恰是构成这本《潮州传》最独具魅力的地方，他大胆使用自己童年记忆的再现，用很强的个人体验与生活的温度去滋养整本书，他的书写中远古的历史带一点轻，近代的发展带着一点重，严肃与温度相融合，可读与可追寻相匹配。

创作者个人体验的充盈使《潮州传》成为一本充满烟火气的城市传记。作为土生土长的潮州人，黄国钦写活了一座城，他对这座城有感情、有认识、有体验，同时大量掌握历史、地理、文学、档案、新闻史料，读他的书能真切感受到那种对潮州独特文化的举重若轻，对古城文化形态的谙熟于心，以及对这座城岁月变迁的无限深情，潮州人的市井生活、民生细节、风俗习性在黄国钦的文字里就如同从指尖冒出来的气息那么自如，可以感受他书写潮州是一种享受，读者阅读这本书自然也成就一番喜悦。

《潮州传》这样的城市传记不仅是城市传记的收获，也不仅仅是纪实文学的收获，还有关于纪实文学的地域文化性的收获，以及在私人性与纪实性之间的勾连的突破。这些都为广东报告文学的书写储备了必要的经验，也提供了新的书写视角。

　　报告文学创作要追求生活的真实性与社会的当下性，要求作家有很强的在场性责任感。这种当下性、在场性与责任感是需要作者不断地在生活中磨炼的。2022年，报告文学作家谢友义佳作频出，中篇报告文学《我们村里的年轻人——中山乡村见闻》《他把粤菜玩出新花样》《欲与天公试比高》分别刊发于主流媒体，同时部分作品收入报告文学集《时代的追光者》；"90后"作家涂燕娜也交出了《轨道接起同城梦》《烟雨任平生》。2018年12月28日，广佛地铁全线开通。广佛地铁作为国内第一条跨越城际快速轨道交通，它呈现了广东故事，凝聚了广东力量，彰显了广东精神。敢为天下先的广东，又一次在轨道交通领域走在时代前端。涂燕娜于2022年9月19日在《中国青年报》客户端、9月20日第168期《中国青年作家报》头版头条发表纪实文学《轨道接起同城梦》。为了更好地展现这一重要的跨城工程，涂燕娜走访广佛两地，深入采访数十名广佛地铁人，通过众多亲历者口述，梳理大量历史材料、新闻报道，真实还原了在以周灿朗、王利军、钟铨为代表的一批又一批的广佛地铁人在建设、运营、经营等方面进行的积极探索与大胆创新，在多方面开创了地铁建设和经营管理模式的先河，创造了国内的许多个"第一"。该文部分素材来源于2019年，由涂燕娜创作、花城出版社出版的记录广佛地铁发展历程的长篇纪实文学《大动脉，大格局——走在时代前端的广佛地铁》。该书系国内第一部记录中国城际快速轨道交通发展的纪实文学作品，记述了从21世纪伊始发轫到2018年全线开通，广佛地铁的缘起、立项、规划、设计、论证、审批、施工、开通、运营、经营全过程，对这条国内第一条跨越城际快速轨道交通进行了全方位记录。作品在众多亲历者基础上，精选4个人物故事，从设计、建设、管理、运营等角度，真实生动地讲述了广佛地铁从缘起、规划、设计、建设到分段开通背后那些不为人知的精彩故事，是一篇讲好广东故事的重大现实题材作品。通过众多亲历者口述，梳理大量历史材料、新闻报道，真实生动地还原了广佛地铁从设想到建成的精彩故事。该书以广佛地铁这一重大工程，以管窥豹地展现了广东改革开放40年的发展和成就，书写了湾区时代交通引领繁荣的时代篇章。

　　这一年，涂燕娜的纪实文学作品《烟雨任平生》荣获中国作协网络文学中心、团中央社会联络部主办的全国"学习'二十大'　青春著华章"主题征文活动纪实类优秀作品。《烟雨任平生》，通过一个南方沿海村庄的普通农民，乘改革开放浪潮勇闯商海，历尽艰辛华丽转身成为实业家，同时二十多年如一日担任村书记，反哺乡村、造福桑梓的人生经历，书写翻天覆地的改革开放年代，广袤的中国农村大地上奋斗不息的农民。这是一个平凡人的故事，更是一个时代群体的生动塑像，一段风起云涌的伟大历史脉搏的真实写照。

谢友义总是很自觉地将自己投入到生活的一线中，奔赴在生活的潮水里去体验、去感受、去书写。从某种程度来说，生活现场永远不能抵挡，历史真相难以还原，但是报告文学创作仍然要求尽最大可能地去抵达现场、去还原历史、去贴近真相、去靠近民众。也只有这样，才能保证报告文学的真实性、时效性、批判性特征，坚持一种深度介入的态度，以此回应恩格斯提出马克思主义文学批评的重要命题"美学的和历史的观点"。谢友义的创作除了很强的在场性外，还有一点值得肯定，他有很强的本土思考，他的创作总是围绕着本土展开。他写"我们村里的年轻人"，时代的气息扑面而来；他写粤菜新花样，着力点更多的是新一代在传承中的突破与发展。这种特征是难能可贵的。报告文学需要求新的力量，需要向上的精神，这样的报告文学有给社会输入营养的功能。

2022年11月海天出版社出版了莫华杰的长篇纪实文学《世界微尘里》。《世界微尘里》讲述了一个农村孩子患上强直性脊柱炎，成为跛足者，无法去读初中，只能在家里务农。不甘命运捉弄的他南下广东打工。疾病与低学历成为绊脚石，当谋生都成为一种奢望，命运已是一道解不开的谜题。现实的打击并没有让他绝望，而是让他懂得了自强不息，生活磨砺使他获得成长。最终，通过拼搏与奋进，他成为准上市公司的高管。然而他并不满足生活上的改变，要从内心世界出发，寻找最贴近生命的真相。他毅然辞掉高管职务，卖掉公司原始股，默默耕耘，5年之后，他成为一名作家。这本书从2017年7月就开始动笔，一直到2022年7月才完成，整整写了5年时间。书中共分为九个章节，这些章节都是独立成篇的，组合在一起又是一部长篇作品。章节分别发表在《天涯》《山花》《芒种》《青年文学》等刊物上，部分章节曾获广东有为文学"九江龙"散文奖。这是一部关于"幸福是奋斗出来的"长篇纪实文学，青年作家莫华杰以亲身经历为内容，书写十多年的打工生涯，向世人阐释，命运并不存在悬殊，努力可以解决人生很多迷茫，包括苦难和绝望，还有一切的不公平。

苦难与梦想如同星空与土地，是生活的两极，在这部作品中被莫华杰融合在一起，从草根、小人物到成功人士，这样的纪实文学让读者生出生活信念。最感人的莫过于这些都是作者的亲身经历，莫华杰将自己身患疾病、小学毕业即外出打工、饱受磨难的独特经历都真诚地写出来，然而作品写的绝不仅仅是作者这么多年来的打拼经历，而是永不服输的精神、不甘沉沦的觉悟，是能让无数年轻人坚定意志的文本。

四、结语

报告文学作为文学"轻骑兵"，在每一年的文学创作中不断上演着"重头戏"。文学是人学，但是这个"人"不是小写的人，而是大写的人。文学也是艺术，但是这个艺术不是纯粹的形式表演或者文字编排，而是与社会与生命与历史紧密相关的创作，尤其是报告文学，更是在"大写的人的文学"这方面有更高的要求，报告文学作家要对社会和人生有所担当，有自己的责任要求，有知识分子面对社会的独立精神与独立品格。报告文学作家走向田野、扎根基层、深入生活，将社会现象变为有意义的文学创作，为人民生活的疾苦与幸福鼓与呼，为社会进步的困难与胜利鼓与呼，他们的作品是忧患意识的集中，是责任义务的呈现，是对文学、对真实、对历史的致敬与尊重。

卡尔维诺曾经在《为什么读经典》中指出："经典作品是一些产生特殊影响的书，它们要么本身以难忘的方式给我们的想象力打下印记，要么乔装成个人或集体的无意识隐藏在深层记忆中。"伴随着社会文化的高速发展、数字技术的勃兴，尤其是人工智能的飞速发展，生活与艺术的界限正在不断模糊，跨媒介、跨文类、跨文体也在成为当前文艺发展的重要表征，但这些都不是报告文学发展的障碍，相反正应成为报告文学发展的契机，甚至可以大胆预想将成为报告文学发展的新经典之路。在这几年的广东报告文学创作中，我们有理由，也有信心能看到广东报告文学产生经典的可能性，我们的报告文学作家正在书写着这一代人的集体记忆，也正在不断打开读者的想象力，作品的力量将会在未来的时光中慢慢展现，那些真正深扎生活、深挖人性、认真打磨过的作品就像珍珠的光芒温润而良久，广东的报告文学一定会有回应这个时代的经典作品诞生。

（本章撰写：刘茉琳，文学博士，广东技术师范大学文传学院副院长、副教授）

第五章
诗歌：基于人文活性的时代性与民间性

一、诗歌总体概貌

继改革开放之后，粤港澳大湾区的建设再次为广东带来了各行各业的发展契机，广东文学界也适时提出打造"粤港澳大湾区文学"的理念，并落实相关活动与创作实践。广东作协在本年度对"文学粤军"展开了一系列的扶持助推措施，在"粤港澳大湾区作家作品系列研讨会"活动中，着重推介了两位长期保持创作活力的诗人及其作品。省作协联合中国作家协会《诗刊》社，邀请了众多国内名家，采取线上线下相结合的方式召开了杨克的《我在一颗石榴里看见我的祖国》，卢卫平的《瓷上的火焰——卢卫平诗歌精选集》研讨会。一批长期活跃在一线的实力诗人也在本年度相继出版了各自的诗集，有人民文学出版社"蓝星诗库"推出的《黄灿然的诗》，世宾的《交叉路口》（长江文艺出版社），西篱的《随水而来》（华南理工大学出版社），林馥娜的《诗者的织物》（羊城晚报出版社），郑小琼的《女工记》（被译成多种外文出版），熊育群的《如果爱得足够》（阿拉伯文版），安然的《站在星光的袖口上》（广东人民出版社）等。

本年度广东诗人一如既往活跃于各大刊物，既有个人发表，也有群体呈现，郑小琼、方舟、程继龙、宝蘭、梁彬、吴锦雄、李衔夏等分别以"头条"及组诗在《诗刊》等刊物发表作品。各个诗歌群体也纷纷以集体形式亮相于《诗刊》《十月》《作品》《星星》《绿风》《诗潮》《草堂》《扬子江》《钟山》《诗歌月刊》《诗选刊》《延河》《诗收获》《广州文艺》《散文诗》等各大刊物。90后诗人杨曾宇、吴子璇、莫小闲、谭雅尹等的诗歌入选了本年度出版的《中国90后诗选》。广州小学生周北珩的诗歌发表在《中国儿童报》等报刊上，呈现了多代同辉的繁荣景象。

青春诗会、青春回眸诗会，是国内诗坛久负盛名的诗歌品牌活动，每年从全国诗人中遴选一批优秀诗人参加，被誉为诗坛"黄埔军校"。本年度广东诗人程继龙参加了青春诗会，出版了"青春诗会丛书"之一的《瀑布中上升的部分》（长江文艺出版社）。方舟以90年代的代表作《机器的乡愁》、新作生态诗歌组诗《白鹭》和创作随笔一篇，入选并参加了第十三届全国"青春回眸"诗会。杨克在本年度获得了《诗刊》社主办的中国海洋诗歌成就奖，华海的散文诗集《红胸鸟》获"十佳华语诗集"称号，张德明获得第十届中国紫蓬诗歌节评论家奖，扬臣获第三届黄姚诗会主题诗歌奖，唐德亮诗歌《生态之美》获得"小都杯"生态文学大赛诗歌铜奖，谢小灵获得"杨万里全国诗歌优秀奖"，吴锦雄《致曹操》（组诗）获"首届中国亳州·谯城曹操诗歌节"—古风奖，莫静煌的《莺啼序·题封州》获"百城杯"全国诗词大赛优秀奖。

2022年适逢中国共产党第二十次全国代表大会召开之年，广东各地举办了多种多样的放歌献礼活动。广东省委宣传部、广州市委宣传部部署的"粤港澳大湾区小学生诗歌季"、打造"诗词之都"等系列文化活动致力于为广东营造和谐的人文环境。广东省作协诗歌创作委员会联合各地诗群，举办了"主题征诗献礼""放歌新时代""大湾区文化交流"活动，以及诗人们进行的"乡村振兴题材"和"抗疫文学"创作等，呈现了广东作协贯彻"二十大"报告所强调的"推进文化自信自强，铸就社会主义文化新辉煌"的精神，并如省作协张培忠书记所表示的——"整合资源打造粤港澳大湾区文学新增长点，全力以赴推动广东文学事业的全面繁荣，在新的赶考之路上谱写华彩乐章"。

二、时代性：价值取向与整体景观

（一）时代面貌与精神气质

本年度广东作协在广东文学艺术中心举办了"杨克、卢卫平诗歌研讨会"，着重推介了这两位长年在写作一线的诗人。会议为"粤港澳大湾区作家作品系列研讨会"活动之一，由中国作家协会《诗刊》社和广东省作家协会共同主办。会议采用线上线下相结合的方式召开。中国作家协会诗歌委员会主任、著名诗人吉狄马加，《诗刊》社主编、著名诗人李少君，广东省作家协会党组成员、专职副主席陈昆等领导、专家参加会议。会议由广东省作家协会党组书记、专职副主席张培忠主持。与会专家围绕杨克的诗集《我在一颗石榴里看见我的祖国》和卢卫平的《瓷上的火焰——卢卫平诗歌精选集》展开研讨。杨克、卢卫平也分别在会上结合自身创作实际，畅谈了对文学创作的认识。

1. 杨克：时代切面的纪写者

作为诗歌现场的持续在场者，杨克创作出了呈现时代切面的一系列诗歌，从20世纪90年代前后的《夏时制》（1989）、《在商品中散步》（1992）、《石油》（1993）、《天河城广场》（1998）；21世纪初的《人民》组诗；到近年的《地球，苹果的两半》《我在一颗石榴里看见了我的祖国》。还有1994年的回溯式抒写《1967年的自画像》等，形成了历时性纪写（因其既有纪实的性质，但同时又具有诗歌抒写的跳跃性与想象力，我把它称为纪写）的系列作品。在杨克的诗中经常会读到紧贴新事物的描述与共性联想，近期见刊的诗歌也具有这样的特点。"我看见大湾区的一条彩虹/飞越粤港澳/大桥穿越虹管/如墨斗的直线直挂沧海/我看见十一个城市共舞云门"（《大国工匠》）；"通过脑机接口完成'人机交互'/我将大脑上传到云端/此时我和电脑是同一个人/云智慧也是一致的存在"（《我已将大脑上传到云端》）；"大都市最硬的腰杆，挺直/权力、威严、地位和财富的象征"（《最高的建筑》），都具有紧贴时代脉搏的特点与鲜明的写作风格。

2. 卢卫平：时代行进中的平等精神守护者

卢卫平在长期的写作中，形成了守护平等精神的价值坐标，像早期的《在水果街遇见一群苹果》等，聚焦于平凡的事物，挥洒着机巧式的语言，书写朴实的平民情怀与平凡中见高贵的平等精神。本年度见刊的作品也均葆有这一底色，"但我决定晚一点儿下山/站在小羊羔身边/看它吃草/陪它等它的妈妈回来"（《清明记事》）；"我犹豫要不要拉开窗帘/打开窗子请它们飞出去/窗外寂静漆黑/这和晚了它们到哪里住宿"（《307房的蝴蝶》）；"160多年，高大的墙体/找不到一个裂缝/有没有暴雨来临时/想到墙缝里躲雨的/蚂蚁感到绝望/从满堂客家大围屋一出来/我就被这些问题重重围住"（《在满堂客家大围》）。而卢卫平近期诗歌的处理手法比前期更加富有多维性与开放性，在漫长的写作历程中，精神上有所坚守，诗艺上有所扬弃，把握好"恒与变"的尺度，正是一个成熟写作者的标志。

（二）完整性思想的在场和对现实的审视与呈现

世宾、黄礼孩、黄金明都是追求有尊严地生活的完整性写作的主要代表，他们虽然在写作手法与侧重点上有所区别，但理念作为精神之轴，贯穿于他们的写作当中。

1. 世宾：以理想观照现实的高远境界

世宾的诗写特征是通过对宏大世界中的社会事件与事物的观照，以抽象思维去提纯核心价值，并用这些提纯的价值作为建筑材料去构筑完整心灵世界。他期望通过自我承担与揭露，来达到规避与消除人性黑暗的理想。世宾一直持有以理想矫正现实的高昂姿态，他的诗多属于形而上的表达，以一种"光从上面下来"的神启式叙述来描画精神层面的感受。而基于现实世界的碎片化与溃乱，追求完整性的在场显然更加艰难，也因为"完整性写作"理念的植入，故此说理式的言说便成为他的一种构建方式，而这种唐·吉诃德般的精神也因此更显得可贵。另一类如《蓝袍湾论酒》的写作，则可以见到世宾诗中的柔和心性与松弛表达。从这类诗可以看到他的诗艺运用得更圆熟，把小与大、情与思互相弥合，褪去了雄辩的干预，这类由"及物"向"思想晶体"循进的诗更容易形成一种本质的美意。《交叉路口》（长江文艺出版社）是世宾在本年度出版的诗集，这个诗集命名也颇有象征意义，标示着诗人临风屹立于时代风云与审美的交叉路口，体味着动静在心，这是《交叉路口》所转入的新走向，也是他本年度见刊的诗歌所反映的——"不可能登临庙堂/却也是春天不可忽视的力量/小草和鲜花呼应着时序/夜幕下，却难以觉察/这方寸之间，只有它可以证明/春天的活力，依然强劲"（《蛙鸣》）——持守着处于低处而心怀高远的抱负与境界。

2. 黄礼孩：灵魂安居的唱诗者

黄礼孩本年度的诗歌见于《广西文学》《广州文艺》等刊。他通常是以冷静的笔触描绘着美与爱之画面，他把岁月静好的各种理想场景呈现在读者的面前，宛如礼拜日的唱诗者，"一道美味带来生活新的爱欲/甜点配得上轻松的音乐/更多古老的日子，像树根/抓住了记忆的石头，尚未开始的棋赛"（《在黄埔，穿过发光的花园》）。同时，他也把身子俯下来，关注着细小的事物，感同身受地发出最低处的声音。作为一个有清醒意识的诗人，黄礼孩的作品中自然也不缺少思想风暴，但他总是以审美的长镜头使他所褒贬的对象包裹上一层理性之壳，"世界好像从我旁边侧身走过/为什么非要弄清方向/假如她让我选择奔跑/我则坚持一种独自的蓝"（《我的地理的光明旅行》），"不辩护，也不吟唱污秽"（《韩愈的阳山岁月》），持守着宗教般虔诚的向美之怀。正如大多数宗教受尊崇的原因正是其教义所宣扬的博爱、悲悯、正视磨难、皈依洁净这些让人们灵魂安居的普世美德，它使人们的心灵从善行及精神安居上体会到充满人性的包容之美和坚韧的神圣感。

3. 黄金明：守护厚实丰沛的大地气息

黄金明的写作有超越自我的追求，但他对土地所具有的深沉感情，使得他的写作更具有大地的厚实气息。即便写雨，如《两种雨》《雨在言说》《雨中曲》等，也充盈着泥水的气息。乡村的雨和城市的雨，作为大自然精灵的雨和落在尘土飞扬的柏油路上的雨，都具有一种双轨交映的思辨。从黄金明的诗中，我们可以找到他缩微的、以思辨方式抒写的精神历程。"我"在回顾着"少年史"中的——那在田野里土生土长，在农村的各种野性游戏中成长的——本我，而在找寻的过程中，"我"从别人的身上发现了自我，也从自己身上看到了别人附着于"我"的自我。现在的这个自我，这个走在找寻的路上的"我"，也是黄金明所追求的，诗性的、完整性的"超我"。"见贤思齐焉，见不贤而内自省也"（《论语·里仁》），他用思辨式的抒写诞生了诗歌，同时在以诗意里回溯出生地的过程中又重生出了崭新的自己。这诗思往返之间，无不弥漫着土地及生长于其上的厚实丰沛的意象。

（三）审美理性与当下生活的交融映现

当诗人把自己置身为万物平等的大世界中的一员，便能从万物中观照自身，无论是植物或动物，人还是事，那些互相作用的内在规律都制约着这个世界，诗人唯有先达到个人的内环境融通，持守精神的清正，才可能静观自得于天地间。公共叙事使人们活得割裂，并被宏大叙事所裹挟，相对于宏大叙事，日常中的灵魂、个人气息，更能呈现一个诗人的内在气象。诗在日常里正如灵魂在肉身里，浩然之气在诗与灵魂的坦荡敞开中溢出。诗人对时代性在日常中的审视与总结，也使事物本质的凸现和对未来的瞻瞩有了可循之迹。黄灿然、西篱和林馥娜都具有以我观物、以物观我的通感触角和表达。诗人通过游心驰神，破除信息的、圈层的、行业的、事物的边界，从而获得融通万有的诗性自由。

1. 黄灿然：以素常寓真理

黄灿然既是当代著名翻译家，也是一位十分优秀的诗人。抱朴守真可谓是他的审美理性，他以最简单的语言组合生发出富有意味与真理性的丰厚诗境，语象通透清澈，"我说没有什么是一定的，没有一个人可以在一生之中/只悄悄享受幸福而不遭受痛苦，没有一件事情可以/像一个概念长期存在，也没有一个概念可以不起变化，/白天出去黑夜进来一座房子总有很多明暗很多生死"（《我说没有什么是一定的》），这种素常之美令人读之如饮清茗，淡而回甘。"背对宽阔而浑浊的江水/他们忘我地谈起孤独"（《孤独》）。他的诗，常有窥见天地间的大寂寞之怆然，却又以来去由之的淡然处之。8月份《黄灿然的诗》由人民文学出版社"蓝星诗库"推出。黄灿然既是东荡子诗歌奖的得主，也是第十届华语文学传媒大奖年度诗人奖得主，授奖词提到："黄灿然的诗，温柔敦厚，雅俗同体，既得语言之趣，亦明生活之难，词意简朴、高古，引而不发。他本着对常世、常情的热爱，留意小事，不避俗语，从日常叙事中发掘义理、经营智趣，曲中有直，密中有疏，平实之中蕴含灿烂，低处独语也常让人豁然开朗。"《黄灿然的诗》收入作者1990年代以来，各个重要创作时期的代表性作品、自我认可度较高的作品180余首。其中半数以上为作者第一次结集的珍藏作品，而近年创作的作品比重也相当高。

2．西篱：女性的软韧之力

西篱本年度出版的诗集《随水而来》（华南理工大学出版社）焕发着万物充盈其间的沛然气息，她的诗歌是对自然和非自然的万事万物的审美，同名长诗《随水而来》以对花的审美这条明线与人的隐喻这条暗线交替展开。花的枯萎是自然现象，但又有"借你伪装虚情/无例外地得到枯萎的报答"这种加速花的凋萎的非自然现象。而经历了"从不曾犹豫/也羞于索取"的青涩后，进而"在无限的时光里/引领他上升"，呈现了"伟大的女性"这种"上善若水"的大爱。西篱的诗时常弥漫着梦幻般的水汽与花影的氤氲，温柔与水，是她的诗歌密码，不时显现于她的字里行间。她看到了"仇恨滋生仇恨的地方/水化为血 伤口如花"的残酷，但她更向往"这儿没有计算或是猜忌也从来不会被人利用/你的芳香便是一切的芳香/你的生命便是一切的生命"（《温柔的沉默》）的理想境地。她在心灵深处开拓一方空旷之地，用以静看花开，用以聆听月亮游走之声，领受风云过处那亘古的启示与诗神的降临。"硕大的云朵 沉默而汹涌/在北方的天空 浮现/如烟的树枝更紧地贴紧/游离的星辰依然遥远/我聚集了更多的温柔/您依然在镜像后面/在月亮所见的/最南的南边"（《镜像与眷恋》）。她的诗性自我柔软又坚韧，溢于言表的则是娴静又笃定的温雅之风。读西篱的诗，读者会领悟到，当我们凝视大自然永恒的规律，聚焦于爱，这世界，依然值得我们温柔以待。

3．林馥娜：编织万物语象的诗者

林馥娜本年度出版了《诗者的织物》（羊城晚报出版社），该书分为诗歌卷，理论卷两部。诗歌卷是作者对于自然、世象、人情等天地万事万物的深刻感触与撷英，"那些兀自开花结果的黄皮、橄榄与荔枝/仿佛比人们，更具有自我完成的秉性//此刻，山野的静默与澎湃/暗合我心性之本然/每个在大潮流中不可自决的命运之声/耳提面命，令人对当前所有，倍加顾惜"（《在萝岗黄麻村》），以及基于爱与本真的诗性呈现，"填满备注与印记的日子/有多少铭刻五内，又有多少落入尘埃/时间女神空视如盲//对于日益坚硬的世界与永恒的流逝/我没有应对的武器与穿越之技/惟有一颗越来越柔软的心/尝试着再次学习爱"（《跨年》）。她在本年度见于《星星》《作品》《草堂》等刊的诗歌与评论文章中，也体现了多位评论家指出的，她"融学识于诗境，把人性灌注到语言中，在具象与抽象之间自由穿行"的这一风格。

（四）科技权力下日常精神的持守

由于技术与信息的发达，使我们日常所受的干扰与干预越来越多。比如信息茧房和各种程序码所带来的规束，使人们在技术操控中成为一个公式化生活的奉行者，近似于肉身机器人。在这样的现状下，诗人们如何在与现状的摩擦与体验中找到生活养分，自我救赎，活出更丰富的维度。做当下力所能及的，写当下个人的所遇所思，以踏实对抗虚无，不失为一种积极的方式。在外部干预如此贴身的时代，葆有自我认知的日常，处理当下的经验，在逼仄的空间中追求广阔的自由，是具有进取力的体现。郑小琼、冯娜和安然的自我意识较强，都有自我发掘的表现。

1. 郑小琼：具有题材自觉的诗写者

郑小琼向来是具有题材自觉的诗写者，对于每一阶段的写作都有一个特定的目标。从有意识地抒写"打工诗歌"，并被贴上打工诗人标签，至撕标签冲动与丰富写作题材的愿望相结合的"玫瑰庄园"写作，再到现代山水的"白云山"写作，可见其写作线索已从紧绷之弦，进入随遇而立意，达至更松弛自由的心灵状态。郑小琼本年度发表了大量诗作，《诗刊》11月号头条发表的《白云山》组诗，是把白云山这个特定空间作为个人的文学地标，既是顺应生活的精神栖居，也是着意打造的生活飞地。该组诗以细数"家珍"式的绵密絮语，数说景物、景点，以及所观所悟。她在城市里聆听大自然的声音，从聚焦进入禅定，达至洗礼般超脱身处喧嚣城市的麻木，这种因心灵力量的参与而形成的"有力的安静"，是田园山水诗的现代表达。"一枚松果落在我们怀中，你说/它在测试我们内心的孤寂/而此刻，我们坐着，谈论沉重的肉体/露珠样短暂的浮世，不远处/栎树林将它们的身体涌向山顶/几棵野花把身体俯向大地……"（《朝露》）大自然花开果落、风摇树斜之密语，与诗人坐而论道，证悟"露珠样短暂的浮世"之禅意，使一切浑然相通，与亘古天地同空寂。发表于《扬子江》5月号的《童年：十三只飞鸟》组诗，通过十三只飞鸟，承载起她对童年生活的回顾，"在通往城市的道路我摸索自己的懦弱/弯曲成球体状的鸣叫/像深夜闪亮的星子朝万物散出犹豫的光芒/季节为充盈而下降，又缓慢倾斜/正如在尘世中的我们，时间抚慰逝去的/用温暖的光拥抱那柔软渐渐消融的自身"，在过去与当下的并置与思辨中，洗涤一颗俗世中的尘心。这组诗以更为松弛纯熟的诗艺使现实与过往，理智与情感，沉重与轻盈之间达到了更好的融合。而诗集《女工记》作为郑小琼最具代表性的打工诗歌作品也外溢到了国外，它的英文版、意文版、法文版于本年度陆续在各国出版。

2. 冯娜和安然：地域的印记与拓展的文化情怀

冯娜和安然的写作带有民族和地域的印记，并具有基于此背景下向外的奋力开掘。冯娜本年度的作品，既有《云中村落》组诗对故乡风物、族群人情的回溯，也有《诺曼底的一年》等通过对美术、对器物的凝视而望向世界的开阔与省思，呈现出更为多维的探索与深厚的气息。安然本年度出版的诗集《站在星光的袖口上》（广东人民出版社）既有对平凡生活和人情世故的深情追问，亦有对民族文化和人类命运的双向反思，"遵从内心的秩序/在一个人命运的滩涂上/整理无果的忏悔/我知道/因为世界的沉寂部分/让我持续旺盛"（《寂静》）。她的作品既有炽热之情，又有沉着之思，笔力与运思相洽，呈现出走向广阔前景的气象。

（五）珠三角诗人创作简况

珠三角因为地缘的关系，社会风气相对于其他地区较为开放，诗歌写作形成了多元并存的特点，从完整性写作、女子诗群、打工诗歌、城市诗歌、军旅诗群、水乡诗歌、脑残体和垃圾派等各树旗帜的写作团体，到大量独立写作的个体诗人，珠三角诗人以其各妍其态的审美取向形成了鲜活的诗歌局面。

安石榴是对城市生活若即若离的隐逸者，他有时处于闹市，有时隐于禅院，素有散淡闲逸的处世态度。他对《桐梓洋村》的凝视，反映出乡村的普遍本质；而《佛子禅院》——"恢复了/中断百年的晨钟暮鼓/除此之外对山谷并无惊动"——则可见其遵从内心的召唤。内守着一种禅定之境，故他能随遇而安于所处之地，动荡的寓居中也能拥有灵魂的满足。老刀以悲悯情怀抒写底层民生为主要创作，本年度在《山西文学》《诗潮》等发表了《我确实有一滴泪》《老刀的诗》等组诗，其中《孤独》被选为"经典现代诗歌欣赏"由诗歌网站制成视频，在网络上广泛传播，受到好评。熊育群诗集《我的一生在我之外》阿拉伯文版更名为《如果爱得足够》在本年度推出，诗集中的部分诗歌在埃及和约旦的《文学报》《约旦作家》等发表。方舟长期在写作与生活中践行着环保理念，在本年度发表的大部分诗歌中，内容主要以生态和工业题材为主。诗歌《生态诗札》等11首，诗歌随笔《在南方以南，城市以及草木恩情》，分别刊于《诗刊》第1期及第9期"青春回眸"专刊，并有诗歌入选《2022年中国诗歌精选》。阮雪芳作品见于《作品》《广州文艺》等刊，她善于通过外观与内省的镜像式观照——"山下升荡起来的涧鸣/一种秘密的语言在时空穿行/等待已久，青果榕以气根/回应生活/花朵解读时间/生瓣，单瓣，变数与常数"（《听泉》）——实现想象力的跨越，营造出诗歌内部的划时空感，从而形成了诗歌的张力场。宝蘭在《钟山》《诗刊》等发表了大量作品；作为心智成熟的诗人，她更懂得天真的可爱，并不断试图回归；并在自律与反思中，保持对外在于自己的所有自然物的敬意，净化心灵和付出爱，"我没有给自己留退出的路/只想让灵魂在与你的亲近中净化"（《向阳寨的小院》），从而实现对美好人性之境的抵达。梁智强发表于《诗歌月刊》第3期"前沿"栏目的组诗通过纷呈的意象与想象力，在展现个体经验的同时，又从传统与现代中观照命运，"岸上的行人/恍如印象派忽视的/蚂蚁。旅途劳顿/暮色逐渐靠近/天空的笑靥顿时阴沉……"（《河岸》）。另有诗歌《暗河》《容器》被翻译成英语发表于美国加利福尼亚州圣华金三角洲大学作家协会主办的诗歌杂志《Poets'Espresso Review》，并有诗歌入选《中国地学诗歌双年选2021—2022年卷》《2022年中国诗歌精选》等。汪能平出版了诗集《存续与消逝》（北岳文艺出版社），他以诗记录着他人生中的所见所悟，留存岁月中值得记取的易逝的一切。谢小灵的诗具有清朗自由的品性，本年度在《南叶》《红豆》等发表了组诗，并有作品入选中国文史出版社的《每日一诗》和《中国新诗排行榜》。辛夷的写作在青年诗人中比较突出，作品均保持着相当的水准，他的诗写往往带着沉郁之风与蕴情之韵，在貌似轻描淡写中打动人心，其作品发表、入选《诗选刊》等刊物及选本。吴锦雄在《人民文学》《诗刊》等发表了一批作品，并出版了诗集《唯土地对我们从不辜负》《我们都是城市里的一株仙人掌》（长江文艺出版社）两部。程晟亚出版了《青鸟诗选》（长江文艺出版社），她的诗本真率直，似清茶馨风。叶翔清在九州出版社出版了诗集《在水一方》《花开的声音》两部。

　　还有许多各具特点的诗人，王小妮以其语象的独创性与心灵力量保持着她诗歌质地的恒定，她赋予了语象以不同于他人的意识形象，这使她的诗歌语象清晰地区别于他人。马莉持续着其一向追求的高贵灵魂写作，而她既是诗人也是画家的双重审美让她的许多篇幅具有一种描绘式的画面感与诗意的留白。梦亦非的探索性长诗写作，不断变换着主题与风格，是一道独特的风景。舒丹丹侧重场景式心灵交汇的呈现，燕窝则在自我的智性追逐中趋近于万物的吟唱。杜绿绿、陈会玲的诗则有超验与巫性的空灵。凌越具有将具象与抽象熔于一炉的特点，杨子的暗藏锋芒与江帆的辽阔诗境也自成一格。宋晓贤、唐不遇、阿斐的诗较贴近生活，宋晓贤的诗歌呈现了一些叙事性、反复、戏剧化和口语化的写作倾向；唐不遇在运词造句中显示了他挥洒自如、不受拘束的品格；阿斐则有一种漫不经心式的针砭之风。他们以诗性的方式处理现实，体现了他们介入现实生存和把握个体经验相结合的综合意识。雪克的冷调侃系列、林旭埜的集束发力式诗写，谭畅的大女人系列则具有贴近当代脉搏的共性，并具有传达时代氛围与题材拓展的努力。陈陟云致力于跳脱现实之外的神游性写作。张况、高世现则偏重于历史叙事与宏大想象的长歌体写作。

　　除了以上所提到的和归入诗群中的诗人，广州诗群本年度创作较活跃的还有温志峰、巫国明、汪治华、黄新桥、苏一刀、周承强、刘迪生、海上、顾偕、旻旻、布非步、画眉、古海阳、嘉励、张红霞、林江泉、郑德宏、周扬波、罗德远、云影、黄双全、蒙晦、杨莲等。还有从高校脱颖而出的校园诗人唐明映、黎子、蔡其新、叶由疆、郑智杰、谭雅尹、陈坤浩、戴建浩、谢洋、杨曾宇、吴子璇、张雪萌等。佛山的朱佳发、曾欣兰、史鑫、乌鸟鸟、严婉儿、洪永争等，以及诗人任意好及其主编的《赶路诗刊》所汇聚的诗人群。其中，古博出版了《滨荷神梦：古博诗词六百首》（中国文史出版社）。李剑平编著有《佛山新童谣三百首》（岭南美术出版社），并有诗作入选《岭南诗歌年选》（中国文化出版社）。惠州的阿樱、江湖海、李小惠、钟晴、木子红、缪佩轩、仲诗文、游天杰、程向阳等。东莞的百定安、何超群、彭争武、侯平章、黎启天、蓝紫、蒋楠、湘莲子、池沫树、朝歌、易翔、莫小闲、薛依依、冯楚、庞清明、知闲等。深圳的徐敬亚、孙文波、莱耳、从容、赵婧、谷雪儿、孙夜、张尔、谢湘南、远人、唐成茂、阿翔、桥、吕布布、大草、郭金牛、朱涛、蒋志武、朱巧玲、樊子、仪桐、唐驹、陈洪波、李晃、庄生等。珠海的罗春柏、一回、盛祥兰、容浩、步缘等。

另外，90后诗人杨曾宇、吴子璇、莫小闲、谭雅尹等的诗歌入选了本年度《中国90后诗选》。广州中学生文联、南方报业集团的诗教活动和东莞的小诗人沙龙也培养了一批批的小诗人，像广州二年级小学生周北珩的诗歌就已发表在共青团中央主办的《中国儿童报》等报刊上。在广东文学界的不懈努力下，诗歌得到了持续的传承和传播。

三、诗歌活动的发展模式：合力繁荣根基性的诗歌土壤

广东诗歌界向来具有官方与民间同建共生的内在秩序。诗歌活动采用官方与民间合力的模式，有利于各自发挥所长。官方具有资源、场地优势；民间在策划、组织和整合方面更灵活，两者共赢共生。官方以诗歌活动作为推动地方文化与知名度的举措更具有可操作性，也比别的文体宣传更有即时效果，而民间在发现人才与形成联动效应方面比官方更具优势。官方以主旋律为主，而民间更注重文本遴选和持续建构诗歌精神，两者碰撞起来更易衍生出新质。前些年作协举办活动较多，常有集结全省优秀诗人交流共进的举措，其中的参会者就是各个地方诗群和民刊的代表人物。当疫情防控加紧，线下活动无法如期举行时，则积极寻求线下线上相结合的方式，达成交流与共享，保证了诗歌精神建构的持续性，广东诗人所体现出来的务实性在本年度的各种活动策划与落实中得到了充分的体现。

在大型集会不可行的情况下，诗歌界的民间性发挥了作用，因时而变地

转向区域性小聚，聚焦于创作、改稿等细节交流，民间诗群也持续活跃地亮相于各大刊物，以诗融合隔离之隙。民间诗群的氛围就如一方诗意浸盈的水库，蒸腾出人文风气的氤氲。"完整性写作""脑残体""垃圾派"等各种迥异的流派，共同构建的是诗性的自由和包容所焕发出来的生机。民刊与诗群是根基性的土壤，是诗歌向高峰发展的基座。

（一）档案：刊物及民间创作的相关梳理

当前中国诗歌民刊最为发达的地方，正是商业气氛极其浓郁的广东，这正反映了广东诗人所具有的清醒意识与独立精神。他们通过办刊的形式对商业社会的高度物化进行对抗，同时达到了对精神生命的有效维护。《面影》《啤酒花诗报》《华夏诗报》等在20世纪80年代创刊的民刊为广东民刊的繁荣兴盛揭开了序幕，接踵而来的有近50个民刊及诗社（林馥娜《旷野淘馥·诗论卷》第七章中有详细介绍），有的民刊在岁月中消失了，但新的民刊又陆续诞生。众多民刊的发力同时也形成了广东诗歌话语的重要力量，包括《作品》杂志对民刊的梳理，成为广东贡献给中国诗歌的珍贵财富。

1. 《作品》推出民间诗刊档案

《作品》杂志作为广东作家协会的重要刊物，独具眼光地开辟了《民间诗刊档案》栏目，对全国具有影响力的民刊做了持续的展示，并于本年度由羊城晚报出版社出版了《民间诗刊档案——〈作品〉文学大系·民刊卷》（杨克主编），是全国民刊的一次集中呈现。当代中国的民间诗刊自1978年《启蒙》和《今天》的创办开始，已发展了40多年。整理出版《民间诗刊档案》的意义在于为民族、为时代留下独特的精神记忆。该书较全面、系统梳理和展示了民间诗刊的创办、交流和衍变的生动景象，呈现了民间诗刊的生存状态及诗歌生态，并对民间诗刊的起源、发展、当下进行了一定的剖析。

2. 《广州文艺》推出粤港澳大湾区及广东诗人专辑

粤港澳大湾区文学的提出也催生了文化的交融，澳门基金会、《澳门笔汇》《中西诗歌》近些年均组织了相应的专题及诗歌征文的活动。《广州文艺》更是在本年度以大篇幅分别在第6期和第12期开辟了"粤港澳大湾区诗人专辑"，发表了安石榴、司徒杰、舒丹丹、林斌、方舟、莫寒、卢卫平、唐不遇、曾欣兰、茗芝、赵目珍、杨雨、何佳霖、绍钧和周骏宇的作品；"广东诗人专辑"发表了杨克、世宾、黄礼孩、郑小琼、老刀、浪子、黄金明、苏一刀、杜绿绿、林馥娜、越槟、林瀚、阮雪芳、远人、卢卫平、张况、傈傈、蒋楠、吴迪安、游子衿、丫丫、余史炎和邓醒群这一大批诗人的作品，为推动大湾区文化交流助力。

3. 《诗歌与人》推出新刊

《诗歌与人》8月推出新刊《异化之诗——新编工人诗典》，由诗人、诗歌评论家秦晓宇编选。这部诗集在2015年出版的《我的诗篇——当代工人诗典》62位作者的基础上，增补了42位诗人。作者包括写出《被钢水吞没的父亲》的著名诗人默默，前电焊工、著名诗人于坚，已经离世的许立志，陈年喜与儿子陈凯歌，诗歌兼具传统性和先锋性的程鹏，写民谣的孙恒、许多，以及老井、乌鸟鸟、莲叶、邬霞、紫凌儿、白庆国、郭金牛、田晓隐、泥文等。工人诗歌是个蔚为大观的文学现象，不仅创作者众多，佳作迭出，有自己的题材与风格，放诸两千多年中国诗歌史，足以构成一种成就斐然的诗歌类型，放诸一百多年新诗史，更有文学革命的意义。此次的《异化之诗——新编工人诗典》在结构上延续了2015年秦晓宇选编的《我的诗篇——当代工人诗典》的体例，遴选出的诗人诗作分为两辑：辑一的作者均为城市产业工人，俗称老工人；辑二则是进城打工的农民工，又称新工人。一辑之内按年龄排序，呈现社会演进的轨迹，以及相应的精神症候、代际经验、诗歌风尚的变迁。这本书里的诗歌，写在时代繁华背后幽暗的角落，写在厂矿车间劳碌之余，写在城乡漂泊之中穷愁潦倒之时，写在沉默而辽阔的无名世界。

4. 《女子诗报》持续出版年鉴选本，彰显女性力量

1988年12月《女子诗报》创刊于四川西昌，随创始人晓音落户广东，后以年鉴形式出版年度选本。"女人写、女人编"是《女子诗报》一贯的宗旨。"反女性意识写作，建立一个崭新的女性诗歌审美体系"是《女子诗报》试图达成的终极目标。先后举办了"女性诗歌研讨会"和"年度女性诗歌奖"等活动。为中国当代女性诗歌的创作提供了一个完整而全面的聚集地，同时也为诗歌评论界提供了直接并具权威性的女性诗歌文本。本年度编

选工作已开始，迄今已出版《女子诗报年鉴》15卷。

5.《佛山文艺》推出打工时代的青春纪念册

由民刊《打工诗人》编委会历时两年半精心编选，由文学期刊《佛山文艺》4月23日推出的作品专辑《中国打工诗歌四十年精选（1981—2021）》正式出版，遴选了全国各地275位诗人的482首"打工诗歌"代表作。这些诗歌作品，呈现了从20世纪80年代开始，伴随中国改革开放大潮，一大批从全国各地南下的打工者，在经历谋生发展、改变命运、追求文明等过程中，将自身生存现状和精神世界诉诸笔端的一种艺术形式。这些作品最初散落在《佛山文艺》《大鹏湾》《江门文艺》《嘉应文学》等广东各地市县级文学期刊。其中《佛山文艺》杂志因刊登打工文学作品，发行量曾经高达50万册。2001年5月，罗德远、徐非、任明友等在广东惠州创办了民刊《打工诗人》，通过集体发声方式，将诗歌这一"短平快"、最能反映个人心声的艺术形式推广开来。这是一卷打工时代的青春纪念册，一部特殊群体创造的精神史。

（二）诗群与诗歌的地域特色建构

1. 生态诗歌在广东的发源及发展

生态诗歌的写作，在国外部分发达国家发展得较早，因为社会科学现代化的脚步同样也影响着环境生态与文化生态，而国内也有一些分散的生态诗歌写作，但明确提出并付诸实践的地区在广东。清远市2003年便在《清远日报》开辟生态诗歌创作与赏析专栏，2008年举办了"生态诗歌研讨会"，2019年又举办了"清远国际生态诗歌笔会"，汇聚了来自国内外及各地的生态诗人与生态诗歌研究者，为生态诗歌的交流与发展提供了更宽广的平台。东莞市也在2019年举办了"森林诗歌节""观音山国际文学与生态文化座谈会"等，倡导生态文学与城市生态文明建设。还有深圳的"大鹏生态文学奖"，以及本年度成立的"中国生态地学诗派"等。2018年5月的"全国生态环境保护大会"上，国家强调"要加快构建生态文明体系，加快建立健全以生态价值观念为准则的生态文化体系"。广东这些向下深挖已有资源和向上建构精神图腾的双向努力，正是在建构属于自己的，同时又具有开放性的文化传统和生态体系。

（1）清远市被授予全国首个"中国生态诗歌之城"称号

清远市由中国诗歌学会正式命名为全国首个"中国生态诗歌之城"，并于8月23日在清远市江心岛举办了授牌仪式。中国诗歌学会党支部书记王山表示，清远因持续举办了生态诗歌活动而引起国内外社会各界的高度关注。清远生态诗歌，不仅是清远鲜明的文化符号，且已成为夯实、振兴地方文化的"清远现象"，是"两山"理论诗歌实践的先行城市。命名广东清远为中国首个"中国生态诗歌之城"名符其实。中国诗歌学会会长杨克等为"中国生态诗歌之城"授牌。

（2）"大鹏生态文学奖"倡导建立生态意识

"大鹏生态文学奖"自2016年启动，首届"大鹏文学奖"由大鹏新区和深圳市作家协会联合主办，深圳市大鹏新区作家协会承办。旨在呼唤社会树立尊重自然、顺应自然、保护自然、保护生态环境意识，共同爱护和保护我们赖以生存的美好家园。该奖为双年奖，第四届征文于2022年12月份开启征稿。

（3）全国首个"中国生态地学诗派"诗群成立

2022年年初，由广东诗人胡红拴、丘树宏、戚华海、张况、张牛、陈计会、唐德亮、林汉筠等与《生态文化》杂志主编胡伟，《北方文学》杂志主编鲁微，《中国矿业报》社总编辑赵腊平，《新华文学》总编、《中国诗界》主编、原西藏军区副政委吴传玖，以及西南大学原校报主编郑劲松等三十余位诗人作为发起人，结合自然资源、生态文明等与地学紧密相连之内涵，成立"中国生态地学诗派"诗群，并以"中国生态地学诗派作品小集"的形式在《北方文学》《诗歌月刊》《海华都市报》等众多海内外纯文学报刊推出大量生态地学诗歌，为生态主题文学事业发展做出了新探索。

2. 诗群的地域特色

（1）清远诗群

清远诗歌氛围非常活跃，主要品牌活动有四个：清远诗歌节、清远生态诗歌国际笔会、北江诗歌笔会、清远市三名笔会。还有日常举办的各种诗会、笔会、朗诵会、研讨会、诗歌征文、线上诗歌专辑等，可谓丰富而精彩。目前清远生态诗歌创作已渐成气候，领航力量有华海、唐德亮、黄海凤、唐小桃、成春，中坚力量有李衔夏、严正、马忠、苏奇飞、罗燕廷、李福坚、林萧，"10后"代表申雨霏、马骢骥骥，年龄梯队完整，共同发力各具特色，创作实力和潜力都在不断增强，在全国产生了一定影响。近年来，清远注重收集整理生态诗歌创作成果，先后出版了《清远蓝》《庚子生态诗歌选本》《清远生态文学丛书（六卷本）》等生态诗文集。其中，《清远生态文学丛书（六卷本）》的出版被国内知名专家称为"标志着中国生态文学又向前迈了一步，为全国生态文明建设提供了启示"。

本年度诗群成员李衔夏《仰视》组诗发表在《诗刊》第1期下半月刊；《吾岛》组诗发表在《中西诗歌》第1期，并有诗歌入选《诗刊》2022年新诗年选。罗小娟《罗小娟诗词选》入选《中华诗词》青春诗会，并获第19届《中华诗词》雏凤青年诗词奖。唐德亮出版了散文诗集《天地间的诗光梦影》（河南大学出版社），并有诗歌入选《中国新诗排行榜》《中国年度优秀诗选》《中国年度优秀散文诗选》。方卫新出版诗集《乡野牧笛》（中国华侨出版社）。曾新友出版了诗集《悟润诗心》（世界图书出版公司），主编了《诗海扬帆·清远生态诗歌选集》（南方日报出版社）。诗群以"清远生态诗群作品选登"群像在《诗歌月刊》第2期推出，集中刊登了华海、唐德亮、黄海凤、唐小桃、李衔夏等19名清远诗人的诗作。

"千年传歌·万山朝王"第九届清远诗歌节12月26日举办，活动以线上形式举办"诗歌的日常性与山水精神追求"研讨会，国内20多名诗人、学者、诗刊编辑参与研讨，超过200名来自全国各地的诗人和诗歌爱好者通过线上观摩见证。

（2）中山诗群

在2022年，中山市诗歌学会充分展示了"文化名城，诗意中山"的文艺魅力。相继开展了"庆祝二十大，咸淡水诗派20家主题征诗活动"，"喜迎二十大"同题诗歌创作活动，还有走进社区的"红色文艺轻骑兵"暨"跟着节气到竹苑·立秋"主题活动，诗歌学会主席王晓波向社区负责人赠送会员诗集和书法作品，理事王捍红为现场学生授课，现场还同时举办中山诗人诗歌书法作品展。中山市电视台现场采访报道了本次活动情况，近50人参加活动，本次活动得到了听众和观众的充分肯定和普遍欢迎。

创作方面，中山诗群本年度在各大刊物都有精彩表现，《诗潮》《扬子江诗刊》《诗选刊》《诗词》《广州文艺》《南方日报》《澳门日报》等推介了王晓波、倮倮、马拉、郑玉彬等诗人的诗歌作品。另外，《中国年度优秀诗歌选》《中国诗歌排行榜》《中国新诗日历》《中国微信诗歌年鉴》等各种选本也收录中山诗人丘树宏、王晓波、倮倮、马拉、马时遇等诗人的诗歌。王晓波诗集《山河壮阔》由暨南大学出版社出版，这些诗歌或描绘自然风光，或抒写亲情、爱情、乡愁，或批判不良社会现象，发人深思。诗评家张德明教授在《诗潮》12月杂志刊发《中山诗群的崛起与繁盛》评论文章，详细介绍了中山诗群的近况。他在文章里说：中山诗群的众多诗人，凭着对文学的钟爱和对诗的虔诚，用生动的语言将自我对生活的观察、体味与思忖书写出来。他们的诗歌创作，不仅量大，而且质优，构成了一种现象级的存在，成为了地方性诗歌力量崛起与繁盛的符号化标志。这个群体已向世人展示了他们不容忽视的创作才华，探索和提供了当代中国诗歌的发展道路，其美好的未来前景也值得我们期待。

由中山市文联主办、中山市诗歌学会承办的"名家名刊面对面"2022年中山诗歌点评改稿会9月17日举行。《诗潮》杂志主编刘川，诗评家张德明教授为现场30名中山诗人的作品把脉、诊疗。改稿会以诗人朗诵自己创作的诗歌，刘川主编和张德明教授面对面对作品进行点评的方式进行。现场对30名诗人的作品如《牛的行向》《开平碉楼》《我有一个碗》《躺在礁石上》进行针对性地把脉、改稿。

（3）珠西诗群

珠西诗群自2018年秋自发形成以来，从江门启程，不断发展壮大，诗群骨干成员主要来自珠江西岸的江门、中山、珠海、佛山、云浮等地市，还有香港和外省个别诗人的加入。作为民间自发诗群，一些成员创作成果丰硕，作品刊载于《诗刊》《星星》《绿风》《诗潮》《草堂》《散文诗》等。2022年8月中旬与恩平市的一些诗歌爱好者进行了"月牙的倒影在露营"采风活动。诗群刊物《珠西诗刊》本年度出版了第3期、第4期。

野松、李月边、郭杰广、杨雨、何曲强、邓红琼在本年度表现突出，

发表了一定数量的作品。野松在《凤凰资讯报·天下美篇》《陕西文学》
等刊物发表组诗作品，在《星星·诗歌理论》发表了诗评2篇，并出版了诗
歌评论集《南方诗神的咏唱——广东诗人论》（宁夏人民出版社）。野松诗
如其名，志节为其骨干，情义为其枝叶，他以高蹈之姿与直抒襟怀的笔触描
述着激荡的胸臆。在对自然万物的凝视与倾听中获得心灵的自我放养，并于
现实世界与哲思的交互映照中，达成其浪漫主义的诗意栖居。在诗歌创作的
同时，也为诗人们写下了许多评论文章。郭杰广在《诗歌月刊》《诗潮》等
发表了作品，并出版了诗集《丹灶淬火集》（中国书籍出版社）。邓红琼在
《诗刊》《诗选刊》等发表了作品，并出版了诗集《时光画笔》（九州出
版社）。

本年度珠西诗群以集体群像在各种刊物发表作品，主要有：在《四川
诗人》第3期（总第7期）"百花潭·视域"栏目，野松、李月边、海洋、潭
啸、獒妈、门梁、何曲强、郭杰广、邓红琼、马时遇、张佩兰、漠阳唐殿
冠、邝海飞、梦儿、星草、陈子健、夏志红、宁荣生、林风、何中俊、姹
娜、康敏、乡芎、小雪等25位诗群成员发表诗作50首作，每人2首。在《中
国汉诗》7月第1期，中国诗群大展之珠西诗群发表了野松、李月边、海洋、
何曲强、獒妈、潭啸、马时遇、陈子健、张佩兰、邝海飞等10人巡礼，每人
2首，共20首。在4月15日《凤凰资讯报》"诗天下"专版发表《珠西诗刊》
诗选，发表李月边、何曲强、马时遇、康释然、门梁等每人1首诗作。

（4）粤东诗群

粤东诗群包括梅州的"故乡诗群"、揭阳的"榕江诗群"、潮州的"韩
山诗群"、汕头的"濠岛诗群"和汕尾诗群。各个分支诗群既各自独立，又
互相交融。粤东本土诗群阵容与写作水准比较整齐，创作总体上走雅正的
路线，题材上具有向心灵拓进的共同倾向，可以说并没有哗众取宠式的突兀
写作，而是注重诗思与技艺的磨合，同时也形成了各自的独特之处。近些年
来，随着网络的发达与微信的风行，诗人之间的交流与互助促进了新质的萌
生与维度的充盈，使本来地处"省尾国角"的粤东地区的诗歌呈现了活跃的
景象。粤东诗歌在长期的酝酿与近期的萌发中，形成了地域特征的雏形，即
基于现代技术运用的互助性、基于民刊的民间性与族群认同的黏合性。微信

群的兴起使粤东诗群的互助性特征益发明显，各个分支诗群都有各自的微信群，诗人们在其中交流心得，赏析好诗，发起同题诗写作。自觉形成先行者带后来者，老诗人帮助新诗人的风气，通过现代技术的即时传播，达到隔空互助的良性发展。由程增寿任总策划、黄春龙任主编的年鉴类《粤东诗歌光年》以刊物、活动和奖项相结合的形式，涵盖了泛粤东各个诗群的成员，并在活动中形成了互相解读、评析文本的良好风气，对于粤东诗歌发展和个体成长都有促进作用。

梅州诗群：以游子衿所主编的《故乡》集结了吴乙一、周华襄、墨痕、傅增荣、陈斌、周旭金、管细周等一批诗人。另外，还有黄新桥等主持的《射门诗刊》，后迁至广州，也形成了一个以阿桃歌、陈其旭、罗琼、黄慧良、姚中才等成员组成的群体，他们在李金发等前辈的诗歌土壤中成长起来，以"次生林"的形象呈现出茁壮的生命力。游子衿本年度出版了诗集《薄雾》（云南人民出版社），他的诗具有澄明、开阔的湖泊特点，他的诗歌呈现方式就像在你面前敞开一个湖面，让你看到漂在上面的落叶和杂物，也可以看到清水下的石头和天上的云朵。在冥想与自然时空的交融处，可见到他敞开的、时空中值得记取的留影。吴乙一在写作上一直保持着踏实进取的淳朴心态，这种品质在浮躁的社会现状中显得尤为可贵，他的诗蕴含着一种抱朴守拙的本真之美，由写景而入情，借物而通幽是他最娴熟的抒写路径。"90后"的黄鹤权本年度在《星星》等期刊发表了一批诗歌，《诗选刊》第7期的"本期视点"栏目，转载了他原发于《北京文学》等刊的14首诗歌，引起多位诗评家关注。

揭阳诗群：以原《南方诗歌》报的主要成员与新一届作家协会成员组成的揭阳诗群，本年度在雪克、阵风等诗坛前辈的带领下，以群体形式频繁亮相诗界，打出了揭阳诗人的鲜亮旗号，引起省内外诗界的瞩目。雪克、蔡小敏、梁彬、林丽筠在本年度表现突出，分别在《作品》《延河》《诗刊》《星星》《诗收获》等刊发表了不少作品。其中，林丽筠的诗在《特区文学》得到了多位评论家的聚焦点评。自2022年市作协换届，郑培亮（阵风）当选市作协主席以来，举办了诸多激发创作热情的诗歌活动，并同时以《揭阳日报》为发表阵地，鼓励诗人们创作，揭阳诗群因此焕发出蓬勃的活力。

本年度该诗群赴大洋、卅岭林场、东方紫园、北斗镇桐梓洋、博润生态园等地进行了采风交流，每期采风活动所创作的诗歌作品均在《揭阳日报》副刊发表，有效地推动了揭阳诗歌的繁荣。书香节期间，与市新华书店合作举行本土诗人作品手稿展。还推荐会员徐燕辉（揭西）诗集参加"21世纪文学之星丛书"。同时，揭阳诗人在网络上非常活跃，雪克长期在各微信公号点评推荐诗人作品，群体小辑则在《诗探索》《旷馥斋》等公众号上刊发，在网上形成了揭阳实力诗人群组的口碑。诗群以集体群像在《红棉》《粤东诗歌光年》等各种刊物精彩呈现，《特区文学》12期发表了雪克、阵风、林旭垫、蔡小敏、梁彬、郑惠山、魏黛娜、谢晓萍、林丽筠、林程娜、黄璟莉、隐形鸟、潘舜霞、陈江涛、小二共15位诗人25首作品。

潮州诗群：以《九月诗刊》的主编黄昏和陈培浩、陈崇正、泽平、阮雪芳、陆燕姜、余史炎、向北、草叔、许程明、郑子龙、郑泽森、野弟为主要成员，并在校园的青春土壤中培植出更多新人，集结了林非夜、泽燕、郑智杰、陈润庭等一帮年轻诗人，和新签约潮州文学院的本土诗人林立升、洪健生等，成长并形成了韩山诗群，呈现了民刊与诗群互相生发推进的蓬勃生机。除了一直坚持创作的诸多老诗人，余史炎近期的诗歌呈现了向宽厚之境迈进的趋势，林非夜的诗作静气盈然，均属后起的可期之才。

汕头诗群：主要有陈仁凯、黄春龙、程增寿、肖涛生、林耀东、小衣、杜伟明、马同成、谢郁珊、李杰彬、刘昭武、苏素、林丹华、林映辉、辛倩儿、陈伊琳、赖俊文等，是基于黄春龙等主编的《粤东文萃》与濠岛诗群的集合。

汕尾诗群：以汕尾市诗歌学会为主体，本年度举办、协办了"'诗寄品清湖，献礼二十大'诗歌大赛"和"学习宣传贯彻党的二十大精神诵读会暨汕尾广电宣传轻骑兵授旗仪式"；开展了"新时代，新征程""挚爱""信仰"等同题诗创作活动。学会成员们以汕尾市诗歌学会微信群和会刊《海内诗刊》以及微信公众号平台为载体，交流诗艺，共同进步。一年来，汕尾诗群成员杨碧绿、蔡赞生、王晓忠、王诗彬、庄海君、林进挺、林凤燕、陈小坚等在《诗刊》《星星》《作品》《草堂》《青年作家》《散文诗》《散文诗世界》《星火》《诗歌月刊》《延河》《嘉应文学》《南方日报》等发表诗歌作品超过300首（组），获得多个由中国作家协会《诗刊》社、中国诗歌学会等主办的诗歌大赛征文奖，作品入选《心弦岭南诗歌年选》等各类年度选集选本。还有以《蓝风散文诗》《大博美》为同仁依托的诗人群体，主要有杜青、黛眉、王万然、冷梅、林泽浩、覃可、王诗彬、陈思楷、林国鹏、老斯、忧乐、谷宁、郑海潮等，汕尾散文诗创作兴盛已久，也正致力于打造"中国散文诗之乡"，原定于本年度开幕的"首届中国散文诗节"因疫情防控而推迟至2023年举办。其中王晓忠有诗歌入选《中国地学诗歌双年选（2021—2022年卷）》。庄海君出版了散文诗集《海陆散曲》（光明日报出版社），在《草堂》《星星》等发表了一批诗歌及散文诗。

粤东本土一直有一群在默默为促进诗歌发展努力的义工，他们是雪克、阵风、黄昏、游子衿等这些长期坚守的领头人。近年也出现了一股强劲的新生力量——梁彬、姚则强、黄春龙、程增寿、余史炎和林程娜等年轻诗人。他们将大量精力倾注于粤东诗歌的发展，无论是诗歌活动的策划、实施，还是网络、微信的推广，他们都倾注了满腔热情。而适时对诗歌创作上涌现的新人、新现象和对写作上有新突破的诗人进行研究和推介，也是推动诗歌发展必不可少的力量。

（5）粤西诗群

粤西诗群包括湛江、茂名、阳江、肇庆、云浮等地级市诗人群，乡土深情是其较为显性的特征。"湛江诗群"诞生于2016年年底，该诗群依托岭南师范学院南方诗歌研究中心，由张德明、梁永利、符昆光、程继龙等人发起成立，现共有成员30余人。成员涵纳了茂名、阳江、北海、海口等地的诗人。该诗群与各县市基层作家联系密切，本年度5次赴廉江、吴川、玉林、徐闻等地参加采风、改稿、交流等活动。并邀请《星星》诗刊编辑任皓到湛江岭南师范学和培才学校进行诗歌创作交流与学术报告。诗群成员张德明、梁永利、李明刚、赵金钟、袁志军、陈马兴、郑成雨、扬臣、程继龙、孙善文、符昆光、凌斌、杨晓婷、余榛、陈华美、施保国、庞小红、邓红琼、史习斌、南尾宫、林改兰、黄成龙等本年度在《扬子江诗刊》《星星·散文诗》《诗歌月刊》《诗选刊》《十月》《草堂》等刊频频亮相，并入选各种选本。张德明的作品入选《2021中国年度优秀诗歌选》（吉林文史出版社）、《河流上的摇篮曲—中国行吟诗歌精选》（中国言实出版社）；张德明、梁永利的诗作入选《2021中国诗歌年选》（花城出版社）；张德明、赵金钟、程继龙、史习斌的作品入选《燕岭诗草》（暨南大学出版社）；李明刚、袁志军、陈马兴、符昆光、杨晓婷、余榛、林改兰、黄成龙的作品入选《猛犸象诗刊选粹》（上海文艺出版社）；郑成雨的作品入选《2021年度中国诗歌精选》（四川人民出版社出版）；孙善文的作品入选《2021年中国年度散文诗》（漓江出版社出版）；赵金钟主编了诗歌合集《燕岭诗草》。李明刚获中国诗歌网2022年年度诗人奖。诗群成员陈马兴诗歌研讨会作为第九届深圳文学季系列活动之一，于11月18日下午由深圳市文学艺术界联合会主办举行。

粤西诗群之中较为活跃的诗人还有陈计会、阿牛、谭夏阳、杨勇、刘汉通、黄昌成、梁永利、晓音、张慧谋、吴震寰、刘振周、羽微微、官演武、刘付永坚、梁颖、风三城、李之平、白炳安、紫婷子、庞志桂、何春燕等。陈计会等创办的《蓝鲨》诗刊，是一面高扬的旗帜，长期坚持立足本土、辐射全国，形成良好的创作交流作用，同时不定期以选本形式进行精选梳理。还有晓音创办的《女子诗报》，长期致力于女性写作的助推与呈现。评论家张德明、向卫国等也为粤西诗群的发展起着持续的推动作用。陈计会本年度在《诗刊》《诗歌月刊》等发表了一批诗歌，散文诗《岛屿（组章）》诗境厚重苍茫，情与境浑然相融，并有诗歌入选中国大地出版社《中国地学诗歌双年选（2021—2022年）》；羽微微的创作状态稳定递进，本年度更是作为鲁迅文学院的学员到北京参加了学习；林水文本年度创作力旺盛，在《诗歌月刊》《绿风》《诗刊》等刊发表了一批作品，并获得了第六届全国打工文学征文大赛铜奖。

（6）粤北诗群

粤北诗群包括清远、韶关、河源地区，诗群在独特自然风光的优势下，侧重于对自然环境的抒写，并由此拓展了生态诗歌写作的领域。关于清远诗群及生态诗歌前面已有介绍。

韶关五月诗社：2022年是韶关市五月诗社成立40周年，线上线下庆祝活动和创作成果展示不断。诗社举办了"遇见五月遇见你"征文活动，并在深圳《特区文学》推出了《特区文学-五月诗社专刊》，这本160页的大型文学月刊，刊登了诗社69位诗友的作品。7月31日，《特区文学·韶关五月诗社专辑》暨桂汉标新著《岁时斑斓》（山东电子音像出版社）推介悦读分享会在风度书房韶州公园举办。为庆祝新中国成立73周年，喜迎党的二十大召开，五月诗社以诗向不忘初心的老战士致敬，组织了《初心》题照诗网络微诗赛，照片《初心》是该市摄影师徐进为身为老战士的母亲拍的一张珍贵照片，活动共收到来自海内外诗人的作品多篇，经诗人和专家组成的评委会评选，丘树宏等12人获奖。诗社陆续开展了走进曲江区、走进韶关市生产一线，采访企业的生产情况等活动，并和曲江区图书馆等联合举办了"助力乡村振兴韶关诗人采风行"活动。从2022年初开始，桂汉标、冯春华牵头组成编委会开始着手组织策划"五月不惑文丛"的出版，该文丛分上下辑，共18本专著，包含了诗社从创始人到新成员在内的作品，由广东旅游出版社出版。

河源诗群："客家古邑，万绿河源"既是岭南文化的策源地之一，又是中国革命策源地之一，有着优美的自然风光和深厚的文化底蕴，活跃着一批优秀诗人，他们身处基层，植根土地，有着大山的情怀，用心、用情去书写诗歌。诗群的诗人积极组织诗歌活动，围绕扶贫攻坚、乡村振兴开展形式多样的采风及诗歌进乡村、进校园等活动，为弘扬传承优秀客家文化，传播新时代的文学声音贡献诗歌力量。同时为提高河源诗人的创作水平，加强与外地诗人的交流，还在《河源日报》增设了"河源文学—窗外"专栏，刊发名家诗歌。本年度以诗群为方阵，集中发表作品在诗探索公众号、《诗词报》《香港诗人》等，同时还在《诗刊》《中国诗人》《中国校园文学》《广州文艺》《黄河文学》《参花》《诗词报》《特区文学》等刊物、网络平台发表了大量的诗歌，作品入选多种重要诗歌选本，不少诗人多次获得全国性的诗歌奖，河源诗人正以新姿态出现在当今诗坛。其中较活跃的诗人有罗志勇、邓醒群、骆心慧、林燕翔、朱安娜、三缺浪人、谢骥、黄贵美等。其中诗人朱安娜的诗集《安娜诗集》由团结出版社出版，朱旭东的诗集《浅尝集》由中国炎黄文化出版社出版。邓醒群的诗歌入选中国诗歌学会《王安石名作新题选集》《深圳诗歌（2021—2022）（下卷）》《中国当代爱情诗

1001首》《中国地学诗歌双年选（2021—2022年卷）》《2021年中国年度诗歌》和2021-2022年度《岭南诗歌年选》等选本；《安吉·山间即事》获中国诗歌网等主办的"绿色山川·诗意巾川"优秀奖，诗歌《英雄广场》被公安部一年一度的清明诗会作为开篇第一首朗诵。

四、主旋律：时代颂歌与乡村振兴

2022年适逢党的二十大召开之年，广东各地举办了多种多样的放歌献礼活动。广东省作协诗歌创作委员会联合各地诗群，举办了"主题征诗献礼""放歌新时代""大湾区文化交流"活动，以及诗人们进行的"乡村振兴题材"和"抗疫文学"创作等，呈现了广东作协贯彻党的二十大报告所强调的"推进文化自信自强，铸就社会主义文化新辉煌"的精神，并如张培忠书记所表示的——"整合资源打造粤港澳大湾区文学新增长点，全力以赴推动广东文学事业的全面繁荣，在新的赶考之路上谱写华彩乐章"。

1. 咸淡水诗派20家主题征诗献礼二十大活动

值党的二十大召开之际，广东省作协诗歌创作委员会联合作家网、中诗网、中山市诗歌学会，策划组织了咸淡水诗派20家献礼二十大主题征诗活动，各界反应强烈。来自中山、珠海、广州、香港、澳门等粤港澳"咸淡水"地区，以及北京、四川、重庆等地20名作者在作家网、中诗网和咸淡水诗派微信公众号刊发了陈小奇、丘树宏、陈道斌等20家诗人的诗歌作品，为党的二十大献礼。活动获得圆满成功，广东省作协党组书记张培忠在活动总结报告上批示："活动开展有声有色，成果丰硕，应予肯定！"

2. "放歌新时代，诗迎二十大"征诗活动

为迎接党的二十大胜利召开，自5月20日开始，广东省作家协会诗歌创作委员会联合广东省文化传播学会、南方诗歌专委会和广东现代作家研究会诗歌研究中心，共同组织了"放歌新时代，诗迎二十大"征诗活动。广大诗人和诗歌爱好者积极参与，踊跃投稿。活动共收到来自全国各地的新诗、旧体诗来稿近百首（组），经筛选用稿共60首（组）次，分别在《华人头条》《都市头条》发表传播，影响广泛，为党的二十大胜利召开献上了一份特别

的礼物。60首（组）作品中，不少被各种报刊、网络、公众号等媒体刊发，或者在各种活动中朗诵，广受社会好评。

3. 纪念香山建县870周年《香山颂》活动走出人文湾区交流合作新路子

2022年是香山建县870周年。为配合粤港澳大湾区人文湾区建设，加强粤澳地区文化交流合作，促进澳门、珠海和中山三地经济社会发展，由广东省作家协会诗歌创作委员会和珠海市文联指导、珠海市香洲区文旅局和区文联联合澳门、珠海和中山三地诗人丘树宏、钟怡、姚风、钟建平、罗子建等与有关机构，共同创作了大型诗歌音乐节目《香山颂》，并于12月9日举办了视频作品分享活动，媒体作了广泛报道。澳门、珠海、中山三地作家联手，政府、民间机构、文化义工共同参与，朗诵、歌唱、视频等艺术方式相结合，《香山颂》为粤港澳大湾区文化交流合作探索了新路子。

4. "喜迎二十大·奋进新征程"全国名镇·醉美东涌全国征文举行

由广东散文诗学会、广州市南沙区作家协会、广州市南沙区东涌镇文学艺术界联合会、广州市南沙区东涌镇社会事务综合服务中心（文体中心）联合主办的东涌镇第八届"全国名镇·醉美东涌"全国征文比赛，得到社会各界人士的积极响应和支持，于10月18日评奖结果正式揭晓。经过终评委郭小东、陈剑晖、贺仲明等的严格评审，《红鸟日暮，岁月有痕》等19篇作品分别获一、二、三等奖及优秀奖。

5. "喜迎二十大　讴歌新时代"潮州文化主题文学创作征文

中共潮州市委宣传部、潮州市文联于6月联合举办"喜迎二十大　讴歌新时代"潮州文化主题文学创作征集活动。截至8月10日，共收到来自全国各地文学作者投稿200余件，经审核共有103件符合相关主题的作品进入初评，并由《韩江》编辑部、潮州市作协、潮州文学院组织作家评委进行评审，评出48件作品进入终评。邀请学者、专家进行终评，各体裁评出一等奖1名、二等奖2名、三等奖5名，优秀奖8名，广州诗人辛夷组诗《所有相遇都是扣人心弦的风景》获得诗歌一等奖。

6. 乡村振兴题材创作

二十大报告提出："全面推进乡村振兴，坚持农业农村优先发展，巩固拓展脱贫攻坚成果，加快建设农业强国。"唐德亮敏锐地把握了时代的脉搏，2022年以来在《光明日报》《民族文学》《诗歌月刊》等报刊发表《中国乡村，振兴的时刻》《岭南春色》等乡村振兴诗歌20多首，反映"乡村振兴"的进程与乡村的历史性巨变。这些诗作，充满新时代、新农村的生活气息，语言简练，诗境广阔，反映了新时代的乡村振兴与蝶变。

7. "中山诗群"积极组织中山诗人参加抗疫文学创作

近三年来，中山市诗歌学会组织抗疫诗歌近30期共200多首诗歌在南方日报报业集团客户端"南方+"文艺板块、《咸淡水诗派》微信公众号刊发，其间还联合市朗诵协会举办《抗疫之声》网络在线朗诵活动8场。丘树宏的"抗疫"诗歌在各地传诵，他的诗歌《祖国在，武汉不会流浪》成为《中国艺术报》主办的抗疫专题的主题诗歌，他创作的《你是光，你是爱》被谱成歌曲，在学习强国等地广泛刊载、发表、朗诵、播出。王晓波的组诗《坚守心底善良》，被上海交通大学以及多地大学和中小学生朗诵，并且以视频和音频的形式在网络上发布。郑集思创作的《我去看你额济纳》的歌词，由青年作曲家连向先谱曲，由深圳歌手王如华演唱，还被歌唱家德德玛携徒弟青年歌唱家包田宝一起倾情演绎。另外，中山市诗人王晓波、黄廉捷、夏志红、孙虹等的诗歌作品被录成音频在《学习强国》平台发布。一年多来，"中山诗群"诗人以笔驰援，以诗抗疫。创作抗疫诗歌的中山诗群诗人，既有抗疫一线的医生、高校退休教师、机关干部、外企员工、新闻从业人员、金融机构人员，也有个体户。他们身份不同，但都目标一致，积极为抗疫贡献出自己的文艺力量。

五、诗歌的公共性：正向传播与嘉奖

广东的媒体和刊物对诗歌的助力也不容忽视，这些力量包括对诗歌文本的刊发，对诗歌活动的报道，还有特意开辟渠道扶持诗歌、引领风气。国内诗歌界的许多出圈事件是由大众掀起的噱头式聚焦，形成反向传播的影响，无益于诗歌的发展。广东诗界一直致力于在大众中进行诗歌的正向传播，比如《诗歌与人》主办的"中秋诗会走入古玩城"；《广州文艺》所做的"诗词讲堂"；南方报业集团办的"小学生诗歌季"；包括本年度清远诗歌节向网友开放等举措，都是走在把大众引到提高鉴赏能力和拓宽精神境界的路上。通过对诗歌地标的构建、诗歌与生活场景的贴合，便形成了公共生活的一个切面。诗歌走进大众，走进社区，让市民共同发现生活之诗，正是在培养共同的文化记忆，结合所处地理环境，有机生长，社会大环境便充盈着人文底色。广东省委宣传部、广州市委宣传部部署的系列文化活动也正是在为广州营造和谐的人文环境。

（一）小儿诗教项目

广东诗界一直具有先辈带后辈，多代同辉的优良传统，小诗人活动开展得如火如荼，南方传媒集团在省委宣传部的大力支持下做了大量的工作。南方传媒集团2022年致力于推动广东诗歌教育的发展，参与推进了粤港澳大湾区小学生诗歌季、智慧阅读雅荷诗会、"我为北京冬奥会加油"主题诗画作品征集活动等多个少儿诗歌项目。东莞文化馆也于2016年创办了"东莞小诗人沙龙"公益项目，邀请了诗人及各学科导师走进校园，引导中小学生阅读与创作，并延续至今。该项目被评为"最受市民喜爱的品牌活动"。

1. 粤港澳大湾区小学生诗歌季

粤港澳大湾区小学生诗歌季前身为"广东小学生诗歌节"，由南方报业传媒集团、广东省教育厅、共青团广东省委员会、广东省作家协会、少先队广东省委员会主办，南方日报社、广东省教育研究院、广东省小作家协会承办，2019年起升格为粤港澳大湾区小学生诗歌季。13年间，超过3000所学校参与投稿，累计投稿近百万首诗歌作品。主要面向粤港澳大湾区小学生，活动包括诗歌征稿活动、云端诗会、人文湾区青少行等多项内容。

2022年小学生诗歌季征稿活动中，共有47512名学生参加投稿，作品总数高达90506首，在南方+上的活动点赞近百万，作品浏览次数超过212万，评选出特等奖10名，一等奖30名，二等奖约200名，三等奖约1500名。

云端诗会共有10期，以南方+为播出平台，邀请王宜振、方舟、冯娜等文学、教育界名家，以"音频+课件"的形式在线上和大湾区的孩子们互动，讲述诗歌文本创作、经典作品鉴赏、诗歌季投稿作品点评等内容，截至

2022年11月29日已播出5期，观看人数超过6.18万，平均每场约1.23万人次。

人文湾区青少行共有30场，于9月～12月举行。该活动以"人文湾区　诗意印象"为主题，邀请杨克、林馥娜、李剑平等粤港澳大湾区文学名家为诗歌导师，带领广东各地市的小学生结合经典诗词作品，走读广州塔、广州小洲村、顺德华侨城、廉江市田园寨旅游风景区、汕头市博物馆等粤港澳大湾区人文历史地标建筑、非物质文化遗产等项目，推动活动进校园、进社区、进乡村，以诗歌创作的形式留下共同的历史记忆与乡愁，项目参与的学生人数近千名。

2. 智慧阅读雅荷诗会

"喜迎二十大　一起向未来——2022年智慧阅读雅荷诗会"活动由广州市教育研究院主办，南方日报、南方+客户端、广州市《现代中小学生报》提供媒体支持，面向广州地区在校中小学生（含中职学校学生）征集优秀的诗歌作品。整个活动共收到7232名学生投稿10400个诗歌作品，在南方+上的活动总浏览达到1122823次，点赞814579。年底进入终审阶段，评选出10名"雅荷诗会十佳小诗人"，约2000名"雅荷诗会优秀小诗人"。

3. "我为北京冬奥会加油"主题诗画作品征集活动

由南方日报社主办，南方少年文学院承办，广东省作家协会校园文学创作委员会提供学术指导的"激情冬奥会　加油向未来——我为北京冬奥会加油"主题诗画作品征集活动，从2月23日至3月15日历时21天，共收到近4000分投稿作品，参与的投稿人数达到2757人，在南方+上的活动浏览总数达到7.7万多次，参与点赞的总人数高达8万余人，累计点赞超过23万次。经过公正的评审，作品按诗歌与绘画进行分类，共评选出一等奖20名，二等奖60名，三等奖240名，以及优秀奖171名、优秀指导老师74名、优秀组织学校34所。

4. 东莞小诗人沙龙暨儿童诗大赛

2022东莞小诗人沙龙暨儿童诗大赛品牌活动持续推进。由广东省作家协会诗歌创作委员会指导、东莞市文化馆主办、诗人方舟策划和主持的"好好说话，天天读诗"2022东莞小诗人沙龙克服新冠疫情的影响，全年开展了线上、线下诗歌沙龙12期，近30所中小学校和近3000名孩子参与，著名诗人杨克、冯娜、张德明、桉予、林馥娜、蓝野、卢卫平、黄礼孩、安然、席地、易翔、池沫树、方舟等先后为孩子们授课，点评孩子们的原创作品。

此外，作为小诗人沙龙的延伸项目，2022东莞儿童诗大赛顺利举行。大赛由东莞市文化馆联合东莞日报社共同主办，广东省作家协会诗歌创作委员会等为大赛指导单位，中国作家协会主席团委员、中国诗歌学会会长杨克，广东省作家协会副主席丘树宏担任顾问。大赛旨在配合"2022粤港澳大湾区小学生诗歌季"的开展，推动我省小学生诗歌艺术教育走在全国前列，展示东莞小学生最新诗歌原创成果。大赛共收到100多个学校和机构选送的1100多位小作者参赛作品3200余首。经专家评审，共评选出了作品一等奖5名、二等奖7名、三等奖15名、优秀奖30名、入围奖162名。大赛主办单位编印了《孩子们的诗（第7辑）——2022东莞儿童诗大赛暨小诗人沙龙优秀作品》。东莞儿童诗大赛已连续举办了三届，成为继东莞新年诗会、东莞市诗歌大赛、中国（东莞）森林诗歌节之后又一个重要的城市诗歌文化活动的载体和展示平台。

（二）广州打造诗词之都的系列讲座、特刊及相关活动

为落实中共广州市委宣传部"诗词之都"工作部署，开展诗词普及教育，打造广州诗词学术交流高地，2022年8月起，由广州市文联、广州新华出版发行集团主办，广州市作协、广州市文艺报刊社、广州购书中心承办的"广州诗词之夜"系列讲座在广州购书中心举办，邀请学术名家、大师面向市民普及古典诗词和当代诗歌知识，营造城市诗意氛围、提升城市文艺气质，满足人民对美好生活的向往。讲座内容囊括《诗经》、楚辞、唐诗、宋词、元曲以及当代诗歌史、文化诗学的相关内容，带领观众赏析领略诗歌文化，让诗意的光辉照亮生活。目前已成功举办了5场。《诗词》报于本年度12月出版了16个版的"广州打造诗词之都特刊"，荟萃了叶嘉莹、吉狄马加、李少君、龚学敏、赵松元、张海鸥、曾大兴、董上德、张洲诸名家名刊寄语和诗人们抒写广州的诗词作品，以及活动花絮集锦。市委常委、宣传部部长杜新山出席了2022年湾区诗会之"上巳节雅集""延河珠水吟诵会"，文学名家刘斯奋等参与了诗会的现场诵读。

（三）诗歌人间：用诗歌将彼此相连

作为深圳读书月的重点主题活动之一，第十六届"诗歌人间"活动于12月18日如期而至。18位中国当代诗人，6位朗诵家，首次以线下与线上相结合的方式，共叙诗话，共品诗歌，深度展示中国当代新诗的风采。早在2007年，适逢中国新诗诞生90周年，第八届深圳读书月期间，由深圳报业集团、深圳出版发行集团主办，晶报社创立的"诗歌人间"以锐意之势新鲜出炉。"诗歌人间"是一个面向公众，包含诗朗诵、诗剧表演、诗人演讲和观众交流等多种形式的文化平台，宣言是"让诗回到我们身边"。陈寅是提出举办"诗歌人间"设想的爱诗之人，正是他召集和凝聚起平台之力，将来自五湖四海的、不同年龄层、诗风各异的诗人汇聚一堂，以纯粹、浪漫、严肃的态度，审视新诗的意义与未来。"诗歌人间"一直以推荐当代优秀诗人诗作和提升城市人文素养为己任，洛夫、任洪渊、多多、翟永明以及韩国诗人高银、俄罗斯诗人库普里扬诺夫等众多著名诗人、评论家参加了诗会。2010年起，"诗歌人间"由深圳特区报社承办，并延续至今，现已成功举办了16届。活动持续走进深圳的学校、图书馆、海岛、基层街道和社区，让诗歌的光芒播撒到更多角落。

（四）荔园诗会

由深圳大学诗歌与戏剧研究中心和中山大学语言学研究所联合举办的"荔枝园秋季朗诵会"于10月18日晚采取线上线下相结合的方式举行。朗诵会共有39个节目，来自全国各地近40所高校的嘉宾参加了活动，与会人数达230多人。活动由诗歌与戏剧研究中心主任张广奎教授主持。广东省人大常委会委员、中国科学研究会副会长郭杰教授、诗人林馥娜、粤剧歌唱家梁玉嵘受邀参会。活动形式多彩多样，包括诗歌朗诵、戏曲、诗剧等，并以英语、日语、普通话、地方方言等多语种演绎，实现了跨地域跨、文化的诗意互动。

（五）首届"声音共和诗歌市集"正式揭幕

"凝视的诗泉——首届声音共和诗歌市集"4月9日在广州揭幕。"凝视的诗泉"出自爱尔兰诗人希尼的名句："我写诗，/是为了认识自己，让黑暗发出回声。"从诗到音乐，再回到诗，这是回声与回声的相遇。本次活动由"声音共和"与"龙脉现场"联合主办，以"诗"为主线，通过诗歌+展览、演出、朗诵、讲座、市集等开放性组合，打破媒介的藩篱、空间的壁垒，破除传统诗歌活动"台上台下"的刻板二元想象。这是一场对话，也是一次聚会，是在最富活力和青春气息的街区进行的、让诗起飞又降落的探索。

（六）省内文化机构举办的诗歌奖与诗人获奖情况

1. 花地文学榜

《羊城晚报》在创办之时，与新闻版面分量等同的副刊就是它的一大特色。60多年来，《羊城晚报》"花地"副刊以深邃厚重的风格，始终保持对文学、文化的坚守，契合文化大报的风范，树立媒体差异的标杆。2013年，《羊城晚报》正式创设《花地文学榜》。2022年"花地文学榜"诗歌奖于12月18日揭晓，诗人王家新以《未来的记忆》（江苏凤凰文艺出版社）获得本届年度诗歌荣誉。"花地文学榜"自创办以来，以为读者淘选优秀文学作品、为社会提炼文化深度、提升精神高度为宗旨。至今，已有包括贾平凹、莫言、冯骥才、迟子建等数十位文学名家，获得年度作家（作品）荣誉。历届评委和嘉宾一起，来到岭南，走进校园、图书馆、美术馆，走进书店、社区，让经典阅读和文化融入岭南，滋养寻常百姓的心灵。

2. 东荡子诗歌奖·高校奖

东荡子是中国当代汉语诗歌写作的杰出代表，2013年因病逝世。为纪念诗人东荡子，吴真珍女士出资设立"东荡子诗歌奖"，委托东荡子诗歌促进会负责运作，旨在奖掖在当代汉语诗歌写作及批评领域做出重要贡献的诗人和批评家。东荡子诗歌奖设置的"诗人奖"和"评论家奖"此前已颁出七届；2016年增设的"高校奖"旨在扶掖年轻诗人的诗歌写作，此前已颁出六届。2022东荡子诗歌奖·高校奖在9月11日经评委认真、严肃地评审，在线上评出。经组委会对有效稿件进行匿名编号处理，初评委经线上投票，完成了全部投稿作品的初评，共有25位诗人进入终评。终审评委就初评委选出的作品经过多轮比较、讨论，最终按投票名次赋分并排序，评出五位高校诗歌奖获奖者：王冬（广西师范大学）、王年军（北京大学）、杨雅（云南大学）、李晓（苏州大学）、赵茂宇（云南师范大学）。

3.第七届"中国长诗奖"评奖活动

为彰显广东佛山作为广东诗歌城的文艺魅力，推动佛山创建"中国诗歌城"，表彰我国诗人在长诗创作中取得的卓越成就，佛山市于12月举办"第七届'中国长诗'公益品鉴暨第七届'中国长诗'奖"评奖活动，该奖项为零奖金公益性奖项。活动由中国自然资源作家协会、广东省作协诗歌创作委员会作为学术指导单位，佛山市作协携手佛山市禅城区文联、《特区文学》杂志社、《中国汉诗》杂志社、佛山诗社联合主办，经全国诗歌名家推荐和诗人自荐，共收到全国21个省、自治区、直辖市138位诗人的长诗作品138首（部），经第七届"中国长诗"奖评委会终评委专家组评定，27位诗人获得本届长诗奖：最佳成就奖、最佳文本奖和最佳新锐奖，彰显出长诗创作与长诗评奖的广东现象。其中获得最佳成就奖的有：刘笑伟、刘立云、向以鲜、华清、远村、沙克、柯于明、健鹰、周孟贤、霍竹山；获得最佳文本奖的有：马飚、张尚锋、十品、宋德丽、孙方杰、来去、张天国、徐甲子、巴彦布、罗长江；获得最佳新锐奖的有曹谁、刘汀、朱涛、吴乙一、王从清、王星亮、史鑫。

4.第五届红棉文学奖

红棉文学奖设立于2017年，是深圳知名的文学品牌。第五届红棉文学奖自7月份征稿，累计收到全国各地文学作品5000多件，经评审委员会评选，产生了各个文学体裁的奖项。世宾的诗集《交叉路口》获得了诗歌主奖；陆燕姜、梁智强、陈少华获得诗歌评审奖；泽平、辛夷、王溱、江飞泉、贾楚煊获得诗歌优秀奖。

5.寰球华人中国梦·深圳杯第五届诗词楹联大赛颁奖典礼

以最隽永的诗词楹联讴歌最青春的粤港澳大湾区，寰球华人中国梦·深圳杯第五届诗词楹联大赛颁奖典礼与粤港澳大湾区首届诗词文化论坛于12月2日、3日在深圳大梅沙举行，来自全国各地的200余位诗人及数十家诗词组织负责人共聚一堂、共襄盛会。本届大赛由中华诗词学会、中共深圳市委宣传部、深圳市文学艺术界联合会主办，深圳市诗词学会、深圳市长青诗社等单位共同承办。大赛以"喜迎二十大，聚焦大湾区"为主题，讴歌推介粤港澳大湾区的巨大变化和巨大成就，大赛自2022年4月至7月间面向社会公开征稿，共收到投稿作品6000余篇，经过严格评选、公示，最终公布等级奖29首（副），其中综合组等级奖9首、女子组等级奖7首、楹联组等级奖13副；另设优秀奖100首（副），其中综合组65首、女子组8首、楹联组27副。

6. 诗人荣誉及获奖简况

青春诗会、青春回眸诗会，是国内诗坛久负盛名的诗歌品牌活动，每年从全国诗人中遴选一批优秀诗人参加，被誉为诗坛"黄埔军校"。本年度广东诗人程继龙参加了青春诗会，出版了"青春诗会丛书"之一的《瀑布中上升的部分》（长江文艺出版社）；方舟以90年代的代表作《机器的乡愁》、新作生态诗歌组诗《白鹭》和创作随笔一篇，入选并参加了第十三届全国"青春回眸"诗会。

本年度获得奖项的有：杨克在本年度获得了《诗刊》社主办的中国海洋诗歌成就奖，并获得了金华市"艾青家乡金华市金东区荣誉诗人"称号。华海散文诗集《红胸鸟》在由华语诗歌春晚学术委员会、北京师范大学中国当代新诗研究中心、《中国文艺家》《中文学刊》《绿风》联合主办的"2021年度十佳华语诗人、十佳华语诗集"评选活动中获"十佳华语诗集"称号；其《行走宽窄之间（组诗）》在由《星星》诗刊主办的"行走宽窄之间——精短哲理诗歌征文大赛"中获新诗二等奖。张德明获得由《诗刊》社等举办的第十届中国紫蓬诗歌节评论家奖。扬臣获《诗刊》社等主办的第三届黄姚诗会主题诗歌奖。唐德亮诗歌《生态之美》获得由《文学报》等主办的"小都杯"生态文学大赛诗歌铜奖。谢小灵获得杨万里全国诗歌优秀奖。吴锦雄《致曹操》（组诗）获2022首届中国亳州·谯城曹操诗歌节古风奖。莫静煌的《莺啼序·题封州》获中华诗词学会主办的"百城杯"全国诗词大赛优秀奖。

六、结语

广东诗人群体体量庞大，除了以上所提及的诗人，还有许多不事发表的诗写者，他们在日常里写诗，或于网上交流，或于私下切磋，作为精神生活的一部分而甘苦自度，他们的在场，共同构成了广东诗歌生态的活力和丰厚的人文底气。

在多元繁荣的局面下，作为个体诗人需要内省的是，写作上是否能克服路径依赖。部分诗人在注重各自的特色和理念时，有时会忽略了诗本身作为艺术的美学感受；也有部分诗人因守成、自我复制而沿袭成守旧，失去艺术活力和更上层楼的可能。而在整体面貌方面，前些年广东因为持续举办诗歌节、诗歌理论研讨会等相关活动而呈现出千器和鸣的活力，引起了全国文学界的广泛关注，广东作为诗歌大省的评价一直是众多评论家及大刊主编的共识，并在笔者关于广东诗歌的综述资料中留存下来。虽说创作是个人的事，但有了适当的引导、聚焦与交流，才有相互碰撞，生出新质的契机。文学发展也像珍珠的生产，不积累汇聚，则散落逸失。适当扶持与关注，则能成就源源不断的璀璨。近年来粤派批评的建构，和批评队伍的培养壮大，使好作品能够得到适时地发现与讨论，对创作也是一种有力地促进。一个社会的政治、经济、文化本就唇齿相依，是互相影响促进的关系，文化所形成的凝聚力是一种活文化，是社会发展的内动力。整个广东的人文风气，正是一个多样性共生的生态场。活的文化必将孕育更多彩的创作生机，期待广东诗歌迎来更加辉煌的明天。

（本章撰写：林馥娜，广东省作家协会签约文学评论家、高校创意写作导师。）

第六章
散文：接续历史余韵　书写湾区新貌

2022年，广东文坛致力于构建富有湾区特色的中国文学话语和叙事体系，在瞬息多变、取向各异的文化潮流中，积极回应时代的变动，以扎实的创作成果呈现湾区文学版图的独特景观。本年度的散文创作立足本土生活，穿越历史回声，接续过往余韵，拓展新的面相。在题材的广度、主题的深度和风格的多样化上，为湾区文学增添了不少亮色。

一、散文总体概貌

本年度，广东作家在全国文学期刊发表了大量的散文作品，据不完全统计，共有二十多部文集出版发行。既有知名作家和编辑出版家回忆过往岁月的作品集，也有中学教师、科研人员、画家的随笔集。专事散文创作的中青年作家们以各自的生活经验为基础，从不同的角度表现社会变迁和城市进程，丰富了当代散文的创作领域。作家积极参加各种形式的散文活动，包括散文采风、散文讲座和散文研讨会，推动了散文观念的更新和变革。

1. 詹谷丰、耿立散文研讨会

2022年3月24日下午，"詹谷丰、耿立散文研讨会"在广东文学艺术中心举行。此次活动为"粤港澳大湾区作家作品系列研讨会"之一，由中国作家协会《文艺报》社、广东省作家协会共同主办。会议采用线上线下相结合的方式召开，来自北京、广东的多位作家、评论家"云端"对话，围绕詹谷丰的《山河故人——广东左联人物志》和耿立的散文集《暗夜里的灯盏烛光》展开研讨。

《文艺报》总编辑梁鸿鹰在致辞中充分肯定詹谷丰、耿立的创作成绩。他表示，广东散文近年来取得不凡收获，这得益于作家的辛苦耕耘，也得益于广东地区社会、经济、文化全方位的繁荣与发展。梁鸿鹰谈到，詹谷丰的《山河故人——广东左联人物志》在客观引据的基础上展开创作，风格求真、求实。"在挖掘史料、研讨传记等方面，詹谷丰下足了功夫。"梁鸿鹰认为，《山河故人》对于今天的读者认识左联、认识广东现代文学作家，乃至于认识中国现当代文学史都有非常重要的意义。北京第二外国语学院教授、散文研究专家李林荣认为，《山河故人》写出了不同于一般民国文人的青年革命文学家的独特风度，通过诸多史料文献的综合，让广东左联人物充满张力地重新生长出来，"作品写得特别有南拳气派，每一个动作和细节都很见硬功夫、苦功夫。"

中国作家协会文学理论批评委员会主任、北京大学教授陈晓明认为，耿立"是一个了不起的唯物主义者"，他的散文是在某种看似黑暗的东西中寻找光明。耿立的散文具有诗性，文中亦多有对保罗·策兰、里尔克等大诗人诗作的引用。"但他的诗意是带着沧桑的诗意，是流血的诗意，这种血淋淋的人生是他自己的人生，这一点让我们对他的生命存在有一种敬意。"沈阳师范大学教授、评论家贺绍俊认为，耿立的散文是一种自由的书写，一种率真的表达。"最重要的是他是把乡村作为他的出发点，将乡村精神无限延伸开来，连接到城市，连接到未来。也就是说，耿立的散文具有突出的乡村精神，经受了现代性的淬火，呈现出开放性。"

广东省作家协会党组书记、专职副主席张培忠表示，广东作家始终坚持深入生活、扎根人民，自觉地将个体的"小我"融入时代的"大我"之中，涌现了不少散文精品力作。作为大湾区养育出来的作家，詹谷丰和耿立的创作扎根于大湾区这片热土，以这里的历史、文化和当下的生活为养分，培育着他们文学之花。他们的写作，也是对大湾区这片土地的最好馈赠。本次研讨会的召开，既是对广东散文创作的莫大鼓励、支持和助力提升，也为锻造粤港澳大湾区文学新的增长点、打造更多新时代的扛鼎之作提供有益的思考借鉴。

张柠、刘艳、王必胜、顾建平、张莉、刘军等评论家也围绕两部散文集的思想性与艺术性展开探讨。与会专家一致认为，《山河故人——广东左联人物志》深情回顾了广东左联人物的革命轨迹和文学成就，在历史的钩沉和时代精神的回望中重温革命的理想和信念，激发我们赓续"左联"革命血脉、砥砺奋进新时代的勇气和信心。《暗夜里的灯盏烛光》情感饱满，通过对中国当代乡土社会的刻画剖析和历史人物的追溯回望，展现了对城市"边缘人"这一弱势群体的深切悲悯和关怀，以及对民族精神和文化的深层追问和思考，展示了当代中国知识分子的情怀和使命担当。研讨会最后，詹谷丰、耿立分别结合自身创作实际，畅谈对文学创作的认识，回应与会专家对诸多问题的探讨。

2. 林汉筠作品研讨会

2022年4月7日，广东东莞·贵州铜仁文艺合作交流项目——林汉筠历史文化散文《岭南读碑记》在贵州工程职业学院举行。来自各条战线的专家、学者30余人参加了线下研讨，贵州工程职业学院13000多名师生还通过云研讨方式参与活动。作为东莞文化精品专项资金委托项目，《岭南读碑记》是林汉筠近年来创作的又一次创新实践。研讨会上，专家们围绕《岭南读碑记》的创作特色、创作技巧、创作背景和文献价值、现实意义、文化挖掘以及作家林汉筠的责任与担当、传承与保护、折射与呼唤的人格魅力和人文坚守等方面各抒己见。大家一致认为，《岭南读碑记》是作家用脚步丈量岭南的历史厚度与宽度的结果，是一部有筋骨、有温度的历史文化散文，是彰显一位作家对传承地方文化血脉的责任与担当的著作。

3. 王国华作品研讨会

2022年11月17日，由深圳市文联主办、深圳市作协承办的第九届深圳文学季系列活动之"都市街巷里的行走者与书写者——王国华作品研讨会"在深圳市龙岗区大芬油画村太阳山艺术中心举行。这是第九届深圳文学季和第二十三届深圳读书月的系列活动之一，来自深圳、珠海、中山等地的二十余位专家学者展开了热烈讨论，对王国华的"城愁"系列写作予以充分肯定。

因疫情未能亲临现场的中国诗歌学会会长杨克请人转达了他对王国华作品的评价。他认为，王国华是"在地"写作者。他改变了广东"异乡人"也就是"新客家"移民作家的写作向度。不同于有些移民作家多以"乡愁"为创作取向，王国华写的"城愁"拓展了移民群体写作的边界。他热爱当下岁月，事无巨细记录每一条街道，各色深圳人活色生香的打拼细节，描摹此地此时的风物风貌风情，如同时代的书记员。他的写作不仅有现实意义，同样具有历史价值。三十年后，一百年后，人们并不需要阅读某个深圳人的作品了解当代中国乡村，而他的非虚构，活脱脱呈现了特区一个时段新的"清明上河图"。

4. 散文讲座

2022年1月，林渊液在汕头龙湖作一场讲座，题为《赋魅、祛魅与复魅——现代生活与散文创作》。2022年4月20日下午，耿立为广东科技干部学院学生开展《散文创作及欣赏》专题讲座。2022年6月22日下午，广州大学人文学院教授章以武带着刚刚出版的散文集《风一样开阔的男人》，走进广东省委党校，以"为岭南而书，为时代放歌"为主题，与学员们分享了他多年来的创作故事与创作心得。2022年10月27日上午，黄倩娜在广东省税务作家协会培训班上为税务系统的作协会员作了一场题为《散文写作的勇气担当和技巧浅析》的散文讲座。2022年11月19—20日，第七届中国创意写作年会召开，耿立在第三分论坛，采取线上研讨，分享《论当下的中国乡土散文创作》。2022年11月26日，耿立在韩山师范学院做学术报告《抒情→叙事虚构VS精神——当下散文创作的思考》。

本年度广东散文作家作品的获奖及入选、转载情况如下：

2022年8月28日上午，历时5个月，由西部散文学会、中国文联主管的《神州·西部散文选刊》编辑部联合主办的首届"刘成章散文奖"在内蒙古自治区鄂尔多斯市伊金霍洛旗举办颁奖仪式。广东作家高凯明的《云中的灯盏》（2020）获"散文集奖"；杨文丰的《敬畏口罩外的微生灵》、邓旭的《硬币》获"单篇散文奖"。

2022年11月8日，由作家出版社有限公司、中共嘉兴市委宣传部、嘉兴市文学艺术界联合会、桐乡市人民政府主办，丰子恺研究会协办的第四届"丰子恺散文奖"揭晓，广东作家杨文丰的《夕阳笼罩的珊瑚》、盛慧的《暂别》获"丰子恺散文奖提名奖"，石岱的《烛影斧声的那一夜》获"丰子恺散文奖·青年作家奖"。

2022年11月，王国华的《街巷志：在深圳遇到许多花》入选"第九批深圳重点文学作品扶持项目"，成为该年度扶持的十部作品中唯一的一部散文作品。

杨文丰《贴近大地真实的散文》获2022年《神州·西部散文选刊》评论奖（全国共10名）。

鄞珊散文《微尘星光》获第四届"罗峰奖"全国非虚构散文大赛三等奖；散文《夏日流年》获"舍得杯"鲁仲连文学奖三等奖。

鄞珊《打结的流水》入选华文出版社2021中国文学佳作选（2022出版），该文还与周齐林《盲者》、盛慧《与大海最亲近的方式》等三篇文章入选《春花崇礼——〈散文海外版〉2022年精品集》（百花文艺出版社）；王威廉《原点》、茨平《命运符咒》、张慧谋《小城词条》入选《2022〈散文〉精选集》（百花文艺出版社）；帕蒂古丽《墓畔回声》入选"太阳鸟文学年选"《在生活中想象——2022中国散文精选》（辽宁人民出版社）。

二、聚焦时代，对话生活

2022年，广东散文文坛收获了几位老作家颇具分量的散文集。

1. 章以武《风一样开阔的男人》（花城出版社，2020年4月）

花城四月，姹紫嫣红；繁花似锦，美如画卷。广东文艺终身成就奖获得者、广州突出贡献文艺家章以武以新作散文集《风一样开阔的男人》，为羊城文坛增添了一抹春色。这本书分为三辑：第一辑"感恩相遇，思念滚烫"，除了第一篇写的是母亲，其他篇目均为对文坛、画坛友人的人物素描。开篇《老娘的清蒸臭豆腐》，深情回忆去世的"老娘"，以老娘为主角，写她说臭豆腐、找臭豆腐、做臭豆腐、看儿子吃臭豆腐。全文不足两千字，却语短情长，于最质朴的生活细节中写出了最深沉的情感。这篇散文在《羊城晚报》发表后，看哭了无数读者；后来作者在黄埔书院讲《臭豆腐是怎样蒸出来的》，又听哭了许多听众。

在这一辑里，作者还用小说家的笔法，"贴着人物写"，为广东文坛的老友们一一"画像"。"风一样开阔的男人"，写的是广东省新闻出版局原党组书记、局长陈俊年，开篇即是："在广东文坛，陈俊年人见人爱哩。哦，别误会，他并非伟岸俊朗的男人。他圆脑袋、娃娃脸、薄嘴唇、笑嘻嘻，思维敏捷、睿智风趣，年过七十，又患夜盲症，虽未到目瞽跛足的程度，但行路生怕踏空，上下石阶得有人搀扶，然，采风、饭叙、作品研讨会常会有他的身影，且发言爆'猛料'，顿时笑声迭起。"他称"粤派"批评女将钟晓毅"模样细巧精灵，服饰鲜怒时尚，为人爽直率性，行为快捷精妙，笑口常开，好人缘！"称"杂家江冰""读厚厚的书，跟你说浅浅的话！真功夫。"这些写人的篇章，常常三言两语就将人物的音容笑貌、举止谈吐、个性特征展露在读者面前，可谓形神兼具，精准到位。

该书第二辑"品咂人生，甜甜苦苦"，通过追忆往事，勾勒时代剪影。改革开放的浪花飞溅、南国大地的春潮涌动，在作家的笔下被生动地呈现出来。这一辑的文字大多是20世纪80年代末到90年代初所作，犹如"林中响箭"，频频击中时代节点，今天读来仍让人倍感鲜活、生猛而富有弹性。这里既有《土坑相亲》《甘蔗的分量》那样细腻、温暖又"有些嚼头"的文章，也有《电视咏叹调》《银发一族》那样以小见大、细节丰满的篇什。特别是"男人50岁"系列文章（共6篇），诙谐幽默、活色生香，难得地展现了中年男人在事业、家庭，特别是爱情领域的进退和奔波，折射了人心世相，充溢着浓郁的都市生活气息。正如陈剑晖教授所言："有趣、有味，这是章以武对广东乃至我国当代散文创作的贡献。"①

第三辑"脚有泥土，心有真情"是作家的创作心得。从《雅马哈鱼档》到《南国有佳人》和《朱砂痣》，从小说、影视到散文，章以武教授虽八十几岁高龄，却笃信"人不能闲，闲会生锈，更不能停止生长的信念"，依然踔厉奋发，笔耕不辍，在文学的路上高歌猛进，驭风而行，成为"粤派文学的一张名片"②。在《文学创作的烟火味——与文学爱好者闲聊》一文中，他娓娓道来：

————————

①　陈剑晖：《烟火时光中闪烁的人性之美——读章以武散文集〈风一样开阔的男人〉》，《南方日报》2022年5月9日。

②　王炎：《情系南国，怒放生命》，《风一样开阔的男人》，花城出版社，2020年，序。

文学创作，具体的写作过程，确实是一个人的上天入地，一个人的奥林匹克，一个人的张灯结彩。所谓一个人的上天入地，即储存在大脑里的各种信息相互回合、碰撞、联结，想象的翅膀腾飞；所谓一个人的奥林匹克，指作家也要像竞技运动员那样，向预设的目标冲刺；所谓一个人的张灯结彩，即作家对自身的创作要有信心，文章是自己的好，关起房门称君主。然而，这一切背后，有一个巨大的工程，那就是心向上、脚向下。

短短数语，道出了创作的奥秘。对于散文创作，他也有自己的心得体会，他认为"散文，与其他文体比较，就是作者能非常直接地敞开心胸抒发对人物的认识和评价"，"散文不仅书写风花雪月，杯底风波，更应着意展现人性的光辉。在日常普普通通的事物中，往往包含着人性大美的东西，把它拎出来刻意描绘抒发，可以陶冶人的心灵，使人心变得柔顺、细腻、可爱、可亲"。可以说，应时势、接地气，情感饱满、文气充沛，烟火味十足、时代感强劲，令人振奋又引人遐思，正是章以武散文创作的独特魅力。

2. 黄国钦《拉祜的歌声》（花城出版社，2022年1月）

《拉祜的歌声》，是作家黄国钦在完成城市传记《潮州传》之后，着手编辑的一本作品集。全书共38篇散文随笔，分六辑，是作家近年来新作的集结。第一辑"长笛响起"是四篇历史文化大散文。作家踏足九江古镇，在礼山草堂的旧址，沐浴旧时学风，"做一次历史和精神的朝圣"（《九江焚稿》）。在市声喧嚣的白日和华灯璀璨的夜晚，他的足迹徘徊于解放路、北京路、文明路，一次次"走向历史，走向时间指引的深处"，解读广州城的前世今生（《往事越千年》），感受近代中国革命的风云变幻（《大路歌》）。这一组长文写得纵横开阔，荡气回肠，叙述、描写、抒情、议论水乳交融、节奏自如，"我"的所见、所感、所思贯穿始终，串联起历史人事及其背后的渊源和秘密，在写实和想象之间腾挪跌宕，妙笔生花。历史的厚重感扑面而来，现实的诘问又穿透层层迷雾直抵人心：

我还是喜欢楼北面的那一段官道。夕阳西沉，红云映在财厅的穹顶上。钢化玻璃下的一层一层官道，苍苍茫茫，又似乎活泛起来，一个个人影，一声声招呼，从唐、宋、元、明、清，又擦肩而来。我看着他们。南汉国的官员，最守着规矩，他们从宫阙里是走路来着。其他朝代的官吏，有限制骑马或者坐轿吗？是不是应该都走路来着？

我盯着钢化玻璃下的官道，一个一个朝代，青砖铺砌儒雅，却没有答案。

这样充满历史感和现代意识，又灌注了诗意想象和诗性表达的文段，在这辑文字中俯拾皆是。它们最能体现黄国钦历史文化散文的审美特质和艺术风格，也能为作家的散文观念提供一份注脚。这本《拉祜的歌声》，结尾是《散文的语言与想象》一文，可视为作者多年来散文创作经验的一次总结。在文中，作家结合自己的创作体验和阅读感受，从语言的美感、节奏感、音乐感，语言的情绪、情感、感情，语言的疏密、留白、空白，语言的弹性、张力、搭配四个方面探讨了散文创作对语言的要求；又围绕散文可不可以想象，散文如何想象，想象的独特和独一，散文笔法的小说和小说笔法的散文等四个层面深入探讨了散文创作的技巧。由于在多年的散文创作中积累了丰富的经验，形成了自己的文学风格，作家在谈论这两个问题时，能够深入浅出、环环相扣，给人启迪。一直以来，关于散文的"想象"和"虚构"，关于散文和小说的边界问题，争执和辩论从未停止过。黄国钦认为："散文的想象，不是虚构，是还原。我们是把一个场景，一些人事，一些情节、细节，通过想象，还原它原来的样子。我们的想象是还原，不是虚构。""还原的方法……就是代入。""散文的想象，要有画面感。"还原——代入——画面感，这就言简意赅地提示了历史文化散文的心理机制和创作技巧。此外，文集里写广东的几篇，起名"指看南粤"，虽是短章，下笔却毫不松懈，潮州、惠州、徐闻、南雄各地的风物文史和精神气象，历历在目。

3. 陈锡忠《春心语思：陈锡忠散文选》（中国国际出版社，华文月刊杂志社，2022年7月）

花城出版社原副社长、编审陈锡忠的《春心语思：陈锡忠散文选》，分为《大雅容物》《秋水文章》《反弹琵琶》《多彩情结》《世事风韵》《惊鸿奇观》《书香有痕》等七辑。收入作者80余篇融文学性、哲理性、趣味性于一炉的散文精品佳作，全书20多万字。其中有作者数十年编辑生涯中与文学大师交往的趣闻逸事；有酣畅淋漓论述文学现象，剖析社会百态的精美篇章；还有读书顿悟和诗词鉴赏的娓娓畅谈，以及异国惊鸿和海外奇观的生动描绘。

《此情可待成追忆——忆花城出版社建社初期的创业精神》《故人入我梦——记花城出版社往事》《总是春风对心语——我与文学名家的尺牍情谊》等篇，文学编辑、文艺评论和文学创作三者相辅相成相互促进。力求音韵铿锵、意象纵横，放歌新时代芳华。蘸岁月为墨，纳心血为笔，回忆、撰写了作者在花城出版社工作的系列散文，详尽记述了他刻骨铭心的往事和热爱出版事业、文学事业的情怀。

陈锡忠集编辑、作家于一身，有丰富的文学创作经验，受到社会的广泛关注和好评。他的文笔优美，行云流水，经他的妙笔梳理，数十年历史人事显出不凡意蕴，历久难忘。该文集对欧阳山、陈残云、秦牧、岑桑、苏晨、范汉生等广东乃至全国文坛的文学名家和出版家多有记述，不仅将他们的音容笑貌、谈吐举止、个性特征及趣闻逸事娓娓道来，更揭示出众多名家的艺术追求与思想境界，为读者了解岭南文坛提供了不少宝贵的史料和信息。

这几位老作家、老编辑坚持记录岭南风情、书写岭南故事，在广东这片土地上汲取源源不断的创作灵感，笔耕不辍地创作出一批脍炙人口的文学作品，成为2022年度广东散文最美的收获。

三、触摸历史，叩问当下

文学传承着历史，牵系着未来。在广东作家的笔下，东莞、佛山、惠州、中山、等城市的面貌逐渐清晰起来，湾区写作取得了一些实质性的进展。

1．卢锡铭《枕水听涛》（花城出版社，2022年10月）

《枕水听涛》是广东知名出版人、散文作家卢锡铭写给故乡虎门的一封"情书"，包含《故园水韵》《乡里乡亲》《蜃楼烟雨》《龙的嬗变》四辑内容，共41篇文章。全书题材丰富、视野开阔、细节动人、笔触细腻，堪称"虎门散文第一书"（左多夫）。

作者说："虎门最能拨动我的心弦是什么？是水声！"翻开《枕水听涛》，岭南水乡的风情和景致跃然纸上：在小桥、石狮、河涌、小艇、渔火等意象组成的诗意水乡中，孩童捉鱼捕虾、乡人"听古""斗嘴"，吊脚寮婀娜、咸水歌婉转，水声水汽水韵水情在字里行间默默流淌。作家一直在思考和探索，"要写得深厚点，写得真实点，要用岭南散文温润的笔触说好虎门的故事"（《〈枕水听涛〉后记》）。他用生动、细致、传神的笔墨刻画横水撑渡人、缠脚秀才娘、自梳草织女、孤墩守夜人……记载这些名叫安伯、虎叔、阿驼、阿莲、锦香娘、梅娘的乡里乡亲的故事，展现水畔海岛的风物民情和众生百态，礼赞卑微的底层民众身上的人性光辉，珍藏里巷鄙夫、乡村拙妇所携带的民间记忆，倾注对这片土地上的人、物、事、史的深深眷恋。

广东省文艺评论家协会名誉主席黄树森指出："这本著作写了一个传承性的虎门，也写一个变异性的虎门"[①]。在作者眼中，虎门是历史之门、南疆之门、物华之门、人杰之门、嬗变之门，是"中国近代史的缩影"与"农耕文明向工业文明嬗变的活的标本"。因此，为虎门立传，就是借虎门的变迁、转型和重构，来透视中国社会前进的履痕；揭示东莞与香港澳门的历史渊源与传承，折射岭南的沧桑变迁与中华民族的盛衰兴亡。触摸历史、叩问当下，作家神思飞扬、运笔纵横，在激越又沉稳的抒情笔调中，浓墨重彩地为虎门谱写了一曲城市之歌。

艾云称卢锡铭是"君子怀乡"——"他的文字炉火纯青，漂亮、讲究，每一处都字斟句酌，全无泛语。在他的书中，既有历史钩沉对翔实史料的吃透，又有叙事状人的生动自然，文笔机警而俏丽，凝重又洒脱。"[②]郭小东称《枕水听涛》，"是一个地方的人物风习史，是沙田水秀的抒情诗，是乡

---

① 黄树森：《打开秘局之匙——读卢锡铭散文集〈枕水听涛〉》，花城出版社，2022年，第373页。

② 艾云：《君子怀乡：读卢锡铭〈枕水听涛〉》，《南方都市报》2023年3月19日。

土文明的符号和切口，更是大湾区行吟的诗篇。"有"史诗性的调性"①。陈剑晖则将卢锡铭的散文放在岭南散文的坐标上来考察，指出他有"三个新突破"：一是突破了传统岭南散文欢乐轻盈的格调，既有田园牧歌，也有沉重的历史叩问，有质疑的精神、思想的重量和批判的锋芒。二是突破了一般山水散文"印象式""导游式"的解读，而是山水与人文互融，历史与现实的叩问交织……将审美的诗化与审智的深邃熔于一炉。三是突破了一般乡愁的写作……以非历史的方式来构筑散文的丰厚。②

2．林汉筠《岭南读碑记》（中国书籍出版社，2022年1月）

《岭南读碑记》是林汉筠系列历史文化散文"听、喊、读"（《百年听风》《喊魂》《岭南读碑记》）的第三部。在东莞生活30来年，他发现被称为"湾区都市"的东莞有着自己深厚的历史和绵延的文脉，有厚实的历史文化根基，东莞并不是"文化沙漠"，其独特性和重要性就埋藏在历史深处，有待后人发掘。其写作的出发点，就是"作为湾区的儿女，用自信的眼光和内心，去挖掘历史、阐述历史，借通过文学视角寻求一代代岭南精神的因由，以此来丰盈历史。"那一个个嵌在石碑上的文字，是这方山水"精神家底"的"东莞诗经"，是"湾区圣经"，是"诱发永久魅力"的"岭南万行荷马史诗"。作家通过5年的田野调查和实地访谈，以"读碑"的方式进入东莞的历史，诠释东莞的文化渊源，探寻岭南精神的代代传承，可谓独辟蹊径、别开生面。

读碑，一要有耐心和细心，二要有足够的知识储备，三要进得去，出得来，读出碑文背后的故事和精神。读碑，也即读史；读史，是为了寻找历史和现实的关联，在历史的坐标中叩问和反思现实。那些具有"存史、资治、教化"作用的石碑，上起北宋，下迄民国，既有墓志碑、纪事碑、诰命碑，又有告示碑、功德碑、艺文碑等，内容涉及北宋至民国近千年东莞的政治、经济、军事、文化和教育等方面，生动记录了东莞的历史更迭、时代变迁、风土人情和生活习俗。

---

① 郭小东：《史与诗的调性：读卢锡铭〈枕水听涛〉》，花城出版社，2022年，第381页。
② 陈剑晖：《于云水长天处听涛——读卢锡铭散文集〈枕水听涛〉》，《枕水听涛》，花城出版社，2022年，序。

《岭南读碑记》通过对一系列东莞先贤的刻画，写出了东莞人精神中的许多好品德、好品质，也彰显了东莞的文化底蕴。他笔下有官吏、商人、将军、革命家、教育家，他们或忠信笃敬、或仁爱慈善、或清廉正直，心怀家国天下，情系黎民百姓，有引领人心向上、向善的感人力量。如《节马碑：将军与战马的生死疆场》中的陈连升，《执信碑："革命圣人"的火把》中的朱执信和《磨石：书生报国的方式》中的李春叟，其高洁精神与崇高人格，给人留下了深刻的印象。《却金：贯穿千年的举动》《还金：一壶茶的阳光》等故事中，不乏有深刻的现实针对意义，对湾区经济发展中人文精神的重塑有鲜明的警示和启发作用。著名评论家、作家出版社原总编辑张陵评价该书："聚焦东莞，视野却远远超越东莞；写岭南文化，意义也远远超越岭南文化。这是东莞的老故事，却折射和导向我们时代的精神问题"。[①]

3. 盛慧《大湾的乡愁》（花城出版社，2022年9月）

这是一部文笔优美、内涵丰富、图文并茂的人文随笔集，出版当月即上榜"文学好书榜"9月榜单，入围了2022年度中国文学好书榜前五十强，被业界称为"最动人的大湾区乡土文化读本"。谈及创作初衷，盛慧表示：粤港澳大湾区内那些像珍珠一样洒落的老房子，一直让自己迷恋不已，只要一有时间，他就会像货郎一样走村串巷，探古寻幽。而画家崔国贤的《印象福贤》一书，让他产生了一种强烈冲动——为粤港澳大湾区那些历经沧桑的老房子写一本书，书名就叫《大湾的乡愁》。老房子是时间的印记，凝固的历史，贮存着逝去的旧日时光，彰显着城市的气质，是城市的"根与魂"，"一个地域找不到文化的根，就等于一个人没有灵魂。没有人会尊重一个没有历史的地方，也没有人会尊重一个没有底蕴的地方"。

作家先后实地走访了50多个古村落，从人文的视角出发，以"乡愁"为中心词，从民居、祠堂、桑基鱼塘，华侨、自梳女、红头巾，以及民俗和美食等方面切入，用脚步丈量大湾的历史，用心灵抚摸大湾的文化，开启了一场诗意的岭南文化寻根之旅，也实现了他对湾区文化的认同。作家希望通过这本书，对岭南文化追根溯源，由表及里、以点带面地深入它的肌理，并以

---

① 张陵：《东莞老故事　时代大主题——读林汉筠的文化散文岭南读碑记》，林汉筠《岭南读碑记》，中国书籍出版社，2022年，序。

现代的眼光去发现它的当代价值。

一个古村落就是一段鲜活的历史，她的美是双重的，一方面是空间上的，一方面是时间上的。我们走进古村落，会遇见那些消失的时间，遇见那些消失的美好。

在本年度，还有另外一部寻访老民居的文集，是嘉应学院魏宇文教授、黄庆松老师合著的《触摸历史的痕迹——走访梅州客家民居随感》（海峡文艺出版社，2022年4月）。这40余座以"府""居""楼""庄""圃""堂""围""第""院""室"等命名的古民居，沉淀着厚重的历史人文价值，展示了客家先人的工匠智慧，激发了客家人的文化情结和忧患意识。该书以翔实的资料，为读者展现了粤东梅州客家民居建筑的无穷魅力，也能引起读者对古建筑如何保护与"活化"的深层次思考。

本年度顺德教师胡辙的散文集《岭南漫记》（广东人民出版社，2022年8月）则以佛山顺德文化为背景，走访桑基鱼塘、古朴村落，关注文化遗址、历史人物，突显地方特色，以饱满的笔触抒写、展现顺德在传承中创新的文化面貌。

以上几部散文集，从不同的角度进入城市，以鲜明的当代意识激活城市的历史，观照当下的生活。此外，《广州文艺》的"岭南元素"专栏，发表了周松芳的《酒中八仙与青岛的粤菜馆》（粤菜）、陈峻峰的《或夕照，或曙光》（广州陈家祠）、黄国钦《德庆有柑不逊人》（肇庆）、陈仓的《石岐河》（中山）、南翔的《深圳大鹏非遗风景线》（深圳）、王威廉的《历史的入海口》（南沙）以及安石榴的《岭南和百越》诸篇；《佛山文艺》"佛山人文"专栏刊载了东方莎莎《佛山的雨水》《立秋在佛山》《海寿岛：可有小雪意？》等篇，探讨了节气、佛山民俗和美食的关系。

梁凤莲的《赛龙舟与醒狮》《镇海楼之夜》《一笑风云过》等散文，从历史遗迹、民俗风情、市井生活中勾画出一个生机盎然的大湾区。"物出岭南，魂系故土"，作家从风云际会的"赛龙舟"和酣畅淋漓的"狮王争霸"中，解读出珠三角地区人民蓬勃旺盛的生命力和热爱生活、创造生活的冲劲，写出了这些民间祈愿与仪式的活力和野性："力与美、搏击与合力、人与自然相融又相争的对峙，把平淡的生活舞弄出别开生面的生猛豪放，把普通的日子唤醒了多少难以言表的生趣！仅此人与狮神貌合体、狮与人同声同气，这种活法与玩法，才真叫开心过瘾啊！"

张鸿《江夏的桥》《钓源九柏与欧阳重》写出了历代游子的乡情寄托；《梦境中的父亲》《高佬》则言约意丰地刻画了父亲和小区里的收废品老人，满怀深情地追忆了生命中过往的美好。叙述简洁传神，抒情真挚克制，文字直抵人心，感人至深。

汪泉的《陈洪绶》《风眠之地》以节制又内蕴丰满的激情之笔，连缀人物的生平轶事，展现了陈洪绶、林风眠两位画家的人生境界和高贵品质。写作手法娴熟，节奏收放自如，篇幅不长却耐人寻味。

陈小虎的《通往六楼的道路》《紫荆花》《萤火虫和它的夜》等篇，写作家的大学生活，写他在广州石牌村的租房经历，那通往六楼出租屋的道路，也是年轻的作家直面这个现代化都市的城中村，一步步走进城市的肌理、走出自己人生方向的道路。

此外，孙善文、林友桥、周铁株、陈小莉、孔令建等作家，也从不同的角度观察城市、书写生活的变化，传递地方的精神气象。

四、整体视野下的乡村与都市写作

1. 王国华《街巷志：一朵云来》（深圳出版社，2022年12月）

《街巷志：一朵云来》是王国华"街巷志"系列散文的第四部，延续书写他在深圳的"城愁"，以充满诗意与温暖的文字描绘深圳一代人的精神图景。作家在《和我一起追云彩》的自序中提及他的写作逻辑：

> 第一部，写的是"别人的深圳"，第二、第三、第四部，写的是"我的深圳"，接下来，应该是"你们的深圳"，再是"我们的都市"，最后落定于"城愁"。

这一部《一朵云来》的写作，承上启下，即我置身其中，"触摸它，享受它，爱它，甚或改变它"的过程，也是我尝试抽身出来，"有意识地跳脱一下"的努力。它的内容、表达方式、散发的情绪，都是前有来者，后有影踪。"它是我的见识、格局、表达能力的走向，也是这个城市发展、转型、激奋、彷徨的走向，书、我、城，三者并向而行。"他"暖暖地看着这一切"：小河、山、湖、桥、树、长椅、马路、立交桥、城中村、超市、商业综合体、地铁站、祠堂……内心里都有着说不出的欣喜。但在这一部街巷志中，在尘世的、形而下的都市"肉身"上，渐渐生长出一些抽象的、带有形而上意味的思索。穿行在深圳大街小巷的"我"，不再是"看""听""闻"，更是俯身、贴近并分化出一个个"我"。"我"与"我的分身"互相观望和打量：

> 我盯着他们，感觉万物静止下来，像一幅画，每个事物都被光线罩住。我细心打量，把它全部看熟看透，暗暗说一声"动"，它们才活动起来，走向四面八方。那种"走"，不过是互相换一换位置，都不会脱离这一片草坪。（《桥下的世界》）

> 我夹杂在人流中，谁都不认识我，我也不认识任何人。他们是我的分身，我是他们的影子。我不再接近他们，却可以自由地翱翔。（《野朴都市》）

> 在一个地方，看那些事物萌发、成长、存在又消失，就像看一个人的生生死死。……而在我一个人的世界里，每一个小事物的结束都有一种时代结束之凄惨、之伤感。……我伸出手，空空抓到一把空气。此消彼生。（《流塘——深圳日常生活素描》）

这些事物的萌发与消失，见证了没有回头路的城市现代化进程。这种"流动的现代性"，促使作家在"街巷"中走走停停，跟随无数的"流浪者"，给大地做"一个记号"，思索命运、生死、生活的意义和出路。"或许《街巷志》并没有重建一座城市精神这么宏大的旨归，但它以独特的空间视角和流动的文化视角去呈现一座'新'的城市和城市的'新'。"①

① 廖令鹏：《〈街巷志〉：感受城市文化流动的心灵与气质》，光明网：https://wenyi.gmw.cn/2018–12/13/content_32163162.htm

在书中，作家还罕见地写到了故乡和亲人。《此去深圳四千里》长约2万字，从时间的维度检阅过往的生活，由父母的一生想到自己的一生，想到生命的轮回、价值和尊严。

故乡不是怀旧和寄托乡土眷恋的对象，是"我"完成自我精神蜕变中不可绕过的一个原点。深圳和四千里外的故乡阜城，"他们都是我生命中的痕迹。那个半夜刮风呼呼响的村庄，就这么自自然然地与我现在生活的深圳连接在一起。……曾经力图远离的，终究还要来到我面前。"故乡启发"我"从更宽泛的角度去思考生命的本源、生活的意义和宇宙的目的。从这一代到下一代，由这一地到那一地，作家感悟到：生命就是一个美的链条，人世间的喜怒哀乐、吃喝拉撒、人伦孝悌，不过是宇宙走向大美的一种方式。这一番探寻和思考，使"街巷志"从日常世俗形而下的层面升腾起来，进入到精神的境界中，提升了文章的品格。

另一篇1.5万字的长文《流塘——深圳日常生活素描》则以"流塘"这一街区为中心，考察小区楼盘、商业中心、城中村等空间的维度的铺展，体会城市的温度与冷漠，停驻与流逝，在事物的萌发与消失中捕捉到都市"流动的现代性"：

> 我站在远处，打量流塘的时候，看到另一个我。他走过的路，那么低微那么琐碎。我对他的悲辛并无同感。尽管我刻意低下头去，接近他的皮肤，感受他的体温，但仍然夹生。现在的我，是离开的我，即使重走一遍那一条条路，也踩不出同样的脚印了。彼处的我，那个他，已成为没有情感的雕塑，仅剩下歌哭的表情，定格在那里。
>
> 每一天都有一个离开的我。（《流塘——深圳日常生活素描》）

"离开"或"归来"，正是《街巷志：一朵云来》感悟和思考的立足点和出发点。

2. 周齐林、谭功才、鄞珊、陆利平的写作

《大地的根须》（百花洲文艺出版社，2022年12月）是周齐林近年来发表在全国文学期刊上的散文合集。在这册散文集中，作家透过记忆的望远

镜，一遍遍地回望故乡，用不无悲伤的笔调，记录下祖辈父辈、邻里乡人的生活轨迹和命运出路。无论是乡村的坚守者还是曾经的反叛者，他们都被贫穷和疾病死死纠缠，最终都"如一颗钉子般深深嵌入故乡的大地，直至锈迹斑斑。"（《圆圈》）"我们都成了没有土地的人，一无所依。"（《跪向土地》）

他擅长提炼一些核心意象，围绕意象结构全篇，《以豆为伴》《生而为桑》《行走的木头》《蝉语》《鼠语》《一只寻找树的鸟》——标题就醒目地标示了这种隐喻和象征的意义。

> 以土壤为界，蝉的一生一面是黑暗，一面则是烈日，两者形成了鲜明的对比。像人一样，生与死相依，寂静的死亡背后是喧闹而又鲜活的一生。从一只蝉短暂的生命力，我看见了视死如归的勇气。……
>
> 每个人都是一只蝉，时间充当着收割者的角色。

故乡、故土、故人，在裸露的生存真相面前，作家礼赞了底层民众坚韧不拔的意志、刚毅冷峻的品格和柔软慈悲的心怀。"东莞和江西老家，在周齐林的笔下，是相互呼应的文学空间。由于他的目光既落在城市中，也投向乡村，他的写作就自然而然地具有一种整体视野。"[①] "人不是孤独的个体，所有人的命运都息息相关。"对人的命运的整体观照，成为作家写作自觉的追求。《大地的根须》不是一曲面向过去的乡村咏叹调，文章对"老漂一族"和留守老人养老问题的关注，是对都市化进程的应和和自觉思考。

土家族作家谭功才的散文集《南方辞》（长江文艺出版社2022年4月），是2021年度广东中山市委宣传部文艺精品扶持项目。作者以自己的亲历和人生轨迹为蓝本，记录"我"从故乡出发，在他乡打拼以及回望故土和对大变革时期的叩问，将个体单元的体验和视角融入时代洪流，在巴楚文化和香山文化的碰撞和交融中反思，挖掘梳理乡村文脉和人生哲理，以在场、见证与思考为脉络，还原乡土和城市的时代变迁。有评论指出："故土乡情

---

① 李德南：《在场的思索与书写》，《大地的根须》，百花洲文艺出版社，2022年，序。

与当下之境，自始至终成为贯穿这部《南方辞》的内在之力，在所有篇章中，都能寻到作者在两者相较之下激涌出的情绪与哲思。……在研究乡村出走人群与城市新居民的课题里，它确然可以提供文学层面殊为宝贵的经验价值。"①《南方辞》共六辑，从"萍踪影迹"到"南方道场"，以时间为序，记录了包括作者在内的"打工群体"从北到南的工作和生活，引发了读者的共鸣。

女作家鄞珊近些年的散文创作，主要沿着两个方向展开。一方面，是用鲜活的文字打开一扇地域的文化之门，将带着浓郁的海风和独特的潮汕味道的故土生活呈现于读者面前，《吃鲜》《鱼蛋粉与牛肉粿》《狮头鹅领头的卤味》是其代表。这些潮汕美食连同它们附着的民间记忆，拉扯出一段埋藏在旧时光中的人事，那个作为精神原乡的粤东小镇，也逐渐展露它的面貌。"一个家庭主妇就是一部大百科全书，不仅是柴米油盐酱醋茶，还有煎炒闷焗蒸煮，一条鱼也有一百种吃法，"靠海吃海"，真是其乐无穷。"（《吃鲜》）鄞珊写潮汕人的"靠海吃海"，写出了一种民间社会的乐观和笃定，一种丰富而自足的民间生活情态；潮汕平原的小镇人朴素的追求，他们对信念的坚守，闪烁着人性的光辉。这些散文篇什可以读成是故乡的风物志，但作家显然有更内在的追求：那些人和事，世态和人文的构建，并不是消极的"记忆之书"，而是对人生、社会的反思和美好生活的向往，是对善良的播种和收割，对恶和鄙陋的筛弃——"我永远在自己的回望中遇到故人，遇到自己，寻回自己的灵魂。"②可见，作家对故土的描摹和书写，是对精神出生地的确认，是以返回抵达当下，以回忆激活现实，在城与乡、过去与未来的整体观照中找到立足点。

另一方面，鄞珊执着地在她开辟的"心理非虚构"散文领域中"我行我素"，走出了一条自己的路子，激发了读者的阅读和模仿，产生了不小的反应。本年度她在《草原》杂志发表的《寻找麦子》延续了心理领域的探索，

---

① 黄国辉：《在他乡与故乡之间——读谭功才散文集〈南方辞〉》，《中国民族报》2022年8月27日。

② 鄞珊：《彰显于日光之下——散文集〈日光底下〉创作谈》，《生活周刊》2022年9月25日。

特别是《鼠慌》一篇，手法娴熟、构思巧妙、叙述节奏富有弹性。老家鼠患的记忆造成的强迫症，梦境中人鼠同乐的游戏，现实中对抗入侵者的严阵以待，这几个不同层面的内容被放置于白天和黑夜的明暗交错中，心理的各种揣测、推断、幻象、求证层层铺开。这是一场人鼠对峙的心理之战，笔触在虚构与非虚构之间摩擦、停顿，打开了一个想象和审美的天地，也开辟了散文写作的新空间。

本年度，陆利平出版了他近年来的散文合集《枕水韩江》。在文集中，作家从自然、人文、历史、亲情、友情、生产等角度回忆、讴歌、感悟生活。举凡韩江、潮州西湖、凤凰山、三饶文明塔、鹤岭山、长教溪、凤江等山水风物皆入于笔下；而故乡之榕树、荔枝、松树、桃花、梅花等故乡之山韵、喊渡也皆形诸笔端；还有那历经几百年乃至近千年的状元府、古村落、书斋、围楼、古桥和那乡村中浓浓的年味，都跃然纸上，倾注了满满的情怀。在乡愁与现实的交融中，作者以优美细腻的笔触，将故乡搬进自己的书里，用一种积淀的深情和默默的守望，书写看似平凡的物和事，吹奏了一曲充满散文情致的乐章。

3. 艾云、林渊液、贺贺的智性书写

艾云在《法兰克福书展巡礼》一文中，以饱蘸诗意又舒卷自如的笔调，抒写她在德国第61届法兰克福书展上的见闻、回忆青创会上女作家铁凝的神采和风姿、与久未谋面的作家朋友们重聚欢谈、见识了有着开阔胸襟和卓识远见的女政治家默克尔。在这场文学盛会中作家思考文学的世界性与民族性，写作的灵魂与身体问题，在一番感悟、思索和追问中，袒露了一颗真诚又智慧的灵魂："写作即思想。在思想途中，我们要完成的不是在世的功名，不是书印刷多少，有无很高的知名度，而是说在我们的写作过程中，不追慕虚名、不打诳言妄语，不以卑琐企图，传递不好的东西。凡落到纸上的，都有敲击人心的影响力和神圣性，以虔诚敬畏之心而书写，才是写作者一生的宗旨。"思想的光芒穿透俗世的繁杂，指向了写作的意义、灵魂的安顿和生命的归宿，带来了文字独有的分量和韵味。

林渊液的《巴别塔看云》，对阿伦特和海德格尔举世瞩目的爱情作了深入的剖析，层层推进、步步探询爱的思虑、爱的疼痛，质问女性在精神世界

和爱情世界里遭遇的双重难题——"翱翔的猛禽"和"受伤的夜莺"，成为现代独立女性孤傲又无奈的精神象征。

贺贺以画展和散文集的"双重奏"，来表达她对生活的思考。她以一种强烈的个人意念，在绘画与文字之间，在线条、色彩和文字的多重编织中吟唱和涂抹，回眸青春、记录光阴的流逝，情绪的起伏和生命的律动，追寻自我的价值和生命的意义。贺贺喜欢思考"生命"与"灵魂"，"价值"与"意义"，"自我"与"他者"等形而上问题。她以一个画家的敏感、细腻和尖锐的，以强大的捕捉能力，瞬间抓住书写对象的特征、内涵，打开了视觉、听觉、嗅觉、触觉等多种通感，充满了灵动和蓬勃旺盛的生命力，以黑白的质感彰显出一个女性艺术家独特的气质和个性。诗人世宾指出："贺贺的写作具有很强的思想性，这和她勤于阅读和思考有关，她的思想多元而不乏深刻。她总是能怀着怜悯和同情对待万事万物，这使她的语言在流动中又自然地带着温度，并直达她书写、描绘的对象。热爱、关切、怜悯、希望在她的散文中成为一种典型的气质。"

4. 彤子、塞壬的非虚构写作

彤子的非虚构新作《重锤之下》继续以建筑女工为叙事对象，记录了一个惨烈的桩机事故：单亲母亲、女工毛大雪因违规操作存在多处安全隐患的打桩机，导致亲生儿子毛旭日在测量管桩数据时，被重锤和断裂的管桩砸成了一团血泥。突如其来的变故致使她精神崩溃，发疯抓狂，寻死觅活。事故调查过程使真相一点点露出水面，也将事故背后被长期忽略的安全隐患问题摆上了桌面，更将女工弱势群体们的压力、无助、无奈和隐痛的伤口呈现出来。"这是一个漫长的夜晚，尽管是闭目而卧，都无法入睡，脑海里出现的，全是一个巨大的重锤。"重锤之下的事故，重锤之下的人生，像一个巨大的问号和感叹号悬挂在面前，警醒人们对安全制度的遵守和对生命的尊重。

继"无尘车间"后，塞壬再一次将自己安置于工厂里，细腻又敏锐地观察并体验社会边缘群体的工作和生活。这一次她选择去当"日结工"——一个对年龄、学历、技能没有任何要求，比工厂正式的合同工更边缘、更底层的群体。她们被中介公司拉进厂里，悄无声息地嵌入流水线条，做着最不起眼的工作，一日一结，没有任何保障。作家警惕着写作的猎奇和探秘的心态、力避道德绑架对写作的干扰，以平视的姿态融入这个群体，力求客观冷静地展现她们真实的生活状态。她辩证地看到，"正是这样的工厂，给了太多人依靠与拯救，它给出了一碗干净的饭，不会断炊的饭"，她提醒自己"塞壬千万别自以为是地去同情谁，更不要想当然地以为谁活在苦难中。平视，是唯一的尊重"。在这样的写作观念驱动下，《日结工》写出了毛茸茸的生活质感，揭示了像罗姐、老莫、学生工等不同年龄的人，仗义、有情、乐观与坚韧的品质。

直击与共情，人文关怀和理性思考，是这类非虚构写作的力量所在。

五、生态写作和散文理论探讨

生态文学是以自觉的生态意识反映人与自然关系的文学。生态文学把自然作为抒写对象，主张人与自然的关系是一种平等的关系，强调人对自然的尊重，强调人的责任与担当。近年来，"生态文学"成为文坛创作与评论焦点话题，《人民文学》《十月》《散文》《散文选刊》等不少杂志纷纷开辟"生态文学"或"自然写作"专栏，推送优秀的生态、自然题材作品。各地纷纷出台"生态文学奖"或举办各种生态文学活动。如2021年，《十月》杂志社携手贵州"十二背后国际旅游区"，面向全国设立"美丽中国"生态文学奖；2022年5月21日下午，由深圳市大鹏新区综合办主办，大鹏新区作家协会承办的"生态文学在大鹏——《北京的山》读书会"活动在大鹏新区党群文化活动中心隆重举行。此外，"生态诗歌笔会"已在广东清远连续举办了三届，2022年8月，首个"中国生态诗歌之城"落户清远。

比起其他的文学形式，散文与读者之心的距离更近，可以更充分地包容和表现自然的属性和美，描述人与自然的关系，在感悟抒情和解释式描述中启智启美，更容易打动人心。生态文学呈现了一种崭新的写作路径，提供了一种新的书写视野，对人们的言论、行为、价值观和思维方式产生潜移默化的影响。这些年，广东文坛的生态散文创作也取得了有目共睹的成绩。本年度熊育群的《与自然心领神会》一文，唐德亮的《在那个神秘的世界里》

《行吟"森林氧吧"》等文也给读者带来了不少启示。杨文丰更是笔耕不辍，多年来致力于生态散文的创作和倡导。

> 天地玄黄，宇宙洪荒，寒来暑往，秋收冬藏……世上万物，各有各的秘密，各有各的规律，各有各的面貌……作为大自然一分子的我们，对大自然的一草一木，我们唯有真诚对待，深入认识，才有可能科学地敬畏。

这是杨文丰的生态散文《胭脂梦似的荞麦花》的文段。本年度，作家除了创作生态散文，还参加了不少相关活动，并在理论上大力倡导和阐释，在读者中产生了较大的影响。

2022年8月底，杨文丰在鄂尔多斯接受西部散文学会专访，畅谈生态散文写作。他的散文《绝种动物墓碑》被选入尹相如教授主编大学《写作教程》（高等教育出版社2022年9月）。批评家龙其林在《中国当代生态散文十家简论》一文中，在介绍了徐刚、苇岸、张炜、韩少功四位作家之后，评价了杨文丰的散文创作："杨文丰的生态散文既彰显着科学散文的认识价值与科学精神，又洋溢着强烈的文学性。……杨文丰的生态散文语言运用娴熟，文字节奏感强，色彩感鲜明，时有内涵隽永的金句、警句。"[1]

陈鹭、陈剑晖在《整体性视域下的生态散文及其生态伦理》以较多篇幅评论了杨文丰生态散文："鉴于当前社会生态的恶化，人的生存环境遭到严重破坏与污染，这一层次特别要求生态散文作家要有强烈的忧患意识、批判意识与反思意识。在这方面，杨文丰的生态散文或可供借鉴。"[2]

在《生态散文容量扩充策略漫谈》[3]一文中，作家畅谈了他长期从事生态散文写作的经验和探索：一、在写作中引入科学视角。二、深入"三态"（自然生态、社会生态和精神生态）追求"生态大散文"。三、增大生态散文的"思想量"。四、让生态散文走向象征。五、既风格独具又融汇更多文化元素。生态散文容量扩充的底线是什么？是情感之真。这种认识，比较全

① 龙其林：《中国当代生态散文十家简论》，《生态文化》2022年第1期。
② 陈鹭、陈剑晖：《整体性视域下的生态散文及其生态伦理》，《东吴学术》2022年第3期。
③ 杨文丰：《生态散文容量扩充策略漫谈》，《生态文化》2022年第3期。

面深入，也有自己的反思，是对创作经验的总结和提升。

本年度，散文家耿立出版了《拒绝合唱：散文的精神》一书，收录了《散文的精神含量与高度》《谈散文诗意与小说化陷阱》《随笔和散文的门槛》《星元散文：及物与精神呼吸》等十五篇文章，是作者对于"散文与其他文体的不同""散文应如何写""怎样的散文可以流传于世""时代需要什么样的散文"等与散文相关主题的思考。

作者针对当下散文创作的"琐细化""平面化""犬儒化、乡愿化"倾向，提出：

> 散文应从传统的那种松垮、慵散、懈怠的，过于休闲的状态出来，从那种精致到起承转合雕琢的寻章问句的华丽小品中挣脱出来，应该更多地承担人文精神与良知功能，应该有更多对社会和当代的思考……在生命诚实、精神关怀里、社会良知和道义承担上下功夫！
>
> ……
>
> 做精神的探险者、精神的独立者，在精神上不作伪、诚实，把看到的、体验到的，内心最本真的拿出来，做生命的见证，让灵魂变得柔软，这是散文区别于小说和诗歌的关键。[①]

该书着重于散文理论和评论研究，从散文创作的写作伦理、散文的精神高度、散文的同质化和异质化、文体和年度散文、随笔的评价等诸多方面进行深入阐述，力争推动散文研究的深化。作者多年耕耘散文园地，对散文的精神和品质有着深刻的认识，对散文创作的经验和陷阱也了然于心，因此，往往能一针见血、直陈积弊、发人深思，该书的出版是本年度广东散文文坛的重要收获。

---

① 耿立：《散文的精神含量和高度》，《拒绝合唱：散文的精神》，中山大学出版社，2022年，第5页。

六、问题与展望

纵观2022年度的散文创作，广东作家们以开放的思维和真诚的创作心态，接续历史余韵，书写湾区新貌，体现出几个明显的创作倾向：

一是热衷于人文历史的回顾与打捞，在触摸史实中敞开了丰富的细节，勾勒出多种多样的人物形象，展现了湾区人民富有地域特色的生活情态，体现了作家的人文关怀和历史意识。

二是以现代意识回望故乡，在城乡的整体性视野中思考乡村的建设和城市的发展，关注都市化进程对不同年龄、不同阶层的社会成员产生的震荡，主动为弱势群体发声。

三是对散文创作有更深入的反思，通过各种研讨会和讲座努力进行理论上的提升和总结，并在创作实践中不断突破自己。

当然，盘点本年度的散文创作，我们也发现一些问题值得重视：

首先，历史文化散文创作中，作家如何避免同质化的创作思路，更好地找到个人进入历史的渠道？在史料的搜集、筛选、甄别和处理过程中，怎样依托个人化的历史想象力，既展现历史原貌的丰富性，又灌注当代人的生命意识和思维方式？在叙述、抒情、描写多种表现手法的综合运用上，如何找到属于自己的独特的言说方式？

其次，在城乡的流动和迁徙背景下探究城市的精神和品质，既需要扎根历史，深挖当地的文化资源；也需要有"跨城市"视野，在比照和互补中发现现代都市的多种面孔，捕捉复杂、裂变、多向度的城市景观，在历史、地理和审美的三重文化坐标中，来解读都市。

再次，在广东大力推动构建粤港澳大湾区文学、倡导"新南方写作"的背景下，如何开拓出湾区文学独特的经验和新的审美价值，用"散文"的方式去呈现、塑造湾区的生活特质和面向未来的活力，维系和增进粤港澳之间的精神联系，将是广东作家不可回避的写作使命。

基于此，我们期待广东散文创作在来年能为中国文坛贡献更多优秀作品，在当代散文界发出自己独特的声音。

（本章撰写：黄雪敏，文学博士，华南师范大学城市文化学院副教授）

第七章
构建具有岭南特色的中国文学话语和叙事体系

一、文学理论批评概述

2022年，广东文学界紧紧围绕迎接、宣传、贯彻党的二十大精神这条主线，守正创新，努力打造广东文学理论评论高地，展现了全省文学理论评论队伍的新风貌和新成果。

2022年的广东文学理论评论，把握时代脉搏，开拓进取，坚持把马克思主义基本原理同中国实际相结合、同中华优秀传统文化相结合，用更宏大的历史观、更包容的文明观、更开放的学科观，研究中国问题、时代问题、前沿问题，融合创新，立心铸魂，积极构建具有岭南特色的中国文学话语和叙事体系，其主体意识、文化自觉和岭南特色愈发鲜明。人民文艺引领学术主潮，传统文化厚植文化自信，文明互鉴深化思想境界，基础研究筑牢学科之根，方法创新拓宽研究视界，成为文学评论的鲜明特征。"粤派批评"品牌已擦亮，并形成规模和效应，影响力不断提高，立足岭南文艺实践，面向全国，搭平台、拓空间、筑高地，集中力量和资源，加强引导、做好设计，激励和引导文艺评论工作者创作更多的优秀作品。

文变染乎世情，兴废系乎时序。2022年度的广东文学理论评论以习近平总书记在中国文联十一大、中国作协十大开幕式上的重要讲话精神和党的二十大精神为指导，锻造并依托于《粤港澳大湾区文学评论》《粤海风》《广州文艺》《羊城晚报》《南方日报》《作品》《花城》《广州文艺》《特区文学》《佛山文艺》等平台和阵地，方向明确、重点突出、有点有面、丰富多彩，发表于全国各类期刊、报纸、网页、公众号上的文章多达四百余篇，出版专著五十多部，涉及作家作品评论、文学现象分析、创作规律研究、基础理论阐释、动态走向探讨等，聚焦于新南方写作、非虚构文学、生态文学、粤港澳大湾区文学文化建设、"粤派批评"发展等重要议题，各抒己见，形成了交相辉映、争鸣互补的局面，硕果累累，态势喜人。在"把好文艺评论方向盘"的导向上，粤派评论有声有势，在全国文学评论领域发出广东强音。

广东是当代文学批评的重镇，不仅曾经创造过令文学界瞩目的成就，形成了南方批评传统，而且当下的中青年批评家队伍也非常有实力，充满了生机与活力。陈剑晖的《"粤派批评"的缘起、发展路径与前瞻》、林岗的《从文学史看文艺创新机制和它的启示》荣获2022年《粤港澳大湾区文学评论》首届"双年优秀论文"；谢有顺的《思想着的自我——韩少功的写作观念对中国当代文学的启示》荣获《南方文坛》2022年度优秀论文奖；蒋述卓荣获《中文学刊》首届国际人文社科论文大奖赛特别荣誉奖；贺仲明荣获第五届当代中国文学优秀批评家奖；赵普光、申霞艳荣获《当代作家评论》年度优秀论文奖。在近年来举办的五届"啄木鸟杯"中国文艺评论作品年度推优活动中，广东省有5部著作、10篇文章入选，数量位居全国前列。

二、守正创新，筑就岭南文学新高地

习近平总书记在党的二十大报告中号召广大文艺工作者坚守中华文化立场，提炼展示中华文明的精神标识和文化精髓，加快构建中国话语和中国叙事体系，铸就社会主义文化的新辉煌。紧紧围绕迎接、宣传、贯彻党的二十大精神这条主线，广东省作协党组书记张培忠表示，广东文学评论界坚决按照党的二十大报告"坚持以人民为中心的创作导向，推出更多增强人民精神力量的优秀作品"的指示要求，努力提高政治站位，精心谋划好未来5年广东文学事业的发展蓝图。坚定一条道路，即始终坚定走"一条以马克思主义为指导、符合中国国情和文化传统、高扬人民性的文艺发展道路"；突出两项任务，即团结服务作家和组织精品创作，锲而不舍团结引领广大作家听党话、跟党走，全面规划和布局各门类的重点题材创作；打造三支队伍，即建设有特色、有实力、有担当、有作为的文学创作、文学研究、文学服务三支队伍，多管齐下建设"文学粤军"；推进四项改革，努力破解影响和制约广东文学高质量发展的体制机制问题；整合资源打造粤港澳大湾区文学新增长点，全力以赴推动广东文学事业的全面繁荣①。

2022年1月，广东省作协部署2022年工作计划，明确提出擦亮"大湾区文学评论"品牌，坚持"把好文艺评论方向盘"的导向要求，提升大湾区文学评论。坚持开展专业权威的文学评论，弘扬中华美学精神，积极探索构建"粤港澳大湾区批评"审美体系和评价标准，进行科学的、全面的文学评论，发挥价值引导、精神引领、审美启迪作用，在全国文学评论领域发出粤港澳大湾区文学强音。倡导"批评精神"，做好"剜烂苹果"的工作，坚持以理立论、以理服人，旗帜鲜明批评不良思潮、不良倾向和畸形审美，多出文质兼美的文学评论。建设有影响力的文学评论阵地，用好网络新媒体评论平台，改进评论文风，推出更多文学微评、短评、快评和全媒体评论产品，推动专业评论和大众评论有效互动，营造健康的文学评论生态②。

广东省作协制定实施《广东省"十四五"文学发展规划》，全省精品创作取得重大突破，省作协扶持重点项目20个，全省会员作家出版文学作品169部，葛亮长篇小说《燕食记》、魏微长篇小说《烟霞里》、庞贝长篇小说《乌江引》入选人民文学出版社2022年"年度二十大好书"，前两者还入选中国作协"新时代文学攀登计划"。一系列优秀作品摘取文学荣誉，蔡东短篇小说《月光下》、葛亮中篇小说《飞发》获第八届鲁迅文学奖，陈继明长篇小说《平安批》获中宣部"五个一工程"优秀作品奖，章石山报告文学《奋斗与辉煌——广东小康叙事》等7部作品获省"五个一工程"奖。举办"粤港澳大湾区作家作品系列研讨会"，组织"粤港澳大湾区文学周"系列活动。联合省委宣传部等主办第三届广东文艺终身成就奖、第四届广东省中青年德艺双馨作家艺术家评奖。召开纪念毛泽东同志《在延安文艺座谈会上

---

① 张培忠：《深入学习二十大精神，谱写广东文学新华章》，《文艺报》2022年12月26日。

② 张培忠：《锻造粤港澳大湾区文学品牌，筑就新时代岭南文学新高地》，《文艺报》2022年1月28日。

的讲话》发表80周年研讨会暨《欧阳山全传》新书发布会，举办"纪实与虚构的交响"庞贝长篇小说《乌江引》研讨会、葛亮长篇小说《燕食记》大湾区首发式暨分享会、新工业题材诗歌研讨会。确定省作协第二届签约评论家12名，推进《广东文学通史》（5卷）初稿编纂，启动《广东省作家协会志（1953—2023）》编撰出版工作，出版《广东文学蓝皮书（2021）》，组织出版《广东青年评论家丛书》，扶持省内十位青年评论家。启动报告文学名家和广东报告文学现象研究项目。精心办好《作品》杂志、《粤港澳大湾区文学评论》杂志、《少男少女》杂志，加强广东作协公众号、广东作家网、《广东文坛》、作品公众号、少男少女公众号等宣传平台建设。组织《粤港澳大湾区文学评论》首届"双年优秀论文"评选。尝试利用新媒体直播广东文学评论年会。

3月24—26日，"粤港澳大湾区作家作品系列研讨会"在广东文化艺术中心举办。会议采用线上线下相结合的方式召开。共研讨了杨克、卢卫平、王威廉、南翔、蔡东、詹谷丰、耿立等7位作家、诗人的作品。

本年度，广东文学评论最重要的谋划和活动，是广东文学评论年会。11月29日，广东省作家协会联合羊城晚报报业集团在广州举办广东文学评论年会。会议由羊城晚报报业集团党委书记、社长杜传贵和广东省作协党组书记、专职副主席张培忠共同主持。国内知名评论家、作家如何发挥粤港澳大湾区的区位、文化、经济等优势，将粤港澳大湾区文学锻造成为新的文学增长点展开探讨。

广东文学评论年会搭建了"粤派批评"和粤港澳大湾区文学交流平台，充分发挥文学评论阵地的引领作用、桥梁作用，积极开拓粤港澳大湾区文学研究和文学创作的新境界，探索构建更为广阔多元的文学评论和创作空间。

中国作协副主席、书记处书记李敬泽肯定了近年来广东文学评论所取得的重要成就，认为广东文学评论应该是站在大湾区的、站在改革开放前沿的文学评论，应该是面向现代化、面向世界、面向未来的文学评论。广东文学具有广阔的发展空间，要努力为建构中国批评话语和文学话语作出重要贡献。

中国作协副主席、书记处书记吴义勤指出广东是当代文学批评的重镇，老中青几代批评家曾经创造过令文学界瞩目的成就，创造形成了南方批评传统，当下青年批评家队伍也非常有实力，充满了生气和活力。尤其《粤港澳大湾区文学评论》的创刊，为广东文学评论再创辉煌奠定了坚实的基础和条件，相信广东文学评论事业在新时代一定可以大有作为。中国作家协会副主席阎晶明认为，近年来，广东文学的发展引人瞩目，广东文学评论在全国号召力和影响力也在不断增强。"《粤港澳大湾区文学评论》杂志的创办为文学评论的工作搭建了很好的平台，有助于形成对话关系。"他还呼吁将"批评学"作为一个学科来建设，发现好的作品并进行深入阐释，这既是一种学科，也是一种创作。

澳门大学南国人文研究中心主任、澳门文艺评论家协会主席朱寿桐表示，大湾区从历史上看是一种以粤语文化为核心、以粤语方言为载体的文化区域，但它同时又是承载着时代荣耀和国家认同为世界所聚焦的特定区域，这两方面都会表达出某种内在的价值需求。大湾区的历史现象、文化现象和现实现象积淀着许多价值需要，需要通过文学或艺术的形式加以释放，并同时借助于这样的价值释放宣示和强化大湾区的文化魅力和影响力。香港浸会大学中文系教授黄子平认为，大湾区是一个经济、地理概念，如何延伸到文学领域，需要做很多理论建构和创作实践。我目前想到唯一的共同特征，落实到语言层面，只能是粤语方言写作。为此，有必要梳理湾区各地粤语写作的历史脉络，考察粤语写作的现实，并开拓粤语写作的可能。

发掘南方民间文化活力与异质性的文学表达，找到真正属于自己的叙事和文学评论语言也是广东文学评论年会上专家们比较关注的话题。南京大学文学院教授、中国现代文学研究学会会长丁帆认为，文学创作上需要从故事结构和语言层面凸显出粤地和粤语的独特风格。这是一个深入文学肌理的文学调式，广东、香港、澳门均有共同的语系特征，运用到文学作品中来，可突出文化一体化的大同性。大湾区作为中国改革开放的前沿，是与世界文化与文学交流对接的窗口，这个天然优势如何运用，是一个值得深入思考的问题。就拿文学批评这个领域来说，华文文学在台港澳研究上形成的优势，值得大湾区在总结经验教训中重新规划布局。中国社会科学院文学所当代室主任李建军认为，批评家必须提高自己的思维质量，把事实感和真理性当作文学批评的重要原则，学会以科学的精神和分析的态度来对待文学批评。高级形态的批评思维必然会关注伦理性和道德性的问题。无论是叙事文学，还是抒情文学，决定其境界和价值的最根本的因素，是作家和诗人所表现的伦理精神和道德价值。有伟大伦理精神和道德价值，才有伟大的文学。沈阳师范大学特聘教授、北京文艺评论家协会原主席孟繁华认为：深圳的作家、批评家做了非常重要的工作。他们先后为深圳作家编纂的研究文集，从远处看，是一件基础性的、积累性的工作；从近处看，是构建湾区文学之魂的工作。文学研究的经验表明，恰恰是那些貌不惊人的原始资料，推动了文学批评和研究。因此，深圳这些青年批评家做了一件非常重要、非常有眼光的工作。中国报告文学学会副会长、《东吴学术》主编丁晓原认为：包括报告文学在内的非虚构文学，是一种十分重要的文学存在，但相关研究的缺失，是一个值得引起关注的问题：一方面是存在着大量重复性的研究，另一方面是重要的文学存在无人问津的现象。正是在这样的大背景下，我特别建议加强非虚构文学研究，进一步重视重点选题的策划和组织，重视非虚构文学研究青年人才的培养。中国当代文学研究会会长、北京师范大学文学院教授张清华表示，中国话语与中国故事，一定是在世界视野的映照下才会有的自觉，应该努力避免在一种排斥外来文化、外来文学、外来文明的前提下意识到的民族自觉。中国话语与中国故事，说到底应该以开放的文化态度，与世界视野保持必要的兼容和依赖。惟其如此，中国人才会找到真正属于自己的语言，以及属于自己文学的讲法。《南方文坛》主编张燕玲认为，讨论"新南方写作"，我们必须探源寻脉，发掘它的民间文化活力与偏僻的异质性文学表达。"新南方写作"既呈现南方腹地历史的文化地方性，又有沿海开放地域的世界性，还有南方少数民族及众多族群繁复魔幻的文化传统，这是一种扎根生活、厚植文化根脉的美学多样化，也是一种中国式现代化的文化自信与自强。中国俗文学学会副会长、广州大学岭南文化艺术研究院执行院长纪德君认为，黄遵宪、潘飞声、张荫桓、丘逢甲、黄世仲等代表性作家对异域文明的生动书写，充分展现了他们渴望借鉴域外先进文明拓展国人视野、革新本土文化的强烈诉求。作为湾区文化的重要组成部分，大湾区文学应该秉承近代以来已形成的汇通古今、融汇中西的文化精神气质，立时代之潮头、发时代之先声，为中国文学的创新发展，为社会主义先进文化的建设作出重要贡献。南京大学文学院教授吴俊表示，新文学是在以上"四新"基础上，融汇传统媒体和新媒体生产的新文体文学形态和生态格局，文体新创、宏观生态的重构，由此开创新的文学史，是新文学面貌的主要体现。同理，大湾区的价值在于对大湾区地域的突破，成为一种特定意义的广义认同的价值。

推动"粤派批评"进入当代学术史视，进一步提升"粤派批评"理论形态，推动"粤派批评"进入当代学术史视野，是与会广东评论家们关注的话题。中山大学中文系主任、教授彭玉平表示，构建中国文学话语不仅是文学本身的诉求，也是国家实力和尊严的要求。中国故事当然要用中国话语来讲述，也只有中国话语才能将中国故事的精彩与神韵体现出来，并且在世界话语格局中体现独特价值和意义。我们耳熟能详的"文气""滋味""风骨""兴象""意境""神韵"等曾经托举起中国文学力量的词汇，曾经让其他国家遣唐使沉潜学习的话语，后来逐渐边缘化。中国古典中具有生命力的话语系统，需要重新被认知、被总结、被推广与被实践。复兴中国传统文化，包括复兴中国传统话语以及话语的创作方式，才能激活传统，并形成新时代强大的精神力量，影响当代的中国和世界。华南师范大学教授、广州大学特聘教授陈剑晖认为，文学批评是文学活动的一个重要组成部分，既引领文学创作，推动文学创造、传播与接受，影响文学思想和理论的发展，又是建构中国文学话语和中国叙事体系的重要元素。要体现其存在的价值，关键是文学批评的从业者要有大视野、大胸怀、大格局。大时代与大格局中的文学批评，要与时代同频，与创作共振，坚持在场写作，介入现实，关注当下，体察苦难，书写国家的、民族的、人民关切的大命题；新时代的文学批评，还要密切关注国内最新的文学研究动态，立足于文学研究的前沿，将自己的文学批评和研究融入"文学研究的共同体"中，这样才容易引起同行的关注。中山大学中文系教授、广东省文艺评论家协会主席林岗认为，作为群体，广东作家的自主意识形成于元末明初。明清之际天崩地裂，民族意识激发，以"岭南三家"为代表推动了那时文学的高峰。清末西学东渐，列强瓜分，国家危难，激发起近代广东文学又一高峰。至上世纪新中国成立，现代

革命过程中形成的文艺探索、革命和建设重大题材与民间形式、民间习俗和
方言相融合的创作潮流，风靡岭南，随之在20世纪五六十年代为广东文学结
出丰硕的成果，至今为评论界津津乐道。从90年代至今，广东文学因改革开
放、人口流动、作家迁徙等因素正在经历着深刻的裂变。一旦这段震荡、多
变，既包含着旧文学秩序解体，又包含着文学秩序新生的交替期安静下来的
时候；一旦这段躁动、混乱、迷人眼的大变动逐渐沉淀下来的时候，一个
新的前景浮现在我们的面前。中山大学中文系教授陈希认为，近年来，粤
派批评把握时代脉搏，向全国发出岭南强音，推进新时代文学评论高质量
发展。粤港澳大湾区文化建设、网络文学评论、生态诗歌讨论、非虚构文
学研究、"新南方写作""剜烂苹果"等是粤派批评的主要内容和亮点。
"粤派批评"立足广东，但要走出广东，放眼全国，发挥和提升在全国范
围内的影响力，进一步提升"粤派批评"理论形态，推动其进入当代学术
史视野，成为具有独特文化品格和精神气质的岭南批评学派。借助"粤派
批评"这个平台，既可以更好发挥粤地个体批评家的才智和优势，又可以
在"粤派批评"的旗帜下重新整装出发，形成一种氛围和契机，发挥群体
力量，带动更多人接续岭南的人文传统，推进广东包括粤港澳大湾区的文
学评论。

专家们围绕"加快构建中国文学话语和中国叙事体系，讲好中国故事、
湾区故事路径""将粤港澳大湾区文学锻造成为新的文学增长点""全媒体
时代文学批评的传播、交流及接受"等重要论题进行研讨，为打造广东文学
评论高地探索切实有效路径，为《粤港澳大湾区文学评论》名刊建设建言献
策，为广东文学创作、广东文学攀登高峰提出了宝贵意见。

广东省作协书记，专职副主席张培忠作会议总结指出，文学批评是文
学事业的重要一翼，其自身也是一个系统工程，需要齐心协力建设好这块阵
地。其中，要坚定文化自信，重视中华文化、岭南文脉传承，坚持国际眼光
和本土意识相融、前瞻视野与务实批评结合，树立大湾区文学话语和叙事体
系、审美和评价标准，提升粤港澳大湾区文学批评的话语权和影响力，发挥
资源优势，打造粤港澳大湾区文学评论高地。

丁帆、孙绍振、吴俊、李建军、陈剑晖、林岗等学者获《粤港澳大湾区

文学评论》首届双年优秀论文入选殊荣①。

三、踔厉奋进，聚焦热点，与现实同频

2022年是毛泽东同志《在延安文艺座谈会上的讲话》发表80周年，5月23日，广州市文联召开纪念毛泽东同志《在延安文艺座谈会上的讲话》发表80周年座谈会，号召重温《讲话》精神，认识到《讲话》作为一部"活着的历史文献"的重要性，自觉运用《讲话》中的思想理论引导新时代的文艺创作和评论，把坚守人民立场、为国立心铸魂看作自己的责任和使命，努力唱响时代的主旋律。广东省文联主办的《粤海风》杂志开设专题刊发一组笔谈文章，包括范玉刚的《〈讲话〉的话语表达逻辑与方法论启示——纪念毛泽东〈在延安文艺座谈会上的讲话〉发表80周年》、刘永明的《未来已来：大众化视野中的高级艺术——以〈在延安文艺座谈会上的讲话〉文本群为中心》、李艳丰的《构建马克思主义文艺理论中国形态的问题意识与理论路径》。范玉刚认为，毛泽东的《讲话》高瞻远瞩、观点独到，不但促使新中国的文艺摆脱了混乱，走上了正途，对于全世界的思想文化都产生了深远影响，可谓是构成毛泽东文艺思想的核心文本，甚至是其思想底蕴之所在。②在《未来已来》中，刘永明使用文本群研究的方法发现了《讲话》中存在一个长久未得到足够重视的理念和范畴——"高级艺术"，意即毛泽东为破除1940年代人们对于文艺认知上的一些迷误，将贴近大众生活、兼有较强革命性和艺术性的创作成为高级艺术，与之相对的即是低级艺术，唯有坚定地弘扬前者、改造后者，中国的文艺才有希望。③李艳丰的文章详细梳理了中国马克思主义文艺理论自20世纪以来的发展历程，深入解释了马克思主义文

---

① 《广东文学评论年会在穗举办，揭晓〈粤港澳大湾区文学评论〉首届双年优秀论文名单》，《南方日报》2022年11月29日；《一个新的文学前景正在浮现》，《羊城晚报》2022年12月4日。

② 范玉刚：《〈讲话〉的话语表达逻辑与方法论启示——纪念毛泽东〈在延安文艺座谈会上的讲话〉发表80周年》，《粤海风》2022年第2期。

③ 刘永明：《未来已来：大众化视野中的高级艺术——以〈在延安文艺座谈会上的讲话〉文本群为中心》，《粤海风》2022年第2期。

论的起源、基本特征以及其在西方和中国的不同分化，说明毛泽东的《在延安文艺座谈会上的讲话》就是马克思主义文艺理论与中国具体实际相结合产生的典型形态，后来的中国马克思主义文论成果继承了《讲话》的精神，彰显出人民本位的文学观、"整体性"的批评观与美学原则，能运用"艺术生产"理论解释消费主义时代文艺的美学变革，在新媒体时代与时俱进，积极跟进热点问题，不断调整批评思路和话语。总的来看，坚持以马克思主义经典文艺理论为指导，立足人民立场、基于中国语境，这是中国当代文艺理论与批评话语建设的基本要求，我们需要时时回顾、梳理马克思主义中国化理论成果，总结经验，创造出更加合理有效的文学研究和文艺批评范式。①

5月31日下午，广东省作家协会在广东文学艺术中心举办纪念毛泽东同志《在延安文艺座谈会上的讲话》发表80周年研讨会暨《欧阳山全传》新书发布会，会议认为，广东省文艺界要深刻认识毛泽东同志《在延安文艺座谈会上的讲话》的历史价值和重要意义。一是《讲话》高度肯定了文艺工作的重要地位，发挥了团结引领广大文艺工作者听党话、跟党走的重要作用；二是《讲话》把马克思主义基本原理同中国革命文艺实际及中华优秀传统文化相结合，从根本上回答了革命文艺的方向、道路等重大原则问题；三是《讲话》为党制定文艺政策产生了深远的影响，对我国文艺事业的发展与繁荣起到了巨大的推动作用。在认真领会《讲话》要义的基础上，文艺工作者们应结合习近平总书记关于文艺工作的重要论述为指导，推动广东文学事业从高原向高峰迈进：坚守人民立场，讴歌伟大时代，勇攀文学高峰，坚持文学惠民。《欧阳山全传》是广东作家胡子明创作的传记文学，出版于2022年1月，是为纪念毛泽东同志《在延安文艺座谈会上的讲话》面世80周年而推出的献礼之作。该书材料翔实、笔触生动，以10章的篇幅囊括了革命作家欧阳山波澜壮阔的一生，将他横跨两个时代、为中国革命文学和社会主义文学不懈奋斗的历程复现纸上，既严格遵循史实、史事又适度进行了"有限制的虚构"，既清晰勾勒了历史脉络又轻松把握住了生活细节，实为不可多得的传记佳作。蒋述卓、陈剑晖等专家认真点评了这部著作，指出了其可贵之处并

---

① 李艳丰：《构建马克思主义文艺理论中国形态的问题意识与理论路径》，《粤海风》2022年第2期。

对胡子明的努力予以嘉赏。

6月7日，广东作家网登载原发《文艺报》的广东省作家协会党组书记、专职副主席张培忠的《坚定中国社会主义文艺初心使命　走好新时代广东文学的赶考之路》，文章提出，延安文艺座谈会召开于特殊的历史时期，中华民族正处于生死存亡的关键时刻，在那样的时代语境下，中国共产党人唯有提高思想觉悟，认清现实、团结群众，方能带领中国勘破阴霾、走出黑暗，迎来美好的明天。然而毛泽东同志敏锐地发现延安文艺界显露出忽视抗战实际和脱离群众实际等倾向，整饬纠偏的工作势在必行，于是便组织发动了文艺界的整风运动，他在延安文艺座谈会上发表的讲话高屋建瓴、直击要害，为广大文艺工作者厘清了思想意识上的混乱，对于革命文艺的方向等重大原则性问题做出了回答，因此产生了振聋发聩的效果，对新中国文艺视野的发展与繁荣起到了巨大的推动作用。与《讲话》时隔72年，习近平总书记于2014年10月15日在北京召开了文艺工作座谈会，习总书记对文艺工作的重视和关心恰如毛泽东同志，而他关于文艺工作的构想和论述亦与毛泽东文艺思想一脉相承。新时代的文艺工作者应明确和坚定中国特色社会主义文艺的初心使命，坚持以马克思主义为指导思想，学深悟透毛泽东同志《讲话》的要旨和习近平总书记关于文艺的重要指示，推动文学艺术实现高质量发展。

广东文学评论界正本清源、鉴往思今，在2022年凭着较高的思想觉悟和实践热情继续关注本省及粤港澳大湾区的文学动向，以切实的行动有力推进着本土本国的文学创作走向昌盛繁荣。2022年3月16日，广东作协在《南方日报》A08版发表《岭南犹似胜江南：异军突起的广东文学》一文，追溯了广东文学的起源，总结了广东文学近年来的成就。

梁致远的《晚清广东小说中疍民形象的转变》[①]，论述了自清中前期至晚清广东小说中疍民形象的"软化"之变，即由剽悍和神秘的偏负面性形象，向着通情达理有血有肉的方向转变，以至变成具有高超觉悟的革命者，造成这种变化的原因有族群神话的影响和游民、会党、革命家气质的融合。愈变愈丰满立体的疍民形象业已成为岭南文化中不可或缺的重要版图。郑

---

① 梁致远：《晚清广东小说中疍民形象的转变》，《肇庆学院学报》2022年第6期。

萍、包婉姝的《广东左翼文学家抗战小说创作比较——以黄药眠和丘东平为例》，详细剖析了抗战时期广东左翼作家黄药眠和丘东平所作小说的异同，有理有据地说明，在背景设定方面，黄药眠的小说多取材于市井生活，丘东平的小说则多聚焦于战地景象；在人物塑造方面，黄药眠擅于描绘落后社会中的普通人群像，丘东平则长于刻画以革命军人为代表的英雄人物；在情节构筑方面，黄药眠习惯对人物的外貌的言行平铺直叙，丘东平则常常通过细描静态环境，反映许多视线以外的东西；在语言方面黄的用语通俗晓畅、温婉而有诗意，丘的用语则繁复奇特、冷峻而有力量；二人小说的基调都是"苍凉"，但黄药眠是在温情中见苍凉，而丘东平是以悲壮来显苍凉。

建设粤港澳大湾区文学与文化，提升大湾区的人文氛围、促进大湾区的文化传承，是近几年广东作家和评论家们重点关切的内容。

"粤港澳大湾区文学周"系列活动精彩纷呈，发布"大美南粤·文明广东"主题、"粤菜师傅""广东技工""南粤家政"三项工程主题创作成果、《广东文学蓝皮书（2021）》《风起岭南—广东著名作家访谈笔记》等重磅新书。《粤海风》杂志继续开设"粤港澳大湾区文艺观察"栏目，收录了龚思颖、邓晓君、于爱成、王金芝、姚睿、徐桃等广东评论家有关于大湾区文艺、文化的评论文章。《粤港澳大湾区文学评论》杂志则设置"粤港澳经典重读"栏目，聚焦重读了草明、郁茹、丘东平、于逢、刘斯奋、西西等老作家的经典著作，又开设了青年作家专辑，依次点评了黄灯、塞壬、冯娜、陈再见等青年实力派作家作品。2022年第1期设有"粤港澳文学瞻巡"，第2期设有"粤港澳文学与文化发展""粤港澳大湾区作家评论小辑"，第3期设有"粤港澳大湾区作家评论小辑（二）"，第4期设有"粤港澳经典重读"，第5期设有"粤港澳大湾区作家评论小辑"，第6期设有"粤港澳大湾区作家评论小辑"。《岭南文史》杂志也将人文湾区建设作为22年度的重要选题之一，在第3期上刊发了张宇航《岭南文化是共建人文湾区的基石》、王元林《积极推动粤港澳人文湾区中外交流互鉴》、杨兴锋《大湾区文史研究交流合作的几点思考》等论文。大湾区评论业已造就了巨大的声势、形成了规模效应，凭借其如火如荼欣欣向荣之势，吸引来了全国人民关注的目光。

7月25日中山大学中文系举办"大湾区文学可能性"论坛，特别邀请澳门诗人袁绍珊、香港作家唐睿、广州作家陈崇正、广州批评家李德南和唐诗人，共同展开交流探讨。大家一致认为，粤港澳大湾区文学这一概念的提出，既具有充足的依据，又顺应了时势的需要。长期以来，广东、香港、澳门三地的文学虽然源流相同、气质相近，但相互之间又存在着一些隔阂和误解，并未形成和而不同、协调共进的理想局面，目前国家将大湾区作为一个地域整体进行规划建设，这就为大湾区文学、文化的整体性繁荣和进步创造了难得的契机。大湾区文学的未来充满着无限的可能，因为这里拥有丰富的文化资源、别致的地域特色、深厚的历史经验、活泼的生活样貌，遍布着亟待书写的好故事；粤、港、澳三地的文学文化传统既有"同"也有"异"，其相异之处碰撞摩擦，便能产生出新的创造的火花。中国文艺评论（暨南大学）基地揭牌仪式暨"地方性与世界性：湾区文化经验与中国文论创新"研讨会9月24日在广州举行。中国作协副主席吴义勤指出大湾区文学这一概念虽然提出的时间不长，但观其实践却可谓古已有之、源远流长，大湾区是东方与西方、传统与前沿、南与北、海洋文化与大陆文化、城市与乡村等各种文化的交汇碰撞之处，这里蕴藏着丰富的文学经验，迄今已产生出无数经典的文学著作，将来还有巨大的发展空间。大湾区文学是中国故事中非常精彩的一个组成部分，我们的作家应该发愤自励、我们的评论者研究者应该聚精集思，共同助力大湾区文学迈向辉煌。

广东省作家协会副主席、深圳市作家协会主席李兰妮在2022年香港回归日当天接受了香港《文汇报》记者采访，回顾了自己作为深圳作家与香港文学界的渊源，回忆了自己与刘以鬯、金庸等香港老作家的过从，并对大湾区文学的未来作出了展望。在她看来，香港文学有自己的独特性，它既与广东文学同根同源，同时又早早受到、接纳了外来影响，成为了国内和海外交流的一个结晶、一座桥梁。当下香港文学界与内地文学界的交流越来越频繁、紧密，未来两方的作家定能依托于大湾区优越的地理和文化条件共同进步，创作出更多无愧于新时代要求的重磅佳作。[1]汕头大学主办的《华文文学》

---

[1] 参见广东作家网2022年7月1日"新闻资讯"《李兰妮：香港是一扇推动大湾区文学繁荣的窗口》，http://www.gdzuoxie.com/v/2022/07/16272.html

杂志2022年设置了多个栏目专题研究香港文学，包括第1期和第4期的"香港文学研究"专栏，第3期的"香港文艺期刊研究"专题。徐诗颖的《"香港书写"与传统再造——以20世纪80年代以来的香港小说为例》点明，20世纪80年代以来的香港小说明显反映出作者内心的一种"失根感"，这种失根感的生成有着两方面的缘由：一是许多作家对香港文化定位不准，对其与中华传统文化的关系认知模糊。二是对资本、利益的追求长期构成香港社会的主流意识形态，地方文化精神的传承在全球化时代面临断裂的危机。香港作家若想解决此问题，就需要自觉凝聚寻根意识，首先认清香港的混杂性文化身份，进而从地方传统文学、文化中寻觅根脉所指，在流徙多变的文化空间里重新领悟自身的文化根性，最终脱离西化形式、西方理念的过度影响，实现真正的"传统再造"，助益人文香港的重塑。[①]

王文艳《论香港早期新文学中的海洋书写》梳理、解析了以"海洋"作为题材或背景的香港早期新文学创作。海洋文化因素的凸显是香港早期新文学的主要特征之一，相比于同一时期内地的文学文本，香港早期新文学作品展现出明显的"亲海性"，这主要取决于香港三面环海的地理位置，而从这些"海洋书写"中我们也能发现丰富的审美内涵。香港早期新文学作品中的海洋有着理念化、浪漫化、日常化等多种品格类型，理念化指的是左翼文学中出现的海洋常与无产阶级革命意识形态关联紧密，浪漫化指抒情性作品中的海洋常常起到烘托浪漫气氛的效果，强化了各类感情的表现，日常化则指海洋与百姓日常的交通、娱乐、住宿等生活情状"胶着"在一起，共同构成一幅烟火气十足的图景。香港早期新文学中的海洋书写构成了香港新文学的独特肌理，以之为切入点，我们能够更深地了解香港文学的魅力。[②]席艺洋的《记忆、都市与文学传统——论香港南来作家徐訏、刘以鬯的文化乡愁》（《华文文学》2022年第1期）、颜敏的《平衡与超越诗学的实践——〈脚注〉的多重空间与香港文学新的可能》（《华文文学》2022年第4期），分别论述了1950年代赴港作家徐訏、刘以鬯的心灵轨迹、艺术追求和香港作家

①　徐诗颖：《"香港书写"与传统再造——以20世纪80年代以来的香港小说为例》，《华文文学》2022年第1期。
②　王文艳：《论香港早期新文化中的海洋书写》，《华文文学》2022年第1期。

唐睿2007年出版的首部长篇小说《脚注》谋篇布局的特色及其带给我们的启示，都显现着清晰的思路、严密的逻辑。

《粤海风》杂志也在2022年第3期设置了"香港回归25周年专题"，其《主持人语》阐明，香港自从1949年以来，文化结构、文化格局发生了多次变化，概而言之，中华人民共和国建国初期的香港受到"美元文化"影响较深，直至1970年代本土文化方始兴盛，临近回归，"香港意识"在香港文学中逐渐膨胀，对香港文化属性、身份归属的思考充斥于各类作家作品。到了今天，香港主流的思想文化又发生了新的变异，阶级、性别等问题复现于人们的脑海，殖民和本土、传统与现代等方面的矛盾纠葛依然困扰着人心，我们面对今天的香港文学不能再秉持20世纪末、21世纪初所用的那套分析方式，必须找到新的更有效的阐释路径和方法。①

凌逾长期以香港文学作为自己的观照对象，2022年她和张紫嫣、谢慧玲在《粤港澳大湾区文学评论》（2022年第1期）上合作发表了《2020香港文学研究综述》，在《粤海风》（2022年第3期）上则与骆江瑜合作推出了《向阳而生焕新机，紫荆花开映香江——2021年香港文学扫描》。《2020年香港文学研究综述》对彼时的香港文坛作了全方位立体式的鸟瞰，认为"2020年无论是小说、散文还是诗歌，虽也展现香港温情的一面，更多的是表达对香港'人城'关系的忧思，对社会政治的凝视以及个人独特情感体验的抒发。"②《2021年香港文学扫描》发现了时隔一年香港文学的新变，指出香港作家经历了2020年由于疫情等因素带来的动荡体验，到了2021年终于调整状态、走出阴霾，适应了世事变迁，学会了从容地与世界、与自己相处。年度香港的小说、诗歌、散文、儿童文学都异彩纷呈、佳作频出，文学批评也欣欣向荣，扩大了阵地，提高了影响。总体上兼容并包、多元混杂是香港文学呈现给人们的观感，香港作家向来擅于接纳、化用不同的文化，这给他们构筑的篇章带来了独特的魅力，并且其文学文本常能实现从"破圈"到"跨圈"再到"融圈"的跨界传播和再生产。

---

① 赵稀方：《主持人语》，《粤海风》2022年第3期。
② 凌逾、张紫嫣、谢慧玲：《2020香港文学研究综述》，《粤港澳大湾区文学评论》2022年第1期。

粤港澳大湾区文学的轮廓已经初步显现，作品量的增加和质的提高显示蓬勃的生命力。葛亮、熊育群、魏微等获得鲁迅文学奖的著名作家，在2022年推出新作《燕食记》《金墟》《烟霞里》等。广东省作协组织首发式和研讨会，引起广泛关注和积极反响。

1943年，年仅21岁的郁茹在茅盾主持的文艺阵地社工作，出手不凡，初登文坛创作《遥远的爱》，通过女主人公形象的塑造，"给我们这个伟大的时代新型女性描述了一个明晰的面目来"，显示"在思想认识方面的慑人的光芒"，殊为难得。茅盾分析《遥远的爱》有着"细腻的心理描写和俊逸的格调"[①]。陈希发表《俊逸的格调及意义》一文，评论郁茹的《遥远的爱》芳华别样、格调俊逸，一方面聚焦女性的生命体验进入革命生活，直面情爱难题，深入个体挣扎与家国矛盾的缝隙，为女性革命叙事提供个人审美观照；另一方面通过多重内聚焦叙事的交错与颠覆，转化性别权力话语，建构女性在情感与革命叙事之中的张力和主体，展示和释放女性心理与活力。小说显示现代女性革命叙事的独到艺术构成，在新文学女性自我建构和审美方式方面具有启发意义。[②]

广东饶平张竞生是20世纪上半叶中国思想界、文化界的风云人物。他是民国第一批留洋（法国）博士，中国第一位性学家，最早提出和确立风俗学，最早翻译卢梭的《忏悔录》，最早发表人体裸体研究论文，率先提出计划生育，中国第一个提出逻辑学学科概念的学者。作为思想家、美学家、性学家、文学家、出版家、教育家和乡村建设运动的实践家，张竞生成名较早，著述颇丰，成果突出，影响深广，但命途多舛，坎坷跌宕。因为惊世骇俗的性研究而背负骂名，波澜壮阔的奇异人生被误解，特立独行的超前思想遭贬斥，长期隐失和淹埋于时代洪流。寒来暑往，星移物换。近年来，张竞生逐渐浮出历史地表，引起关注。近期，北京三联书店出版了由张培忠、肖玉华主编的十卷本《张竞生集》。这套《张竞生集》，基本上集齐了张竞生的主要著作，是目前规格最高，最为齐备的张竞生著作结集。为庆祝这一盛

---

① 茅盾：《关于〈遥远的爱〉》，参见郁茹《遥远的爱》，香港山边社，1982年，第4页。
② 陈希、周笛：《俊逸的格调及意义——论郁茹〈遥远的爱〉》，《粤港澳大湾区文学评论》2022年第2期。

事，也为了让读者更好地了解这位"文妖与先知"，《东吴学术》特约请林岗、陈希、黄景忠三位教授从不同的视角来研究张竞生。林岗《启蒙的反噬》，从旧式婚姻和家庭关系、改造旧习俗和性学启蒙等方面，解读张竞生是如何致力启蒙反遭启蒙的反噬。黄景忠《论张竞生的散文创作》认为在20世纪50年代的文坛，张竞生是少数能够延续"五四"文学血脉的一位作家。他的散文的叙述者，是一个执着追求自由，追求美的浪漫主义者形象。他主张以"美的生活法"统领人生，他的散文主要表达的是他的美的生活主张，美的生活体验。在表现方法上，或抒情，或闲话，自由不羁，随意赋形，但是张扬自我，直率地坦露自我，是其基本特色。对略显单一的50年代散文格局来说，张竞生的散文创作是一个有益的补充。而陈希《现代文集的编选与文献学问题》从文献学角度来研究《张竞生集》，认为三联书店版《张竞生集》，旁搜远绍，拾遗补缺，苦心收集、用心编排、精心考辨，较之前的选集和专集有很大的拓展，显示目录、版本、考证、辑佚等文献学功底，杂卷和评论集等"边角辅料"具有重要价值。尽管未收《性史》和研究性评论，有遗珠之憾，但瑕不掩瑜，仍不失为一部厚重可信的集大成之作。这些研究为我们全面认识了解张竞生提供了一些新的角度。在中国现代史上，像张竞生这样集先知、文妖、勇士、浪漫文人、孤独者、失败者、不屈者于一身的人并不多见。可以相信，随着中国社会的不断进步，张竞生这根"思想芦苇"，必会闪现出新的光彩①。

另外，广东评论家也引发论者的关注，蒋述卓、李德南成为评论对象。王进发表《作为"粤派批评"的蒋述卓文化诗学思想及其理论资源》②一文，认为蒋述卓是在中国践行文化诗学批评的先驱者，他的文化诗学理论，基点在于文化关怀和人文关怀，注重厘清文学与文化的关系，把文学置于文化结构中，从总体上把握发展着的文化形象与文化精神。把蒋述卓的理论与实践放到"粤派批评"的视域中来看，能够为"粤派批评"提供价值观导

---

① 陈希、周笛：《现代文集的编选与文献学问题——以三联书店版〈张竞生集〉为例》，《东吴学术》2022年第1期。

② 王进：《作为"粤派批评"的蒋述卓文化诗学思想及其理论资源》，《名作欣赏》2022年第31期。

向、方法论指引、主体意识和思想体系的完善，其"粤派批评"的理论意识则将文化诗学批评的理论探索推向新的文化自觉和理论高度。

李德南的文艺评论集《为思想寻找词语》2021年由作家出版社出版，清远评论家马忠、暨南大学教授申霞艳分别在《文艺报》发表《寻美话语的温和建构——〈为思想寻找词语〉读札》和《地坛、花园与精神镇静剂——关于李德南的〈为思想寻找词语〉》①，高度评价了李德南评论的品格，并提供了一些有关何为批评、批评何为的真知灼见，指出基于文本分析、关注文学文本与生活真实之间的关系、以深邃的洞见公正的评判代替理论缠绕、以淡定从容的态度展开温柔敦厚的讲述，这些既是李德南评论的优点，也基本属于优秀文艺评论的共性。

四、扬帆起航，培育评论优势和增长点

在2022年年末召开的广东文学评论年会上，中山大学中文系教授陈希精练概述了"粤派批评"近两年来的态势，认为粤派批评始终坚持守正创新，着力打造文艺评论名优品牌，加快构建富有岭南特色的文学话语和叙事体系，至今已经初成气候，获得了不俗的成就，成为了"一个现象级的文化现象"。2021和2022年，作为粤派批评主体的广东评论家主要围绕粤港澳湾区文化建设、网络文学评论、生态诗歌讨论、非虚构文学研究、"新南方写作""剜烂苹果"等热点命题集中发力，形成了撰评的优势和特色②。在上述这些热点中，又以新南方写作、非虚构文学、生态文学最受重视。下面对这几个命题分而述之。

1. 新南方写作：扬帆起航，风光无限

"新南方写作"这一概念近几年在广东文学评论界、创作界都保持着很

---

① 马忠：《寻美话语的温和建构——〈为思想寻找词语〉读札》，《文艺报》2022年4月6日；申霞艳：《地坛、花园与精神镇静剂——关于李德南的〈为思想寻找词语〉》，《文艺报》2022年9月9日。

② 《广东文学评论年会在穗举办，揭晓〈粤港澳大湾区文学评论〉首届双年优秀论文名单》，《南方日报》2022年11月29日；《一个新的文学前景正在浮现》，《羊城晚报》2022年12月4日。

高的热度。2018年陈培浩在讨论改革开放以来文学中的南方想象时最先提到这个概念，随后杨庆祥、曾攀、唐诗人、张燕玲、蒋述卓、贺仲明等评论家又对其作了更深入全面的解读。杨庆祥的《新南方写作：主体、版图与汉语书写的主权》回忆了新南方写作这个概念的由来，诠释了所谓新南方写作中的"南方"何指、"新"在何处，并将这种写作的特质总结为四个关键词：地理性、海洋性、临界性、经典性。新南方写作这个概念的提出不是为了标新立异或故弄玄虚，而是为了归置那类与传统南方文学截然不同的、眼界开阔、灵动活泼、反映着新时代的全新生活景象和精神气质的文学创作，可以说这一概念的孕生和风行正是文学界与时俱进的体现。从2019到2021年，新南方写作的创作成果和相关的研究、评论文本层出不穷，2022年更是蔚为大观，王威廉的中篇小说《你的目光》、广东作家林棹的长篇小说《潮汐图》、湾区作家葛亮的长篇小说《燕食记》、广西作家林白的长篇小说《北流》等，都是出版于2022年的新南方代表作品。3月25日上午，作为"粤港澳大湾区作家作品系列研讨会"活动之一的"王威廉、南翔、蔡东小说研讨会"在广东文学艺术中心举行，阎晶明、梁鸿鹰、张清华、杨庆祥、贺仲明等领导专家出席并发言。大家经过商讨认为，《你的目光》这部小说构思奇特、有着非凡的历史积淀和文化纵深感、凸显了文化沟通的可能性、兼具较强的故事性和启发性、南方色彩浓厚，不愧为接地气、有温度、有深度的文学杰作。4月3日，蒋述卓的《大湾区青年的"度过"与创造》一文发表于《羊城晚报》满怀热情地鉴赏并推介了《你的目光》。该文表明王威廉的新作写的是大湾区青年创业与奋斗的故事，既有好剧情的架构又有文体创新的尝试，还在许多细节中嵌入了人生思考、哲理思辨，形成了自己独有的风格，彰显着"新南方文学"的诗学意蕴。5月18日，广东省文艺评论家协会联合暨南大学文学院中国语言文学系、广州市珠江文学创作基地等单位，召开了"湾区城市与青年创作"文艺论坛，集中探讨大湾区青年作家的城市文学创作，胡子英、梁少锋主持会议。广东省评协副主席、中山大学教授林岗高度赞扬了王威廉的新作《你的目光》，指出该作"在写人这一问题上，某种程度回归到了以鲁迅为代表的时期，即注重把人物放在成长过程和人情变化中来塑造。同时王威廉运用穿插的叙事手法和诗性的语言，使得小说富有节奏、别具韵味"。他呼吁大湾区青年作家们在体察人心、描摹人性方面多加锤炼，争取创作出更多更具趣味性和思想性的小说。①

林棹的长篇小说《潮汐图》2022年1月由上海文艺出版社出版，该作具有寓言性质，显示出作家丰富的想象力和化实为虚、虚实相生的叙事能力，通过描述一只珠江水域的巨蛙的奇幻冒险经历，将粤地人文风情展露无遗，并蕴含了对于历史转折的深刻思考。林棹凭借此作品斩获2022年第5届"宝珀理想国文学奖"，在颁奖仪式上，梁永安、林白、王德威等评委肯定了林棹的努力，认为《潮汐图》的故事构思独特、新颖别致，并且成功化用了粤语方言，属于一部闪烁着灵光的实验性小说。该作推出后，唐诗人在《文艺论坛》2022年第4期发表《创造一种新南方文明叙事——论林棹〈潮汐图〉》，声称《潮汐图》一作妙在借用了动物视角续写人事，"巨蛙游记"发生的时间是19世纪，地点则由广州珠江扩展到澳门乃至欧洲，表面看来故事类似童话，实则却是通过动物之眼扫描了风起云涌的时代东西方文化的差异，将人间百态和各类有趣的稗官野史记录下来。他忍不住赞叹道："如果存在一种写作叫新南方写作，《潮汐图》就是最典型也最成功的文本之一，林棹创造了一种全新的新南方文明叙事。"②林培源的《"去帝国"的虚构之旅——论林棹〈潮汐图〉》登载于《当代作家评论》2022年第5期，文章清醒地表示，无论是"方言文学"还是"历史小说"的标签，都无法将林棹的《潮汐图》完全涵盖，这篇小说格局宏阔，蕴含"寰宇知识"和"世界文学"特质，在虚构的故事外壳之下展开了"一幅19世纪帝国殖民与去殖民的全景图"。林棹不仅把小说构造得有趣好读，同时也精巧地布置了作为叙述主体的"游移的观察者"和作为叙述背景的"牢笼"和"环形监狱"意象，成功介入了历史，实现了"去帝国"的文学批判，因此它的魅力远远超过那

① 参见"广东文艺评论"公众号2022年6月2日文章《粤派批评｜湾区青年作家群效应正在形成——"湾区城市与青年创作"论坛回顾》，https://mp.weixin.qq.com/s/OHgcYXp3y4ErXp-fm9zBqw
② 唐诗人：《创造一种新南方文明叙事——论林棹〈潮汐图〉》，《文艺论坛》2022年第4期。

类猎奇的历史叙事。①李德南刊于《中国现代文学研究丛刊》2022年第7期的《世界的互联和南方的再造——〈潮汐图〉与全球化时代的地方书写》，从世界性和地域性的统合互补角度切入林棹的《潮汐图》，说明该著作纳宏观于微观、寓严肃于活泼，通过看似魔幻实则巧妙的情节设计，在世界文学的视野中激活了地方知识，呈现了19世纪全球化早期以欧风美雨为代表的外来文化与广东地方文化的复杂互动，并且不落痕迹地再现和批判了帝国博物学实践，是一部极具创造性的好作品。②曾攀在《上海文化》杂志2022年第7期发有《粤语方言与新南方写作　从林棹的〈潮汐图〉说起》一文，他结合自身成长的经历，对所谓"粤语文化"作了细致生动的勾勒，接着便托出阅读《潮汐图》心生的感悟。他认为《潮汐图》充满由种种转喻、换喻形成的奇崛想象，所涉事物繁多复杂、衔接紧密，所以乍看并不好懂，但如果耐心细读就能发现，该作凭借粤语方言和奇思妙想，贯串了南北、中西和古今，打通了不同区域、时代之间的隔阂，典型地展现出杨庆祥所说的新南方写作的文化杂糅性。

作家葛亮的长篇小说《燕食记》和广西作家林白的长篇小说《北流》，在2022年分别由人民文学出版社和长江文艺出版社出版，这两部作品也被评论界看成是新南方写作的典范标杆。《燕食记》是一部关于"吃"的小说。据葛亮介绍，小说题为"燕食记"，意指古人日常的午餐和晚餐。周朝确立"三餐制"，意味着礼制的开始，由此中国人"民以食为天"的日常俗理得以确认。《燕食记》从粤港吃茶点的习俗生发开来，并选取粤港美食作为故事和人物的落脚点，将广东、广西、香港、福建、上海等地联结起来，以饮食的传承、流变、革新勾连近代百年岭南历史。2022年8月19日，《燕食记》大湾区首发式暨分享会在广州举行，张培忠、林岗等广东评论家及人民文学出版社社长臧永清、北京大学中文系副教授丛治辰等省外专家参会并发言。张培忠致辞称《燕食记》分量十足、意义非凡，曾先后入选中国作家协

---

① 林培源：《"去帝国"的虚构之旅——论林棹〈潮汐图〉的叙事特质》，《当代作家评论》2022年第5期。

② 李德南：《世界的互联和南方的再造——〈潮汐图〉与全球化时代的地方书写》，《中国现代文学研究丛刊》2022年第7期。

会颁布的"新时代文学攀登计划"、广东省作家协会"2021年度重点作品创作扶持"项目和"粤菜师傅""广东技工""南粤家政"三项民生工程主体创作项目,一出版就受到文学界的广泛关注。该小说从饮食文化入手,生动描绘了粤港澳大湾区的前世今生,进而展开一幅描摹中国百年社会变迁、世态人情的绚丽画卷,除了具有较高的文学价值,它还具备充沛的哲学价值、科学价值、社会价值和历史价值,业已成为大湾区乃至中国的一张文化名片。2022年11月30日,广东省作家协会举办的"粤港澳大湾区文学周"系列活动"放歌大湾区、喜庆二十大"葛亮长篇小说《燕食记》、李朝全长篇报告文学《春天的前海》作品研讨会在广东文学艺术中心举行,诸多省外专家及蒋述卓、贺仲明、郭冰茹、江冰、凌逾、申霞艳、唐诗人、李德南等广东评论家参与讨论,各从不同的角度发掘《燕食记》与《春天的前海》两作的特色和价值,并对葛亮、李朝全两位作者一丝不苟的创作态度和殚精竭虑的写作实践表达了由衷的赞赏。葛亮的《燕食记》被誉为新时代文化小说的典范,厚重而又灵动,温婉而有质感,充满着地方特色、烟火味道、时代气息,彰显了历史性、在地性和技艺性,在为粤菜立传的同时展示、宣扬了岭南文化以至大湾区文化,个性突出,意义非凡。

2022年《广州文艺》杂志在其每一期都设置有"新南方论坛",蒋述卓和唐诗人担任主持,邀请了张菁、刘小波、李晁、樊迎春、余文翰、梁宝星、林培源、徐威、陈再见、苏沙丽、张琴、陈润庭等省内外专家撰文交流关于新南方写作的看法。大家针对新南方写作的地域性和世界性、现实性与虚幻性、地方风物的凸显与消隐、对城市的想象及描绘等问题,各抒己见、畅所欲言,总结了迄今新南方写作的经验,并为这类写作未来该往何处去给出了建议。在2022年度的广东文学评论年会上,《南方文坛》主编张燕玲梳理讲述了自己所理解的新南方写作。她认为新南方写作的提法表明了一种地方性叙事的自觉,能够凸显地方性对于文学整体空间建构的价值,亦能指导中国当代作家如何向世界宣讲中国故事。所谓新南方区别于传统的江南,指的是海南、华南、岭南和西南,或称粤港澳大湾区,还延伸到了台湾以至马来西亚、新加坡等地,是一个宏大的地理概念和文化概念。新南方所含括的地区有着相同或相近的文化根脉,有着丰富多元的文化遗存和文化族群,以之为资源的现代汉语写作潜力巨大，充满着无限的可能性。

蒋述卓高瞻远瞩，深刻指出南方以南的文学必须具备新的气质、新的情调、新的趣味。"新南方写作"不是一个小圈子的文学，也不是拉山头和立派别，而是倡导一种文学的革新，意在突破原来的"旧南方"的约束，寻找一种新的文学表达方式和文学风格。自然，这也是继承原来南方经典作家如欧阳山的《三家巷》、陈残云的《香飘四季》、陆地的《美丽的南方》的优秀传统，立足于今日的以粤港澳大湾区为龙头带领的"南方以南"，面向世界，面向未来，创造出中国式现代化背景下的南方文学世界①。

著名评论家、原作家出版社总编辑张陵11月27日在南方日报发表《南方气质和底蕴——读西篱诗集〈随水而来〉》，文中说："最近一个时期，评论家们很热心也很深入地谈'南方文学'。现在读到西篱的诗，我以为，诗人是找到了她和她的诗所归属的南方。诗人自己也意识到自己创作的南方品质……在我看来，这不就是我们很南方的诗歌吗？"

2. 非虚构文学：记录历史、凸显现场

除了新南方写作，非虚构文学也是广东省文学评论界2022年持续关注的热点。非虚构文学创作也叫"第四类写作"，它的含义较为宽泛，一般来说，一切以个人为视角和立场、以现实事件现实元素作为背景和内容的书写，都能称之为非虚构。中国的非虚构文学在2011年左右由南方都市报记者纪许光及一众学者倡导而走向勃兴，秉持"诚信原则"记录时代现实、凸显现场感和客观性、在尊重事实的基础上进行有限适度的艺术创造，是撰写非虚构作品的基本要求。这类作品的价值在于具有较强的现实指涉意义，能够及时地对社会重大事件、时代重要风向做出反应，给予读者的不仅有一般的艺术审美享受，更有切实有效的信息、实实在在的启悟。近几年广东的非虚构创作可谓形势大好，以抗击疫情、建设小康、纪念革命等为主题的坚实厚重之作如雨后春笋般不断冒出。2022年广东省产出的非虚构成果主要有黄国钦的城市传记文学《潮州传》、庞贝的红色题材长篇小说《乌江引》、曾平标的长篇报告文学《向死而生》以及陈启文的长篇报告文学《血脉：东深

---

① 蒋述卓：《倾听新南方的潮声》，《广州文艺》2022年第12期。

供水工程建设实录》。黄国钦的《潮州传》是继叶曙明2020年出版的《广州传》之后问世的又一部"湾区城市传记系列"作品，该系列由广东人民出版社"燧人氏图书"品牌的创立者汪泉策划出版，至今已推出过多部城市传记。《潮州传》史料翔实、文笔流畅，从新石器时代潮州的前身浮滨国写起，直写到建国初期作为历史文化名城、海上丝绸之路重镇和革命老区的潮州，通过描述城市形态、生活形态、经济形态、文化形态四个方面的变革，全方位展现了潮州一地的发展历程。责任编辑汪泉这样评价此部作品："《潮州传》是潮州人的精神图谱、潮州的城建史、潮州商业史、潮州百姓生活史、潮州文化史，更是文字优美、通俗易读的潮州通史。"[①]陈剑晖2022年3月27日在《羊城晚报》A08版发表评论《〈潮州传〉：一部有温度的非虚构作品》，首先介绍了城市传记书写热潮兴起的背景和缘由，接着将黄国钦的写作初衷、写作思路及《潮州传》的总体特色剖露给读者。在他看来秉持非虚构写作的立场、运用了大散文的笔调、以扎实的文献调研为基础，是《潮州传》最主要的特点，而实现了个体与历史的深情对话、把城市写成活的生命体，则构成了这部著作的亮眼之处。

汪泉在策划出版"湾区城市传记"的同时，也着力于研究城市传记这种新兴文体。他撰写学术的论文《什么是城市传记》，[②]系统论述了城市传记的文体界定、书写内容、写作方法，以及写作视角和写作立场。是该文体在国内学界的首位探索者和研究者。

庞贝的《乌江引》2022年由人民文学出版社和花城出版社联合出版，是一部着眼于中国工农红军长征史事的长篇小说，曾入选中宣部"建党百年"主题重点跟踪项目和广东省作协"2021年度重点作品创作扶持项目"。为了写成这部以实为主、虚实相生的意义重大之作，庞贝煞费苦心搜集到了解密的长征密电，并获得了"破译三杰"后人提供的第一手资料，因此《乌江引》成书后具有很高的历史价值，属于一部替红军内部的"无名英雄"立传的作品。该作出版后，广东省作协党组书记、专职副主席张培忠在《南方日

---

① 转引自广东人民出版社公众号2022年1月24日文章《新书 | 潮起潮落共潮生，〈潮州传〉出版》，https://mp.weixin.qq.com/s/D7jLe2qKvnHrxztFPJTcmg

② 汪泉：《什么是城市传记》，《传记文学》2022年第7期。

报》2022年5月5日A07版发表书评《长征故事的崭新书写》予以推介，声称《乌江引》纵横捭阖、气魄雄阔，属于长征故事的崭新书写，其价值在于题材本身、叙事视角、创作初衷都显现出独特性，是一本精彩绝伦、不可不读的上乘佳作。佛山作家苟文彬在《中国青年作家报》发表题为《庞贝〈乌江引〉：用文学书写史诗级英雄画卷》的评论，详细介绍了庞贝的工作经历和他着手写《乌江引》的始末，赞叹他的态度之严谨、构思之精妙，成功将红军中的"无名英雄"的形象雕绘得生动丰满、真切动人。①广州评论家李德南在《文学报》发表《评庞贝〈乌江引〉：求真的写作，也是对作家自我和读者的诚恳》，②对《乌江引》从构思到完成的过程作了清晰翔实的介绍，并从结构和写法方面展开分析，论证了庞贝此作的卓尔不群、不同凡响。

《向死而生》是曾平标为纪念中国共产党成立100周年而作的红色题材长篇报告文学，2022年由人民出版社和广西人民出版社联合出版。为了写好湘江战役这场红军在长征途中遭遇的硬仗，曾平标不辞辛劳多方走访，终于从红军后代和战役发生地老百姓那里获得了珍贵的历史资料，他将书面和口述的资料梳理统合后，放进了精心设计好的写作框架，最终成功地把湘江战役及其相关事件全景式、全方位地呈现出来，完美再现了红军战士们为了信仰、无惧牺牲的伟大革命精神。这部近37万字的宏大著作写成后，广东省作家协会主席、暨南大学文学院教授蒋述卓在《南方日报》2022年4月22日A11版发表《赓续红军精神血脉——评曾平标报告文学〈向死而生〉》，向大众科普了湘江战役的具体情形，说明了《向死而生》的写作缘起与曾平标的良苦用心，盛赞该作不仅文献功底扎实，而且结合作者亲身调查、感受的经验，是一部具有强烈的现场感、生动感和艺术感染力的报告文学杰作，响应了习近平总书记在中国文联十一大、中国作协十大开幕式上的讲话中提出的："文艺要对人民创造历史的伟大进程给予最热情的赞颂，对一切为中华民族伟大复兴奋斗的拼搏者、一切为人民牺牲奉献的英雄们给予最深情的褒

---

① 参见《中国青年作家报》公众号2022年5月5日文章《文学评论|庞贝〈乌江引〉：用文学书写史诗级英雄画卷》，https://mp.weixin.qq.com/s/WpVHUvuoEGphPMrWBK9lyA

② 参见《文学报》公众号2022年6月19日文章《评庞贝〈乌江引〉：求真的写作，也是对作家自我和读者的诚恳》，https://mp.weixin.qq.com/s/YV0aH92gM3qqt2flABmlhg

扬。"红军精神、红色基因经由这样的作品得到了绝佳的保留和传承。

陈启文的《血脉：东深供水工程建设实录》2022年3月由广东人民出版社出版，被誉为首部全景式展现东深供水工程建设者群体楷模事迹的长篇报告文学。作品生动叙述了1960年代来自珠三角地区的上万名建设者在党中央的号召和领导下，为解决香港同胞饮水困难的问题，克服重重挑战，在东江与香江之间搭建起一条调水管线（即东江—深圳供水工程）的故事。本作为被中宣部授予"时代楷模"称号的东深供水工程建设者群体立传，对于宣扬中华民族的奋斗精神和奉献精神，团结香港同胞，提升民族凝聚力，有着非比寻常的意义。作品出版后，迅速引来了全国文艺界人士的关切目光，相关评述文字时常见诸报刊和网络。2022年6月2日，谢有顺的《但见东江送流水》登载于《文艺报》，在文章一开篇就对《血脉》一书给出了功底扎实、文笔从容、情深意长的评价，指明它与那种一味堆砌材料、盲目升华高度的落于俗套的报告文学不可同日而语，它堪称是示范性的佳作，对材料的运用举重若轻、驾轻就熟，该详则详该略则略，体现出有意识的节制，并不一味地求多求全；记叙事件避免机械刻板或杂乱无章，"把水放在生命中、把人放在人群中、把工程放在历史中来写"，不动声色地融合了水的文化与人的意志、精神，写出了人心、人性的力量；陈启文还十分注重观察平凡人物言行中的动人细节，把它们认真地记录、刻画下来，这就使得《血脉》一书既气势磅礴，又氤氲着人间温情。①

全景式纪实巨著《奋斗与辉煌——广东小康叙事》，到了2022年仍发散着炽热的余温、吸引着关切的目光：3月24日，中国作协创研部、广东省作家协会、广东省出版集团联合主办了《奋斗与辉煌——广东小康叙事》研讨会；5月7日，广东作协公众号刊发评介《奋斗与辉煌——广东小康叙事》的组文，包括李敬泽、李炳银、丁晓原、梁鸿鹰、张莉的文章；广东评论家陈培浩和陈剑晖则分别于6月8日和13日，在《文艺报》上发表《书写改革时代的中国故事、智慧和精神》《〈奋斗与辉煌——广东小康叙事〉：气象恢宏的人民史诗》，肯定和礼赞《奋斗与辉煌》的价值和功绩。

---

① 参见《文艺报》1949公众号2022年6月2日文章《陈启文长篇报告文学〈血脉〉：倾情抒写新时代的"国之大者"》，https://mp.weixin.qq.com/s/3LbwHG8o9kJydcE8NTnZDQ

3. 生态文学：拥抱自然，回归本色

广东评论家2022年集体关注的第三个热点命题是生态文学。生态文学在广东的兴起及受到评论研究者的关注，是一件自然而然的事，是整个广东文学界生态意识、环保觉悟提高之后必然会发生的事，而并不是一种肤浅的对于文学新潮的盲目追逐。

谈到对生态文学的重视与支持，清远市可谓走在整个广东乃至于全国的前列。清远诗人华海（原名戚华海）是生态诗歌的主要倡导者和践行者之一，迄今已出版《当代生态诗歌》《生态诗境》《华海生态诗抄》《静福山》《一声鸟鸣》《红胸鸟》《蓝之岛》等多部诗著，其生态散文诗集《红胸鸟》曾荣获"2021年度十佳华语诗集"称号，其生态诗作《小海》则作为文学写作范文，被收入2022版国家精品课程教材《写作教程》（小教版）。2022年8月23日，首个"中国生态诗歌之城"授牌仪式暨清远第四届生态诗歌笔会在清远市区江心岛举行，逾20名来自国内高校的教授和知名诗人、媒体人线上参与授牌仪式并展开研讨。中国诗歌学会副会长欧阳江河为清远颁发了国内首个"中国生态诗歌之城"荣誉牌匾。清远评论家邹天顺的《生态诗歌激活了潜在的逻辑表达》一文发表于《文艺报》2022年7月11日，该文说明，生态诗歌激活了清远文学潜在的逻辑表达，并有三个明显的运行轨迹：一是随着诗歌抒写的生态内容亮出了语言表达的自然本色；二是描绘自然生态美景的诗歌彰显了语言的动态之美；三是表达思维的多样化与个性化在生态写作中做到了有机融合。曾新友、华海、马忠等诗人凭借其对诗歌的虔敬与对自然的喜好写出了本色之诗、优美之诗，在他们的努力下，生态诗歌已经成了清远的一张名片、一块招牌。《当代作家评论》2022年第2期登有蒋述卓、张琴的《华海生态诗歌的审美空间》一文，这篇文章确认了华海为中国生态诗歌走向繁荣所作的杰出贡献，有理有据地阐明，华海的诗歌在自然空间中融入了独特的生命体验、对生之意义的沉思和追寻，由此自然空间就完成了诗意的升华，与诗人的生命意识与生存经验切实能动地产生了审美共振。华海还在其生态诗歌的空间想象、空间建构中含纳了他对于现代性景观的反思，他主张："生态诗歌是工业文明积习的一种文化现象，在现代生态文明观下可以从正题和反题两个方面来进行汉诗写作。"正题书写即是对

自然、生态的歌颂、对人与自然和谐关系的重构，反题书写则是对生态毁坏、大地失落的挞伐和哀悼，呼吁生态乌托邦的降临。华海使用互斥性的语言构造矛盾的意象，搭建其生态诗歌的悖论空间，这样的空间往往具有强烈的审美张力，能够震撼读者，引领他们沉浸到与生态、生命相关的思索中去。①

2022年6月22日，第一届粤港澳大湾区公益文化论坛——申平生态小小说集《马语者》线上研讨会召开，全国共26位评论家、作家参会，包括广东本省的于爱成、周思明、刘帆、胡玲、雪弟等。惠州作家雪弟在其《〈马语者〉：生态文学的动物样本》（《文艺报》2022年5月6日）一文中，将申平的小小说选集《马语者》概括为生态文学的动物样本，认为申平对动物小小说有首倡之功，并在30多年的漫长岁月中通过不懈地笔耕，使自己成为了动物小小说创作的招牌式人物。他的《马语者》一书收录了《中国狼》《芒来的儿马子》《城市上空的乌鸦》等杰出篇目，每一篇都对人与动物的关系进行了深刻辩证的思考，试图借由展露人与动物、人与自我之间的矛盾冲突，提醒人们反思和改变不合理的人类中心主义观念和破坏自然戕害动物的行为，向往天人合一、万有和睦的理想境界。

蒋述卓2022年11月21日在《中国社会科学报》上发表了评论文章《生态文学的时代价值与文化意义》，从宏观上考量生态文学，对其兴起的合理与必然性作了简明扼要的解释，进而总结、肯定了这类文学的价值和功绩，并对将来广大作家如何创出更好的生态文学力作提出了构想和建议。蒋述卓认为中国乃至世界走入人与自然和谐共生的现代化发展路径是应然之举，因此生态保护理念深入人心也就成了大势所趋，生态文学正是在这样的背景下开始蓬勃兴旺的。需要注意的是，并不是所有写到自然风光、生态环境、动物植物的创作，都有资格被定义为生态文学，真正的生态文学必须体现出作者对于自然的喜爱和亲近、始终以平等和尊重的态度对待自然界的一切，并且对人与自然的健康关系有所思考和追求。当然，只将目光盯着自然，尤其是那类桃源仙境般、与烟火人间关系微弱的自然环境，这样创作出来的生态文学也有局限，所谓生态文学不该只赞颂原生态自然之美，更应该反观人类社

---

① 蒋述卓、张琴：《华海生态诗歌的审美空间》，《当代作家评论》2022年第2期。

会的现有形态、人们当下的生产生活方式，发现其与生态友好观、可持续发展观的相悖之处，予以质疑和批判。继续在描写生态系统多样性方面下功夫或许是生态文学作家在未来应该用力的方向，讲好中国保护自然、应对全球气候变化的故事，向世界展现可信、可爱、可敬的中国形象，亦是中国的生态文学创作者需要牢记的责任。

陈鹭和陈剑晖撰写的《整体性视域下的生态散文及其生态伦理》（《东吴学术》2022年第2期）也是一篇聚焦生态文学的优秀评论，此文指出，生态散文与一般意义上的散文写作的不同在于它是一种"自然、社会、精神、文化、生态意识与思想和文学审美相融共生的文学"，唯有自觉运用了生态学理论思想、对自然、社会、精神、文化四个层面的生态伦理有所考量和建构，并且确实是把表达正确的自然观、生态观当成了职责和诉求，这样写出来的散文才不愧为生态散文。若非如此，则只能称作写景散文，许多传统的写景散文作品诚然也以其优美的文笔描绘了如诗如画的大自然风光，并蕴含着亲近自然、厌离俗世的思想旨归，但它们比之1990年代中期以后兴起的、明显受了系统的生态哲学、生态伦理思想影响的散文创作，其对自然生态的体验和感悟是浅显和零碎的。生态文学和美学到了新时期以后渐入佳境，从整体上考察当代生态散文，它的主题指向主要有以下几个方面：其一，审查、反思人与自然的关系。其二，凸显强烈而自觉的生态危机忧患意识。其三，关注文化生态和人类普遍的精神生态。生态文学的崛起促使我们重新认识文学的功能，拓展了文学表现的疆域，使文学重归严肃、获得神圣感和敬畏感，这类文学必将随着时间的推移发挥出更多有益的效用。

新冠肺炎疫情以来，人们的生态意识、生活方式、社会心理、价值观念等发生深刻的变化，政治、经济、文化、教育等呈现新走向，生态文明面临新挑战。陈希《冲击与挑战：后疫情时代的生态文化建设》则是关于后疫情时代文化建设的访谈。访谈概括和论述疫情带来的深刻影响和变化，论析和提示我国防疫政策措施的调整和变化。这些生态文化新发展、新变化、新挑战的分析和论述，切合实际，独到深刻，富有前瞻性和启发性，很多是学界首次发声。陈希特别指出，疫情让我们加深了对人与自然和社会关系的认识。生态文化不同于一般意义上的自然山水文化，不仅关注"人与自然的关系"，注重人与自然和谐、美美与共的美学思想，而且要表达"人与自然的关系应该是怎样的"，道家"以道观物"的整体主义思想和非人类中心价值观、思维方式，与西方现代生态文明理论，尽管在出场语境和意义指向有别，但有异曲同工之妙。优秀传统文化是我们文化自信的底蕴，蕴含创造性转化的现代因子，中国生态文化建设大有可为[①]。

五、求真务实，激浊扬清，剜烂苹果

陶东风2022年继续关注见证文学、文艺理论以及社会文化，他本年度发表的文章有《论见证文学的真实性》（《文学评论》2022年第1期）、《代际视野下的当代中国文艺学知识生产》（《中国文学批评》2022年第1期）、《超越集体主义与个人主义的二元对立——对"集体记忆"概念的反思》（《文艺理论研究》2022年第4期）和《论大众文化时代的"假肢记忆"》（《现代传播（中国传媒大学学报）》2022年第9期，吕鹤颖为第二作者）等。他的评论选题多样、学理性强，既有学术的深度又有思想的锐度，更有人文的温度，总能将对文学、文化的思索与对现实的观察和理解结合，总能凭借清晰的逻辑、精练的文笔将复杂的事物抽丝剥茧、揭出本质。《论见证文学的真实性》一文从文学与犹太大屠杀的关系说起，对纪实与虚构怎样定义、如何划清边界等问题做了深刻的思考与精到的阐释。陶东风指明，传统观念一般认为拒绝虚构、坚持实录是见证文学的基本原则，但随着时代发展，后现代主义、后结构主义思想影响了人们对文学真实性的理解，见证文学里的真实便由客观真实朝着主观真实以至于超现实的方向拓展。完全的客观记述既不可能做到，也未必就能增添文学的可信度和现场感，真正的见证文学不仅要记录实事，更须托出个人在面对现实事件时的真切感受、真实反映，唯有写作者具备成熟的写作技巧才容易写出这样的文学作品。[②]

周思明在《文学自由谈》2022年第6期发表《批评何以被批评》一文，直言不讳地揭出当下的文学批评暴露出"学养断供，东拉西扯；言必称西，

---

① 陈希：《冲击与挑战：后疫情时代的生态文化建设》，《生态文化》2022年第4期。
② 陶东风：《论见证文学的真实性》，《文学评论》2022年第1期。

主体阙如；匮乏真诚，拿腔捏调；丧失良知，甘为'钱奴'；趋炎附势，朝论夕改；心存杂念，为'情'而评；尽说好话，只愿栽花；言不及物，假话套话；看人下菜，如变色龙"①等缺点，这些缺点的产生与文学批评的土壤出了问题有关，而当下的文学批评时常不尽如人意，时常"被批评"，原因即在许多批评家看不到或不愿承认其批评存在上述缺点。中国文学批评要想走出阴影和误区，需要广大批评家坚守底线、求真务实，不虚美不隐恶，永远与真实、真相、真理站在一起。

胡传吉2022年专注于小说评论，发表的文章有《"尽美矣，又尽善也"新解——论魏微小说的美学风格与诗学理想》（《文艺争鸣》2022年第1期）、《"尤利西斯"的"大影子"——论薛忆沩的〈"李尔王"与1979〉》（《南方文坛》2022年第2期）和《格非的小说巫术：理性与神秘主义之间的悖论》（《中国当代文学研究》2022年第4期）等，既彰显着学院派批评家扎实的理论功底，又现露出一种以直觉触及小说文本灵魂内核的超凡的审美感悟力。对于当代小说了解不多、难以窥其堂奥者，如若有幸能读到胡传吉的评论文字，必定会深受启发，豁然领略到文学世界的精彩风景。《"尽美矣，又尽善也"新解》一文借《论语·八佾》中所引孔子说的"尽美矣，又尽善也"一句作为开场白，对"美"与"善"之关系做了一番辨证梳理，接着便开始探析魏微小说的审美特征，指出"深情"是其小说最突出的美学风格，而"沉默"则是其小说之"善"的绝佳体现。所谓深情指的是魏微常从个人、自我的角度出发，以情叙事、坦承真情实感，所谓沉默则指的是魏微常借助小说中人的沉默和作者自己的沉默，表达正误之辨、显示不忍之心。魏微小说以其美善合一而晕染出一股"暧昧"的诗学气氛，此暧昧既源于混沌复杂，又喻示着理解包容，造成了其小说独特的魅力。②《"尤利西斯"的"大影子"》一文说明，薛忆沩的《"李尔王"与1979》是一部突破自我之作，该作既致敬了经典、实现了与经典的隔空对话，同时又在一个封闭的叙事空间内竭尽所能充实各种细节、增添多样意蕴，如此这

---

① 周思明：《批评何以被批评》，《文学自由谈》2022年第6期。

② 胡传吉：《"尽美矣，又尽善也"新解——论魏微小说的美学风格与诗学思想》，《文艺争鸣》2022年第1期。

部"家庭戏剧"式的作品便营造出了繁复厚重、融通古今中外的观感。这部著作以其进退自如的文体混用、高度精练的语言、对象征隐喻手段的娴熟把握，令人不由得想到贝克特、品特、乔伊斯等现代主义大师的创作，证明着薛忆沩较之以往获得了明显的进步。[①]

杨汤琛2022年撰写的评论主要有《甲午前晚清官绅"商务"观的嬗变——以晚清域外日记为中心》（《广东社会科学》2022年第4期）、《抒情的秘术及其风度——冯娜诗歌论》（《粤港澳大湾区文学评论》2022年第4期）、《逝水边的尤利西斯——黄金明〈时间与河流〉的时间书写与抒情方式分析》（《粤港澳大湾区文学评论》2022年第6期）等，可见她仍维持着对于诗歌及晚清思想文化的关注兴趣，稳扎稳打、稳步前行。她的评论语言质朴简练、明白易懂，观点明晰，逻辑性强，让人阅读起来感到如行云流水般畅快，在顷刻间便能对一些高深的审美或学术命题心有所悟。在《抒情的秘术及其风度》中，杨汤琛阐明广州诗人冯娜的抒情诗之所以优美动人，主要是缘于她有着天马行空的想象力，能够根据表达需要自如地创造和运用意象，另外也源自她擅长使用悖论性语言，时常通过否定性词汇塑造悖论性的情境，使诗歌变得富有层次感和启发性，充满了思想的张力。冯娜可谓是个"通灵者"，她对世间万物有着非凡的感悟力，能与动物植物乃至整个大自然混融为一，客观景物与主体心象相辅相成、同构共生，这时她的诗作超越了一般的写景诗。随着阅历的增长、技艺的成熟，冯娜的抒情诗中还隐现出一个沉思的主体形象，这意味着她的创作逐渐做到了感性与智性的平衡。[②]《逝水边的尤利西斯》一文，多角度全方位解读了广州作家黄金明的诗歌《时间与河流》，文章指明，《时间与河流》既具有抒情牧歌的单纯真挚，又具现代诗复合与悖论的张力，诗人将抒情对象确定为无形又无尽的时间，使得其写作极具难度，而在具体的写作过程中，诗人找到河流这一现实物象作为时间的同构体与客观对应物，通过对河流之自然特性及相关寓言典故的描摹与摘引，使时间变得可感、生动，以此指引读者感受时间的流逝、

① 胡传吉：《"尤利西斯"的"大影子"——论薛忆沩的〈"李尔王"与1979〉》，《南方文坛》2022年第2期。
② 杨汤琛：《抒情的秘术及其风度——冯娜诗歌论》，《粤港澳大湾区文学评论》2022年第4期。

意识到现代人精神家园的失落。借助其灵活巧妙的笔触，诗人向读者揭示了现代时间自我提问、自我反对的内在悖论以及突然裸露的唯物性，他一面将归乡无望的悲剧性处境剖露出来，另一方面又执着地追忆、缅怀着田园时代，阅读其作有助于我们反思文明的进程，在永逝的时间之流中发见真正永恒的东西。[①]

佛山评论家朱郁文2022年写有《一个人的深圳史——谢湘南论》（《粤港澳大湾区文学评论》2022年第4期），从整体上观照、评析了曾获第七届广东省鲁迅文学奖的诗人谢湘南的创作，将后者的诗歌与深圳这座城市的映衬关系，以及为何会形成这种关系解释得十分透彻。朱郁文在此文中指出，无论是早期的打工诗歌还是晚近的城市诗，谢湘南的写作总与深圳这座城市保持着千丝万缕的联系，他对于深圳不是简单地歌颂或批判，而是冷静地观察、细心地体会，将许多不曾为人注意的生活细节勾勒而出，试图将深圳复杂的城市面貌、多义的城市品格原原本本地呈现出来。他的写作十分注重给予底层民众温情的注视、真诚的关怀，社会是由人所构成的，一座城市的发展历史其实就是无数个平凡卑微的个体的奋斗史，经由关怀个人、把握瞬间，谢湘南将深圳写得活灵活现、生机盎然。他当然也会与一般的从乡村进入城市的打工人一样，置身城中常常产生异己感，泛起难以排解的乡愁，但他最终没有逃离深圳，这是因为这个城市里有着让他依恋的东西，通过诗歌这一媒介，他慢慢发现在冷峻的表象之下，"深圳的每个毛孔里都有诗"。

蒋述卓在《中国文艺评论》2022年第5期发表《文化理性与潮汕精神——评长篇小说〈平安批〉的文化书写策略》，深度解析了广东省作家协会副主席陈继明创作的长篇小说《平安批》。《平安批》出版于2021年，以侨批——即海外华侨邮寄给国内亲人的书信——为切入点，书写了一段潮汕侨商"下南洋"的奋斗史，属于广东省作协举办的"改革开放再出发"作家深扎创作活动促生的产品。2022年4月23日，由中宣部指导，中国图书评论协会组织评选的2021年度"中国好书"揭晓，《平安批》光荣入选，名列文学艺术类榜单之首。《文化理性与潮汕精神》一文对陈继明的写作思路及

---

① 杨汤琛：《逝水边的尤利西斯——黄金明〈时间与河流〉的时间书写与抒情方式分析》，《粤港澳大湾区文学评论》2022年第6期。

《平安批》的文化价值做了详细介绍，称赞《平安批》巧妙地以侨批作为线索，勾连起华侨群体远赴海外艰难创业的波折经历以及他们始终眷恋祖国、心怀故乡、牵挂家人的拳拳之心，在扣人心弦的情节推进过程中，展现了潮汕侨民身上所继承的优秀中华文化和民族精神，将他们他们重视品德和知识、敢闯敢干、勇于探索未知的智慧和勇气烘托得淋漓尽致，并对卓异特出的潮汕文化做了细致勾勒和理性思考，对潮汕精神的传承起到了实际的有益作用。①

2021年11月，广州作家梁凤莲耗时三年创作的广东音乐题材长篇小说《赛龙夺锦》由花城出版社出版，2022年7月12日，广东文艺评论家协会公众号对这部著作进行了详细解读和热情推介，②梁凤莲本人介绍自己写作想法和过程的文章《本土文化的文学呈现——关于广东音乐百年史与长篇小说〈赛龙夺锦〉》，7月25日由该公众号推送。梁凤莲在文中介绍："《赛龙夺锦》是一部以传承、弘扬地方文化为主题的历史小说，对历史感的把握必须放在重要位置。"只有把握住了历史感与地方性，真实的集体记忆才得以留存，宏阔而厚重的叙事才能够展开。广东的本土音乐源远流长，具有岭南生存智慧造就的艺术神韵和别具一格的生活哲学带来的艺术特色，《赛龙夺锦》致力于为广东音乐的百年历史立传，为广东音乐的创始人和继承者立言立像，该作借助描写一个家族的沧桑步履和心路历程，将音乐人群体的离合悲欢、艰苦遭际与执着追求编织成锦缎，将时代风云、地域文化与音乐的发展流变结合起来，写出了百多年来广东人的生活情调和生存真相，揭露了广东文化的精髓所在，更证明了粤地文化勃兴对于中国命运改善的重要。如果说《赛龙夺锦》获得了成功，那是因为它扎根本土、真正汲取到了本土文化的滋养，因此才出落得枝繁叶茂、光彩夺目。③

---

① 蒋述卓：《文化理性与潮汕精神——评长篇小说〈平安批〉的文化书写策略》，《中国文艺评论》2022年第5期。

② 参见"广东文艺评论"公众号7月12日文章《品读推介 | 〈赛龙夺锦〉描绘的近代音乐人群像》，https://mp.weixin.qq.com/s/lu2XvcN0akUpKx6W2RMAIA

③ 参见"广东文艺评论"公众号7月25日文章《品读推介 | 梁凤莲：本土文化的文学呈现——关于广东音乐百年史与长篇小说〈赛龙夺锦〉》，https://mp.weixin.qq.com/s/YE3jX4OEv89s0jDgtFtYmg

　　《赛龙夺锦》出版后，徐诗颖、王丽华分别发表《沙湾之音，香飘四海——从"湾区-全球"视角评梁凤莲〈赛龙夺锦〉》（《名作欣赏》2022年第5期）和《半是烟火半清欢——读梁凤莲小说〈赛龙夺锦〉》（《罗湖文艺》（双月刊）2022年第5期）。徐诗颖独具慧眼，《沙湾之音，香飘四海》一文打破了以单纯的地域性写作的视域来审度梁凤莲新作的寻常思路，指出《赛龙夺锦》一作体现出跳出本土、以海洋性的眼光来反观本土的自觉，梁凤莲并没有就广东音乐写广东音乐，而是高明地将她的写作对象放置在"湾区-全球"这一大的互动视角中进行审视和定位，这样一来，虽然她所述说的仅是发生在原籍为沙湾古镇的一个家族身上的故事，却能够自然而然地以小见大，成功显现出中华民族对家园故土、民族和文化的认同感与归属感，她对广东本土音乐的内蕴和价值也就能够解读得十分精准和深刻。《赛龙夺锦》写的主要是以何氏家族为代表的沙湾人栖居沙湾水乡及走出沙湾水乡、去往全国乃至世界各地的生活经历，"肉身离乡-精神还乡"是其潜在的叙事架构，何氏家族的新生代何八月成长于海外，按理说对祖国故乡的文化应该完全陌生，但家乡的音乐却天然使他感到亲近，令他不自觉地踏上了文化寻根的旅程，透过他的视角，广东音乐相较于西洋音乐的独异之处和魅力所在袒露无遗。[①]《半是烟火半清欢》一文，对《赛龙夺锦》的主线剧情及主要亮点做了简要而准确的介绍，对小说中提及的广东音乐作品也做了梳理统计，作者认为，梁凤莲凭借她对广东历史文化的熟稔，找到了广州的番禺沙湾这一广东音乐的发源地作为小说背景，把沙湾的风土人情刻画得活色生香，这赋予了《赛龙夺锦》这部小说丰厚的底蕴和非凡的魅力；梁凤莲选择沙湾的何氏族人作为自己的书写对象，采用了群像式的写法，雕刻出了多个有血有肉的广东音乐人的形象，记述了发生在他们身上的精彩故事，这则促使这部小说既呈现出波澜壮阔的整体风貌，又充满着活泼有趣的微观细节，依靠精巧的布局引人入胜。[②]

----

　　① 徐诗颖：《沙湾之音，香飘四海——从"湾区—全球"视角评梁凤莲〈赛龙夺锦〉》，《名作欣赏》2022年第5期。

　　② 王丽华：《半是烟火半清欢——读梁凤莲小说〈赛龙夺锦〉》，《罗湖文艺》（双月刊）2022年第5期。

2022年3月25日，由中国作家协会《文艺报》社、广东省作家协会共同主办的王威廉、南翔、蔡东小说研讨会在广州举行，南翔和蔡东各自于2021年推出的短篇小说集《伯爵猫》与《月光下》，同王威廉的《你的目光》一起被列为研讨对象。阎晶明、梁鸿鹰、李晓东等专家与张培忠、刘春、贺仲明等广东评论家采用线上线下结合的形式参与讨论，南翔小说对时代脉搏的准确把握和精湛的艺术表现、蔡东小说中独特的知识分子视角、女性情怀、对人情世故的透彻理解，受到与会者们的一致赞赏。2022年广东评论界对于南翔、蔡东的品评文章有：于爱成的《日常诗学，或情绪的传记——南翔〈伯爵猫〉简析》（中国作家网"十号会议室"栏目2022年3月15日）、杨璐临的《日常生活中的深沉和爱意》（中国作家网"十号会议室"栏目2022年3月15日）、申霞艳的《她在人间仰望星河——浅谈蔡东短篇小说〈月光下〉的叙事美学》（《南方日报·南方+》2022年9月4日）。

评论家于爱成在《日常诗学，或情绪的传记》中指出，《伯爵猫》这部短篇小说集可算南翔新近写作探索的结晶，从其中我们可以看出他超越了前期在知识分子题材、"文革"反思题材以及自然主题题材创作之间的游移与彷徨，找到了新的专注方向，即思索、阐述人所面对的生存与存在的根本困境。《伯爵猫》所收录的小说其情节大都涉及人生在世必然会遇到的情感、伦理方面的问题，可以说南翔通过将人物置于既日常而又魔幻的情境，将现代人所面临的艰难的物质或精神处境展露在读者眼前，其目的是为了引领读者透过现代性的表象参悟生活、反思人性。南翔的小说乍一看似乎结构松散，但这并非他写作漫不经心所致，而是为了进行文体结构创新的刻意为之，这样的散文化小说形散神不散，在纷繁的叙事线索背后往往可以窥见确切的明主题与暗主题。我们不妨将南翔独特的处理小说情节的手段称作"南翔手法"，而借助这种手法的运用，他将小说写成了独具个性的"情绪的传记"，其对整体氛围、情调的营造及对人物心理活动的开示已臻于炉火纯青。语言上的亦中亦西、偏于书面化、带给人文雅渊博之感也是其小说写作的特色。

杨璐临的《日常生活中的深沉和爱意》一文肯定了南翔小说叙事的流畅纯熟。她指出初读之下，《伯爵猫》《乘三号线往返的少妇》《钟表匠》

《玄凤》等篇目似乎都可划归于"问题小说"，但它们又与传统意义上的问题小说明显不同，因为南翔在暴露与批判社会问题之外，将"普世的文化尺度"定为小说的价值标高，这决定了其小说必然会承载丰赡的文化意蕴和浓厚的人文关怀，并不会停留于对单一问题的思考与解答。打通历史与现实、虚构与非虚构、自我经验与父辈经验之间的障壁，始终是南翔不变的写作追求，他正在按照自己划定的路线不断跋涉，而我们从他的小说中将能读出对时代、生活和自我的越来越深的体悟。

申霞艳的《她在人间仰望星河》一文带我们领略了深圳作家蔡东荣获第八届鲁迅文学奖短篇小说奖、登载于《青年文学》2021年第12期的短篇小说《月光下》的风采。文章先是称赞了《月光下》及蔡东其他小说在命名上的别致和诗意，接着又对蔡东对景色、风物、空间等的敏锐感受、恰当把握做了重点提示，肯定了她的文学造诣及认真的写作态度。在申霞艳看来，她的小说之可贵就在于并没有凭着先入为主的刻板印象来刻画现代化城市，亦没有凭着陈腐的道德理念来批判城市中的种种现象，她一方面并不讳言城市生活会给人带来孤独和迷茫的情感体验，另一方面却又常常能发现冷漠与孤独之下蕴藏着的温暖与温情，她善于捕捉、定格日常生活中细微的美好及善意，把这些美好和善意传达出来，慰藉读者的心灵，是她创作的一大目的，也是其小说受到广泛欢迎的最主要原因。

青年作家路魆2022年推出了充满奇异想象和深刻内涵的长篇小说《暗子》，6月25日肇庆市文艺评论家协会、肇庆学院文学院针对此作联合举办了研讨会，会议由肇庆市文艺评论家协会主席黎保荣主持，多位广东评论家参会并发言。暨南大学教授贺仲明认为路魆已形成一定的创作个性，他的小说想象力丰富、具有较强的思想性、显示出成长小说的独特色彩，继续深化和丰富思想内涵、提高创造性应是他今后的任务；中山大学教授谢有顺指出路魆的小说具有自觉的现代观念，使用了世界主义的写作手法，尤为可贵的更在于执着追问并最终洞悉了人类困境的成因，他当下的成果令人欣喜，日后的发展更让人期待；中山大学教授林岗评价《暗子》就像一个迷宫，作者对各种元素、各个文类手到擒来的自如应用令人眼花缭乱，小说蕴有丰富的哲思，但同时也给人以纷乱驳杂之感，或许接下来路黑魆应思考如何保持小说底色的纯一；黎保荣最后作了总结发言，他发现《暗子》具有三层逻辑结构，对人之存在的终极命题展开了层层追问，显现出元小说或元叙事特征，具有"异类的虚无"这样的独特价值。

肇庆青年作家聂怡颖（三生三笑）所作现实主义长篇小说《我不是村官》2022年4月由花城出版社出版，该作以大学生村官顾晓楠为主角，讲述了她逐渐认清自己的身份和职责，并渐渐与自己的家族达成和解的故事。该作问世后，杨克、陈剑晖、陈启文、杨黎光等广东评论家对其进行了积极评介。中国诗歌学会会长、广州诗人杨克在《乡村女性族群的新时代形象》一文中声明《我不是村官》是网络作家写作的一大突破，它比之一般的网络小说，写实的部分多于虚构，更加贴近真实生活，直抵社会基层，展现了新时代女性的精神气质，在保持了网络小说叙述流畅情节精彩的优点之外能予人启发和激励，堪称佳作。华南师范大学教授陈剑晖写下《勾勒本土人家鲜活生活图景》一文，称赏《我不是村官》展现了粤北乡村的自然风光和风土人情，勾画出广东本土的鲜活的日常生活图景，氤氲着浓郁的南国气息，而该作品故事架构富有意义、具有明确的正面价值指向，更是其优长所在。广东省作协主席团成员陈启文在《一曲新时代的青春之歌》中肯定《我不是村官》干净明快、充满阳光，情节一波三折且合乎现实逻辑，人物则血肉丰满且不断由青涩转向成熟，堪称是一曲新时代的青春之歌，如若作者的文笔更具一点纵深开掘的穿透力则更加完美。广东省作协副主席杨黎光写有《真实的感染力——读长篇小说〈我不是村官〉》，他看重的是《我不是村官》这部小说的朴素坚实。他认为该小说的故事无非家长里短，要想写好殊为不易，但由于作家沉入了生活，对自己所要书写的人物事件谙熟于心，所以写出来的每一个片段都具有真实的感染力，充满着生命的温度和作家向上的情感。

佛山作家魏强2022年出版长篇小说《大凤来仪》，该作以新中国成立到改革开放后的广东顺德作为背景，叙述了主人公谭志远的创业经历和情感纠葛，以及谭氏家族的百年变迁、岭南工业的发展历程，充斥着浓郁的岭南风情。陈希、钟晓毅、周西篱、汪泉等参加小说首发式和研讨会。陈希高度评价顺德工业题材小说的价值和《大凤来仪》的意义，肯定小说的题材、叙事和地域文化特质。钟晓毅在广东作家网发表《顺德工业文学的赓续之作》，称赞《大凤来仪》的选题富有意义，为百多年来积极参与工业化建设、为祖国走向繁荣富强立下汗马功劳的顺德作了传记，记录和肯定了勤劳的顺德人民矢志创新、艰苦奋斗的功绩。魏强很早便从陕西来到了顺德，身为奋斗在顺德工业文明一线的产业管理人员，他对顺德工业化发展的理解和感悟是深入和透辟的，并不是浮光掠影式的，这决定了近35万字的《大凤来仪》干货满满，对产业工人爱恨悲欢的记叙活灵活现，颇具现场感，对家电等行业在顺德如何起步、怎样兴盛也爬梳得清清楚楚。此部小说不愧为优秀扎实的现实主义著作。周西篱则在《羊城晚报》8月14日A06版发表《北方人能不能写好南方故事？》一文，肯定了原籍陕西的魏强对南方文化把握到位，以南方城市为背景写出的故事真实感人。西篱认为，魏强撰构的南方故事毫无违和感，这不仅得益于他自20世纪90年代起就迁居广东顺德，业已完全适应了南方的风土人情，更可归因于他秉持着正确的写作观念，即始终以理性和谨慎的态度来看待和处理题材，并不会随性而往，以过重过多的自我意识、主观想法来统摄创作。魏强带着强烈的使命感，详细了解了顺德工业百年来的发展历程，对顺德人的生活细节进行了细密的观察，在叙述方面则尽量采用"接近自然主义的开枝散叶的叙事结构"，所有这些都使得《大凤来仪》等作品表面看起来粗粝朴拙，内在却牢牢把握住了现实主义创作的精髓。汪泉则认为魏强的小说将顺德工业文学的时代性展现了出来，即从改革开放后外来文化和本土文化的碰撞交融后，在工业文学中得到较为生动的文本展现。

深圳作家吴君的长篇小说《同乐街》2022年8月3日通过了"改革开放再出发"深扎作家作品终审会的评审，9月份由花城出版社出版。该作描述了深圳原居民陈有光一家与社区干部钟欣欣之间的摩擦与和解，表现了底层民众和基层干部在大时代洪流中的成长与蜕变，反映出改革开放的必要与伟大。广州评论家陈培浩的相关评论《吴君长篇小说〈同乐街〉：两种文学传统的交融》发表于11月26日的《文艺报》，该文指出，《同乐街》同时继承了"人民文学"与"人的文学"两种写作传统，所谓"人民文学"传统即含括了左翼文学、革命文学或狭义的社会主义文学的、强调文学介入现实、发挥教育民众之功能的文学写作传统；所谓"人的文学"传统则指涵盖了1980

年代以来的启蒙主义、人道主义、先锋主义文学的、强调文学反映人的内心体验、发挥人文关怀功能的文学写作传统。两种传统表面似有矛盾之处实则却是相辅相成，吴君在创写《同乐街》时就通过巧妙的设计，将两种文学传统有机结合了起来，使个体细小的美学体验和集体宏大的历史视野共存同构，对文学的个人性与人民性都做了很好的诠释。

世宾2022年出版诗集《交叉路口》，收入近年创作的100首左右优质诗歌，代表着他30余年创作生涯的结晶。诗集分享会7月21日在黄埔举办，世宾表白了自己的创作理念及心得，声明他作诗是为了建构一个既与现实世界有所关联、又能为人提供心灵栖居之所的诗意世界，著名诗人黄礼孩、赵绪奎、安石榴等各自抒发了对于世宾诗作的阅读感悟，黄金明、龙扬志等广东评论家也对世宾诗集进行了深入浅出的解读。之后，广州诗人安石榴的《追逐内心世界的人——世宾及其诗歌》、暨南大学副教授龙扬志的《"交叉路口"的观望》、广东省作协散文创作委员会副主任黄金明的《光以及光源的缔造者——世宾诗集〈交叉路口〉阅读札记》等评论，相继发表于广州市黄埔区作家协会公众号"埔上行"。[①]安石榴在《追逐内心世界的人》中宣称，想要理解世宾的诗歌我们需要先了解他到底是怎样的一个人，世宾始终关注、关心人类生命的意义和价值，这并不是一种为了创作优秀之作的刻意而为，而是由于他的内心本有一股正气，他时时都有为社会、世界正本清源的冲动。他把新诗集的名字确定为《交叉路口》，这或许就是为了指引人们看到当今世界的破碎和撕裂，提醒人们当下已到了澄清和决断的时刻。这部诗集中的篇章"充满了人文主义、观念思考、价值重塑"这些内容，他素来有着剖视内心、自我反省、追逐真理的习惯，而他写出的诗篇自然也充斥着严肃的探索和追问。龙扬志《"交叉路口"的观望》指出，很多时候诗歌的价值正在于它可以使世俗中人与其所置身的时代拉开些许距离，这样人就不会被这世界五光十色、光怪陆离的表象所迷惑，而是能够透过表面去审视和思考许多事物的本质，发现应该坚守和值得警惕的东西。世宾收于《交叉路

---

① 参见"埔上行"公众号2022年7月25日和7月29日条目，https://mp.weixin.qq.com/s/PSNeCoMTdBcEtcErkBdpdw; https://mp.weixin.qq.com/s/sJhH0vpHTzUUVBeyFYOJ_Q; https://mp.weixin.qq.com/s/eb6F9hlDUlm7EZAbhPwNsw

口》里的诗作表达了他对时代的一种观察、对时代与自我之关系的感悟，当然其中亦有许多描摹他者的篇目，但世宾写他者也是为了把他者的处境拿过来与自己对照，更深入地认识自我。冷静地审查内在与外在世界，试图洞悉人活于世的终极真相，世宾创作的诗学意义正是由此产生。黄金明的《光以及光源的缔造者》一文称赞世宾在一个碎片化的时代坚持完整性写作，在一个科技主义的时代坚持以写作倡导人文精神，难能可贵。首先他仿照古人的托物言志，写出来的诗作都言之有物，但又不拘泥于物象或事件本身，而是能够由浅入深、由此及彼，从寻常的景致中觉出非常的体验。其次他常能从日常经验中洞察到现实的本质或时代的征候，借助疾病、死亡等意象隐喻人类面临的危机，指引读者对世界和人性展开严肃深沉的反思。再次世宾对语言文字的应用也十分出色，他对声音和光线有着超乎常人的敏感，收入《交叉路口》中的《谛听鸟鸣》《光从上面下来》等作就极具听觉性与视觉性，给人以美感享受的同时体现了世宾对理想生活的渴望、召唤与追寻。

西篱的诗集《随水而来》出版于2022年，收录西篱诗歌99首。这些诗作别具匠心地捕捉到了自然光景的细微流动，寓情于景，使灵魂与自然的旋律交响合奏。广东作协理事、诗歌委员会副主任唐德亮在中国作家网2022年10月27日发表《西篱诗集〈随水而来〉：诗歌的动态奇幻之美》，此文开宗明义地指出，动态奇幻是西篱诗集《随水而来》的最重要的美学特色，阅读集中作品，我们能轻易地察觉到西篱十分擅长捕捉流动的情绪和景观，她刻画的光、水等流体的形态惟妙惟肖，更难得的在于她能将现实事物与缥缈情思的流淌跃动融合为一，读者欣赏其诗不仅能品味到表层的动态美、空灵美、奇幻美，亦能透过表层体会到西篱寄寓于诗的浓烈的情感或深邃的思想。①

评论家向卫国发表《"随水而来"：西篱诗歌的物质想象或精神追踪》，认为西篱素来与植物和水有缘，她能够于嘈杂的俗世感知到水流动的声响、植物生长的姿态，这两者在她的诗中绝不是一般的装饰物，而可谓是最为内在和深刻的生命元素。跟随西篱的描写，我们可以获得生命被滋养而苗长的感受，似乎摒弃了俗尘、回归了自然，而这正是西篱诗歌提供给读者

① 唐德亮：《西篱诗集〈随水而来〉：诗歌的动态奇幻之美》，《中国作家》：http://www.chinawriter.com.cn/n1/2022/1026/c404030-32552019.html

的最宝贵的东西。①刘茉琳11月17日在广州日报客户端发表《从自我抵达世界的"心替"——读西篱诗集〈随水而来〉》，在这篇简短的书评中刘茉琳说，互联网上有个新兴词汇叫做"嘴替"，意即那些能言善辩、替我们说出了心中想说的言论的人，西篱可被称作其诗歌读者的"心替"，她的诗字词连贯、情感自然、情绪饱满，看似个人化的窃窃私语的表达中蕴含了许多现时代人们共有的感受，阅读者常会发现自己意欲抒吐却又觉得朦胧含混的内心声音被她的诗句精准表述了出来，从而心生惊喜之感。汪泉于10月18日在华南理工大学微信小号发表《〈随水而来〉：第8学的神经》，分析该诗集是超越时间之外的精神自我发现：孤独、怅惘、收获、持守，最终完成了满溢的神圣。②聂莉11月28日在《深圳商报》官方账号"读创"发表《在诗歌中抵达自我观照的秘境——读西篱诗集〈随水而来〉》，直言西篱的诗歌彰显着"一种非常独特的性别特质"，即将女性主义的对抗姿态消散并内化为深层的自我观照与反思。西篱虽有自觉的女性意识，其诗歌中却并未显出强烈的性别焦虑，她的性别表达是鲜明的，同时又是从容和舒展的，具有可贵的释放感。她诗歌的情调看似温柔，却并不意味着她面对现实给予女性的痛苦选择了隐忍和顺从，她冷静克制地表露着自己的主体性，对女性生命体验的传达做到了举重若轻。③黎保荣12月28日在《文艺报》发表《一份当代人的精神档案——读西篱诗集〈随水而来〉》，回忆了自己与西篱相识的经历，对比今昔，揭示了西篱的创作发生了怎样的蜕变。黎保荣指出，西篱新诗集中的诗作已经告别了青春少女式的多愁善感，对于个人生命感觉的体味越来越深入，并且能从个人出发，进入更大层面的思考与关怀。《随水而

————————

① 向卫国：《"随水而来"：西篱诗歌的物质想象或精神追踪》，茂名网：https://www.mm111.net/2022/11/01/991272260.html

② 见《广州日报》客户端2022年11月17日消息《广东作家西篱诗集〈随水而来〉出版 | 诗之文字弥漫，合成灵魂的旋律交响》，https://www.gzdaily.cn/amucsite/web/index.html#/detail/1942766

③ 聂莉：《在诗歌中抵达自我观照的秘境——读西篱诗集〈随水而来〉》，"读创"，2022年11月28日，https://mbd.baidu.com/newspage/data/landingshare?context=%7B%22nid%22%3A%22news_9882753119950975363%22%7D&isBdboxFrom=1&pageType=1&rs=2026447150&ruk=gj0rv6oGkw6I7gDAnGbuDg&shareStyle=5&urlext=%7B%22cuid%22%3A%22la2StguPva0OPH8alu2Ht_uX2a_SavtY0Ov4i_OSSuKo0qqSB%22%7D

来》中有许多篇章涉及到生命的存在与消逝、生命何所倚傍，在形式上该诗集则主要体现为进行了"物的文学"的写作尝试，即经由观察、描摹独立于人的物，凝聚诗意，提升文学境界。①著名评论家、原作家出版社总编辑张陵称该诗集是"一部具有'南方文学'特色的诗歌作品"（11月27日南方日报《南方气质和底蕴——读西篱诗集〈随水而来〉》）。

2022年出版的重要散文集有章以武的《风一样开阔的男人》和卢锡铭的《枕水听涛》。前者共分三辑，第一辑为人物素描，第二辑为生活写真，第三辑为创作心得，分门别类收入广东终身文艺奖得主、广州大学教授章以武的精粹文字，新鲜活泼、灵动有趣，充满生活气息，同时自然呈露粤地风土人情。广州财经大学教授江冰5月18日在《羊城晚报·云上岭南》发表评论《〈风一样开阔的男人〉：岭南与江南融汇交流，什么才是烟火日常的谜底？》，指出章以武的散文不同于一般的学者散文，并不会让人感到学究气过重、奥涩难懂，而是晓畅平易，充满着日常的烟火气。迄今已是85岁高龄的章以武依然葆有一颗童心，阅读其有关童年回忆、成长经历的诸多散文，我们一方面会流连忘返于其中记载的趣事，另一方面也能随着章老的成长足迹，领略江南文化与岭南文化的融汇碰撞。②

陈剑晖写有《烟火时光中闪烁的人性之美——读章以武散文集〈风一样开阔的男人〉》，发于《南方日报》5月29日A07版，对章以武其人其文作出印象式的点评，总结阐释了他多年以来形成的创作个性。对于《风一样开阔的男人》一书中的文字他则赞誉其情感饱满、烟火味十足、既接地气又文思兼美，更突出的特点是长于写人叙事、长于描写人物对话，虽说写的是散文，却能给人一种读小说的体会。章以武的文风透明、真诚、不装，结构似乎随意而内质却无比丰盈，除了能传递给读者生活的情趣以外，也对真情与人性做出了细致的勾勒和独到的阐释，既有温度亦有高度。

《枕水听涛》是散文家卢锡铭新近结集出版的散文集，收录的主要是描

---

① 转引自广东作家网2022年12月28日文章《黎保荣|一份当代人的精神档案》，http://m.gdzuoxie.com/v/2022/12/16913.html

② 江冰：《〈风一样开阔的男人〉：岭南与江南融汇交流，什么才是烟火日常的谜底？》，https://ysln.ycwb.com/content/2022-05/18/content_40782247.html

绘其故乡虎门的种种人事景物的优美文字。他的散文被陈剑晖认为是超越了
一般的乡愁写作，陈在《羊城晚报》12月4日A07版发文（《非一般乡愁写
作，岭南散文"三突破"》），声称其散文篇章既富含岭南味道、现露南方
特色，上承传统南派写作路数，同时又显示了"三个新突破"：突破了传统
岭南散文的欢乐轻盈，蕴含思想的重量和批判的锋芒；突破了一般山水散文
的浮光掠影，将山水与人文交融、历史与现实交织；突破了常规乡愁写作的
境界狭小，纵横捭阖，构筑了质地的丰厚。花城出版社原社长范若丁则在评
论《梦中的水声——读卢锡铭散文集〈枕水听涛〉》中则赞誉卢锡铭将虎门
的风光描画得无比动人，并且写出了虎门在改革开放浪潮之下的日新月异。
卢锡铭的这部散文新作最出色之处在于其字里行间既融入了真情实感又透视
了社会前进的履痕，兼有生动的生活细节与大时代的宏阔面影。①

　　《守河者——西江漫笔与河流记忆》是杨芳创作的国内首部西江专题散
文集，2022年2月由太白文艺出版社出版，9月24日肇庆市文艺评论家协会、
肇庆学院文学院联合举办了《守河者》研讨会，林岗发言称《守河者》一书
材料扎实、文笔生动，对西江的自然风光、发展历史和民风民情都做了详细
介绍，真正能使读者开卷有益。刘卫国则认为《守河者》是杨芳经过了实地
走访、田野调查写出的西江传记，其真实性毋庸置疑，观其内容也对西江的
方方面面尽皆顾及，但也存在美中不足，那便是书名未能完全将地域特色凸
显。暨南大学教授贺仲明指出，《守河者》的亮点一是在于资料翔实，二是
在于生活气息浓郁，可算一部优秀的散文集，但若论思想的深度则还有一定
的提升空间。

　　莫言新作《晚熟的人》打破诺贝尔文学奖魔咒，还是原地踏步，重复过
去？受众莫衷一是，众说纷纭。陈希《再出发：莫言〈晚熟的人〉的叙事新
变》将文本细读和历史语境结合，指出《晚熟的人》在莫言小说创作中具有
"再出发"的意义，不仅接续被迫中断的"红高粱三部曲"，以知识分子返
乡视角呈现当下高密东北乡新生态，而且刻画了一批与时偕行的新人形象，
并以朴拙冲淡的白描手法和隐而愈显的留白叙事传达了对农民精神生态的关

---

　　① 范若丁：《梦中的水声——读卢锡铭散文集〈枕水听涛〉》，http://zhuhaidaily.hizh.
cn/h5/html5/2022-06/22/content_1216_6349663.htm

注和对乡村命运的思考，在题材开拓、形象塑造、艺术手法等方面显示着莫言打破诺奖"魔咒"、图新求变的努力。《晚熟的人》既有承袭又有突破，展现了一个承受着巨大现实压力的作家打破"魔咒"、突破自我的勇气与决心。我们有理由相信，它将成为莫言"再出发"的新起点、迎接创作的新高潮①。

陈希《芳华别样的新生代女性诗歌》，首次比较"80后"、"90后"新生代女性诗歌与"50后"、"60后"、"70后"的异同。新生代女性诗歌创作在平静中发展，提升日常诗歌生活，产生新的审美方式与诗学形态。她们的审美触角根植于现实契机和生存处境，那些清奇的诗句，就像向上生发的向日葵，在不断变幻的生活里兜兜转转，发光播热，在平庸的年代拓展精神向度。性别转向、抒写视角多元、疏离西方、智性化是新生代女性诗歌最突出的特质和最明显的审美变化②。

六、问题与建言

凡所过往，皆为序章。广东文学理论批评在2022年有高质量新发展、呈现新气象新风貌。粤派批评品牌擦亮，新作力作不断。但是，广东文学评论工作仍然存在一些不足和薄弱环节。譬如，存在有"高原"无"高峰"现象，探索构建具有岭南特色的文学话语和叙事体系力度不够，贴近时代，面向现实，讲述岭南新故事、发出岭南声音，在全国有影响的高质量文学评论还不多，文学评论在全国的话语权有待提升。广东文学评论呈现的态势和特点是各有专攻，相对松散，基本上都处于单兵作战的状态。聚是一团火，散作满天星，如何凝聚力量，整合资源，发出岭南强音，不仅是一个资源整合，力量集结问题，也是一个专业凝练和评论机制问题，牵涉面广，需要在今后的工作中努力探索解决。

（本章撰写：陈希，中山大学中文系教授、博士生导师；张定华，中山大学中文系博士生）

---

① 陈希、黄瑶：《再出发：莫言〈晚熟的人〉的叙事新变》，《文艺争鸣》2022年第9期。
② 陈希：《芳华别样的新生代女性诗歌》，《诗刊》2022年第1期。

第八章
迸发生长的儿童文学光芒

年年岁岁花相似。绿叶成荫子满枝。回顾2022年的广东儿童文学创作，我们欣喜地看到，广东儿童文学继续呈现出繁茂、活跃的总体景象：那些成名的儿童文学作家以沉潜、笃定的姿态保持着以往的写作水准，而近年来崭露头角的青年作家们开始进入儿童文学飞行的爬升阶段，朝向成熟和开阔迈进。他们带着风格各异的作品在全国傲骄亮相，与儿童文学同行交流竞技，在展示广东儿童文学集体实力的同时，作家个体的创作风格也呈现出丰富多彩的状态。无论从创作、发表的数量与质量，还是从儿童文学作家地域分布的覆盖广度来看，较之于往年都有了较大的提升。

一、儿童文学总体概貌

儿童文学作家们的创作实绩，既体现于发表的数量与刊物的级别，也体现于他们出版的儿童文学作品和入选的重要儿童文学活动、儿童文学奖项之中。据不完统计，2022年广东儿童文学作家在各级儿童文学报刊上发表各类作品近300篇（首），出版作品50多部，5人加入中国作家协会。他们在创作中坚守文学理想和艺术精神，努力为"明日之中国"打下坚实的精神之基，陪伴和引领少年儿童共同奔赴我们的星辰大海。

1. 发表方面

陈诗哥的童话《从前，有一坨牛粪》上、中、下分别发《儿童文学》2021年第10、11、12期，散文《我亲爱的粤语》发《儿童文学》2022年第1期，童话《童话边城》发《十月·少年文学》2022年第7期。黄虹的童话

《石头记》发《儿童文学》2022年1月经典刊、《从前有座什么山》发《儿童文学》2022年12月故事刊。王溱的中篇童话《糖果屋的秘密》发《十月·少年文学》2022年第1期。郝周的短篇童话《生命树》发《十月·少年文学》2022年第3期，另在《东方少年·阅读与作文》《少男少女·小作家》等发表童话、短篇小说10篇。一木秋的报告文学《钟南山：捍卫生命的勇士》发《儿童文学》2022年第6期经典刊，小说《茉莉的耳朵》发《儿童文学》2022年第9期经典刊"头条佳作"，另在《少男少女·小作家》《红树林》《少年月刊》等发表童话、报告文学、小说和散文10篇。燃木的散文《全世界最"可恶"的葫芦瓜》在江苏《少年文艺》第11期发表，短篇小说《苹果》、散文《香汤汤、臭汤汤》在上海《少年文艺》发表。王长敏的童话《长尾巴布老鼠》《羽毛树》发《海峡儿童》2022年第1、3期，散文《读书要趁早》发《东方少年》2022年5期，另在《好孩子画报》《广东第二课堂》《漫画周刊》《七彩童年》《少年百科知识报》等发表童话、故事、儿童诗16篇（首）。蒋双超在《少年博览》《创新作文》《东方少年》《漫画周刊》等发表小说、童话和散文16篇，其中，小说《二手爷爷》发《少年博览》2022年第1月、《魔法笔记本》发《东方少年》2022年第2月、《悲伤秘密》发《中学生》2022年第9月、《亲爱的开心》自2022年10月起在《少年博览》连载。苏展小说《松松的鱼》发《东方少年》2022年第1期、《蝶变》发上海《少年文艺》2022年第5期、《瑶绣老师》发《少男少女·小作家》2022年5月。池沫树的童话《墙上有一条鱼》（节选）、创作谈《写作的三个要素》发《少男少女·小作家》2022年6月、12月。晓雷在《寓言文学》《优秀童话世界》《农村孩子报》等发表寓言、散文21篇。陈炳育在《科幻画报》《少年作家》《小学生世界》《小樱桃》等报刊发表童话、寓言15篇，其中，童话《迷路的小牛》发《科幻画报》2022年第5期、《两棵树》《最美的牙齿》发《读书与作文》2022年第5、6期，寓言《吊扇与苍蝇》《自夸的知了》发《少年作家》2022年第6期。寻麦在《七彩语文》《红领巾》《好儿童画报》《读友》《少年先锋报》《拼音报》等发表童话、故事26篇，在"学习强国"平台发表24篇，被《学苑创造》《都市文化》转载2篇，为在深圳少儿频道播出的"成长新力量"栏目编写剧本3集。

戚锦泉在《故事家》（幽默派对）《小朋友》《东方少年》（阅读与作文）等发表故事、童话和小说15篇。李虹蔚在《农村孩子报》《漫画周刊·魔术老虎》《寓言童话》等发表诗歌、童话、寓言12篇（首）。钟爱丽在《小青蛙报》《少儿画王》《学前教育》《兴趣阅读》《小星星》等发表故事、童话11篇。陈华清在《少男少女·小作家》《读友》（清雅版）《中文自修》等发表短篇小说、童话、儿童散文和创作谈6篇。洪永争在《少男少女·小作家》《作品》《中西诗歌》《南方农村报》《佛山文艺》等发表小说、散文和诗歌7篇。黄晓璐在《少年时代》《上海托幼》《语文报》等发表童话5篇。林毓宾在《少男少女·小作家》发表小说、散文和纪实文学4篇。李文芬在《红树林》等发表小说4篇。黎俊生在《少男少女·小作家》发表小说3篇。筐筐在《少男少女·小作家》发表小说2篇。莎菲（黄雅青）在《佛山文艺》《少男少女·小作家》等发表童话、散文和创作谈3篇。饶远在《少男少女·小作家》发表童话、散文诗2篇。叶莹在《幼儿智力世界》《华文月刊》发表童话2篇。

2. 出版方面

陈诗哥的童话《牛粪书·牛粪来了》《牛粪书·黑洞来了》《美食家辛笛》由二十一世纪出版社出版，《宇宙的另一边》《卖货郎卖故事》由浙江教育出版社出版。莎菲的童话《慢火车》《种西瓜》《小美人鱼》《云宝宝》《小草精》《安安公主》《四季童话》（低幼多图简字版本）七册由岭南美术出版社出版。陈翠的绘本《动物学堂》系列《小猪的愿望》《小鸭子的池塘》《小猴的自由》《小狗的等待》《小马的沉默》5本以及《蜜蜂总动员》系列《两个蜂后》《马蜂来了》《王国的崛起》《第一片树叶黄了》《寻找善良的人》《油菜花开了》《酿蜜总动员》《与蜂农约定》8本由四川科学技术出版社出版。筐筐系列校园小说《小园芳菲》由成都时代出版社。杨璞的小说《小阁楼　老木箱》由岭南美术出版社出版。袁博的小说《鸟飞芦苇荡，人迹红海滩》由辽宁少年儿童出版社出版，《少年的边境奇遇》由晨光出版社出版。封文慧的小说《奔跑的青春》由晨光出版社出版。郝周的短篇绘本小说《青茶的过年心愿》由青岛出版社出版。黎俊生的长篇小说《少年"城"长记》由海天出版社出版，《女孩的心事》由黑龙江少年儿童出版社出版。李文芬的散文集《时间的礼物》由春风文艺出版社出版。刘海龙的故事《三三六六的秘密教室》系列前四册由少年儿童出版社出版。苏展的故事《起跑一年级》系列九册由安徽少儿出版社出版。西西的成长小说《捣蛋鬼高蹦蹦》1、2册由海天出版社出版。寻麦的绘本《这是谁的孔明灯》由开明出版社出版。袁晓峰的绘本《小梦想大梦想》由海天出版社出版、《太爷爷调工作》由二十一世纪出版社出版、《真的有月亮神仙吗》《到成都去过年》由贵州人民出版社出版、《小考拉爱上幼儿园》（6册）由西安出版社出版、《从前有座山：讲不完的寓言故事》（4册）由中信出版社出版。钟爱丽的绘本故事《抱抱》由深圳报业集团出版社出版。叶莹的小说《爱捡树叶的女孩》由浙江大学出版社出版。一木秋的报告文学《钟南山：捍卫生命的勇士》由新东方、云南出版社出版。郑素亮的童话寓言集《热心的猴子》由四川数字出版传媒集团出版。何腾江的儿童诗集《今天我想慢吞吞（增订本）》由福建人民出版社出版。陈子典的儿歌集《陈子典儿歌300首》由新世纪出版社出版。燃木的长篇小说《星岛女孩》由江苏凤凰少年儿童出版社出版。

3．入选方面

陈诗哥的童话《几乎什么都有国王》入选《"百年百篇"童话卷：一个中国字在国外》（长江少年儿童出版社），《从前，有一个牛孩子》入选《2021中国年度童话》（漓江出版社有限公司），诗歌《哪个世界更大呢》入选《"百年百篇"诗歌卷：雷公公和啄木鸟》（长江少年儿童出版社），《我出生过很多次》入选《2021年儿童文学选萃》（北岳文艺出版社）。胡永红的小说《上学谣》入选2022年农家书屋推荐书目，根据其创作的同名小说改编电影《我的影子在奔跑》入选《中国儿童电影百年百部经典》。燃木的长篇小说《星岛女孩》被评为"2022年总年度凤凰好书"，分别入选"2022年百班千人全国少儿暑假阅读推荐书目"、2022年深圳"爱阅基金童书100"榜单、2022年百道网8月"少年好书"榜单、2023"我最喜爱的童书"30强、2023年"亲近母语"六年级阅读书目和第四届年度儿童文学新书榜"特别推荐"等。池沫树的诗歌《蟋蟀是大地的乐师》入选《百年百篇中国儿童文学经典文丛 诗歌卷》（长江少年儿童出版社）、《爸爸，等你老了》《地球的朋友圈》入选《2021年中国儿童诗选》（长江少年儿童出版社）。钟爱丽的故事《玩家回家了》等3篇、《你知道怎么吃兔子吗》等3篇、《阿斑虎的左耳朵逃跑了》等3篇、《巫婆的种子》等2篇、《最好听的声音》《和捣蛋鬼做朋友》分别入选北京教育出版社《好习惯故事》《365夜故事》《礼仪故事》《亲情故事》《美德故事》《成长故事》，《等待蛋宝宝出生》入选《好习惯故事——把瞌睡虫赶跑》（浙江人民美术出版社），童话《你好呀》入选《小朋友百年作品精选·童话卷2》（少年儿童出版社）。一木秋的小说《茉莉的耳朵》入选《2022年中国儿童文学精选》（希望出版社）。晓雷的寓言《千里牛》《牛和鹿》入选《给孩子的寓言》（福建少年儿童出版社）。唐德亮的组诗《鲁迅先生》（6首）入选全国中小学优秀图书教育部"十二部"规划课题《语文主题学习·六年级·上》（中国青年出版社），散文诗《蕃瓜花》《山月》入选《中国纯美儿童散文诗选》（漓江出版社）。林萧的儿童诗《平手》入选《2021年度中国儿童诗精选》（长江儿童出版社）。黄晓璐的散文诗《绿色的大伞》入选《中国纯美儿童散文诗选》（漓江出版社），《王祯，不一样的行动》等16篇传统人物故事入选《中华优秀传统故事》（安徽少年儿童出版社）。苏莞雯的少儿科幻长篇小说《三千世界》入选《2021年度中国少儿科幻选本》（大连出版社）。

4. 获奖方面

好作品，都在读者心里，都在作家们心里。2022年广东儿童文学获奖作家作品增多。陈诗哥的童话《一个迷路时才遇见的国家和一群清醒时做梦的梦想家》获中国寓言文学金骆驼奖金奖。胡永红的小说《上学谣》获浙江省"五个一工程"奖，根据其小说《上学谣》改编的电影《红尖尖》获辽宁省"五个一工程"奖。袁博的小说《少年的边境奇遇》，寻麦的小说《枯枯草王国》荣获"第九届上海好童书奖"。黄虹的童话《石头记》获2022年《儿童文学》第四届"温泉杯"短篇童话大赛优秀奖。陈华清的短篇小说《海龟湾的秘密》在第六届"读友杯"全国少年儿童文学短篇文学创作比赛中获优秀奖。蒋双超的童话《男孩与邮箱》获第48届香港青年文学奖儿童文学组季军、《天气快递》获"林甸杯"儿童文学大赛成人组二等奖、《小羊曼妮的花园》获第三届"童话里的世界"童话故事创作大赛成人组一等奖、《狸花猫银行明日打烊》获2022年《东方少年》年度重点作品扶持项目童话组特等奖、童话《发芽的星星该如何处理》获第三届"小十月文学奖"童话组佳作奖、童话《拾光的阿穆》获"笔尖上的童心"第8届陈伯吹儿童文学创作大赛成人组三等奖。王长敏的童话《小狐狸的冷焰灯》获第二届"南阳新锐作家出版奖"、《爷爷的黄金瓜》获第三届"童话里的世界"童话故事创作大赛优秀奖、《去百顺镇的兔子》获"谢璞儿童文学奖"提名奖、《山妖的露珠球》获第三届"黄山儿童文学奖佳作奖"。郝周的短篇小说集《飞毛腿叔叔的三次长高》获2022年深圳读书月全国"年度十大劳动者文学好书"奖。李文芬的小说《一加一不等于二》获深圳市2022年"睦邻文学奖"。亚明的童话剧《胖胖的梦想》荣获"金画眉"全国优秀儿童剧本奖、《羊儿在云朵里跑》荣获"金画眉"最具潜力儿童剧本奖。黄晓璐的童话《蛋雕妈妈的灯》获第二届"林甸杯"儿童文学大赛成人组三等奖。马忠的评论《好的儿童文学作品都是创意写作——以陈诗哥童话集〈风居住的街道〉为例》在2022年第十八届全国师范院校师生儿童文学论文评奖中荣获二等奖。苏莞雯的少儿科幻长篇小说《三千世界》获得第四届广州青年文学奖·小说奖。

二、主题创作品质进一步提升

儿童文学作家不仅勇于探索"轻"题材和"新"题材，也敢于面对处理"重"题材和"旧"题材。这在近年来现实主义创作、主题性创作的蔚然大观中也可见一斑。纵观2022年，广东儿童文学作家积极参与到主题性创作中来，在立意高远、目标明确的同时，不断拓宽题材、深耕领域、丰富表达，谨遵时代号召，以强烈的历史主动精神，创作出一批关注少儿健康、聚焦时代主旋律、在文学艺术上亦不断创新和突破的优秀作品。

1. 从他人生命体验中观照自我成长

儿童文学的创作需要融入更多的思考。这不仅意味着作家如何巧妙构思作品，更要将有价值的问题、人生、经验融入故事中，引导儿童在阅读中理解自我和世界。如何将有深度的思考与有趣的创作融入，比如从他人的生命体验中观照到自我的成长，真实地感受他人的生命价值和意义，体味着那些既相同又相异的成长经验，是成长文学一个重要的审美诉求。这也是成长小说之所以成为广大青少年生活中不可或缺的重要原因。

2022年，年逾八旬的儿童文学作家黎俊生先后出版《少年"城"长记》《女孩的心事》两部成长小说。其中，《女孩的心事》虽然讲述的是乡村留守少年孝敬老人的故事，但在小主人公青青和文文、悦悦、秀枝、"拳王"等小伙伴身上，我们却看到了这些少年善良、坚强的品格，闪着光芒的理想和内心深处对美好生活的深深向往和奋力追求。成为一个有理想有追求的少年儿童，是黎俊生对孩子们最殷切的盼望。因而在儿童文学创作中，他非常注重作品的思想性，作品力求做到反映正确的人生观、价值观和世界观，健康向上，充满阳光。"通俗点说，就是在创作时，要考虑到写出来的东西，让少年儿童读了之后是否受到教育，是否能激发他们的正能量。"①黎俊生喜欢写现实题材，着重通过写故事来塑造人物形象。他相信生活本身能带给少年成长的力量，浪漫地化解苦难，积极地追寻善良美好的人的本性。《女孩的心事》中，青青为了减轻奶奶的负担，学会了喂鸡、喂猪、赶集和洗衣物等家务活；为了给奶奶治病，学会了酿造稗子酒、钓鱼，科学洗脚、保健梳头……如果说成长是一个生命体验的过程，那么在这个必然的过程中，成长的主体不仅经历着生理和心理上的蜕变，而且也时刻发生着情感及思想的滋长。懂事的青青觉得自己在家的时候，奶奶的日子自然过得有滋有味，当她去学校，奶奶就会感到苦闷。所以，她就在大瓦锅里养起了小鱼、小乌龟，给奶奶解闷。看到"奶奶一有空儿就拿来一个矮凳子，坐在'鱼锅'旁，弯着腰，低下头，专心地观赏鱼儿的活动，津津有味地跟这些鱼儿说话，好像鱼儿能和她沟通似的。"她的内心充满成就感。此后，每次去钓鱼，发现那些形体漂亮、充满活力的小鱼就捉回来，投进那个"鱼锅"里，同时把那些貌丑、孱弱的小鱼换掉。当她发现"鱼锅"里光线不好，奶奶观赏非常费神，长此下去会伤到眼睛时，于是暗下决心一定要把大瓦锅换成晶莹剔透的玻璃缸。不仅如此，她还专门买了两只小虎皮鹦鹉回来教它们说

---

① 卓朝兴、陈小觅：《儿童文学创作有湛江味》，《湛江晚报》2022年10月9日。

话，逗奶奶开心。小说故事质朴，描写细腻生动，把一个新时代乐观向上、孝敬老人的农村好少年形象活脱脱地写了出来。

黎俊生曾在乡镇学校耕耘14年，对校园生活和少年儿童，不但非常熟悉，而且还充满了深厚的感情。他的成长小说并不回避人生的苦难，而是能够正视人生，以贴近儿童心灵的文字记录那些悲伤苦痛的瞬间，以善良和宽容的心态来触摸时代。从《女孩的心事》可以看出，黎俊生的成长小说并不是把所有的不美好都诗意化了，而是以儿童天真烂漫的天性与眼光，来消解生活中的部分苦难。在他笔下，身在苦难中的孩子们依然充满自信与豪情，从容与坚定，甚至还有多思细腻、充满幻想的少女形象。他笔下的粤西少年，在苦难面前怀揣理想，茁壮成长，故事都没有结局，或许有一天他们会像阳光下的白沙河一样闪耀着光芒。正是从这个角度来说，《女孩的心事》不仅是对当下乡村现状的一种反思，更是一种美好的希望。作品既具备成长后的品格和气质，同时也不失童年时的色彩和情趣，"是一部实实在在地反映少年美好心灵和品性的小说"①。尤其值得肯定的地方在于，小主人公青青的成长是一种浸透着中国优秀传统文化底蕴的"成长"。

家庭和校园题材是儿童文学中常开不败的花圃。在西西的长篇小说《捣蛋鬼高蹦蹦》中，主人公高蹦蹦在全班最矮，为了不被同学们轻视，一心想干一件惊天动地的大事，好让大家对他刮目相看。谁知道，他大事没干成，却因为一只小仓鼠闯了大祸。更郁闷的是，从农村转学来的同桌周思宇成了他的新同桌，本应成为同盟的两人，因城乡差距，结果友谊的小船说翻就翻了，且矛盾不断。从此，校园生活便失去了往日平静。高蹦蹦以为从小玩到大的毛豆豆会是他永远的好朋友，梦想着将毛豆豆的秘密花园作为自己的心灵港湾，出乎意料的是，变故接二连三，最后连那秘密花园也保不住了，更为要命的是，周思宇竟然成了毛豆豆的好朋友……小说故事曲折生动，读来让人觉得亲切、有趣。作品节奏感十足，环环相扣，在一个又一个啼笑皆非的捣蛋故事里，蕴含了作者对孩子成长的深刻思考：决定孩子成长的，往往不是他在顺境时的表现，而是在逆境中抗打击的受挫能力。对读者富有启

---

① 谭旭东：《生动感人，趣味纯正》，《湛江日报》2022年11月15日。

迪意义。筐筐系列校园小说《小园芳菲》（包括《年少的心思请别猜》《不要为难班主任》《花儿请慢慢开》《中年老师的不易人生》四部），分别展示学校、家庭、社会联手教育过程中老师、家长、学生们悲欢离合的故事，这当中有青春年少成长的阵痛与蜕变，有家长与学校的摩擦及对抗，还有教师教育观在社会大环境不确定因素中的调整，孩子们在应试教育与素质教育之间的取舍与平衡等。成功地塑造了一系列个性鲜明的老师、学生、家长等人物形象。不同故事中，主要人物不变，但情节勾连，主题各异。刘海龙的《三三六六的秘密教室》是一套非常有趣的校园成长故事，主人公是一对双胞胎，三三调皮捣蛋，但是正义勇敢；六六聪明机智且有多愁善感。这套书就是记录他们的糗事和趣事，每一个故事都和当下孩子的学习生活息息相关，每个孩子都能在书中发现自己或者同学的影子。故事幽默又充满温情，能够让孩子获得阅读快感的同时，产生情感共鸣。王溱的中篇童话《糖果屋的秘密》想象力丰富，悬念制造到位，幻境刻画有新意，同时对帮助青少年儿童正视自己的优缺点、培养勇气、自信心和爱人之心等均有积极意义。此外，还有蒋双超的小说《亲爱的开心》，也值得关注。这种类型集趣味性、互动性和实用性于一体，旨在激发小读者们的创造力和想象力。

　　本年度主题创作除了讲述少年儿童的成长，还有青春的故事。封文慧《奔跑的青春》即是。特长生招生取消后，青云市实验学校的女子田径队因无法补充新队员濒临解散。前途未卜的未来，使得队内人心浮动，希望解散队伍的成员和希望维持队伍的成员之间矛盾尖锐。双方相持不下之时，初来乍到的插班生王木朵主动申请入队，成功挽回了队伍。王木朵对跑步不计回报的全心投入，深深触动了田径队的女孩们，逐渐引出藏在她们不同选择背后的青春故事。随着比赛的临近，王木朵"神秘"的来历浮出水面，给田径队带来意想不到的危机。队员们在危机中快速成长，终于彻底战胜迷茫，团结一致走上赛场，用热情的奔跑向青春的理想致敬。作品聚焦"体育特长生"这一特殊群体，以地方城市重点中学的女子田径队队员们为主角，记录了王木朵、何阳、江雅然、赵楠、程果暮等女孩们在市青少年田径运动会备赛过程中发生的故事，描写了她们克服困难、一路前行的成长经历，展现出当代中学生积极进取、昂扬向上的精神风貌。小说以"竞争"为话题，围绕

"跑步"和"学习"这两个切入点，站在孩子们的角度，真实地还原了初中校园生活，如小说中乐观开朗的王木朵对于跑步不计回报的无限热情，深深地触动了田径队里的女孩们，也深深触动着读者的心。她的奔跑，不只是田径的奔跑，更加是青春的奔跑。总之，这部列入"十四五"时期国家重点出版物出版专项规划项目的长篇熟练运用多视角叙事，以女子长跑运动为窗口，巧妙地透视校园生活，重新定义了立体多面的"青春"，叩问着友爱与成长的真谛。小说既有鲜活生动的情节，又有细致敏锐的思考，是一部不可多得的佳作。

2. 报告文学与儿童文学的双向奔赴

进入新世纪以来，党和国家高度重视少年儿童工作，关心和关爱少年儿童全面成长，从小积极培育践行核心价值观，为中华民族的今天和明天教育广大少年树立远大志向，让少年儿童成长得更好。相应地，广东儿童文学主题创作也在经过了多年探索之后，正在迈向一个新的台阶，对主旋律作品的理解更加深入，创作目的更加明确，表现形式更加多样，从纪实类到虚构类，从小学年龄段为主到兼顾青少年和幼儿，正在形成丰富立体的作品体系。其中，儿童报告文学契合儿童本位的要求，作家凭借高度的热情，强烈的责任感和使命感，塑造时代新人，弘扬时代新人的精神，宣传典型事例和人物。由熊育群、一木秋创作的《钟南山：捍卫生命的勇士》便是这样一部具有代表性的作品。

从2003年的"非典"，到2020年的"新冠"，钟南山院士就像一座不灭的灯塔，为每一艘夜行的小船指引通往希望的方向。《钟南山：捍卫生命的勇士》通过简洁的文字、精美细腻的绘图，讲述我国著名呼吸病学专家、"共和国勋章"获得者钟南山的故事。作家用还原日常性的写法，把钟南山作为一个身边的医生来书写。在媒体以往的报道中，对钟南山的事迹，我们已经有所了解；但是大量的新闻报道之外的钟南山，我们是陌生的。我们跟着作家的笔力、脚力，才能看到钟南山之所以成为钟南山的心路历程。故事开篇从2019年的冬天开始，新冠肺炎疫情的出现让16年前抗击"非典"的英雄——钟南山院士重新出山，以84岁的高龄临危受命，紧急奔赴抗击疫情的第一线，他被临时安排在餐车，那张一脸倦容、眉头紧锁的照片，让多少人感动泪目。他将病情最重的病人接到自己的研究所，向病毒发起"冲锋"，以护佑生命为己任，这种专业与敬业的钢铁般的意志和精神打动了全国人民的心。这样的开头方式，让读者一下子就能沉浸到故事里去。在书中我们读到钟南山院士原来可以靠自己的努力都可以成为国家队的运动员，但他和爸爸商量，觉得学医不仅对自己好，还能造福众人，所以最终上了医学院。从学校毕业后，到了山东，条件艰苦他不怕苦不怕累，之后还烧过锅炉，好不容易从事了医生本行，依旧非常刻苦学习，四十多岁出国学习，又要学英语还要学专业，并且要面对外国人的歧视，他从来没有放弃过，终于让外国人对中国医生刮目相看！从"非典"到新冠肺炎疫情，钟南山都为人类做出了巨大的贡献！钟南山说：选择医学可能是偶然，但你一旦选择了，就必须用一生的忠诚和热情去对待它。

书里有这样的片段：钟南山的爸爸钟世藩是医学专家，研究病毒，他在家里饲养了很多小白鼠，也让钟南山帮忙照料它们，还时不时地跟他说一些医学的知识，钟南山才渐渐喜欢上医学。从诸多细节中，我们看到了作者从儿童文学的视角来汲取人格力量、担当力量、英雄情怀。通过双向奔赴的细节书写完成了对时间的构建，使文本在厚重中闪亮出童趣之美。读完整本书，我们在众所周知的抗疫事迹之外，还认识了一个小时候顽皮淘气的小男孩、一位打破了全国运动会纪录的年轻健将、一位忘我钻研的中年医生、在岁月不断磨炼中功成名就后依然将行医看病作为人生最大乐事的医学权威。这就是钟南山院士充满了无限能量的人生故事，这个伟大的灵魂也正在照亮孩子们的心，让他们纷纷追上了这颗"最耀眼的星"。书中人物形象的塑造格外鲜明，感人的故事情节和生活细节屡见不鲜，这在纪实文学中是紧要的元素，可以说是于细微处见精神，于眉眼处画人物。从这本书里孩子们一定会汲取到满满的力量，勇敢面对成长路上的挫折与挑战。

关于时代楷模等当代英雄的书写近年来热度与日俱增。从各个方面来说，《钟南山：捍卫生命的勇士》这本书都具有典型性和代表性，极高的阅读价值和出版意义。首先，作品能够把英雄人物的真实生动的成长轨迹体现出来，不把英雄当作"神"来写，而是还原为平凡人和普通人。作品中的钟南山有自己的成长逻辑、心理逻辑、社会逻辑。阅读完该书，能深刻体会到楷模产生于普通人之间，我们每个人如果有信仰有信念，也可以成为像钟南山一样的楷模人物。其次，这本书有丰富的意义内涵，有很多可宣传的点。钟南山作为楷模，他的事迹是感人的，是值得人敬仰的，是我们主题教育重要的课题。比如，作品对钟南山楷模的精神力量、对于青年人的人生价值的引导作用等方面都做到了深入挖掘。第三，这本书涵盖面广，不仅体现出钟南山良好的家教家风，还有敬业、认真、永不言败等正能量的品质，它是对一些主题类型创作主题单一、说教意味明显的超越。

从创作内容来看，中华优秀传统文化也是广东儿童文学主题创作的一大热点。中华上下五千年的优秀传统文化中，有太多丰富的内容要呈现给孩子们；而以现代视角传承传统文化，以儿童视角讲述中国故事，无疑是最贴近孩子的文化传播形式。2022年，郝周在《少男少女》开辟专栏"古风新韵"，发表系列短篇小说7篇，故事背景均发生在中国古代，涉及的真实史料来自《天工开物》等古籍，或清朝以前的全国各地地方志，有迹可循，有史料可据，非闭门造车。故事题材涵盖造桥、造船、渡口、石匠、木匠或其他手工业或修路、植树、商贸等世俗民生所赖以生存的营生。故事的背景基于中国古文字的各种典籍，历史上发生过此类事件或有类似情境。作品在寥寥数字的古代文献基础上，用现代文学观念和写作手法讲述古代故事，给人美和善的启迪，给人耳目一新之感。

3. 用儿歌童诗和孩子们絮语

儿歌和儿童诗，都是以儿童为主要接受对象，无论在内容还是形式上都必须符合儿童的心理和审美特点。在具体创作中，应基于儿童视角，选择儿童所喜闻乐见的题材，表达童心与童趣，写实多于写意，重意境与情趣，才能被小读者所喜爱和接纳。同时，基于儿童视角的诗歌叙述表达，使儿童诗主旨鲜明，情感真率明朗，才更能被小读者理解接受，引起他们的情感共鸣，从而达到开阔视野、丰富情感、激发思维的目的，使小读者获得审美满足。

我们说一代人有一代人的生活，一代人也应该有一代人的儿歌。随着社会的进步，小燕子再也难以"飞入寻常百姓家"，马路上再也捡不到"一分钱"……传统儿歌中特有的文化元素显然已不符合今天孩子的认知，所以他们不喜欢；他们呼唤具有新时代特点的儿歌。多年来，儿童文学家陈子典从没有放弃儿歌写作，为孩子们奉献出一颗又一颗美丽的精神食粮。他在创作儿歌时，首先从幼儿的兴趣入手，选择具有时代感和粤味的题材，因而他儿歌中所讲述的内容、情感往往能体现岭南的民俗风情、城市新貌，贴近幼儿的生活经验。《陈子典儿歌300首》是幼教工作者从陈子典先生数十年创作的儿歌童谣中精选出来的儿歌合集，分为"日常生活""社会建设""文明礼貌""学习劳动""参观景点""自然气象""动物知识启蒙""植物知识启蒙"和"智力训练"九个单元，是一部极具时代特色的原创儿歌读本。比如"海心桥空中挂，/游客密麻麻。/为什么，为什么？/拱桥高塔连成片，/游客争相来打卡！"（《海心桥空中挂》），写的是珠江上空的人行桥；"爷爷乐开花，/带我喝早茶。/烧卖虾饺艇仔粥，/凤爪春卷萨其马。/想吃啥，就点啥。/他说他有钱，/退休工资逐年加。"（《爷爷带我饮早茶》），写的是退休老人的幸福生活。诸如此类，无不是对现实生活和新鲜事物的生动表现。

从认知功能来看，《陈子典儿歌300首》以适合低幼儿童理解的语言和画面，配合朗朗上口的儿歌体形式，向他们传授人生、社会和自然、科学等有关方面的知识。比如不同的动物其动态也不一样，所以需要认真观察加以区分。对于鸡、鸭、鹅，作者是这样写的："头插大红花，/身穿五彩衣。"（《公鸡》）"方脚板，扁嘴巴。"（《鸭》）"走路左右摆，/游泳像船摇。"（《鹅》）……从这些动物儿歌可以看出，正是因为作者善于抓住表现对象的外形特征，颜色、声音……介绍起来才能使它活灵活现，让儿童在童稚有趣的画面和故事中轻松认知不同动、植物和昆虫的外形特点、生活环境，让他们初步了解动物、植物和昆虫，激发起对大自然和世界的探索欲望。从审美功能来看，《陈子典儿歌300首》具有对儿童的思想、行为、爱好的引领作用。如《小花猫，你别叫》："小花猫，你别叫——/爸爸上夜班，/回来刚睡觉。小花猫，明白了，/不叫又不跳，/轻轻走出房门口。"《鸡妈妈和鸭妈妈》："鸡妈妈，生了蛋，/扯开喉咙高声叫：/'个大，个大，个个大！'/吃完主人撒的米，/还要跳上高墙来喧哗。/鸭妈妈天天下河，/劳动之后把蛋下。/蛋儿又大又漂亮，/可她从来不自夸！"，这些儿歌均以童话的方式鼓励学会关爱他人、谦虚低调的审美内蕴，对儿童行为养成具有不可忽视的导向作用。尽管儿歌的价值取向是多元的，但作者通过作品所描述的对象或提出的问题表达的基本思想都是向善的，它总是在净化儿童心灵，给儿童以美感享受的同时，也在客观上帮助儿童学会对真善美的认识、判断和评价；在提升儿童审美趣味的同时，也提升着儿童的精神品格、道德情操和思想认识水平。从艺术表现来看，《陈子典儿歌300首》是一本有针对性、充满想象力的儿童读物。收入其中的329首儿歌主题符合当下儿童的思想实际，贴近低幼儿童的现实生活，内容单纯集中，一听就懂，构思新颖独特，语言生动形象，童趣浓郁，富有音乐性和动作感，文字讲究，押韵和谐，十分口语化，许多都是孩子们喜欢的快乐小诗。同时，该书采用现代与传统相结合的手法，每页儿歌绘制了精美配图，读来又顺口，又有画面感，易记易诵，且充满着感情和精神层面的正能量，能够在潜移默化中充实孩子的精神世界，为孩童阅读增添了许多乐趣。

本年度儿童诗歌的成果不够丰富，何腾江出版儿童诗集《今天我想慢吞吞》，不仅充满童真，有着天马行空的想象，更蕴含着哲理，有着对生活的思考，小朋友能看到自己的奇思妙想，大朋友能看到业已丢失的纯真简单。本书是作者从事童诗创作20年来的童诗精选集。作者以富有韵律感的精妙语言，再现儿童微妙、生动的心灵世界，朗朗上口，耐人寻味。美妙又可爱的儿童诗，是童年清澈而难忘的记忆，让孩子在天马行空的想象里脱缰奔跑，让孩子在纯净精妙的诗意里放飞梦想。通过《和鞋子聊天》《我给蚂蚁当监工》《想踩住自己影子的孩子》《给乡下的天空写一封信》《嬉水的孩子》《别忘了回家的路》《我唱自己的歌》等作品，它提醒读者有意识地放慢生活的步调，做一些匆忙中无法做的事，比如静静看风景，听河流的声音，做千万个梦，等等。它是对日常生活的捕捉，诗集整体节奏缓慢，用充满童真的语言、不寻常的发问，将世界全新地展现在我们面前，给人以启迪和思考。

另有一些作家的儿童诗零星地发表于报刊。如林萧的不少儿童诗，都达到了情景交融、思与境和谐的艺术效果。作为一个诗人，与普通人不同的是诗人对生活的敏锐观察，能从普通的生活中捕捉到新鲜的感受。林萧是捕捉这种感受的能手，而且他还能把捕捉来的感受变成诗、变成美，用精美的诗守护儿童的精神成长。2022年6月1日，林萧入选湖南省作家协会、湖南日报新湖南联合打造的"文库"签约作家，成为入选"文库"最年轻的作家之一，收入林萧部分儿童文学作品，其中有儿童小说《离别》《发芽的尾巴（儿童诗选）》9首，以及相关儿童文学评论《童年的一个转身——浅谈林萧儿童诗印象》。2022年11月1日，中国优秀少儿报刊《农村孩子报》以整版的篇幅推出《林萧儿童诗作品展》，共刊登林萧儿童诗18首，为小读者营造了一个健康明亮、纯真丰盈的世界，它张扬着快乐、想象、诗意、美好和爱心。

4. 童书绘本打开故事局面与想象空间

绘本是通行于世界的"语言"，是全世界儿童喜欢的阅读载体，对孩子的成长有特别的意义。绘本的真正意义在于，让孩子们通过图像去了解自我、认识世界，最终发现自我。但是好的绘本童书，并不只是家长喜欢，一定是孩子自己喜欢的。好的绘本创作，是站在儿童的立场上，从儿童的视角去完成的。2022年可以说是广东童书绘本的丰年，据不完全统计，广东儿童文学作家出版的童书绘本超过30本之多，有故事，有人文，有科普，而且品位相当不俗，十分符合国际上最新的儿童阅读潮流。

《莎菲儿童文学系列插图本》（全七册）包含了莎菲创作的童话、儿童文学作品的精品，故事的篇幅短小精悍，由广州美术学院程姗姗老师和专业从事儿童美术作品创作的启志文化共同创作200多张精美插图，将文字的抽象想象形成二维世界的具体形象，激发孩子们阅读的兴趣，扩展儿童文学的可能性，适合三岁以上儿童与家长亲子共读。其中，《慢火车》讲述了两个孤儿一起为创造更美好的世界而努力的故事。住在飞屋的小女孩通过与开慢火车造林的小男孩相遇，找到了友谊和自己的使命。《种西瓜》讲述了皮皮猪、懒懒猴、邋遢兔在森林里种出七彩西瓜，通过森林朋友们的帮助，从小狐狸卡卡手中夺回专利的故事。《小草精》的故事源自作者童年的一个梦，讲述了小草精的奇幻梦境，让孩子和家长在亲子共读时一起感受宇宙大世界和微观小世界的奇妙连接，一花一世界，一叶一菩提，儿童的哲思往往让人惊叹。《云宝宝》通过云宝宝和风娃娃等拟人化手法，用童话的语言讲述了自然界中水的液态、气态的循环变化，在美丽的阅读体验中收获知识。《小美人鱼》是作者向自己幼年时阅读的童话作家安徒生致敬的作品，讲述了唯一存在在世界上的小美人鱼，观察世界变迁，人类繁衍生息，从观察者的视角看人类社会的变化，立意新颖，视角宏大。《四季的童话》文字优美，立意深刻，在淡淡的忧伤中又满怀希望，是儿童情绪发展的间接体验的媒介。这套绘本从"畅快感"上找到灵感，将不同的故事主人公巧妙编织，在孩子们熟知的日常行为或现象上做延伸，既打开了故事局面，也打开了孩子的想象空间。

这一年，袁晓峰出版绘本故事14本，其中，《小梦想大梦想》是丽林维多利亚学校的孩子在老师的指导下创作的绘本，以维多利亚教育集团创始人的成长故事写就，将梦想的种子种进孩子幼小的心灵。告诉孩子们，人是要有梦想的，无论大小，无论能否实现，那都是我们努力的方向。《太爷爷调工作》讲述了这样一个故事：当太爷爷患上阿尔茨海默病后，全家人甚至周围的人都来配合太爷爷的演出。绘本中流露出浓浓的祖孙情、父子情，读完之后让人有满满的亲情感悟。故事里体现出了家人及整个社区对患有阿尔茨海默病老人的关爱和呵护，进而呼吁整个社会关怀这一特殊群体。在《真的有月亮神仙吗》中，大山脚下的村子里，一对调皮的姐弟和外婆在为中秋节做着准备。姐弟俩不仅帮月亮神仙尝了月饼，还和月亮神仙说了许多心里话。月亮神仙究竟有没有把他们的话带到呢？故事中有对月饼的期待，偷吃月饼的兴奋，等待的煎熬，思念的苦涩。除了孩子与外婆、父母这两条亲情线外，还通过太婆曾用过的月饼模子、月光下行驶的汽车，点出外婆对父母、太婆的思念。《到成都去过年》则是一本充满温情和浓郁年味儿的原创绘本，从儿童的视角展开，讲述了兰兰第一次去妈妈的家乡成都过年的故事。图文并茂的呈现，让读者似乎能闻到娇俏腊梅花那沁人心脾的香味，尝到叶儿粑甜黏黏的味道，听到川剧表演热闹的伴奏，看到武侯祠喜神巡游的盛况……一种多感官、立体化的阅读体验，把一座活力无限的城市送到小读者眼前，春节的热闹呼之欲出。绘本中有着一种温暖和煦的力量。比如，兰兰随身带着的小喜神娃娃，是奶奶送给她的，寄托着家人对她的美好祝福，希望她像喜神娃娃一样笑口常开；相应地，兰兰走过每个地方，不忘给奶奶带一枝沁人心脾的蜡梅、一块香糯的叶儿粑，最后还替奶奶摸一摸喜神石。人与人之间深深的情感羁绊，积极乐观的生活态度，都包含在字里行间，珍藏在充满细节的画面里，这是我们记忆中新年的样子，也是我们期待孩子们感受到的美好生活。

另外，还有苏展的《起跑一年级》系列（包括《爸爸妈妈永远爱我》《五花八门的座右铭》《打败"拖延症"》《司徒南要逆袭》《跟着课本打电话》《我是小小理财师》《肖瑶的魔法错题本》《班长就是"火车头"》八本），分别从学习方法、财商启蒙、逆商培养、礼仪教养、时间管理、领导力、情商提高等方面，以72个精彩有趣的校园故事，深入浅出，寓教于乐，画面精致有趣，引导孩子养成良好的学习及生活习惯，在阅读中健康快乐地成长。郝周的《青茶的过年心愿》用中国元素摹写普通人艰涩生活下的光亮，将富有地域特色的民俗风情与富有普遍性的人情人性完美结合，读后心情久久不能平静。

三、题材拓展与艺术创新融合

广东儿童文学受传统的因素影响比较大，一部分作品在情感表达和意境创造方面已形成自己的特色。但是也存在形式和题材上的守旧现象，一些作品的境界相对比较狭小，缺少对生活内涵更深入的开掘。好在有一部分儿童文学作家已经意识到了创作上存在的某种局限性，在写作方面开始追求创新与突破。比如题材的拓展，"牛粪""非遗""异域""生态"等这些素材内容在儿童文学创作领域开始得到体现。

陈诗哥是一位想像极其丰富的作家。综观陈诗哥创作的大量童话，就内容和意境来看，他的作品表现出浓厚的荒诞美。此"荒诞"是美学意义上的荒诞感，与现实生活中所指的"荒诞"概念有所区别。它涵盖幻想、奇异、怪异、稀奇、善变、荒诞可笑、无稽之谈、难以置信等多种含义，往往表现为怪异、奇特、夸张、放纵、巧合、无规范的规范、无意思的意思、公然违反常规而又合乎情理等，给人以怪诞而又自由轻松的审美愉悦。本质上说来，好的童话就是诗，优秀的童话都具有特别的诗意，一种于荒诞中令人动心和动容的力量。陈诗哥的《几乎什么都有国王》《童话之书》《风居住的街道》《一个迷路时才遇见的国家和一群清醒时做梦的梦想家》《星星小时候》《我想养一只鸭子》等作品就具有这种暖色的爱意与温情。而2022年出版的短篇童话《牛粪来了》，呈现出一种特别的荒诞美：牛年就读牛粪书，作者打破固有思维，塑造了不拘一格的牛粪、牛魔王、牛郎、牛顿等全新形象。极尽跳脱、荒诞、无厘头的讲述，脑洞大开，读来不仅让人哈哈大笑，还能开拓想象思维能力。经典故事的另类诠释，融入现代思想观念，构思巧妙，使得作品兼具传奇性和新奇性，读来有一种亲切的陌生感。故事表层洋溢的喜剧感和富于深层的哲理意蕴，相互交织，呈现出清浅又丰富的童话特质，能让读者既爱读，还能有所思。

在《张开童话的眼睛看牛粪——周益民、涂明求、陈诗哥对话荒诞文学》一文，陈诗哥谈到了他创作的灵感，"我在《童话之书》的后记里提到了我出生长大的那个村庄：'那个村庄很平凡，就像一堆牛粪那么平凡。不过，即使是一堆牛粪，有时候看起来也会像月亮一样美妙。'我一直对这句话念念不忘。我很喜欢这两个比喻，我觉得这不仅是'村庄'的重新解释，也是对'牛粪'的重新命名。"在他看来，不但牛粪朴实、低调，还很有用。"在藏区，牛粪简直就是宝一样，藏族同胞用牛粪砌墙、做狗窝、做冰箱、修炉子、做玩具，甚至做药！"因此他想，既然牛粪这么棒，也很美，为什么没有人给它写诗和童话呢？"牛粪也有它的文化与哲学啊！所以，我想张开童话的眼睛看牛粪，会看见一个怎样的世界。"荒诞美学尽管荒诞得新鲜离奇，它也有自己的逻辑。于是在"牛粪书"里，陈诗哥试图为脑洞大开的荒诞文学注入日常性：那么厉害的牛魔王要不要吃饭呢？作者决定让牛魔王一家三口最喜欢做的事情，便是一起煮饭吃：由铁扇公主负责扇风，由红孩儿负责点火，而牛魔王则负责煮饭。牛魔王很快就成为一个煮饭高手。他有他的法宝：他把那些大水牛拉的牛粪，晒成了牛粪干，这种由牛粪干烧出来的饭菜，特别香。瞧，这个单元里边大家熟悉的人物都来自《西游记》，但又有所创新，这种荒诞不仅幽默有趣，而且智慧美好。

新时代呼唤新作品新作为。这是时代赋予包括儿童文学在内的所有作家的共同使命、责任和担当。要想在多元化文学创作格局中讲好"中国故事"，不断开拓新的文学空间，自然离不开创作素材的支撑。无论是有形的文化遗产，还是无形的文化遗产，都是历史留给人类的宝贵财富，也为新时代儿童文学提供了新的创作可能。我国"非遗"类别丰富，同一类别在不同民族又有不同的体现，每个民族的每项文化遗产都值得进行深入挖掘，它们都蕴含着"中国故事"。杨璞敏锐地意识到"文化遗产"是开辟儿童小说的新题材，于是她开始涉足这一"无人区"。创作了首部文化遗产题材儿童小说《小阁楼 老木箱》。小说中，一幢古老的房子里，主人世世代代都是古董商，房子里珍藏了不少稀世珍宝，顶层的小阁楼就是珍藏宝贝的地方。主人公小石头是一个大胆而又聪明的男孩，对这里最感兴趣，当他打开了那个躺在小阁楼角落，锁得严严实实、浑身满是灰尘的老木箱，也打开了小阁楼的秘密。藏在箱里的无价之宝和祖辈们留下的小纸条，令他和爸爸妈妈终于明白，祖辈们坚守收藏古董这份职业的心愿和真正意义。小说对文化遗产的展示，不仅满足了孩子们了解"非遗"文化的需要，也增加了他们对"非遗"文化的期待。同时，作品还告诉我们：每一件文化遗产都是有生命的，它们都承载着我们民族文化的血脉，这些流淌在我们身体血液里的文化基因，永不磨灭。作为一部童话体小说，《小阁楼 老木箱》完全是借助儿童的眼光或口吻讲述故事的。在作品中，小石头不仅仅是一个叙述视角，同时也是叙述者通过艺术想象创造出来的一个人物形象，儿童具有叙述和被叙述的双重身份。虽然作品试图通过一系列发生在收藏世家小阁楼的神奇故事，唤起读者对文化遗产的认知、保护的重要性和如何给后人带来强大的文化力量和思考，但又丝毫不失"童趣"视点。"童趣"源于"童心"，童心乃孩童般纯真之心。例如，小说开头描写黑暗中那明亮的灯光，"像一只没有瞌睡的鹰，瞪着一双犀利的眼睛"；中间描写一簇簇一朵朵的紫藤花，"你挤着我，我拥着你"……这些形象、生动的语言无不是以童趣建构的纯净画面，诗意盎然。而且这趣味，十分合乎本民族欣赏习惯，与中国儿童有着天然的心灵感应。小说将巴洛克小提琴和十二生肖兄弟作为小说故事的主线，通过大胆想象和拟人的手法，在描绘了文化遗产的同时，也将其与传统文化的现代化命题紧密结合，引发读者的思考。

罗定籍旅德儿童文学作家叶莹的《爱捡树叶的女孩》是一部融异域风

土人情、故乡历史人文、时代风貌于一体的儿童文学作品。桑叶、麦欣、春灵，是三个生长在不同时代、不同国家、不同家庭背景的女孩，她们有一个共同的爱好——拣树叶。她们在大自然中拣拾形态万千的树叶，创作出一幅幅意趣盎然的贴画，制作成美丽独特的饰品，用来玩有趣的"翻对对"游戏……在与树叶相伴的过程中，她们忘记了烦恼，心灵的创伤得到抚慰，收获了友谊，感受到浓浓的友情。那些五彩缤纷的树叶，是女孩们跨越时空相伴成长的情感纽带，也是帮助留守儿童打开心扉，自信、快乐成长的童年秘钥。作品构思特别，有三个时空场景：第一个时空是现在的德国，中德混血儿麦欣和"灵魂交融"的朋友拣拾树叶，制作成树叶卡片，一起玩"翻对对"游戏。麦欣的故事充满阳光，节奏明快。第二个时空是20世纪70年代末80年代初改革开放初期的粤西乡村，书里描述"半留守儿童"桑叶玩石子和树叶，编麦秆，用畚箕在小溪里捞鱼……这些生动的场景，勾起了很多"70后""80后"父母辈读者满满的回忆，也让当代的孩子们走进了历史，与桑叶产生共鸣。前两个时空场景的书写，是双线交织，时空交错，在中德两国之间穿梭。第三个时空，也是故事的最后，作者又让我们跟随着德国孩子麦欣来到当代的粤西乡村，在抗日名将的故乡走进新时代乡村"半留守儿童"春灵的世界，为孩子们打开一扇异国文化碰撞下的心灵交流之窗。该书语言流畅，叙述温馨细腻，书中的插画也是由作者完成：既有栩栩如生的内文钢笔黑白插画，还有趣味盎然的手工树叶贴画彩页，作者更是用现代绘画技术——电脑绘制了色彩明快的封面插图。作者把她对大自然的爱、对孩子们的爱，融入文字、绘画以及树叶贴画，传达给读者们一个简单的道理——即使是最朴实无华的东西，只要用心雕琢，也会成就精彩。

袁博出版的《鸟飞芦苇荡，人迹红海滩》，是儿童生态小说的又一重要收获。小说以辽河口红海滩为背景，讲述了一个存在智力缺陷的孩子被遗弃在红海滩，在许多好心人的照料中温暖地长大，而他又把这种温暖传递给大自然的感人故事。这部作品以丰沛的细节、饱满的感情和丰饶的动植物知识，对如何以儿童文学这个相对轻盈的文体去撬动"生态"这个厚重题材，进行了有力的艺术回应。读过生命科学、人类学、文学三个专业的袁博，他的知识图谱在创作中高效运转。同时，他熟悉并深爱着儿童文学向善、向美的文学特质，以儿童万物有灵的思维模式，传递具有积极时代意义的生态文明观。"他的学者气质的写作带来了儿童文学创作的新气象"①。

四、理论评论彰显现实关怀

2022年，广东儿童文学研究同样在场。评论家在儿童文学方面，敏锐捕捉、深刻思考，不仅有对作品的分析解读，而且对儿童文学创作的现实性进行理论探索，展现出了批评的价值和力量。

吴岩是学者、作家和评论家集于一身的复合型人才，怀抱着自己对科幻的热爱，深入到科幻创作与研究中。2022年，他在南方科技大学、深圳大学、凤凰传媒、第四届全国青少年科普科幻教育大会、深圳图书馆做市民大讲堂、江苏省艺术与科学中心、"让未来照进现实，给想象插上翅膀——以青少年科幻提升青少年科学素养"主题沙龙、"新时代未来文学启航——构建人类命运共同体"高端学术研讨会、中国科幻研究中心2022年度沙龙——科幻创作、"科学理论与科学家"等发表讲演和主题报告20场。其中，2022年3月20日参加牛津中国论坛科幻与科技分论坛"从赛博格格出发——一场科学、伦理与文学的对话"，做了主旨讲演《中国科幻与后人类遭遇的历史观察》；2022年11月11日参加挪威奥斯陆COFUTURES举办的讲座，主讲《Chinese Science Fiction Futurism》，将自己的心得传递给更多热爱科幻的青少年。同时，吴岩还与陈玲主编《中国科幻发展年鉴》（中国科学技术出版社）、与姜振宇合作主编《20世纪中国科幻小说史》（北京大学出版社）。他撰写的《零碳中国，未来已来》《中国科幻未来主义：时代表现、类型与特征》《科幻启蒙，让梦想照进现实》《为什么扎克伯格懂得从科幻中提取概念？》《〈中国轨道号〉创作始末》等10篇科幻文学评论、序言，在《中国文学批评》《粤港澳大湾区文学评论》等重要学术期刊发表或随图书出版。

青年学者洪艳的批评视野宽广，评论热情中肯。洪艳的儿童文学评

① 何敏静等：《袁博为中国儿童文学创作带来哪些新气象》，《中国出版传媒商报》2018年12月21日。

论语言活泼、灵动，在娓娓道来中将她的审美情趣、审美标准和审美判断等和蔼地表达出来，温和恳切。2022年她在《作品》《澳门日报》《湛江日报》等发表儿童文学评论《为孩子的荣光》《成长小说可能有的温度》《童诗中的审美意趣》《地域文化中的童年叙事》等共5篇，主持立项省教厅特色创新类项目课题《生态美育视域下儿童绘本阅读与教学教研》（2022WTSCX300），参编教材《绘本赏析与阅读指导》（复旦大学出版社）1部。马忠希望从文学现场出发，从作品与作家出发，为处于黄金期的中国儿童文学提供价值支撑。2022年他在《文艺报》《文化艺术报》《文学自由谈》《少男少女·小作家》《中国出版传媒商报》等发表儿童文学评论《一部具有时代特色的儿歌集》《童书市场亟须惩劣扬善》《儿童诗也玩"无厘头"？》《脱贫攻坚中的少年力量》《愿每个人心里都住着一颗小星星》《童诗的边界》《莫让童谣走丢哒》《让优秀童书陪伴童年》《不止一种"观察"》《开辟儿童小说新题材》《探究儿童文学的美学特征》等11篇。袁晓峰、晓雷等儿童文学作家则从个人的创作经验出发，分别在《阅读与成才》《童阅》《宝安日报》等发表《绘本中的教育智慧》《在孩童中生长出来的绘本》《通往寓言创作的"东风快递"》《改写法是一种很好用的寓言创作方法》等关于绘本和寓言写作的"诀窍"。

回顾2022年广东儿童文学批评，有一个比较突出的倾向，即是强调面向当下的儿童文学创作现象，例如周思明针对如何让儿童文学这一精神食粮变得"好吃"又有"营养"提出的"儿童文学需要意思与意义并举"问题，与马忠批评当下儿童诗写作的"无厘头""创怪"问题以及陈诗哥关于儿童文学评价标准问题，都是具有代表性的问题。特别在推动儿童文学高质量发展的今天，要满足多元化的儿童审美需求，更加需要儿童文学创作者和研究者深入跟踪和研究。对此，陈诗哥认为，"儿童文学创作者和理论评论界应该开阔眼界，为建构多元的儿童文学评价标准贡献力量。"[①]

除此之外，儿童诗歌借助新媒介影响力回到大众视野、跨界创作中"童话"文体选择、本土原创图画书中年轻作者突出、儿童小说和童话转化为儿

---

① 教鹤然：《儿童文学界学习贯彻党的二十大精神座谈会暨中国作协儿童文学委员会2022年年会发言摘登》，《文艺报》2022年12月9日。

童剧的实践、儿童文学的书写禁忌等都是2022年非常重要的现象和话题。不过，研究尚存在一些不足，比如文体研究涉及的范围不够全面。

五、问题与展望

整体来讲，2022年广东儿童文学的创作，在主题小说（无论是长篇还是短篇）领域和图画书领域，在创新、构思和写作手法上都得到了提升，质量和数量都有突破，交出了一份不错的成绩单。但也还是存在诸多遗憾与不足。比如儿童散文、儿歌童谣等方面，还需要加强，这固然和儿童文学的整体发展有关，但也说明了广东儿童文学创作整体存在短板。事实上，儿童文学作品应根据不同年龄段的儿童特征和兴趣爱好，合理设计文学体裁，应以幻想故事、散文故事、生活故事、童话故事等为主要发展的方向和对象，而部分创作者为了迎合受众兴趣，推出与校园有关的幽默故事，缺乏与家庭之间的互动和交流；儿童诗集相对来说也比较为匮乏。

创新与突破，是广东儿童文学创作突围的目标和动力。广东儿童文学的未来在于创新和质量，需要在以下这些方面努力：

一是要全面关切当下儿童生活现实、心理与精神现状。一代有一代的创造，一代人要处理一代人的经验。当代少年儿童具有与以往孩子不同的特点，这是时代的产物，也是儿童发展的客观趋势。虽然广东每年都有一些以"成长文学"来标榜的作品，但有个别尚缺乏"成长"的特质。无论"并列型"故事的作品，还是"松散型"故事的作品，由于没有艺术地呈现出主人公的精神磨难和寻路状态，人物性格变化发展并不明显。也因此导致典型儿童形象的塑造乏力，具有时代感、开拓性、价值引领性的儿童人物形象非常匮乏。儿童文学对儿童生活的反映不能太平面化，太简单化，而应是多层面的。"我们需要给每个时代的儿童在文化想象层面创造精神代言人"①。

二是要努力创新儿童文学内容，迎合儿童的口味。新媒体时代的到来打破了传统的阅读习惯和方式，新型传媒手段给儿童文学的发展带来了一定的

---

① 张滢莹：《儿童文学工作者应当心怀"国之大者"》，《文学报》2021年10月14日。

冲击，尤其是创作的方式、理念、传播等。针对当前儿童文学发展过程中所面临的困难，创作者不仅要在创作形式方面进行创新，而且应注重强调和突出儿童的生命本位的精神，遵循儿童文学的创作规律和特征，采用丰富的叙事方式进行创作，大胆尝试不同的文风，结合当前新兴媒介的优势，生动再现立体化的故事场景，也可以将孩子们所喜爱的故事和文学作品以动漫的方式呈现，能够更好地迎合儿童群体的口味，满足儿童的成长需求。

三是要不断拓宽题材范围，丰富儿童的文学"世界"。"文学的远见决定了我们对中国儿童的未来想象"[1]。新时代的广东儿童文学，不仅延续了广东当代儿童文学秉持的地域特色，但又不拘泥于此，表现出超越地域的艺术追求。同时还需要贯通历史和未来，贯通数量和质量，贯通中国和世界，努力创造国际化的儿童文学。要敢于向西方儿童文学经典学习、借鉴。欧美儿童文学发展比我们起步早，而且也涌现了很多精品，不少经典也滋养了我们几代人的童年。一位优秀的儿童文学作家一定是有很好的阅读经验的，一定对经典有自己的看法，有自己的理解。不站在巨人的肩膀上，是看不到更开阔的风景的。

儿童文学是文学的重要组成部分。"关怀今日之儿童，即关怀明日之中国。帮助儿童实现心智成长的儿童文学在中国社会主义现代化强国的建设中，始终发挥着独特的重要作用。"[2]不可否认，近年来广东儿童文学创作成绩斐然，硕果累累。囊括了全国优秀儿童文学奖、冰心儿童文学奖、中国好书榜等全国重量级奖项。但与广东小说、散文、诗歌创作相比，与文学大省对文学创作的要求相比，与社会对儿童文学的需求相比，我省儿童文学在创作出版方面还存在不少差距。那么，2023年广东儿童文学作家们又有哪些精彩表现呢？让我们拭目以待！

（本章撰写：马忠，清远市委宣传部《北江》执行主编）

---

① 张莹莹：《儿童文学工作者应当心怀"国之大者"》，《文学报》2021年10月14日。
② 朱自强：《儿童文学艺术攀升的路径和方法》，《光明日报》2021年11月24日。

第九章
影视：为高质量发展蓄力

　　2022年是高质量发展与中国式现代化建设关键的一年。政策方面，2035年建成文化强国目标、党的二十大召开等宏观层面引导下，国家文化部门多措并举，指导电影和电视剧的创作、生产、发行、传播；市场方面，市场变化促使影视行业逐步规范化、标准化，行业整体呈现减量提质、降本增效，电影、电视剧及网络视听节目的规划立项、剧本创作、拍摄制作、审查播出等各环节质量把控水平逐渐提高，创作生产结构逐渐优化，大银幕小荧屏佳作迭出，为影视行业创新发展提供驱动性力量。在政策背景和市场需求影响下，2022年的广东影视年取得亮眼的成绩：全年广东省电影票房37.9亿元，在全国占比12.6%，电影年度票房连续21年位居全国榜首。创作生产上，本年度广东参与出品电影有38部，其中《万里归途》成为国庆档的扛鼎之作，创近16亿元票房收入；《奇迹·笨小孩》创13.79亿元票房收入；粤产经典IP"熊出没"系列电影之《熊出没·重返地球》创9.77亿元票房收入。多部广东作品荣获国家、国际奖项，如《熊出没·重返地球》荣获第35届中国电影金鸡奖最佳美术片；《1950他们正年轻》荣获第35届中国电影金鸡奖最佳纪录/科教片；《我们正年轻》和《1950他们正年轻》获得第十九届中国（广州）国际纪录片节金红棉"组委会特别推荐优秀纪录片"荣誉；《明日战记》获得第14届澳门国际电影节最佳影片荣誉；电影《中国医生》《奇迹·笨小孩》、系列纪录片《柴米油盐之上》、电视剧《绝密使命》《湾区儿女》荣获第十六届精神文明建设"五个一工程"奖；《邓小平小道》荣获第29届大学生电影节"最受大学生欢迎年度影片"，爱尔兰第10届丝绸之路国际电影节（SRIFF）"最佳影片"，并成功入围法国尼斯国际电影节，获得最佳外语片原创剧本、最佳外语片导演、最佳服装、最佳外语片剪辑等五项大奖提名；《奇迹·笨小孩》代表内地角逐第95届奥斯卡"最佳国际影片"……上述作品获得社会效益和经济效益的丰收，在引起观众关注或获得奖项的同时，为国产影视创作注入了新鲜血液和活力。

一、概况

（一）电影创作

受疫情影响、生存较为艰难的2022年，广东电影创作仍然光彩频现。从类型上看，现实主义主旋律影片表现突出，商业片继续多元化探索，戏曲片、动画片屡创佳绩，纪录片弘扬中国精神、发时代之声……类型丰富多元，满足不同群体的观影需求，为实现"两个效益"的双丰收做出了贡献。

剧情片的创作，题材呈现多样化。主旋律影片有《奇迹·笨小孩》《万里归途》《邓小平小道》等；商业片有"扫黑除恶"题材的《扫黑行动》《东北警察故事2》，爱情片《不要忘记我爱你》《世界唯一一个你》《我的遗憾和你有关》，亲子片《盒子的秘密》，喜剧片《带你去见我妈》，科幻片《明日战记》，等等。其中，书写平凡人奋斗史的《奇迹·笨小孩》2022年春节档上映后票房突破13亿元，荣获第17届中国长春电影节"最佳编剧"奖、第十六届精神文明建设"五个一工程"奖，获得口碑、市场双赢；人物传记电影《邓小平小道》讲述邓小平人生中最失意的三年，从他失意时的人生态度以及与家人之间的相处，呈现出人物最平凡真实的一面，在重大革命历史题材影片创作技法上提供了新的范式；中央政法委重大主题宣传项目、"扫黑除恶"题材影片《扫黑行动》在热门的扫黑题材中融入动作戏、追车戏等港片经典元素，增强看点，实现更好的宣传效果；科幻片《明日战记》是近年来华语科幻一次大胆的尝试，加入国产科幻片前所未有的机甲元素，动作场面高燃、视效震撼，是科幻题材电影创作一次有意义的探索。

动画电影是广东电影创作的长项，广东拥有本土IP，如"喜羊羊""熊出没""猪猪侠"等。2022年上映的动画片有《熊出没·重返地球》《喜羊羊与灰太狼之筐出未来》《萌鸡小队：萌闯新世界》《小虎墩大英雄》《开心超人之英雄的心》《猪猪侠大电影·海洋日记》《迷你世界之觉醒》等作品。其中，《熊出没·重返地球》是"熊出没"系列第八部电影，以9.77亿元位列国产动画电影年度票房排行榜首，在2022年荣获第19届中国动漫金龙奖、第35届中国电影金鸡奖"最佳美术片"荣誉；《萌鸡小队：萌闯新世界》改编自播放量超200亿的动画剧集《萌鸡小队》，是广东又一本土动画IP亮相大银幕。此外，在第十二届北京国际电影节项目创投中，广东动画电影《奇幻小人国》在853个参评电影中脱颖而出，入围十大创投制作中项目，而且在这十个项目中，《奇幻小人国》是唯一一部动画类型。广东动画电影因故事精彩、制作精良，竞争力和传播力在行业名列前茅，2022年的作品仍然保持了这一优势。

戏曲电影也是广东电影生产制作的重点之一。2018年，由广州市委宣传部、广州市文化广电新闻出版局主办的"广州市粤剧电影精品工程"启动，这项传承发扬粤剧的创新性工程以"粤剧+电影""文艺+科技"等新形式，拓展粤剧艺术发展空间，扩大粤剧在全国乃至全世界的影响力。工程规划将10部大型粤剧拍摄成为粤剧电影，并在全球范围内发行上映。10部剧目涵盖多部传统经典剧目和优秀新编剧目，在已经完成制作的影片中，《传奇状元伦文叙》《白蛇传·情》《刑场上的婚礼》连续三届分别获第31届、第32届、第33届中国电影金鸡奖"最佳戏曲片提名"，《南越宫词》获得第34届中国电影金鸡奖"最佳戏曲片奖"。2022年，在第四届中国戏曲电影展上，《白蛇传·情》荣获优秀戏曲电影、优秀原创戏曲电影、优秀戏曲电影导演，《南越宫词》荣获优秀戏曲电影、优秀改编戏曲电影奖项。

在2022年纪录电影中，由广东省委宣传部指导《追光万里》，以首位华人奥斯卡金像奖终身评委、年已95岁仍活跃于表演舞台的电影艺术家卢燕追逐电影的生命历程，全方位再现了卢燕、黎民伟、蔡楚生、黄柳霜、李小龙等人对电影事业的热衷、对爱国情怀和民族担当的坚守，立体呈现华人为中国电影乃至世界电影发展所做出的杰出贡献。这些电影艺术家是中国乃至世界影史长河中不可磨灭的耀眼星光，代表了当时中国电影的高峰。电影通过卢燕穿针引线，讲述各位电影先驱的光影故事，借助第一手珍贵的影史资料，重现华人在电影之路上的百年追梦历程。另一部纪录电影《我们正年轻》通过青年创业者、帆船运动员、野生动物保护者、南头古城改造工作人员群体、援港新冠病毒检测人员、相濡以沫的老一辈来深建设者等六组人物，用"小故事"折射"大时代"，展现在党的领导下，在改革开放进程中，特别是党的十八大以来，新时代深圳经济特区乃至粤港澳大湾区所焕发的勃勃生机。

剧本创作方面，为了鼓励和扶持更多的青年电影编剧，繁荣广东电影剧本创作，推动广东电影事业的发展，广东省电影局、南方报业传媒集团、广东省作家协会主办"优秀电影剧本大赛"至2022年已举办四届。第四届的优秀电影剧本征集着眼于传承弘扬中华优秀传统文化，聚焦岭南人文历史故事，特别是岭南"双创"工程故事，重点关注具有鲜明岭南风情、广东风貌的优秀电影剧本，突出以小结果折射大道理、小人物呈现大时代、小故事展现大场景。具体包括讲述"粤菜师傅""广东技工""南粤家政"故事以及讲述醒狮、广彩、潮绣、潮瓷、剪纸、工夫茶等广东"非遗"故事。除了一年一度的优秀剧本征集，其他的扶持措施也一一落实。10月24日，广东省电影局发布《关于征集广东省重点影片项目库入库影片的通知》，公开征集广东省重点影片项目库入库影片，集中优势资源打造更多彰显中国精神、时代气象、岭南风韵的电影精品，更好讲好中国故事、大湾区故事、广东故事。还有为培养粤港澳大湾区电影创作人才，促进中小型电影制作，广东省电影局、创意香港和澳门特别行政区政府文化局联合主办"粤港澳大湾区电影创作投资活动"，本年度创投活动为"2022剧透行动——电影剧本深化计划"，广东地区共98个原创电影项目参与评审，其中《传男不传女》（郑华）、《替罪羊》（范岱锋）入围，代表广东地区参加粤港澳三地最终评审。

（二）电视创作

20世纪八九十年代广东的电视剧以题材优势、价值观念引领以及现实风格独创，开启了打造粤产剧品牌的历程。近年，由广东立项的《太行之脊》《绝密使命》《扫黑风暴》《湾区儿女》《夺金》等作品，在全国电视剧市场产生了较大影响。2022年的广东电视剧创作继续以擦亮粤产剧品牌为目标，深度挖掘题材，创作精品佳作。主要表现在两个方面，一是创作反映粤港澳大湾区建设为导向的现实题材电视剧，如已走过20个年头、突破4000集的广东本土王牌短剧《外来媳妇本地郎》融入更多"湾区元素、港澳元素"；青春励志剧《追梦者联盟》通过展现大湾区年轻人的精神面貌反映大湾区近年来的发展；《狮子山下的故事》从1984年签署《中英联合声明》写起，以粤港澳大湾区的蓬勃发展收尾，书写时代变迁下香港普通民众的命运浮沉，诠释小家与国家风雨同舟、香港与内地命运与共的家国情怀，等等；二是进一步提炼和活化本土历史文化素材，比如《冼夫人传奇》《闯广东》《郁郁葱葱》等。其中《郁郁葱葱》以1927年大革命失败开篇，讲述陈氏三兄妹在父母遇难后，分别在粤药、粤菜、粤剧方面各有所成，国难当头之际，兄妹三人恪守本心，用一腔热血谱写抗日风云传奇。

2022年的电视创作追求提质减量，注重规划，提升质量，打造精品。年度佳作有献礼剧《我们这十年》、系列纪录片《柴米油盐之上》等。《我们这十年》是国家广电总局"十四五"规划的重点剧目，向党的二十大重点献礼剧，剧集通过11个单元故事讲述了2012-2022这十年辉煌成就，聚焦不同行业平凡奋斗者，充分展现党的十八大以来，中国共产党领导下新时代中国特色社会主义的辉煌成就，展现新时代的社会发展变迁，讴歌了人民群众的新风貌、新奋斗，生动诠释在习近平新时代中国特色社会主义思想指引下，中国特色社会主义取得的丰硕成果。该剧播出后，获得社会广泛关注与强烈反响，入选国家广电总局2023年1月公布的"2022中国电视剧选集"。纪录片创作承载着记录时代的重要使命，系列纪录片《柴米油盐之上》回归人间烟火，在三个普通人和一个村庄柴米油盐的日常叙事中，以外籍导演"他者"视角和片中人物亲历者视角，聚焦社会巨变中个人的拼搏奋斗及其喜怒哀乐、冷暖悲欢，探寻中国人特有的文化底色和精神境界，展现时代风貌；通过真实的细节描画普通人生活状况及情感流变，在表现柴米油盐"生活流"之上，勾画不同生活境遇的普通人通过各自的努力奋斗追逐梦想，展现中国式脱贫、致富、追梦的路径，呈现一个真实而立体的中国。该纪录片荣获第十二届芝加哥独立电影节最佳纪录短片奖、第十九届中国（广州）国际纪录片节优秀国际传播中国纪录片、第十六届精神文明建设"五个一工程"优秀作品奖。

此外，在中共中央宣传部2023年度文化产业发展专项资金推动影视产业发展项目拟支持项目公示中，两部粤产剧入围公示名单，分别是由广东南方领航影视传播有限公司申报的电视剧《万水千山总是情》，以及由广东爱虎投资股份有限公司申报的电视剧《从这里开始》。

（三）网络影视创作

2022年，从主管部门到视频平台再到主流业界，对网络影视创作、生产给予了极大的引导、扶持和关注，网络影视产业结构逐渐完善，制片品质提升显著、题材类型更为多元，网络视听作品制作水准提升，无论在内容创作模式、商业模式还是营销模式上都实现了迭代升级。

2022年网络影视创作，在题材类型上，惊悚、武侠、古装、奇幻仍然是内容"聚集地"。网络电影类型中，惊悚片更受欢迎，原因主要是两方面：一是惊悚题材作品作为国内院线电影少见的类型，网络影视作品满足了一定的好奇和期待；二是惊悚元素适配于多元类型融合创作，从内容创新、题材融合等角度来看也具备一定的优势。根据灯塔专业版数据显示，2022年全网分账票房榜前30以普通分账模式上线的千万量级网络电影中，涵盖惊悚、恐怖元素的影片就高达9部，占比将近30%。2022年度分账前三《阴阳镇怪谈》《大蛇3：龙蛇之战》《开棺》无一例外都是带有惊悚或恐怖元素的影片，分账票房均达到了3000万以上。其中，《开棺》是广东出品的作品，影片将盗墓故事与中国民俗元素结合，并融入刑侦悬疑元素，剧情跌宕起伏，环环相扣，惊悚层层递进，其视觉效果达到了悬疑惊悚片较高品质。本年度广东网络电影作品还有集动作、灾难、怪兽等众多商业元素的《狂鳄》，杂糅着东方奇幻、怪俗、杂谈的《鬼吹灯之精绝古城》，古装奇幻题材的《男狐聊斋3》、玄幻题材的《屠魔战神》、动作片《广东十虎：铁拳无敌》等。网络剧方面则有武侠题材的《说英雄谁是英雄》《且试天下》，具有冒险、奇幻色彩的《昆仑神宫》，古装玄幻爱情轻喜剧《闻香榭》等。

在悬疑、冒险、喜剧等传统类型之外，现实主义题材和主旋律创作的加入，也让网络影视创作迸发出更为蓬勃的生命力。比如网络电影《猎毒之闪电突击》，为《猎毒》系列第二部网络电影，改编自真实缉毒大案，讲述了缉毒干警精准打击违法犯罪活动并最终战胜毒贩的故事。影片以纪实主义的手法，力求还原出缉毒战警办案的真实细节，从沿海封锁运毒渠道，到顺藤摸瓜寻找地下交易的脉络，再到卧底潜入探清毒窝所在，最后团队出击将贩毒团伙一网打尽，成功再现了缉毒战警勇斗跨国贩毒团伙的英勇历程，致敬负重前行的缉毒战警。此外，爱情题材、青春励志题材重镇的网络剧创作，在2022年也推出了《从零到一的爱情》《爱上你是命中注定》《终于轮到我恋爱了》《星河璀璨的我们》等作品，爱情与梦想的融合，引发人们对爱情的思考，激发追求梦想的力量，这是此类题材经久不衰的原因所在。

可以说，网络影视创作正走在探索宣传表达与商业价值双向需求兼顾的道路上。近年，在文化产业全面发展及政策引导下，网络影视创作加入传播岭南文化、推进传统岭南文化创新性发展的队伍，2022年，由广东省广播电视局、广东省乡村振兴局、广东省人民政府文史研究馆主办的"锦绣中华 大美岭南——传承岭南文化、讲好岭南故事"网络视听节目品牌促进计划活动举办了第二届，网络电影《猎毒之闪狙行动》和脱贫攻坚和乡村振兴为主题的网络电影《凤归梧桐》获得"优秀作品"荣誉。

二、创作特点及发展方向

2022年广东影视文学佳作频现，《邓小平小道》《奇迹·笨小孩》《追光万里》《熊出没·重返地球》《柴米油盐之上》等作品，获得了市场和口碑的双赢，它们的成功昭示着一种创作趋势：用中国人的文化、语言、思维来讲述中国故事，拍出具有特色的"中国式"影视作品，彰显中华民族的文化自信。

（一）历史感与现实感的深度融合

2022年的影视作品呈现了历史厚重感与艺术现代感结合的特征，代表性作品有电影《追光万里》和《邓小平小道》。

1. 《追光万里》

《追光万里》追忆老一辈广东籍电影人的奋斗史，是一部回溯历史的纪录片。影片的内容不仅呈现了厚重的历史感，在思想观念和艺术表达上也有着与当下接轨的现代感。

首先，在讲述粤籍电影人的故事时，影片并不只是简单地展示他们的人生履历，而是从他们的经历中提炼出"共性"——开放求新，敢为人先，而这正是广东人特有的地域文化个性，也是中华民族精神的重要组成部分，在精神元素上联通了过去与现在。故事从卢燕的人生历程切入，以四个主要地域作为叙述时空，洛杉矶、香港、上海、广东，随着卢燕重返故土的旅程，电影前辈的身影一个个浮现，散落在影史上的珍珠被串联成一幅交相辉映的图谱。影片展示了广东电影人大胆创造的"第一个"：第一个中国纪录片制片人黎民伟，第一个在市场击败好莱坞大片的中国电影导演蔡楚生，第一个让中国电影成功打入全球市场的华人演员李小龙，第一个在洛杉矶星光大道留星的华人黄柳霜，第一个成为奥斯卡金像奖终身评委的华人卢燕。前辈的故事，形成环环相扣、层层递进的意义深度；从黄柳霜到李小龙，他们完成了世界电影史上华人形象的一次转身。在回忆梅兰芳、梅葆玖、黄柳霜、黎民伟、郑正秋、蔡楚生、阮玲玉、胡蝶等历史人物的过程中，《董夫人》《山路》《大地》《八百壮士》《渔光曲》《新女性》《一江春水向东流》《南海潮》《勋业千秋》《猛龙过江》《精武门》等经典电影片段复现，这些人物和作品又引出林青霞、胡歌、赖声川、白先勇、李安、何冀平、曾小敏等当代电影人，寓意追光之旅后继有人。

其次，在艺术观念及艺术表达上追求现代感。影片在尊重纪录片真实风格的前提下，将新闻片、资料片的素材与故事片、动画片的表现手法巧妙地融为一体，丰富文史纪录片的艺术表现形式，实现理性与感性和谐统一，符合现代观众审美需求。叙事上的巧思表现在：其一，借鉴文学的抒情散文风格和故事片时空交错手法，通过一位年过九旬的旅美电影艺术家卢燕回国寻根的过程，引出多位粤籍影坛名人的故事，并串连起来；寻访过程与影史画面交叉组接，变化丰富灵活，将治史的严谨与感情的抒发巧妙融合。其二，适当运用"情景再现"和动漫镜头，增强表现力。如表现黎民伟等五位先辈的青年时代，采用"情景再现"，令其充满青春气息；又如表现李小龙往事的素描式漫画配旁白，配音演员仿李小龙的口吻读李小龙写的回忆录，令史料活化。

可以说，《追光万里》尝试将真实性、哲理性、艺术性、观赏性共冶一炉，做到既有历史感，又贴近今天的观众，它所传达的精神突破了地域之限，致敬所有为中国电影事业作出贡献的从业者，照亮来路，激励后辈前行。

2. 《邓小平小道》

电影《邓小平小道》再现1969年10月至1973年2月邓小平被下放江西工厂劳动的生活。为了便于小平同志上下班，工友们在工厂后墙开了一个小门，修整出一条1.5公里的小路，每天沿着一条小道到工厂劳动，风雨无阻，他也经常在小道上散步思考，"小平小道"便是由此得来。在这段日子里，小平同志身处逆境却毫无怯色，从不计较个人和家庭得失，在认真工作、悉心照顾家人的同时，心系国家命运，牵挂人民冷暖，不断思考着中国的前途和命运，通过与基层群众的接触，感知民生疾苦，悟出"贫穷不是社会主义""说一千道一万，让老百姓过上好日子才是根本"的朴素真理。这正是影片所揭示的，一条乡间小道延伸出了一条改革开放的康庄大道，邓小平的一系列深刻的思想发源于这条小道，"邓小平小道"的深刻寓意在此。

这部影片在重大革命历史题材人物传记电影创作上的探索和创新具有启发和借鉴意义。

首先，叙事上着力于写实与写意融合。对于重大革命历史题材电影的创作，尤其是人物传记类电影的创作来说，过于拘泥历史真实的叙述史实或是缺乏扎实的史料基础的空泛写意与想象，都会失之偏颇，导致影片失败。《邓小平小道》将写实与写意有机结合起来，历史事件及脉络有据可查，尊重史实，同时不拘泥于文献记载，而是将充满诗意和艺术感的写意手法与写实融合，最具代表性的即是"小道"的刻画。它既是实实在在的小道，当年邓小平同志上班工作的必经之路，又是"人格化"的小道。在极具象征意义的镜头语言下，"小道"一方面寓意"文革"中"靠边站"，另一方面暗示邓小平同志对于中国未来道路何去何从的思考。小道既体现小平同志在政治、工作、生活、情感上，犹如小道般崎岖不平、荆棘遍布所面临的巨大压力，同时也寓意小平坚韧的政治品格。无论风云如何变幻，这位无产阶级革命家、党的忠诚战士，在逆境中仍坚守信仰，心系人民，用革命乐观主义精神，走出这条小道，走出小平的思想之道。小道见证了小平作为共产党员的初心本色，小道深刻影响了他"文革"后作为国家领袖面对中国命运作出的一系列重大决策。"小平小道"最终引领中国走上改革开放、强国富民的康庄大道。

影片中的写实不仅仅停留在历史再现层面，而是赋予了浪漫、深情、充满戏剧性张力的写意表达。写实与写意的结合，实现了在还原真实生活场景和故事的同时挖掘出背后深刻的思想内涵。特殊生涯中邓小平和家人的生活情况和工作状态的真实生动的演绎，表现邓小平坚韧深沉、淡定从容、处变不惊的性格与人格魅力的同时，展现他对于国家和人民前途命运的忧虑与思考，为后来拉开改革开放的时代大幕、开辟中国特色社会主义道路做了铺垫。这些对于回顾与反思历史都具有重要的意义和价值。

其次，以小见大，细腻刻画人物感情。面对重大的题材、重大的内容，该片没有通过大事件、大人物的铺叙和展开来以"大"写"大"，而是着力选择了小人物、小故事、小细节，以小见大地呈现出真实细腻的日常生活状态，令影片更接地气，让人感受到真切与真诚，比如邓小平与卓琳相濡以沫、风雨同舟的真挚动人的爱情，与儿子邓朴方之间的父子深情，以及与工友之间的真挚友情……人与人之间发生的故事落在"情"字上，以情感人。在主角塑造上，影片也没有把人物的政治韬略和深谋远虑作为重点刻画，而是更多表现邓小平来自人民的革命本色以及乐观、豁达。如修配厂厂长罗朋和监督邓小平一家生活的黄干事二人，前者对邓小平一家百般保护，热情照顾；而后者却是装腔作势，百般刁难。但在影片最后，当邓小平要调回到北京时，黄干事非常紧张惶恐，这时邓小平对两人说，"你们俩一个保护我，一个监管我，达到了共同目标，把我保护好了，谢谢你们！"一句话表现伟人胸襟。又如在自家院子建厕所"积肥"，给孩子们"送粽子"等生活细节，都从不同侧面通过日常表达出普通老百姓对于安定富足生活的向往，体现邓小平对于大胆探索中国特色社会主义道路的决心。

总的来说，电影《邓小平小道》没有故作艰深，而是围绕一条"小道"讲故事，一厂一家两点一线的空间场景，三年零四个月的故事时间跨度，却凭着厚重凝练的历史质感，鲜活生动的故事情节，以及精湛的表演，完成了一部佳作，也成为近年来重大革命历史人物传记电影创作中具有突破性意义的代表性作品。

（二）温暖现实主义为底色的中国式故事

近年兼具艺术性与商业性的"新主流电影"成为市场的新宠。这类作品坚持以人民为中心、在现实主义表现力和锐度与建设性的、积极的创作主题之间达成统一的"温暖现实主义创作理念"，创作"平民生活史诗"。2022年的代表作品为《奇迹·笨小孩》。

这是一部奋斗者的电影，讲述了20岁的手机维修师景浩带着患有先天性心脏病的妹妹在深圳打工，为了凑齐妹妹35万元手术费，历经千辛万苦，最终有了回报，不仅仅与大公司达成合作，还创建了自己的公司。作为中宣部国家电影局的重点电影项目和重点建党百年献礼片，导演在特定的主题创作中，突破了传统献礼片趋于固化的创作模式，以一种更为温情化、青春化的叙事策略，展现了中国新时代追光者敢于创新、勇于拼搏的精神面貌，歌颂了现实生活中每一个不畏艰难、追求幸福的普通人。

作为现实主义电影作品，《奇迹·笨小孩》既带有强烈的现实题材电影的特征，也具有丰富的时代性。具体体现在两个方面：一是表现的人物都是都市小人物，跟随景浩创业的"奇迹小队"是各种社会"边缘人"，如遭遇工伤导致耳聋的女工汪春梅、进过监狱的拳击手张龙豪，还有两位网瘾青年以及养老院的断腿老兵，他们代表着处于弱势的社会群体。二是现实题材电影的重要特征是对社会图景的全景展示，尤其是从空间角度呈现两极分化的社会结构，展现小人物的卑微与无望以及大人物的高高在上和优越。影片用平朴的叙事手法，展现新时代普通中国人的喜怒哀乐，凸显中国人乐观坚强的生活态度。主人公即平凡的市井之民，没有显赫家世，没有惊人学历，没有豪门垂青，渴望金钱，但在大是大非面前保持清醒。人生最艰难的时候，一群小人物与之共患难，彰显出人间真情。

影片的现实性和时代性也体现出鲜明的地缘文化品格。在主角景浩身上可以看到人们印象中的深圳人——说得少而做得多，敢做事，而且敢埋头做大事。影片为展现其深圳地缘典型性而设置出一系列危机课题，让他逐一化解，从而展现其性格的发展、升华，凸显其超凡的英雄品格。作为景浩的身边人，群像人物的塑造从不同方面对景浩形象的典型性起到不同而又必要的烘托作用，比如妹妹景彤心疼、关心兄长；梁永诚热情厚道、助人为乐；汪春梅身残志坚，为人仗义等等。透过人物群像，影片映照出当代深圳地缘文化品格或地缘文化精神，令人感受到生长于这独特地理环境中的市民生活方式的价值系统及其鲜活的感性风貌，触摸到城市的灵魂。

在叙事上，《奇迹·笨小孩》则是注重温情治愈氛围的营造。比如景浩创业的目的是赚取妹妹高昂的医疗费，而不是取得世俗意义上的成功，可见影片的主旨并不仅仅停留在草根逆袭励志层面，而是更倾向于表现人在面对困难时的一种态度，即"奇迹不是终点，而是方向"。又如，影片在表现景浩创办电子元件厂的艰辛时，并没有采用传统的内忧外患的剧作套路，而是通过对外部重重阻碍的呈现，如政策法规的实施、恶劣的灾害天气、甲方提出的严苛要求等，反衬出工厂全体员工的团结友爱与互帮互助。在汪春梅被欺负时，景浩挺身而出为她撑腰，只因为"我是她的厂长"；在景浩一筹莫展、穷途末路时，工厂的每一个员工都伸出了援助之手。创业艰辛之下，更为浓厚的是人与人之间的真诚友爱、相互扶持。此外，影片"悲"事"喜"拍的手法也增添了温情的色彩。比如景浩以"我可以修"阻止因助听器被打坏而暴怒的汪春梅，又如大团圆的结局，等等，以乐观和积极的心态化解艰辛与悲伤。

整体而言，《奇迹·笨小孩》以奇迹性的故事体现现实主义精神，并有意识地兼顾这两者或更多方面，在创作时既大胆揭露社会现实中人的辛酸处境，又展现社会现实中整体性的乐观气象，还能让观众乐于前往影院观看，以及让电影创作者从中找到艺术创新点，从而使得影片在社会关怀、理想导向、商业娱乐和艺术追求四方面达成高度融合。

（三）走向成熟的IP开发

1. 传统戏曲改编

中国传统戏曲文本都是源自耳熟能详的"IP"，这些剧目长久以来为百姓所喜爱、所传唱，也由此流传下来。可见经典IP的生命力。近年来，"戏曲+电影"的艺术作品有了颇多新意，有的将传统剧目搬上大银幕再现经典，有的则在元素的打破与融合中讲述新故事，使传统戏曲在新时代实现传承创新、完成广泛传播，有了更大、更好的可能。戏曲电影对经典剧目开掘的意义不仅在于由时间积淀而来的受众基础深厚、便于市场营销，更在于经典重现是各种文化交流碰撞的基点、一个民族文化自信的表现。2022年广东影视创作中，代表作品为《南越宫词》。

《南越宫词》是"广州粤剧电影十大精品工程"重点项目，于2021年荣获第34届中国电影金鸡奖最佳戏曲片奖，这部讲述赵佗南下征战百越，以罢战求和促进民族融合的影片，在叙说历史和"戏影结合"上呈现了较为独特的构思和艺术表现。

（1）历史照进现实的主题表达

影片的主人公——南越国创建者赵佗是统一岭南、开发岭南、经营岭南的第一人，在岭南地区的人文、政治、文化、客家民系、民族融合等方面影响深远，可供书写和讲述的素材不少，《南越宫词》选择赵佗"折剑罢战求和"这一与个人命运、民族命运密切相关的关键转折点为"戏眼"，可谓抓住了历史与现实最佳的连接点。

赵佗引入中原文化，文明治越，以行动实践"和集百越""汉越一家"的民族融合政策，开拓了中原文化、百越文化和海外文化在岭南地区交流、融合的局面，奠定了岭南多元一体化的文化格局，为开放、兼容文化气质的生长和传承播下了种子；同时，赵佗"以和合谋共生"的治理、发展之道，所体现的正是中华文明的核心价值理念，它于个人而言，是一种修养目标；于国家而言，是一种价值追求；于人类发展而言，是构建理想社会的价值依据。"以史为鉴，可以知兴替"，《南越宫词》通过赵佗从好战到罢战求和的转变，努力建构地区和谐发展的过程，彰显中华文明在民族统一上的智慧，体现中华民族统一的共同心愿，传达着人类和谐发展的共同价值诉求。这既是岭南文化的思想资源，更是中华民族的思想资源，在当下推进粤港澳大湾区发展、推动构建人类命运共同体的时代潮流下，这种影像化的呈现，体现了以历史关照现实，有着传承、发扬的意义。

（2）戏曲结构与电影技术的融合

作为戏曲电影，《南越宫词》与同类型影片一样，面临着"戏曲"与"电影"两种艺术样式的结合问题。在这一点上，《南越宫词》选择了戏曲结构与电影技术融合之路。

在叙事结构上，影片遵从粤剧《南越宫词》的结构，以事件的纵深发展铺展情节，以人物之间的关系和人物情感变化为"戏核"，保留戏曲线索清晰、冲突直接、首尾完备的整体性特点，充分保留戏曲的原汁原味。在叙事视角上，则利用摄影机运动、数字技术等电影艺术手段，传达超戏曲、超现实的电影主体存在感、虚拟世界的真实性和现实性，比如以远景、特写等抒情性镜头，以写实性电影语言呈现写意意境；以蒙太奇或并列镜头，丰富场景、画面含义，表达人物情感、情绪和心理；以运动镜头展现空间，展现人物运动，在戏曲节奏之外呈现戏曲电影特有的节奏；以摄影机移动与曲调音乐、动作的协调，及场面调度产生不同景别，表现戏曲中身段和动作的连贯性，等等。

影片巧妙地利用摄影机所能控制的强弱、角度、距离，实现了戏曲节奏向电影节奏的转换，以电影的技术实现了戏曲意趣的"可视化"，而戏曲本身的故事性、技巧性表演和优美的唱腔保留了戏曲的"本味"，同时也强化了电影美学中新奇性的追求，在一定程度上实现了戏曲与电影之间的互文共鸣。

（3）坚守文化本体的探索

戏曲电影是电影影像与戏曲程式重组、融合的跨媒介美学形态，创作者选择"以影就戏"还是"以戏就影"，直接着影响影片审美和意趣的传达。粤剧电影《南越宫词》所选择的形式更接近于"以影就戏"，因此，观众在影片中可以看到布偶饰演的婴儿、无实物的汤药喂送等纯粹戏曲化的舞台表演画面。这是一种对戏曲本体坚守的探索，同时也体现了一种固执的艺术创作理念。

这种固执可行还是不可行，是见仁见智的。站在坚持者的角度，戏曲是守护民族文化本体安全的重要形式，戏曲电影的创作在很大程度上寄寓着民族安全感的认知和情感依托，因此尽可能地保留戏曲本体是这种观念体现。然而，站在戏曲电影发展视角上看，戏曲电影创作的目的应是以光影艺术呈现戏曲艺术的魅力，让戏曲艺术焕发活力，戏曲中唯美、含蓄、蕴藉之美在电影中需要与大众审美对接，而不仅仅是戏曲审美单方面的强势突出，忽视电影审美特性。二者也需要一种智慧的处理策略。如同《南越宫词》所表达的主题，戏曲电影的发展也需要走出一条戏曲审美与电影审美、现代性与传统性互融共生的道路，以光影艺术开拓戏曲意象的新想象，两种艺术美的融合，既可以让戏曲美学精神、文化血脉长久延续、生生不息，又可以成就电影民族化及其国际传播道路上的艺术表达，用精彩的中国故事传播中国声音。

2. 文学作品的改编

在2022年网络影视创作中，有一个重要特征是近年受到追捧的IP改编寻求内容创新的突破口。对于创作空间与环境较为宽松的网络影视市场来说，为了控制试错成本，通过更为详尽、细致的大数据平台对观众、市场反馈，发掘具有改编价值的文学作品，能够有效降低影视改编的市场风险。本年度的IP改编影视作品影响力比较大的有改编自温瑞安所著同名武侠小说的《说英雄谁是英雄》（网络剧），改编自同名网络小说的《且试天下》（网络剧），改编自天下霸唱"鬼吹灯"系列小说的《昆仑神宫》（网络剧）、《鬼吹灯之精绝古城》（网络电影），改编自同名网络小说的《闻香榭》（网络剧），改编自网络小说《总裁误宠替身甜妻》的《终于轮到我恋爱了》（网络剧），等等。其中，《昆仑神宫》在尊重原著的基础上，删繁就简突出亮点，运用巧思放大"神来之笔"的细节，以精良的制作受到广泛好评，获得国家广电总局网络视听节目管理司"2022网络视听精品节目"荣誉；《闻香榭》是广东肇庆作家徐爱丽以"海的温度"为笔名创作的一部小说，网络剧《闻香榭》的播出实现了本土文学创作与影视创作的一次联动。

3. IP的持续开发

在IP开发上，影视行业已经告别了跑马圈地的粗放发展阶段，正逐渐走上内容精品化之路，生产制作需以内容带动口碑，以口碑带动商业化，实现优质内容驱动。因此，对IP的开发，需要有持续性的开发与拓展，有长远的规划。这也是广东影视创作重点之一，比如"喜羊羊""熊出没""猪猪侠""开心超人"等动画IP持续产出影视作品，又如根据真实案件改编的"猎毒"系列网络电影，根据"鬼吹灯"系列网络小说改编的网络电影、网络剧等。

在诸多广东作品中，IP的持续开发突出表现在动画电影制作方面。盘点2022年的粤产电影不难发现，不少粤产经典IP都推出了新故事。如"喜羊羊"的故事从青青草原演绎到了篮球场上，《喜羊羊与灰太狼之筐出未来》在2022年春节档上映，与当时掀起全民热潮的冬奥会一起，用体育竞技诠释一些关于生活的真理；"猪猪侠"在暑期档推出了电影《猪猪侠大电影·海洋日记》，新的故事发生在海洋中，"水元素"的处理也为动画制作带来了新的挑战和难度；开心超人、贝肯熊、潜艇总动员、洛克王国等粤产IP也渐次在大银幕上开展着续集。这其中最有代表性的是《熊出没》。《熊出没》系列电影将原电视动画的低幼定位升级为电影的"合家欢"定位，坚持IP升级，不断提升影片内涵与制作水平，在巩固儿童观众的同时积极吸引成人观众，大小群体兼顾。该系列每部影片叠加不同的新空间作为故事发生地，让人物在新空间进行冒险，以新空间场景呈现新的视觉奇观，增强新鲜感和吸引力。各部影片的独特叙事空间，为每部影片带来了鲜明的特色。从最初的育婴话题，进而探讨童年、责任，到加入平行空间、微观世界、原始时空、基因技术……不断拓展新内容，在探险、搞笑、成长、励志、亲情、友情等多种元素融合中，增加观赏性。对于《熊出没》这样一个国民性的动画IP，还需要在类型和人物上不断延伸来拓展IP的空间。每一部《熊出没》都会加入新的角色，例如《熊出没之雪岭熊风》增加了白熊团子这一角色，《熊出没之熊心归来》增加了猩猩黑风，《熊出没·奇幻空间》增加了探宝机器人COCO，《熊出没·原始时代》则增加了狼女飞飞，《熊出没·狂野大陆》中增加了乐天、汤姆、元宝等一系列全新的形象，在《熊出没·重返地球》

中增加的则是"外星喵"阿布。阿布的加入，丰富了故事线，拓展了故事的科幻方向，新角色所延伸出来的莱尔特族文明给电影带来了更丰富的主题，这让整部电影在立意上更加深化，成为该系列动画电影最大的进步之一。《熊出没·重返地球》收获了9.77亿元票房，并获得第35届中国电影金鸡奖"最佳美术片"奖项。评委会提出，《熊出没·重返地球》巧妙地融入了航天科幻元素，叙事背景从大森林发展到太空，以震撼的机甲战斗场面、酷炫的星际奇观展现《熊出没》系列动画电影贯穿始终的欢乐、温暖、环保的主题，创新突破明显。在故事叙述、艺术呈现、视效制作都有较高质量，标志着合家欢电影创作有新的提升。

除了这些观众早已耳熟能详的动画IP之外，在2022年的粤产电影中，新的动画IP也渐露头角。如电影《小虎墩大英雄》创造了一个虎头虎脑的讨喜新角色小虎墩。在登上大银幕前，这个"虎头虎脑"的可爱形象已经通过短视频在很多新媒体平台传播。从《小虎墩大英雄》的"粉丝先行模式"中也可以窥见粤产动画近年来的一种新变：即在受众基础、粉丝基础上做原创，让后续的作品在面世时有更多保障。同样拥有粉丝的粤产动画电影《迷你世界之觉醒》脱胎于游戏《迷你世界》，构建了地上和地下两个世界，通过这两个世界的矛盾和冲突展开故事。这些新动画IP的发展路径体现着广东动画市场的新模式：先有粉丝、受众，先做IP和小内容，在有了一定消费群后再做院线电影，这种轻量级的IP创作模式在一定程度上能规避风险。

多个持久电影IP输出的背后是广东动漫动画文化的长期深耕。从动画IP的持续开发也可以看到，广东影视对于原创IP的开发和运营，逐渐承担起传播本土文化、建构本土市场、培育本土观众的使命，为打造真正具有中国特色的IP资源努力。

（四）浓郁南派风格的本土题材创作

影视艺术的本土化创作是指在主题意蕴、故事结构、叙事策略、人物塑造、情感表达和审美范式等方面，凸显民族文化特色和本土美学韵味，立足于文化自信和文化自觉，打造具有本土化创作特点的影视作品。广东的影视创作一直有着强烈的本土意识和鲜明的地域风情，反映岭南人和事、展示岭南风情，彰显朴素务实的美学观、价值观，亦是2022年作品的一大亮点。

电影作品有《带你去见我妈》《戏是人生》等。前者从取材、剧作到表演、视听语言等等，全方位延续了"潮汕本土化"的创作路线，在潮汕风情的烘托下，树立出一个典型的潮汕母亲形象，讲述了一个平淡而又感人肺腑的家庭故事，在表现两代人互相和解的过程中反映潮汕文化推陈出新的过程。后者则通过三位主人追求潮剧艺术的成长历程，见证时代风云，激发新时代年轻人对古老艺术的兴趣。

电视剧创作上，《外来媳妇本地郎》《追梦者联盟》《狮子山下的故事》具有代表性。已走过逾20个年头、突破4000集的广东本土王牌短剧《外来媳妇本地郎》以历史基础、语言基础的支撑完成情境构建，通过具体环境的布局、典型人物的塑造和时事事件的构思完成对广州经验与岭南文化的表述。2022年，为活化品牌，融入更多的"湾区元素、港澳元素"。青春励志剧《追梦者联盟》把大湾区年轻人的精神面貌集中于六位性格鲜明且极具代表性的追梦人身上，通过生活化喜剧化的呈现方式，展现粤港澳大湾区近年来的发展风貌。《狮子山下的故事》的故事从1984年《中英联合声明》签署开始，串联申奥成功、香港回归、金融风暴、"非典"疫情、内地香港紧密合作、粤港澳大湾区构建等国家大事，在时代洪流中讲述小人物的酸甜苦辣，实现小人物命运与时代的同频共振，完成了平民史诗的建构。在构思上，将故事的舞台设置在茶餐厅——香港文化的象征；在叙事上，从没有血缘关系的三兄弟的故事到儿女们成长后的不同道路，以来自广东佛山的女性梁欢为中心，历经两代人，从"好兄弟"茶餐厅到"喜欢你"茶餐厅，形象地呈现了香港30余年社会环境与人们心理的变化。剧中角色相遇时分别来自内地和香港不同的地域，而事实上又都是不同时期来到香港打拼的内地人，内地与香港血浓于水的血脉绵延，在他们身上得以体现。在香港回归祖国25周年之际，该剧在烟火气息中实现香港故事的温暖表达。它让我们看到，历史是由每一个有血有肉有情的人创造的，故事是由每一个可知可感可念的细节构成的，共鸣来自与"狮子山精神"同根同源的中华亲情的感召。

浓郁地域色彩的影视创作令抽象的概念变得具体而生动，富有色彩、声音和气息的作品才能得到观众的喜爱。可以说，本土化是中国观众的共情点，也是影视创作的立足点，是中国影视作品区别于好莱坞乃至其他影视文化的关键所在。广东影视创作便是朝着这一方向的努力，使作品融入本土风骨，发出"时代强音"。

三、问题与建议

在2035年建成社会主义文化强国目标、党的二十大召开等宏观因素的影响，以及市场需求变化促进下，2022年的影视剧生产整体呈现减量提质、降本增效的趋势，本年度广东影视也奉献了不少精品佳作。但同时也出现了一些问题需要引起注意。

其中一个是关于塑造有争议的历史人物。电视剧《广州十三行》尚未播出就因人物原型的历史问题引发声讨，争论的焦点在于将一个饱受历史争议的负面人物塑造成弘扬文化自信的民族英雄，存在历史虚无主义倾向。历史虚无主义是对历史的本质、真相和规律持否定、消解或涂改的态度，对历史现象、历史真实和历史人物任意解释甚至刻意歪曲的一种历史观。《广州十三行》则是因为对历史人物投注过多不合时宜的"偏爱"，创作滑向了历史虚无主义。影视创作克服历史虚无主义，关键是要坚定创作者的社会主义核心价值观；对待历史，需坚持唯物史观，通过文艺作品传递真、善、美，引导人们树立和坚持正确的历史观、民族观、国家观和文化观。广东影视创作者需从中吸取教训。

另一个是关于大湾区题材的影视创作。虽然近年推出了不少关于大湾区题材的影视作品，但是，作为一项国家战略，作为推动"一国两制"事业发展的新实践，粤港澳大湾区建设的重要性还未充分显现于影视领域，期待更多这方面题材影视剧面世，共同为粤港澳大湾区建设增色添光，为这个时代烙下更深刻的印记。已经上映或播出的作品也存在一些不足，比如有的作品情节设置程序化、人物塑造脸谱化，机械式的艺术表达和高高在上的"宣传式"传播，并不能真正做到深入人心。在创作有关粤港澳大湾区背景的作品时，创作者应有意识地避免上述问题。大湾区题材有待继续挖掘，期待广东影视创作人创作出更多接地气、有人情味、经得起推敲的优秀作品。

《"十四五"中国电影发展规划》中指出，"彰显中国精神、中国价值、中国力量、中国美学的精品力作不断涌现"，关键的着力点在于"精品"，作品的"质"大于总体的"量"。国家层面陆续推出的具有"中国性"的政策，助推了影视艺术的整体构造、整合与布局。进入新时代以来，中国影视发展进入快车道，创作生产能力显著提高，精品力作不断涌现，但中国影视如何在世界影视格局中拥有更大的话语权和影响力，仍然是一大难题。影视创作高质量发展的土壤仍需培育。对于广东影视创作者而言，需要努力修炼内功，积极探索本土化、民族化的创作道路，继承优秀传统文化，弘扬时代精神，立足本土，面向世界，将中华文化基因与当代文化相适应、与现代社会相协调，和时代价值同频，和世界文化融通，作品才会拥有强大的生命力和影响力，广东影视创作的整体品质才能得到提升。那些产生热烈社会反响的作品无不熔铸了主创团队高远的创作初心和情怀。未来的创作，需要朝着这个方向努力：选题胸怀"两个大局"和"国之大者"，记录时代铿锵行进的足音，触摸时代激越奋进的脉搏，倾听人民群众拼搏奋斗追求美好生活的心声；以富含精神营养的高质量作品发出时代之音，在亿万中国人民心中挺起民族精神之脊、中华文化之脊，为实现"第二个百年"奋斗目标、实现中华民族伟大复兴中国梦增强团结奋进的精神力量。

（本章撰写：易文翔，文学博士、广东省文艺研究所副研究员）

第十章
网络文学：现实题材的崛起与对岭南文学的承续

2022年，广东网络文学的创作者仍然保持着充分的文化自信，不论是在传统网络文学方面，或是网络文学的现实题材创作方面，都展现出足够的创作热情，守正创新，立心铸魂，承担起属于创作者的历史使命，去谱写伟大时代的恢宏气象。

以下主要从广东网络文学概貌、对岭南文学的承续、现实题材的崛起和重点作品盘点等诸多板块，来展现广东网络文学在2022年的自我迭代和创新，从IP改编到创作方向的新突破，再到网络文学对于整体的岭南文脉传承和赓续，来总结归纳广东网络文学于2022年的闪光之处以及有待加强的环节。

一、网络文学概貌

2022年，全世界范围内新冠疫情持续蔓延，当远程和移动办公进入常态化之后，数字道德和隐私的问题日益突出，各国政府纷纷出台网络空间治理解决方案和举措，加快构建网络安全法律规范、行政监管、行业保护、技术保障等治理措施。而对于我国网络文学来讲，也同样在反盗版方面，开始了重拳出击，使得网络文学的整体生态，有所改善。

根据中国版权协会在2022年5月举办《2021年中国网络文学版权保护与发展报告》发布会所提及数据，仅2021年中国网络文学盗版损失规模就达到62亿元，同比上升2.8%，保守估计已侵占网络文学产业17.3%的市场份额。

多数网络文学平台每年有80%以上的作品被盗版；82.6%的网络作家深受盗版侵害，其中频繁经历盗版的比例超过四成。为此，作家代表在发布会上呼吁社会各界联合起来对网络文学侵权盗版行为予以曝光、公示，呼吁搜索引擎和应用市场停止侵权，共同保护网络文学的原创内容生态。20个省级网络作协，包括晋江文学城、阅文集团、番茄小说等12家网络文学平台，以及522名网络作家联名响应倡议。根据中国互联网络信息中心（CNNIC）于2022年8月31日在京发布第50次《中国互联网络发展状况统计报告》显示：截至2022年6月，我国网民规模10.51亿，较2021年12月增长1919万，互联网普及率达74.4%，较2021年12月提升1.4个百分点；其中网络文学用户规模达到4.9322亿，较2021年12月增长-1.7%，占网民使用率46.9%。

而在这一年，我省网络文学创作者在此领域却取得了突破。

在创作研究方面，继《血红与〈巫神纪〉》由作家出版社出版之后，2022年5月，西篱所著《更俗与〈楚臣〉》又由作家出版社出版。该作品属于"网络文学名家名作导读丛书"系列，是中国作家协会与作家出版社合作的重点出版项目，由中国作协副主席、著名文学评论家李敬泽作序。《更俗与〈楚臣〉》从叙事背景、叙事动力、叙事痛点、叙事理想等方面全面分析和解读更俗代表性历史架空小说《楚臣》，对其中的主要人物和次要人物均作透彻分析，提出"好小说是时代的百科全书"等观点，并就"作家追求的世界""类型文学创作""文章大局的把握"、作家的个性与"中年味"、文学观与时代感等话题与作家更俗对话。

在IP改编方面，肇庆作家海的温度网络小说《闻香榭》不仅实现了版权的售出，且完成影视改编制作，并在2022年8月11日，电视剧《闻香榭》在搜狐视频多集上线，正式开启了首播模式。为此，2022年11月26日晚，由肇庆市文艺评论家协会举办的肇庆作家海的温度网络小说《闻香榭》研讨会，以腾讯会议的形式在线上举行。会议由肇庆学院文学院教授、肇庆市文艺评论家协会主席黎保荣主持。广东省作协主席团成员、创研部主任周西篱，广州应用科技学院（肇庆）文学与传媒学院院长、教授赵金钟，中山大学中文系教授、博导刘卫国，《羊城晚报》文化副刊部副主任、高级编辑吴小攀，福建省社科院副研究员陈建宁，山西省社科院副研究员、《晋阳学刊》副主编马艳齐聚线上会议室，就《闻香榭》的传统文化、语言魅力、思想内涵、传承与创新等方面交流和分享彼此的独特见解；流牙创作的《九畿：岐风长歌》，作为官方游戏小说，游戏将于2023年推出，动漫、动画也在制作中；米西亚创作的《致心动的你》《美人迷局》获得有声改编；寻找月亮湾创作的《小斑马的奇幻旅程》2022年6月被改编为有声书在喜马拉雅上线连载；李小欣创作的《流星花语惹迷情》2022年7月被改编成有声书在喜马拉雅上线连载等等。

在现实题材创作方面，深圳网络作家人间需要情绪稳定的《破浪时代》获得阅文集团第六届现实题材网络文学征文大赛特等奖；荆泽晓的《巨浪！巨浪！》获得了阅文集团第六届现实题材网络文学征文大赛二等奖、入选中宣部《学习强国》平台优秀网络文学作品推荐；李慕江的《南海一家人》入选国家图书馆永久典藏名单、中宣部《学习强国》平台优秀网络文学作品推荐，《茶滘往事》获阅文集团第六届现实题材网络文学征文大赛优胜奖、入选中作协"喜迎二十大"优秀网络文学联展；风晓樱寒的《逆行的不等式》入选2022年度中国作家协会网络文学重点作品扶持项目、获第四届辽宁网络文学"金桅杆"奖（优秀作品奖）、第二届中国襄阳·岘山网络文学奖最佳现实主义题材奖、入选中作协"喜迎二十大"优秀网络文学联展；书客剑影的《万亿小镇》获得"光耀杯"中国工业文学优秀奖；水边梳子的《伪装死亡》获得第四届大湾区杯（深圳）网络文学大赛二等奖、《贾道先行》获2022年中国作协网络文学重点扶持作品；淡樱的《星河》获得第四届大湾区杯（深圳）网络文学大赛入围奖，《风里有你的声音》入选中作协"喜迎二十大"优秀网络文学联展等等。

在传统网络文学创作方面，不论是成熟的网络文学创作者的不懈坚持，还是跃升头部的创作者对订阅向掀起的冲击，乃至新生创作者的涌入等等，都呈现出正向的、欣欣向荣的态势。著名网络作家丛林狼正在创作的超长篇网络历史小说《贞观悍婿》，已有两百余万字，未完结，预计总字数四百万左右，读者反应相当不错，各平台渠道火热推送，抖音、头条大流量引入，每月销售额超过两百万；在继齐佩甲之后，新生代的广东网络作家听日，再次对传统网络文学订阅向，掀起新的冲击，他所著《术师手册》，仅以截止到目前的数据，就以数万均订、百位盟主、月票赛季前十的成绩，列入十二天王作品，获得"2021年—2022年年度网络文学作家top100"等荣誉；方便面君的《抽奖抽到一座岛》也在晋江入选年度盘点、获得VIP强推；红烧茄子03的《翻新：变废为宝》，在飞卢小说网获得天榜第二的名次；何书的《成为幼崽后的那些事》获得"晋江第三届原创轻小说征文大赛"三等奖，2022年终盘点活动中入选优秀作品；朱随心的《许你一片晴空》获得中国襄阳岘山网络文学奖，"新人提名奖"；流牙的《九畿：岐风长歌》咪咕文学2022年天玄年度作品；六月观主所创作的《完蛋！我成替身了》，也是上传后，就很快累积到十万以上收藏，拿到精品徽章；而诸如纪默本尊这样的新人创作者，也纷纷涌入到网络文学领域，并且不少人第一本书就在所发表平台拿到签约成绩，实现了自我突破。

另外我省还有大量的优秀网络作家、作品也同样取得佳绩，比如投身到《郑成功收复台湾——海权1662》绘本创作的阿菩；在保证传统网络文学订阅向长篇的更新同时，进行儿童文学作品《地球守护队》创作的丛林狼等网络作家，并没有把自己局限在某个板块里，而是学习、领悟习近平总书记的讲话精神，身体力行，向着"坚守艺术理想，追求德艺双馨，努力以高尚的操守和文质兼美的作品，为历史存正气、为世人弘美德、为自身留清名"的方向而创作。

为溪伴桥《法医河阳》入选了2022全国文学作品著作权与保护开发平台影视转化重点推荐名单并售出了影视版权；三生三笑的《粤食记》获得了2022年中国作协网络文学重点扶持作品、广东省作家协会"粤菜师傅""广东技工""南粤家政"三项工程主题文学创作扶持项目、中共肇庆市委宣传部2022年度宣传文化发展专项资金（文艺精品创作方向）扶持项目，而《我不是村官》入选了"文艺批评"2022年度文学作品书单，《青春留青山，热血染红颜》获中国作协网络文学中心联合团中央社会联络部主办"学习二十大 青春著华章"主题征文优秀作品（小说类）等。值得注意的是，这些获奖作品基本上大体都得到市场的认可，证明了广东网络文学创作在各个板块都有所突破，更是保证了市场和品质上齐头并进的趋势，体现了创作者正在寻求市场化与精品化、经典化的平衡点。

二、网络文学对岭南文学的承续

　　网络文学作为内容提供方，在整个IP产业链里天然处于上游的位置。但因为各种各样的原因，过去一段时间里，盗版和抄袭、融梗之类的行为，包括网络文学在内的内容提供方，往往不被重视。而随着人民群众审美水平的日渐提升，内容的重要性正逐渐回归。

　　广东网络文学对于传统文学精神的传承与创新，表现最为突出的是肇庆籍网络作家海的温度（徐爱丽）原创作品《闻香榭》系列所取得的成绩，这部于2021年10月获广电总局全国重点网络影视拍摄备案公示，并在当月启动拍摄的影视作品，彰显着内容提供方在IP产业链里位置。

　　在由肇庆市文艺评论家协会举办的肇庆作家海的温度网络小说《闻香榭》研讨会上，周西篱表示，《闻香榭》因在天涯社区连载而成名，被归于网络文学作品，事实上，作者的创作手法、小说的文本气质，都属于传统文学的范畴，而小说本身也体现了传统文化的特征。首先体现在小说的选材上，《闻香榭》将读者带入了"非遗"香文化神秘又迷人的世界当中。其中故事所传达出的是中国传统文化中扬善惩恶、追求真善美的赞美，对因果报应的笃信。其次，《闻香榭》传达出了人与自然和谐共生的生态观与东方哲学思想。人们对大自然的拥抱和热爱情感在这部作品中体现得淋漓尽致，作者对植物花草、山川景物进行深情的描绘，可以看出作者在史料的调查与研读上下了很大功夫。再次，体现了中华医药传统。文中所提到的中药并非我们现在所理解的，与西药相对的中药，而是中国传统医药理论指导临床应用的药物，是与上药、下药相对的药物，它是指补虚的中品药物，文中举例的麦芽和生熟地恰好就是补虚祛邪的中品之药，这不仅对症下药，也符合小说的时代背景与实际生活。小说《闻香榭》简洁干净、疏朗流畅的语言如行云流水一般，描绘出一个国泰民安、城市繁华、民众温雅、生活温馨的美好时代。在那样一个美好的时代里，自然景观同样是美丽而壮观的。周西篱主任表示，作者对山川景物的描绘特别是洛阳邙山的景色给她留下了深刻的印象，华美凝炼的语言将景色勾勒得栩栩如生，极具画面感。

　　小说《闻香榭》植根中华传统文化，其语言风格语言清新文雅，颇有古典意味，与会专家学者都给予了正面的评价。

陈建宁指出，《闻香榭》对传统既有所借鉴又加以创新，传统药学因素的植入，使得小说焕发出别样的生机，更加贴近生活，也更加入情入理。马艳认为《闻香榭》脱去古代志异小说里爱情理想化的色彩，用细腻的笔触描写了狐男与人间女子相恋的故事，将狐完全人性化了。赵金钟认为小说的行文述事，处处都体现出了女作家所具有的细腻与层次感。刘卫国同样对《闻香榭》语言给予了赞美，认为其读之有明清小说韵味。

当然，小说《闻香榭》也存在着它的极限性和缺陷，赵金钟表示小说有的地方则有点过于"玄"，不合情节发展的逻辑，减弱了作品的艺术冲击力。吴小攀认为，小说在部分章节的细节之处仍显得有些过分地天马行空，不合常理，且小说的情节背景、人物塑造等方面与大部分同类小说雷同。刘卫国与陈建宁则指出小说在人物塑造方面的不足。包括《闻香榭》采取的是类似于福尔摩斯探案集、包公案的结构办法。但是这种写法需防止一个弊端，就是把重心放到一桩桩案件之上，而将探案者形象定型化。在经历了一桩又一桩事件，侦破了一桩又一桩案情之后，《闻香榭》并未体现三个人物婉娘、沫儿、文清的成长与变化，尤其是沫儿、文清，这两个在生理学和心理学意义上正处于成长时期的少年。陈建宁指出，《闻香榭》在人物塑造方面还需要再加以锤炼，如信诚公主作为主要人物，不够立体、丰满等等。

对于因为各种原因而显得萧条的IP市场，《闻香榭》成功改编拍摄并播出，毫无疑问对于内容创作者而言，不亚于一剂强心针，它尽管还存在着这样或那样的问题，但它的播出，证明了市场对优异、独特的内容，仍然是有着强烈的需求。

除此之外，我省其他网络作家例如为溪伴桥的《法医河阳》等等也传来售出版权的消息。这些小说，如《法医河阳》就取材于现实案例，融入社会热点，涵盖网约车安全性、拐卖儿童、猥亵儿童等广泛关注的社会问题，通过串联一个个故事，展现出人是复杂性和多面性的交织体，从多角度完整阐述并进行心理剖析；包括荆泽晓售出版的科幻小说《不朽》、米西亚获得有声改编的《美人迷局》《致心动的你》，以及其他获得各种奖项的现实题材小说，因为篇幅的关系，不在此一一展开分析，但在这些小说里，也同样不难从其笔法、述事结构、立意等方面找到对传统文化、对岭南文学承续的吉光片羽。

至此，广东网络作家在2022年度，通过一系列的尝试和突破，做出了对文学的传承，收获了启迪，得到了论证，说明网络文学不只是IP转换的成功，更是岭南文学在这个承前启后的新时代里，如何对传统文化继承和发扬，立心守正，创作出人民群众喜闻乐见的故事。

三、网络文学中现实题材的崛起

疫情期间，网络文学对于现实题材的内容创作呈现逆势增长，创作队伍规模持续扩大。

近年来，广东省作协都非常重视本省网络文学的现实题材创作，为了让帮扶网络作家进行现实题材创作，保证思想上的健康成长以及写作质量上的提升，开展了一连串的网络作家的培训与扶持工作，

2022年6月，省委统战部副部长、一级巡视员李阳春带领调研组一行到省作协开展自由职业人员状况调研，省作协共组织了11名自由职业"两新"作家参加调研，其中9名为网络作家。调研座谈会由省作协党组书记、专职副主席张培忠主持，双方提出协作工作的重点谋划方向，包括建立共同服务网络作家的工作机制、为有代表性的网络作家建资料库并跟进服务、共同举办网络作家培训班、组织并推介一批优秀网络文学作品、共同打造自由职业作家活动品牌、成立省新阶联自由职业作家分会等。调研组还与自由职业作家代表分组就"两新"作家生活、创作状况进行了深度交流。作为调研的延续，由广东省委统战部、省作协、省文联合办的"广东省自由职业人员理论研修班"于7月13日至15日在广东省社会主义学院举行，不仅包括课程学习，更有破冰活动、主题晚会和交流座谈等环节，培训共有4位厅级领导授课，授课主题包括中美战略博弈、推动广东文化强省更高质量建设、学习百年党史、从毛泽东诗词感悟中国共产党人的初心等。这是一次对全省自由职业代表人士政治训练、理论锤炼、素质修炼的有益尝试，共计9名网络作家参加培训，为近年来广东省授课教师级别最高、参训人员范围最广的自由职

业人员培训之一。

本年度上海市新闻出版局、阅文集团联合发布了《2022现实题材网络文学发展趋势报告》显示，2021年全国新增现实题材作品27万余部，同比增长27%，存量作品超过130万部；现实题材年轻化趋势显著，"90后"创作者占比达43.5%，Z世代读者占比约四成；2020-2021年获奖网文作品中现实题材占比过半；历届现实题材网络文学征文大赛获奖作品已有近八成授权开发。而2022年第六届现实题材网络文学征文大赛中，参赛作品达34804部，广东省的网络作者荆泽晓，转型现实题材创作的首部作品《巨浪！巨浪！》，以港珠澳大桥建设为背景描写大湾区发展，斩获大赛二等奖；李慕江所创作的《茶营往事》、令狐与无忌创作的《与云共舞》获得大赛优胜奖。其中《巨浪！巨浪！》《茶营往事》等入选中宣部《学习强国》平台优秀网络文学作品推荐。

广东省作协一直鼓励扶持现实题材创作，把满足人民文化需求、增强人民精神力量、促进人民精神富足作为网络文学创作和工作的出发点、落脚点，把高产量提升到高质量，把大流量转化为正能量。

而在2022年中国作协网络文学重点扶持作品中，由广东省作协推荐的广东网络作家《女检察官》、水边梳子的《贾道先行》、三生三世的《粤食记》、风晓樱寒的《逆行的不等式》都入选其中，这几部作品都是现实题材，或是讲述了岭南本土饮食文化，或是描绘了新时代人民的奋斗精神。2022年首届与南海区文联合办的"有为奖"设置了"网络文学奖"，共有26部网络作品参赛，其中不乏近两年优秀的现实题材完结作品。

四、年度重点作品盘点

对于年度重点作品的盘点，历来都是尽可能地选取一些有代表性的作品来重点介绍与评述。而因为网络文学载体平台和受众的特殊性，有一部分作品，从开始连载到完结，经历了跨年的时间长度，在作品的盘点里，相对比较优秀的跨年作品，仍会考虑列入其中。

2022年对于人类生存状况来说，是比较严峻的一年，甚至有媒体视之为"自二战以来最艰难的一年"：国际形势面临新冠疫情、俄乌战争、能源危机、粮食危机、气候变化"五难并行"。全球经济面临需求收缩、供给冲击、预期转弱、通胀攀升、激进加息等"五重压力"。仅新冠疫情一项，根据世界卫生组织数据，截至2022年12月18日，全球已报告超过6.49亿例新冠确诊病例和超过660万例死亡。而中国网络文学在这一年里，"承百代之流，会当今之变"，努力创作更多彰显中国审美旨趣、传播当代中国价值观念、反映全人类共同价值追求的优秀作品。广东网络文学创作在现实题材与网文精品化的推进方面，对于"用情用力讲好中国故事，向世界展现可信、可爱、可敬的中国形象"也同样有着阶梯式的跃升，在2022年，广东网络文学创作者已经不再满足于过去的定式和套路，有更多的创作者愿意去开始真正走进现实生活去聆听群众的心声，尝试讲述人民群众自己的故事和社会普遍关注的话题，去通过自己的作品，阐述疫情之下的体制自信、社会风貌，去描绘新时代人民群众自强不息的奋斗。不论故事的背景是上海还是广州，也不管故事的主题是创业或是通过家庭关系的变化去记录时代变迁，不可否认它们的内核都存在某些相同的、积极的合集——都有对于热点话题的关注。而在那些获项作品里，小说的主人公几乎都是依靠自己的努力或才能，去主导局势，去克服和破解生活中的一道道难题。这种对于我国社会主义制度的优越性和道路自信，在网络文学现实题材创作中有极自然、自信的流露，很明显不论是创作者还是读者，都有足够的审美自信。而历史题材类的创作，从之前两年开始，抛开"穿越"的固定套路或金手指式的外挂，仅作为故事自洽的一环，尽可能淡化、弱化；对此，创作者已基本形成共识。比较优秀的创作者，已经下意识地去考据、去找寻历史本身的语境和时代感，从而带给读者更多的沉浸式体验，以作为文化寻根的另一种探索和尝试。当然不可否认的是，如同前两年一样，从总体上的网络浏览量和热度来看，软科幻类、二次元网文仍然是最受欢迎的种类，其特有的想象力与冲击力所带给读者的快感是不可替代的，而这一类题材的作品跟过去又有所不同。如同续齐佩甲之后，在订阅向传统网文取得优异成绩的网络作家听日，他所创作的《术师手册》，明显跟之前流行的套路式奇幻、修仙小说是截然不同，其力量体系和故事结构的精心谋划布局，对于打怪升级换地图的旧式订阅向网络小说，已经不在一个向度。而不得不再次提出，订阅和流量的数据支持，说明了整个网络读者群对于这种精品化的认可。而在2022年所谓的"后疫情时代"，广东网络创作者认真学习习总书记讲话精神，坚持守正创新，为了实现"用跟上时代的精品力作开拓文艺新境界"而不断努力，在各个板块的创作里，都有不少佳作涌现。

A. 现实题材作品

《破浪时代》，作者：人间需要情绪稳定，发表平台：起点中文网。

该小说所讲的是2000年前后，改革开放后成长起来的一群年轻人，在科技领域顺应时代潮流，自建民族品牌，与国际巨头同台竞技，走出一条自主创新道路的故事。主人公郝仁是一家代工企业的研发负责人，在国外企业强敌环伺的情况下，眼睁睁地看着自己生产的产品，贴上外国名字，卖个高价，只留稀薄的利润给自己。为了长远发展，郝仁临危受命，招募了外企研发工程师隋祖禹、知名媒体记者穆言、老资格销售陈竞男等人，带领一群没有经验的新兵带领团队成功将企业打造成真正自研的全球性科技企业。

该文是改革开放以来沿海城市积极发展外向经济的缩影，既有中国城乡的发展变迁，又有世界各国的异域风情，中西文化交融与碰撞，构筑出一幅幅光怪陆离的时代画卷。

《巨浪！巨浪！》，作者：荆泽晓，发表平台：起点中文网。

本文通过在广州街头三个失意年轻人的偶遇，讲述三个家庭条件不同、生长环境不同、人生抱负也不同的"85后""90后"，以广州为背景，在互联网时代，开拓自己事业所遇到的悲欢离合的故事。

主人公林静雯是普通工人子弟，二本大学毕业后，找不到工作还差点被骗进电子厂、传销窝点，代表着普通市民阶层；刘书萱，985毕业后轻松通过公务员考试，进入事业单位，因为从小生活优渥，细节马虎，造成报销旅差费违规被记过，代表社会精英阶层；石朴，职校毕业，家道中落，乡镇企业濒临破产，代表小镇、农民子弟阶层。

故事通过十年间他们各自在事业上、生活上的不同际遇，来描写他们勤劳勇敢和善良淳朴的精神和品质，从而体现普通人的人生际遇与时代、国家的紧密关系。

该作品在2021年开始创作，2022年4月完结，2022年9月，获得了阅文集团第六届现实题材网络文学征文大赛二等奖，而后入选中宣部《学习强国》平台优秀网络文学作品推荐。

《逆行的不等式》，作者：风晓樱寒，发表平台：晋江文学城。

小说讲述了中医封静意外与排爆手秦峥重逢。封静是中医，在职场上，她救死扶伤，始终坚守信念，是为患者着想的好医生。秦峥是排爆手，是盛世之下负重前行、一心为国家、为社会、为人民默默付出的无名英雄。小说里的主角及重要配角，都是新时代青年人的代表和缩影，他们默默奉献，始终坚守岗位，忠于职守、甘于奉献。这些人平凡又伟大，是时代的楷模，也是新时代的缩影。

作品以"排爆""中医传承"为背景，讲述了在粤省的小城里，中医封静和排爆员秦峥在一次次事件中互相扶持，共同成长的故事，诠释新时代基层人员的"工匠精神"，展现了基层工作者和党员踏实肯干、敬岗爱业、为国奋斗的精神面貌和甘于牺牲奉献的高尚情操，表现出当代中国的新气象、新面貌，也展现了年轻基层工作者的平凡人生。

《与云共舞》，作者：令狐与无忌，发表平台：起点中文网。

作品以凝练的笔触，视野开阔又兼具生动细节，讲述进入新时期之后，中国科技企业"出海"历程及为此奋斗的年轻人的故事。小说人物真实可感，文本对社会和人性复杂有深刻揭示，具有独特价值和时代意义。

小说人物路文涛、谢国林、钱旦分别在世界不同地方：路文涛在德国负责销售，志在扩大公司在欧洲的市场份额，谢国林在印尼当项目经理，努力完成重大工程的建设，钱旦则在公司总部迎接网络安全管理的新挑战。

小说以三人的工作、生活展开叙事，其中主线是路文涛在欧洲的奋斗故事。三人之间既有工作、友情的联络、汇聚，也有存在于他们身上的共同特质，那就是在一代中国人身上闪现的一种植根现实的理想主义精神。

小说以小见大，反映了21世纪的第二个十年，中国企业和中国人大踏步迈向世界的勇气，以及在全球化浪潮中他们遇到的困难和挑战，体现了他们勇敢、机智、坚韧、开放的时代精神，激情与焦虑并存的共同特点。

《茶滘往事》，作者：李慕江，发表平台：起点中文网。

该小说讲述了一群粤北山村的年轻人如何生存崛起并建立芳村茶叶城的过程，展现芳村茶叶城茶商们创业期间的艰辛、茶文化的沉淀与形成、抱团发展的宗旨，在改革开放大时代背景下，共圆家国梦的故事。

主人公江皓是小北村采茶队二把手，小北村人因泥石流吞没村庄而到茶滘街寻求生存，江皓是带领村民到茶滘发展的领军人物，具有坚韧勤奋不服输的特质。李钰，江皓的妻子，小北村村支书的女儿，聪明贤惠内秀，跟着江皓共同经历了在茶滘街创业和芳村茶叶城建议的整个过程。陈龙，陈氏家族继承人，与江皓合伙创业，却因步子太大、盲目自信而几近破产。罗昌平，地痞，掌控茶滘街，处处给江皓使绊子，因为恶性商业竞争违法入狱。

文中穿插了广东的茶文化、岭南乡土人情及改革开放的时代元素，加入如粤剧、制茶、醒狮、大量粤语以及广东人们生活状态的描述，具有浓厚的广东地域文化特色。且引入了茶商们从茶叶中衍生茶油、茶精华美容护肤产品的行业时代特征，展现粤商低调务实、勇于创新的创业精神。

该作品在2021年开始创作，2022年仍处于连载中，2022年9月，获得了阅文集团第六届现实题材网络文学征文大赛优胜奖，入选中作协"喜迎二十大"优秀网络文学联展。

《贾道先行》，作者：水边梳子，发表平台：起点中文网。

该小说以建党100周年为契机，时间跨越从1995年到2015年，横跨改革开放到互联网信息时代，拉开一幅极具时代意义的画卷，反映了从改革开放以来，众多弄潮儿的精神面。主人公周永军带领着一干战友，从一家小超市做起，历经艰辛，开连锁、建工厂……，搞助学、建学校、干扶贫……，他们当中有些吃着肉，有些喝了汤，还有些折戟沉沙，胜者固然欢欣，败者也是英雄无泪。

《粤食记》，作者：三生三笑，发表平台：起点中文网。

这是一部描述当代青年寻根找味，传承粤菜技艺和粤派餐饮文化的现实题材长篇网络小说。

该作品旨在从正面讲述海外赤子归国投奔祖国，发展崭新事业，通过利用国家扶植归国人才的政策，建立了新型餐饮文化王国，带动地方建设和餐饮文化传播，带动乡村振兴、人才就业，带动国内外餐饮文化交流。反映了中国的新时代青年在时代的潮流中，以极大热情拥抱生活、拥抱理想，不断更新自我，在坚持不懈地追求梦想的历程中完成蜕变的心路历程。

故事富有广东特色的餐饮文化背景，无论是一线城市还是广大乡村，都有生动形象的描绘，展现出具体地域中的个体生活体验。故事情节具有网络文学"节奏快""情节轻"的爽文套路特点。基于网络文学篇幅超长，有足够的空间来塑造众多粤菜师傅及其传承人的群像。其中年轻海归麦希明、技术男程子华和粤式传统早餐牛腩粉传人林小麦、林佳茵的塑造鲜活生动，元气淋漓。广府人的生活细节，在书中俯拾皆是，引导读者闻新晓趣，带来另类的阅读快感。

《被逼换亲逃避后，穷女孩进城逆袭》，作者：满城花开，发表平台：番茄小说。

该作讲述了一个被重男轻女的父亲抛弃的女孩，被偏僻山村的人养大后，被逼给养父母的傻儿子换亲，杨小琪不甘命运逃跑进城之后遇到志同道合的好朋友，趁着好年代，奋发图强，努力逆袭成功，完成梦想。

这本书主要描述2000年代农村人进城打工的奋斗故事，有偏远山村老一辈落后的思想和人性贪婪自私的描写，也有对城市流氓老板的丑陋面目描摹，更有年轻人在新思想的影响下从农村到城市拼搏创业的故事。

《满园书香润桃李》，作者：燕霓南，发表平台：番茄小说。

该作品讲述一位支教老师鼓励留守儿童勇敢追梦的故事；一对久别重逢的孪生姐妹共同成长的故事；一个关于自信、梦想与爱的成长童话；一段对未来规划和人生意义的思考与探索。

主角向好在择业迷茫期到梅园小学支教，由于文化差异和教育理念的不同，她一度被质疑和否定，但经过一番磨砺，她逐步找到努力方向，完成自身的成长和蜕变。江朵朵，留守儿童，懂事、勤劳，有绘画天赋。向好鼓励她突破条件限制，大胆参加油画比赛并获奖，她也从最初的胆小怯弱逐步变得自信。李晓檬，向好孪生妹妹，由于在父亲教育不得法，以及母爱的缺乏，导致她生性叛逆，高二辍学。在向好的帮助下，她重拾刺绣和书法等兴趣，并发挥自身优势。

本文通过一对不同生活环境、不同成长轨迹、不同教育背景下的孪生姐妹的发展现状，以及她们截然不同的人生观、价值观、婚恋观，也突出了开发特长、激发潜能、自主学习和终身成长的重要性。本文融入了有关"油画""刺绣"等特色元素，为广大读者打开了解现代艺术和传统文化的窗口。

《流星花语惹迷情》，作者：李小欣，发表平台：看书网。

该作品讲述百花语大学刚毕业就遇到家庭巨变，父母双双离世，被伯伯霸占了家产，而她却被冷酷有钱的夜流星看中。百花语以为夜流星只是个花花公子，经过很多的事情后，夜流星打动了百花语的心，百花语用善良化解了一场豪门暗斗。

这本书主要描述当代都市的爱情、事业，人性在金钱、亲情面前的不同的真相，最终，善良和努力会被认可。

B. 历史、修仙类作品

《贞观悍婿》，作者：丛林狼，发表平台：起点中文网。

该作品主要讲述一名现代特种兵穿越唐朝贞观年间，成为翼国公秦琼之子，率领国公二代征战高句丽、灭吐蕃、平叛乱，最后夺回西域，击溃伊斯兰世界诸国入侵，开疆拓土，创造煌煌盛世大唐的故事。

本年度被各大文学网站推荐，全网各平台渠道火热推送，抖音、头条大流量引入，每月销售额超两百万以上，是历史类作品中值得期待的新作。

《完蛋！我成替身了》，作者：六月观主，发表平台：起点中文网。

小说讲述的是一个穿越者，在接触修行之后，通过前世的书页，预见了自己作为替身的命运，从而借助书页的指示，达到改命的效果，从而一步一步反抗背后的黑手。

本书以当前较为流行的开局方式，直接给出了金手指的显示方向，并且主线方向清晰，以轻松欢快的方式讲述古典仙侠故事，获得大量读者喜爱，并获得起点中文网精品徽章。

C. 科幻、玄幻类作品

《术师手册》，作者：听日，发表平台：起点中文网。

该作讲述了一位现代人在存在超凡力量的奇幻社会的所见所闻，与不同信仰、不同种族的人引起的碰撞和冲突，努力求生，直至站稳脚跟，一步步领略踏上巅峰，领略奇幻世界的精彩冒险故事。

主人公亚修刚穿越到血月国度就被指控为犯罪团伙头目，银铛入狱，身陷囹圄，但他为人开朗随和，内里坚毅感性，虽然十分想念故乡家人，却不自暴自弃，坚强地融入陌生的术师世界。索妮娅，本文的女主人公，聪颖活泼，因为出生低微因此性格狡黠虚荣，一心只想嫁入豪门，与亚修相知相识的过程里渐渐觉醒出自强意识，努力奋斗开创自己的人生。

文中穿插了奇幻世界血月国度的社会文化，描述一个高度原子化、人人去责任化、社会化抚养的社会里，普通人的挣扎、觉醒等，在摒弃"爱"与不相信"爱"的浊世背景下，依然有许多人迸发出最纯粹的爱。

《星河》，作者：淡樱，发表平台：晋江文学城。

该书讲述了RH18星的外交官林星河收到星际联邦局长的一个秘密委托，前往游戏星球当卧底从而获得犯罪嫌疑人王坚睿的犯罪证据，最后拯救被囚禁在游戏星球的所有生命的故事。

主人公林星河是RH18星的外交官，拥有一张三寸不烂之舌，性格坚韧，遇事从容冷静，是一个逻辑鬼才。为拯救被囚禁在游戏星球的生命，她经历了拥有不同意义的十个考场：自然、鬼怪、科技、执念、欲望、人心、信任与团结、众志成城的力量、打破禁锢的勇气以及我命由我不由天，最终与人民群众协心同力，识破犯罪嫌疑人王坚睿的诡计，共获自由。

科幻背景下的新颖设定，每个小故事奇思妙想，又令人捧腹大笑，众人抵抗恶势力，为生命和自由而战的精神，具有当代青年为了国家的繁荣和富强英勇奋斗，不畏惧恶势力，积极进取，勇于冒险的美好品质，具备正能量。

《翻新：变废为宝》，作者：红烧茄子03，发表平台：飞卢小说网。

该文讲述了主角在深圳华强北创业，逐步崛起，通过金手指帮助国家工业发展，涉及国内欠缺的高端顶尖精密仪器，及国内所需进口顶端设备等，带领一群人共同创业，共同发展，共同富裕。

主角安然通过回收、翻新、修复、升级、变废为宝，突破国外的垄断与封锁，实现诸多领域弯道超车。

该文以深圳市华强北为背景，书写深圳在时代背景下的高速发展之路。穿插了主人公潮汕人的习俗、美食、潮汕功夫茶等，展现独有的地方文化特色。

《成为幼崽后的那些事》，作者：何书，发表平台：晋江文学城。

该作讲述了一个叫小稚的年轻人因为机缘巧合成为了各种小动物的幼崽，有流浪猫、小奶狗、小鹦鹉、小龙猫、小熊猫、小海豚等，通过这些小动物的经历讲解保护动物、保护环境的重要性。

小稚失去记忆醒来发现自己成为了一只流浪小奶猫，新的名字叫星星。黏人精伙伴分子知道自己从前是人类的小稚，以为是投胎忘记给他喝孟婆汤，结果在第一个世界寿终正寝。等他再次睁开眼竟然变成了一只被丢弃在树林里的小奶狗，被可爱的人类小孩捡回家，自此小稚有了一个模糊的想法。不同于作为猫咪不愁吃喝的安逸生活，这一世生活在农村的小稚虽然吃得一般，却拥有了自由，他可以和小伙伴黑子在田野里奔跑，河水里游泳嬉戏，他们互相合作，保护主人，勇抓小偷，与报复他们的人类作斗争，咬得坏人痛哭惨叫！挥别狗生，小稚睁开眼发现自己成为了一只小鹦鹉，这一刻他的意念不再模糊，难道自己可以以动物的身份得到另类永生吗？

作者用温馨自然的笔风让人感受到宠物与人类之间的和谐氛围，作为宠物其实更像是特别的家人，离别时的难过同样触动人心；又以主人公作为狗狗的视角了解到狗狗们的勇敢无畏，可爱活泼。后续又有什么可爱剧情不禁令人期待。

《邪恶共生》，作者：荆泽晓，发表平台：咪咕阅读。

故事讲述人和智能生命如何从对抗走向妥协，如何从互相妥协而共存，乃至为对方牺牲。

在未来时代，精算师杜飞在发现自己可能是杀人凶手的情况下，通过共生的人工智能，结合自己的专业技能，组建团队，规避风险，从而揭开真相，正义得以伸张。在寻求真相的过程中，通过了诸多的困难波折、反转。

但基于社会的关怀，朋友的信任，爱与温暖让杜飞不忘初心，坚持道德的底线，使得最终企图非法牟利的利益集团，得到法律的审判。而杜飞不但洗脱了嫌疑、收获了爱情，陪伴杜飞一路走来的人工智能，也成功蜕变进化为真正的生命，并找到跟人类和谐共处的办法。

小说尝试从传统的机器人三定律、零定律之外，寻找一个新的角度，去剖析人工智能跟人类之间的关系，从人工智能对于人类的继承和反抗，到人类自我训练的机器化，阐述这两者之间，如何去求同存异，如何去分工而获得最优化，从而寻找一种共存的方式，所有的生命都值得拥有感情，所有的感情都应该有积极向上的一面。

D. 军事类作品

《左舷》，作者：步枪，发表平台：起点中文网。

该作品通过首批院校培养出来的舰载战斗机飞行员与另一批挑选培养的舰载飞行员之间的竞争，集中通过描写代表人物李海曲折的成长过程，以点带面展现军改之后人民海军的精神风貌。

李海系军人子弟，续走父辈从军之路成为了首批院校培养的舰载飞行员；党为民系烈士之后，父母牺牲后被一名老兵收养，与李海是同班同学。下部队后两人参与多项重要任务，为了海岛航空站建设和新机型试飞做出了贡献。可是上级一道命令却使二人的人生发生了翻天覆地的变化，党为民归建飞鲨部队继续进行舰载战斗机飞行训练，而李海则被下放到某舰艇部队的一条老旧的护卫舰服役。李海代表的是三代从军的军人家庭对军人的理解，而党为民代表的是草根阶层。两种思想在碰撞中融为一体，最终落到了当代革命军人信仰之上。

故事通过两人在现代化海军不同岗位上的际遇和工作，描写了人民海军的飞速发展和个体的快速成长。

该作品2021年开始上传，现仍在连载中。

（本章撰写：荆泽晓，知名网络作家、省作协网络文学创作委员会委员）

2022

大事记

2022年1月23日上午，学习贯彻习近平总书记在中国文联十一大、中国作协十大开幕式上的重要讲话精神专题研修班在广东文学艺术中心举办。本次研修班以线上、线下相结合形式进行，在现场参加学习的有省作协党组成员同志，第九届主席团成员和正、副秘书长，各地级以上市作协、省作协各分会负责人，省作协各部门、杂志社负责人以及二级调研员以上职级人员，参加线上学习的有省作协各专业委员会负责人，各地级以上市作协、省作协各分会所属团体会员负责人，省作协主管的下属社会组织负责人，省作协三级调研员及以下人员等，共计340多人。省作协主席蒋述卓同志围绕"充分认识学习宣传贯彻习近平总书记重要讲话精神的重要意义""深入学习领会习近平总书记重要讲话的丰富内涵和精神实质""推动新时代社会主义文学事业高质量发展"三个方面，作专题辅导。研修班由省作协党组书记、专职副主席张培忠同志主持。

1月23日下午，广东省作家协会召开工作会议。会议的任务是：以习近平新时代中国特色社会主义思想为指导，深入学习贯彻习近平总书记关于文艺工作的重要论述和在中国文联十一大、中国作协十大开幕式上的重要讲话精神，学习贯彻党的十九届六中全会精神，贯彻落实省委十二届十五次全会精神，全国、全省宣传部长会议精神，以及中国作协十大会议精神，总结2021年工作，部署2022年工作。省作协党组书记、专职副主席张培忠作工作报告，省委宣传部文艺处处长王跃、副处长魏思文，省作协党组成员、专职副主席陈昆、苏毅，党组成员、秘书长刘春出席会议。会议由省作协主席蒋述卓主持。本次会议以线下和线上相结合方式召开。省作协第九届主席团成员，正、副秘书长，各地级以上市作协、省作协各分会负责人，省作协各部门、杂志社负责人及二级调研员以上职级人员线下与会。省作协各专业委员会负责人，各地级以上市作协、省作协各分会所属团体会员负责人，省作协三级调研员及以下职级人员，省作协主管的下属社会组织负责人线上与会。会上，"两新"作家代表、省作协副主席林俊敏，地级以上市作协代表、广州市作协副主席陈崇正，肇庆市作协主席钟道宇，分会代表、广州铁路集团作协常务副主席陈志雄，专业委员会代表、省作协儿童文学创作委员会委员胡永红分别在会上作了工作经验交流发言。当天，还召开了广东省作家协会第九届主席团第五次会议，讨论审议通过了《广东省作家协会2021年工作总结和2022年工作安排》《广东省作家协会关于繁荣发展粤港澳大湾区文学、全力打造岭南文学新高地的意见》，征求了《中共广东省作家协会党组关于加强联系服务群众、广大作家和基层文学组织工作的意见》（征求意见稿）修改意见，以及增补李济超、郑培亮同志为九届理事会团体理事等事项。

　　1月24日，广东省作家协会党史学习教育总结大会在广东文学艺术中心召开。主要任务是：坚持以习近平新时代中国特色社会主义思想为指导，深入学习贯彻党的十九届六中全会精神，认真贯彻落实习近平总书记关于党史学习教育的重要论述和重要指示精神，认真落实中央、广东省党史学习教育总结会议部署，全面总结省作协党史学习教育成效和经验，巩固拓展党史学习教育成果，对推动党史学习教育常态化长效化进行部署安排，激励全体党员干部感恩奋进、踔厉奋发，以优异成绩迎接党的二十大胜利召开。广东作协全体党员干部参加会议。广东作协党组书记、专职副主席张培忠作讲话，省委党史学习教育第十二巡回指导组组长张进思同志、组员梁咏琪同志到会指导。会议由广东作协党组成员、专职副主席陈昆主持。

　　3月8日上午，省作协党组书记、专职副主席张培忠带领全体党员、干部和职工赴广东文学馆建设施工现场，开展"走进广东文学馆建设工地"主题党日活动。广东文学馆是广东建设文化强省、推动广东文学事业繁荣发展的一项重大工程。总定位为时代的产物、文学的殿堂、市民的空间，将打造成为岭南文化的标志地、大众休闲的目的地、湾区交流的会客厅、"粤港澳大湾区"和"21世纪海上丝绸之路"文学大本营，具体功能定位为集收藏、展览、研究、教育、阅读、交流、创意活动于一体的文学殿堂。总建筑面积17330平方米。2018年9月，省委、省政府决定将广东文学馆纳入广东当代美术馆、广东非物质文化遗产展示中心、广东文学馆"三馆合一"建设。项目选址位于广州市荔湾区白鹅潭核心区，计划2023年下半年竣工投入使用。张培忠带领机关党员、干部和职工一行参观了广东文学馆施工现场和建设指挥中心，现场工作人员详细介绍了广东文学馆建设施工进展情况。张培忠指出，机关党委专门组织"走进广东文学馆建设工地"主题党日活动，是贯彻落实省委扎实推进文化强省建设会议精神的具体行动，也是机关党员干部走出机关、走进基层、走进工地、转变作风、加强党性锻炼的具体活动，很有意义。广东文学馆工程大、责任重、时间紧，建好广东文学馆人人有责，时不我待。一要增强团队意识，齐抓共建；二要增强责任意识，履职尽责；三要增强精品意识，打造精品工程；四要坚持底线思维，始终保障安全。希望同志们发扬伟大建党精神、工匠精神，拥护"两个确立"、增强"四个意识"、坚定"四个自信"、做到"两个维护"，在省委、省政府和省委宣传部的领导下，确保文学馆2023年闪亮登场，努力推动广东文学从高原迈向高峰，以新的成绩迎接党的二十大胜利召开。

3月16日，由省委宣传部、省文化和旅游厅、省广播电视局、省文联、省作协联合主办的第三届广东文艺终身成就奖、第四届广东省中青年德艺双馨作家艺术家评奖结果正式揭晓。包括"珠江文化学术体系的构建者"黄伟宗、"广东本土文化研究的'掘宝人'"黄树森在内的14名文艺家获第三届广东文艺终身成就奖，包括"以网络文学挖掘岭南文化根脉"的作家阿菩在内的10名文艺家获"第四届广东省中青年德艺双馨作家艺术家"称号。黄伟宗深耕文坛64年、黄树森从艺63年，均为新时期以来"粤派评论"的代表性评论家之一。作家阿菩主要创作网络文学，代表作包括《山海经密码》等，曾获第九届（2009—2011）"广东省鲁迅文学艺术奖"等。评奖自2021年2月启动，旨在表彰成就卓越、德艺双馨的文艺工作者，树立广东文学艺术界的优秀榜样，推动全省文艺事业繁荣发展。省作协组织了文学类初评、复评工作。

3月24日下午，由中国作家协会《诗刊》社和广东省作家协会共同主办的杨克、卢卫平诗歌研讨会在广东文学艺术中心举行。中国作家协会诗歌委员会主任、著名诗人吉狄马加，《诗刊》社主编、著名诗人李少君，《诗刊》社副主编、著名诗评家霍俊明，首都师范大学教授、著名诗评家吴思敬，著名诗人叶延滨，北京师范大学教授张清华，南开大学教授罗振亚，鲁迅文学奖获得者、著名诗人刘立云，《诗刊》社事业发展部副主任蓝野，《诗刊》编辑曾子芙，《诗刊》编辑赵琳，鲁迅诗歌奖获得者、著名诗人曹宇翔，中央民族大学教授、著名评论家、诗人敬文东，中国诗歌学会党支部书记王山，《作家》主编、著名评论家、诗人宗仁发，上海交大教授、著名诗评家何言宏，著名诗人姜念光，广东省作家协会党组成员、专职副主席陈昆等领导、专家及有关媒体记者参加会议。会议由广东省作家协会党组书记、专职副主席张培忠主持。与会专家围绕杨克的诗集《我在一颗石榴里看见我的祖国》和卢卫平的《瓷上的火焰——卢卫平诗歌精选集》展开研讨。大家认为，杨克的诗歌十分重视现实生活的提炼与抒写，注重对当代生活中人的关系、人的境遇、人的精神面貌的观察和体悟，以在场者的细微观察为时代做证，以诗性的表达诠释爱与生命的价值，既对时代的变化和新生的事物保持着敏感和抒写的热情，又在面对着变化中的事物饱含着深切的人文关怀。卢卫平的诗歌大多数着墨于普通人的生活经历和感悟，以小见大，借物喻人，充满对人世间苦难的理解和悲怜，在简洁、朴实的文风底下，保留了不可磨灭的人道精神和温暖的人文关怀，展现了人活着的尊严和充满韧劲的生命。

3月25日上午，由中国作家协会《文艺报》社、广东省作家协会共同主办的王威廉、南翔、蔡东小说研讨会在广东文学艺术中心举行。中国作协副主席阎晶明，中国作协主席团委员、《文艺报》总编辑梁鸿鹰，中国作协社联部副主任李晓东，《文艺报》副总编辑胡军，中国人民大学文学院副院长杨庆祥，沈阳师范大学特聘教授、著名评论家孟繁华，《十月》副主编宗永平，北京师范大学文学院教授张清华，《青年文学》主编张菁，中国青年出版总社总经理、青年文学杂志社社长李师东，《南方文坛》主编张燕玲，中国社会科学院研究员刘大先，北京师范大学文学院副院长、教授张莉，北京师范大学文学院教授张柠，广东省作协副主席、暨南大学文学院中文系主任、教授贺仲明，《光明日报》文艺部副主编饶翔，广东省作家协会党组成员、秘书长刘春等领导、专家及有关媒体记者参加会议。会议由广东省作家协会党组书记、专职副主席张培忠主持。与会专家围绕王威廉的中篇小说《你的目光》、南翔的短篇小说集《伯爵猫》、蔡东的短篇小说《月光下》展开研讨。专家认为，王威廉是一个对隐喻和象征相当敏感的作家，总能从某个意象捕捉到时代的象征。《你的目光》巧妙利用做眼镜架的合金材料，勾连起这个当下的"合金时代"，"你的目光"透过合金的镜框看世界，世界就焕发出不一样的生机。合金既是眼镜框的制作材料，也是作者突破文体界限、打破文学与生活的文学"合金"，更是将我们个体的生活思考和情感愿望融入创造和追求美好生活的时代"合金"。南翔的小说通过生活中的小事，向读者呈现了一个对时代、社会、人心富有体察和深刻见地的世界，这个世界既是南翔的发现、他的文学创作，也是社会和时代中存在的现象，它就在人们平凡的生活中蕴藏着无限的活力和生机。专家评价，蔡东的小说始终对日常保持持久的热情和对平凡生命意义的发现，她把小说的目光投向了普通人的日常生活，柴米油盐，却也透露出希望、拯救和生机勃勃的气息。《月光下》展现出来的对人间烟火气的眷恋，作家对生活中经受的痛苦的深切同情，对人性深处复杂情感和对生活细节的洞察与描写，以及展现的对生活的信心，展现出以小博大、撼动人心的力量。

　　3月25日下午，由中国作家协会《文艺报》社、广东省作家协会共同主办的"詹谷丰、耿立散文研讨会"在广东文学艺术中心举行。与会专家围绕詹谷丰的《山河故人——广东左联人物志》和耿立的散文集《暗夜里的灯盏烛光》展开研讨。专家认为，《山河故人——广东左联人物志》深情回顾了丘东平、欧阳山、洪灵菲、杜国庠、冯铿、冯乃超等广东左联人物的革命轨迹和文学成就，在历史的钩沉和时代精神的回望中重温革命的理想和信念，激发我们赓续"左联"革命血脉、砥砺奋进新时代的勇气和信心。书中还反映了当时知识分子投身革命所面临的重重困难与各方面的尖锐矛盾，最后甚至用自己的生命敲响革命的战鼓，对当代人，特别是当代青年有不容忽视的启迪与激励作用。《暗夜里的灯盏烛光》则文字沉郁，为文使气，情感饱满，通过对中国当代乡土社会的刻画剖析和历史人物的追溯回望，展现了对城市"边缘人"这一弱势群体的深切悲悯和关怀，以及对民族精神和文化的深层追问和思考，展示了当代中国知识分子的情怀和使命担当。

3月26日，由人民文学出版社、《人民文学》杂志社、中国作协创联部、广东省委宣传部、广东省作协、广州市委宣传部、深圳市委宣传部、广州市文化广电旅游局主办，广州文学艺术创作研究院、花城出版社承办，广州市文联、深圳市文联协办的"纪实与虚构的交响——长篇小说《乌江引》研讨会"在京穗两地以视频连线方式同步举行。专家们一致认为，鉴于题材的稀有性和特殊性，这是一次具有"超高难度"的创作。作家庞贝迎难而上，在小说主题、结构、叙事、人称和语言诸方面进行了创新性探索，使小说文本呈现出很高的文学品质。这是一部既有历史现场感，又有文学审美庄重感的长篇小说力作。作品"立体呈现了伟大征程史诗般的庄重和壮阔"，是"对伟大长征精神的崭新书写"。中国作协副主席吴义勤、人民文学出版社社长臧永清、茅盾文学奖得主徐则臣，以及中宣部、中国作协、"破译三杰"后裔等一批专家学者在北京出席研讨会；广东省作家协会、广州市委宣传部、广州市文化广电旅游局主要负责同志及广东省委宣传部、广州市文联、广东省出版集团等相关负责同志和《乌江引》作者庞贝在广州出席研讨会。

4月22日上午，省作协党组书记、专职副主席张培忠同志主持召开工作会议，专题研究启动《广东省作家协会志（1953—2023）》编撰出版工作。会议指出，2023年是广东省作家协会成立70周年。梳理省作协发展历程，收集、留存广东文学重要资料，宣传广东文学工作经验和文学创作成绩，树立广东文学形象，具有特殊意义。省作协党组成员、专职副主席陈昆同志出席会议。

4月23日，由中宣部指导，中国图书评论协会组织评选的2021年度"中国好书"揭晓，广东省作家协会"改革开放再出发""深扎"作家、北京师范大学珠海分校艺术与传播学院教授、广东省作家协会副主席陈继明长篇小说《平安批》获此殊荣。《平安批》是广东省作家协会"改革开放再出发"作家深扎创作活动的重要成果之一。陈继明于2019年至2020年期间在汕头深扎，广泛收集素材，深入体验生活。还在韩江边上的一个村庄驻扎三个多月。采访了大量作家、民俗学家、侨批专家等，积累了大量采访素材和读书笔记。2020年2月动笔，同年8月完成初稿，又用了接近十个月时间进行修改。《平安批》是国内首次以长篇小说的形式，书写独特的侨批文化，展现潮汕人下南洋艰苦卓绝的奋斗故事和爱国爱乡爱家的家国情怀。

4月27日上午，省作协党组2022年全面从严治党工作会议在广东省文学艺术中心23楼会议室召开。会议主要任务是深入学习贯彻习近平总书记在十九届中央纪委六次全会上的重要讲话，传达学习贯彻十九届中央纪委六次全会精神，认真贯彻落实十二届省纪委七次全会和省直宣传文化系统全面从严治党工作会议精神，总结省作协2021年全面从严治党工作，研究部署2022年工作。省作协党组书记、专职副主席张培忠，党组成员、专职副主席苏毅，党组成员、秘书长刘春出席会议。省纪委监委驻省委宣传部纪检监察组二级巡视员李耀明、省委宣传部文艺处副处长魏思文到会指导。省作协机关全体在职干部职工参加会议。会议由省作协党组成员、专职副主席、机关党委书记陈昆主持。

4月27日下午，召开2022年全省文学创作专业职称工作会议暨省文学创作专业评委会专家库委员培训会。省作协党组书记、专职副主席、评委会主任张培忠出席会议并作讲话。党组成员、秘书长、机关党委（人事部）专职副书记（主任）、职评办副主任刘春对2021年度广东省文学创作专业职称评审工作进行部署。党组成员、专职副主席、评委会副主任苏毅，各部门、杂志社负责同志以及广州地区部分作家在主会场参加会议。各地级以上市作协、省作协各分会负责同志、具体工作人员以及省文学创作专业评委会专家库委员共约200人在线上参加会议。会议由省作协党组成员、专职副主席、评委会副主任、职评办主任陈昆主持。

4月28日，"改革开放再出发"深扎作家杨黎光长篇小说《岁月》、熊育群长篇小说《双族之城》专家审读会在广东文学艺术中心召开。会议采用线上线下相结合的方式召开。李建军、贺绍俊、胡平、谢有顺、贺仲明、陈培浩等专家应邀参加审读会。省作协党组成员、专职副主席苏毅，省委宣传部文艺处二级调研员梅明超等出席审读会。审读会由广东省作协党组书记、专职副主席张培忠主持。研讨会上，杨黎光、熊育群分别汇报深扎及创作的情况以及收获体会，专家们充分肯定了杨黎光、熊育群的创作成绩，深入分析讨论了两位作家的深扎作品。张培忠强调，开展"改革开放再出发"作家深扎创作活动是广东文学界深入学习贯彻习近平总书记关于文艺工作的重要论述、扎实开展"深入生活、扎根人民"主题实践活动，推动广东文学事业繁荣发展的重要举措。建议杨黎光、熊育群等深扎作家要认真吸收各自审读会上专家提出的改稿意见，聚焦创作的共性问题，下苦功夫修改作品、打磨精品，重点处理好几个关系。一是处理好深扎与创作的关系。二是处理好历史和现实的关系。三是处理好原乡和现乡的关系。四是处理好广东经验和中国故事的关系。广东的文学要形成自己的特色，要浓墨重彩地书写我们40年来的创造、创新以及独特的经验，要树立雄心、志气，增强自信，努力把广东故事讲好。

4月，为推动青少年社会主义核心价值观教育的常态化、具体化，广东作协联合省"关工委"、省教育系统"关工委"启动"2022年广东省少年儿童践行社会主义核心价值观主题征文"活动。本次征文以"劳动创造幸福"为主题，旨在通过组织写作教育实践活动，引导青少年树立正确的劳动观，激励青少年勇当新时代的奋斗者。

5月6日，省作协在广东文学艺术中心23楼会议室召开"听党话、跟党走，努力成长为堪当民族复兴重任的时代新人"省作协青年作家、青年干部座谈会。会议主题是深入学习贯彻习近平新时代中国特色社会主义思想，深刻理解习近平总书记对青年工作提出的一系列新思想、新观点、新论断，认真落实总书记"五四"前夕在中国人民大学考察时的重要讲话精神，促进青年作家和青年干部在推动广东文学事业异军突起、繁荣发展、走在前列中发挥积极作用。省作协党组书记、专职副主席张培忠出席会议并讲话，党组成员、专职副主席苏毅，党组成员、秘书长刘春出席会议。机关各部门、杂志社45周岁以下青年作家、青年干部参加会议。会议由省作协党组成员、专职副主席陈昆主持。

5月31日，省作协召开全省文学界传达学习宣传贯彻中国共产党广东省第十三次代表大会精神会议。主要任务是：深刻学习领会省第十三次党代会的丰富内涵和精神实质，迅速把思想和行动统一到省委决策部署上来，全力抓好党代会精神的学习宣传和贯彻落实，进一步明确抓好作协工作和文学工作的思路举措，为推动广东在全面建设社会主义现代化国家新征程中走在全国前列、创造新的辉煌做出新的贡献，以实际行动迎接党的二十大胜利召开。省党代会代表、省作协党组书记、专职副主席张培忠传达省第十三次党代会精神，并对贯彻落实工作进行部署。省作协党组成员、专职副主席陈昆、苏毅同志，党组成员、秘书长刘春同志出席会议。会议以线上线下相结合方式召开，省作协第九届主席团成员，各地级以上市作协、省作协各分会、各专业委员会负责人，各地级以上市作协、省作协各分会所属团体会员及专业委员会负责人，省作协主管的文学社团负责人在线上参会，省作协全体干部职工在现场参会，与会人员380人。会议由省作协主席蒋述卓同志主持。

5月31日，省作协组织召开纪念毛泽东同志《在延安文艺座谈会上的讲话》发表80周年研讨会。主要任务是：传达贯彻中央纪念毛泽东同志《在延安文艺座谈会上的讲话》发表80周年座谈会和中国作协纪念毛泽东同志《在延安文艺座谈会上的讲话》发表80周年研讨会精神，纪念《在延安文艺座谈会上的讲话》发表80周年，重温和学习《在延安文艺座谈会上的讲话》精神，坚持以马克思主义引领文艺前进方向，学深悟透习近平总书记关于文艺工作的重要论述，自觉用党的创新理论指导文学创作生产，引领广大作家和文学工作者增强历史自觉、坚定文化自信，推动新时代广东文学高质量发展。省作协党组书记、专职副主席张培忠作书面发言。章以武、陈剑晖、陆键东、陈希、王十月、庞贝、王威廉、廖群诗（丛林狼）就重温和学习《在延安文艺座谈会上的讲话》精神作交流发言。与会同志集体观看了视频《到人民中去》系列第一集《文艺盛会》。会议由省作协主席蒋述卓主持。研讨会后，还组织了《欧阳山全传》新书发布会，花城出版社社长张懿介绍出版情况，作者胡子明畅谈创作体会，评论家陈剑晖做点评。

6月10日，省委统战部、省作协联合在广东文学艺术中心组织开展自由职业人员状况调研工作座谈会。省作协党组书记、专职副主席张培忠，党组成员、专职副主席、机关党委书记陈昆，省委统战部副部长、一级巡视员李阳春同志出席会议。省委统战部调研组一行，自由职业作家代表林俊敏（阿菩）、林涛（荆泽晓）、王敏（冰可人）、唐国政（水边梳子）、袁林（魏岳）、聂怡颖（三生三笑）、郑美娟（万里里）、黄振明（六月观主）、陈海鸿（辉煌战狼）、陈小静（默小水）、莫华杰、叶耳等参加调研座谈。座谈会由张培忠主持。陈昆就广东作协团结引领自由职业作家的工作作了专题汇报，包括广东自由职业作家的总体情况、职业选择和社会关切问题，对于经济社会发展的参与意愿和诉求、省作协多年来对自由职业群体团结引领和服务的经验与成效，并从强化政治引领、大力扶持帮助、帮助维权、构建平台、提供组织保障等方面提出对策和建议。张培忠指出，目前广东从事网络写作的作家超过20万，这个队伍已经超过传统作家的数量，其蕴含的创作能量不容忽视。习近平总书记在2021年5月30日的中央政治局第三十次的集体学习时强调，要加快构建中国话语体系和中国叙事体系，用中国理论阐释中国实践，用中国实践升华中国理论，打造融通中外的新概念、新范畴、新表述，更加充分、更加鲜明地展现中国故事及其背后的思想力量和精神力量。如何落实总书记的指示，构建我们的话语体系，网络作家、网络文学大有可为。此外，作协是作家之家，要把省作协打造成为办实事、解难事、真办事的"文学工作者之家"。科技发展技术革新可以带来新的艺术表达和展现方式，但艺术的品质始终有待升华，要正确运用技术，要丰富作品的文化内涵，要更好地表达思想情感，在作品中呈现更有内涵、更有潜力的文学艺术新境界。一要抓根本，加强理论武装；二要抓创作，加强精品打造；三要抓服务，加强"做人的工作"；四要抓行风，追求"德艺双馨"。座谈会后，调研组与自由职业作家代表分组进行了深度访谈。

6月10日上午，省作协组织召开"大美南粤·文明广东"主题文学创作推进座谈会。省作协党组书记、专职副主席张培忠，省文明办创建处二级调研员王继怀，花城出版社对外合作编辑室主任李谓，作家代表黄国钦、谢友义、李迅、姚中才等出席座谈会。会议由省作协党组成员、专职副主席苏毅主持。"大美南粤·文明广东"主题文学创作活动由省文明办指导，省作协策划组织。活动旨在深入贯彻落实习近平总书记关于精神文明建设和文艺工作的重要论述精神以及对广东系列重要讲话、重要指示批示精神，落实好省委、省政府的部署要求，全面展现党的十八大以来，特别是党的十九大以来，广东精神文明建设取得的丰硕成果，展现全省人民共同支持、共同参与精神文明建设的生动实践和时代风采。活动自2022年4月份正式启动以来，在相关部门的支持配合下，在参与作家的努力下，进展顺利。与会作家介绍了创作进展情况，并就创作过程中遇到的问题、困难，提出了意见、建议。大家认为，在采访、写作"大美南粤·文明广东"先进人物的过程中，感人故事也让作家受到了熏陶和感染，尽管过程有些困难和曲折，但也十分有意义和值得。接下来，将克服困难，深入现场，掌握一手材料，努力写出文学性与思想性相统一的好作品。

6月13日，韩国驻广州总领事馆总领事韩在燮先生一行五人到广东作协交流访问，就纪念中韩建交三十周年文化艺术领域，特别是文学领域合作等事宜进行交流协商。省作协党组书记、专职副主席张培忠出席座谈并发表讲话，党组成员、专职副主席陈昆、苏毅，党组成员、秘书长刘春参加座谈。张培忠代表广东作协对韩在燮一行来访表示热烈的欢迎。他指出，中韩两国一衣带水，隔海相望。中韩两国领导的通话和会见精神，为我们今天的会见交流和今后的合作发展指明了方向。广东省作家协会是新中国文学界成立最早的省级作协之一，近年来坚定走"一条以马克思主义为指导、符合中国国情和文化传统、高扬人民性的文艺发展道路"，突出团结服务作家、组织精品创作这两项任务，打造文学创作、文学研究、文学服务三支队伍，推进广东文学院改革、文学创作专业职称制度改革、探索解决基层文学组织"三无""四不"问题、提升文学惠民这四项改革，加快推进广东文学事业高质量发展，开创了全省文学工作新局面。他表示，中韩关系密不可分，广东在与韩国的交流交往中地位举足轻重，希望双方以本次座谈为新起点，为推动双方的文化发展和文学繁荣，为构建人类命运共同体做出应有的贡献。韩在燮对广东作协的热情接待表示感谢。他介绍了韩国文学发展基本情况。他表示，作为近邻，中韩之间有着广泛而共同的文化基础，下一步希望能和广东作协在文学方面加强深入的沟通和交流，进一步推动双方之间的文学合作与发展。座谈结束后，张培忠和韩在燮代表双方互赠礼品，与会人员合影留念。

6月15日至6月16日，广东省作家协会2021年度新会员培训班在广东文学艺术中心举办。本次培训班的任务为：深入贯彻党的十九大和十九届历次全会精神，深入学习贯彻习近平总书记关于文艺工作的重要论述和对广东系列重要讲话和重要指示批示精神，围绕举旗帜、聚民心、育新人、兴文化、展形象的使命任务，进一步推动会员作家的创作交流，团结引领广大作家听党话、跟党走，着力推动文化强省建设。省内近200名新会员作家、部分网络作家及省作协青年理论学习小组干部参加培训。省作协党组成员、专职副主席陈昆作学习动员讲话。培训班邀请广东省作协主席蒋述卓作《深入学习习近平总书记在中国文联十一大、中国作协十大开幕式上的重要讲话精神，推动广东文学事业高质量发展》专题授课，省委党校教授毕德作《学习党的十九届六中全会精神的几点认识》讲座，并宣讲了省第十三次党代会精神，省作协副主席、《作品》杂志社社长兼总编辑王十月作《从梅里美的《卡门》看小说的人物塑造》文学讲座，北京海问律师事务所律师戴越作《著作权法与作家权益保护》法律知识讲座。本次培训班创新了线上培训的方式，在内容上增加了省第十三次党代会精神以及与作家们切身利益相关的《著作权法》的学习，兼顾到了线上、线下以及网络作家等不同群体的培训需求，取得了良好的培训效果。

6月21日下午，省作协党组书记、专职副主席张培忠一行拜会羊城晚报报业集团党委书记、社长杜传贵等，就进一步加强战略合作，开辟三项工程采风创作成果展示专栏、支持办好"花地文学榜"等达成共识。羊城晚报报业集团党委副书记、副社长、总编辑林海利，集团党委委员、副社长、副总编辑孙爱群，集团办公室主任丁华，集团文化副刊部主任陈桥生，集团文化副刊部副主任邓琼，省作协党组成员、专职副主席苏毅，省作协二级巡视员、社联部主任谢石南等参加座谈会。

6月28日上午，省作协组织"党组织书记讲党课"活动，由省作协党组书记、专职副主席张培忠同志讲《中国文学的百年发展道路》专题党课。党组成员、专职副主席陈昆、苏毅，各部门、杂志社全体党员干部职工聆听了党课。

6月30日下午，省直机关工委常务副书记姚奕生带队到省作协开展调研工作。调研以开展座谈、实地察看等方式进行。省作协党组书记、专职副主席张培忠，党组成员、专职副主席陈昆、苏毅同志参加调研、交流。调研期间，姚奕生一行前往省作协广东文学资料馆，了解广东文学发展历程和省作协成立69年来的工作成绩、经验；深入《作品》杂志社，了解文学刊物发展情况、广东文学阵地建设情况、抖音直播流程和反响情况等，鼓励编辑人员传承优良办刊传统，在新媒体平台持续发力，以精短的视频内容吸引读者，传播正能量；到"党员之家"进行实地调研，了解省作协机关党建工作情况、打造党支部工作品牌、党员队伍建设情况等。

7月13日至15日，由省委统战部、省文联、省作协联合主办的全省自由职业人员理论研修班在广东省社会主义学院举行。本次培训班的主要任务是：深入学习贯彻习近平总书记关于加强和改进统一战线工作的重要思想，贯彻落实中央统一战线工作领导小组有关文件精神，实施《全省新的社会阶层代表人士培训计划（2021—2025年）》，进一步提高自由职业人员理论水平，增进政治共识。来自文化、社会方面的自由职业人员43人参加研讨班，其中由广东作协推荐的文学领域自由职业人员12人参加。研讨班为期三天，课程安排包括专题讲座《中美战略博弈》《坚持中国特色社会主义文化发展道路，扎实推动广东文化强省更高质量建设》《学习百年党史，增强理想信念，坚守初心使命》等，邀请广东省社会主义学院、省文联、省作协专家主讲，还到实践创新基地开展现场教学、组织座谈交流等。

7月14日至15日，省作协党组书记、专职副主席张培忠一行赴河源调研。14日，张培忠一行先考察了位于河源市龙川县县城的全国重点文物保护单位——香港文化名人大营救指挥部旧址（福建会馆）、龙川县博物馆，并来到佗城镇参观了萧殷故居、越王井、考棚、学宫等。他强调，要保护挖掘利用好独特的历史文化资源、红色资源，做好具有当地特色的大文章。随后，张培忠一行来到和平县，参观了阳明博物馆。15日，张培忠一行参观了位于河源市区的萧殷文学馆，详细了解、察看萧殷文学馆建设和馆藏展陈资料、展品等。当天，张培忠探望了河源市老作家代表邹晋开、邹国忠，与老作家座谈交流，了解他们生活、创作情况，叮嘱老作家注意身体，为文学事业发展发挥余热。15日下午，调研座谈会在河源市文联会议室举行。河源市委常委、宣传部部长江海鹰，市委宣传部副部长陈德鹏出席座谈会并讲话。

座谈会由河源市政协副主席、市文联主席刘伟德主持。和平县委书记邓卓文，县委常委、宣传部长邝茂华，政协副主席陈新页，龙川县政协主席廖洪滨参加有关活动。省作协二级巡视员、社联部主任谢石南，河源市文联党组书记黄刚毅、河源市作协主席罗志勇等陪同调研。

7月25日下午，召开2022年纪律教育学习月活动大会。会议主要任务是：深入学习贯彻党的十九届六中全会精神、十九届中央纪委六次全会精神，贯彻落实省第十三次党代会精神，传达学习省委办公厅关于《2022年全省开展纪律教育学习月活动的意见》，部署省作协2022年纪律教育学习月活动。省作协党组书记、专职副主席张培忠作动员讲话，党组成员、秘书长、机关党委（人事部）专职副书记（主任）、机关纪委书记刘春传达上级文件精神并通报《广东省作家协会关于2022年开展纪律教育学习月活动的实施方案》。会议由党组成员、专职副主席苏毅主持。

7月28日上午，召开军转干部庆"八一"座谈会。会议主要任务是：庆祝中国人民解放军建军95周年，进一步提高省作协军转干部的荣誉感和使命感，激励军转干部建功新时代，体现新担当，实现新作为。省作协机关19名军转干部参加座谈会。省作协党组书记、专职副主席张培忠，党组成员、专职副主席苏毅出席会议。座谈会由省作协党组成员、秘书长刘春主持。与会人员观看了《退役军人忠于党》视频，军转干部围绕"深入学习贯彻习近平总书记关于做好退役军人工作的重要论述，凝聚共识，勇挑重担，为推动新时代广东文学高质量发展做出新贡献"主题，重温革命军旅生涯，交流工作学习体会。张培忠同志指出，退役军人工作事关强国兴军大业，事关改革发展稳定大局，尊崇、关爱复转退役军人是全社会的优良传统和共同责任。全体军转干部要继续发扬革命光荣传统和优良作风，焕发干事创业的精气神，在推动广东文学事业高质量发展中创造新的业绩，书写精彩人生。一要全面把握形势，重新认识自己。二要退役不褪色，始终忠诚于党。三要退役不退志，努力担当作为。四要讲纪律守底线，始终维护良好形象。大家纷纷表示，要永葆初心、感恩奋进，为推动作协各项建设和广东文学事业繁荣发展积极贡献力量。

7月，广东省作家协会主编的《广东文学蓝皮书（2021）》由南方传媒广东人民出版社出版发行。全书共分十章，对2021年度广东文学工作、文学创作、文学研究等进行全面检阅与巡礼，针对长篇小说、中短篇小说、纪实文学、诗歌、散文、粤派批评、儿童文学、影视文学、网络文学等领域典型作品、代表作家、文学现象进行深入研究分析，梳理汇总大事记，总结广东文学年度工作成绩与经验，探索推动文学发展进步的规律。由陈希、刘卫国、刘海涛、伍方斐、刘苿琳、黄雪敏、马忠、易文翔、荆泽晓、张坡等省内外专家分工撰稿。

8月3日，省作协在广东文学艺术中心召开"改革开放再出发"深扎作家作品终审会。会议采取线上线下相结合的方式举行。中国社会科学院文学所当代室主任李建军，著名文学评论家、中国作协创研部原主任胡平，中山大学中文系教授谢有顺，暨南大学文学院教授贺仲明，潮州市作协主席、福建师范大学教授陈培浩应邀参加终审会。省作协党组成员、专职副主席苏毅，省委宣传部文艺处一级调研员刘金华以及"改革开放再出发"深扎作家杨黎光、熊育群、吴君、王哲珠、丁燕出席终审会。终审会由省作协党组书记、专职副主席张培忠主持。会上，深扎作家杨黎光、熊育群、吴君、王哲珠、丁燕分别汇报了作品审读会后修改情况。终审专家李建军、胡平、谢有顺、贺仲明、陈培浩依次就相关作品提出终评意见，并就进一步打磨作品提出专业建议。经严格履行终评程序，全体专家原则同意杨黎光长篇小说《寻》、熊育群长篇小说《金墟》、吴君长篇小说《同乐街》、王哲珠长篇小说《玉色》、丁燕长篇纪实文学《等待的母亲》通过终审。

8月19日，由人民文学出版社、广东省作家协会、"书香羊城"全民阅读活动组委会主办，广州新华出版发行集团、广州市广播电视台、广州岭南商旅投资集团、广州市大湾区文化交流促进中心承办的葛亮长篇小说《燕食记》大湾区首发式暨分享会在广州举行。中国出版集团党组书记、董事长黄志坚，中国出版集团党组成员、中国出版传媒股份有限公司副总经理茅院生，广东省委副秘书长、宣传部副部长、省文明办主任、省文资办主任王桂科等领导共同为该书揭幕。广东省作家协会党组书记、专职副主席张培忠，人民文学出版社社长臧永清分别致辞。分享会上，中山大学教授、广东省文艺评论家协会主席林岗，北京大学中文系副教授丛治辰与葛亮在现场同腾讯视频副总编辑、纪录片《舌尖上的中国》导演陈晓卿视频连线对谈，探讨了《燕食记》的文学价值和文化传承。分享会由中山大学教授、博士生导师，中国现代文学馆客座研究员郭冰茹主持。

9月2日，羊城晚报报业集团、广东省作家协会战略合作签约仪式在广州举行。羊城晚报报业集团党委书记、社长杜传贵，广东省作协党组书记、专职副主席张培忠，羊城晚报报业集团党委副书记、副社长、总编辑林海利，集团党委副书记、副社长向欣，羊城晚报报业集团党委委员、副社长、副总编辑孙爱群，广东省作协党组成员、专职副主席陈昆，广东省作协党组成员、专职副主席苏毅，广东省作协党组成员、秘书长刘春等参加签约仪式。孙爱群与苏毅代表双方现场签约。本着"优势互补、资源共享、协同发展、互利共赢"的原则，双方正式建立更为紧密的战略合作伙伴关系，在加大广东文学宣传力度、擦亮"粤派批评"品牌、共同打造"花地文学榜"、《粤港澳大湾区文学评论》、实施"文学新苗工程"、办好广东作家网、举办粤港澳大湾区文学周、推动广东网络文学繁荣发展等方面开展合作。

9月9日，省作协组织全体在职党员到广东画院开展主题党日活动，参观"喜迎二十大　传承好家风"广东省家庭家教家风展。省作协党组书记、专职副主席张培忠，省作协党组成员、专职副主席、机关党委书记陈昆，省作协党组成员、专职副主席苏毅，省作协党组成员、秘书长刘春以及省作协各部门、杂志社全体党员52人参加活动。展览分为"'典'论家风——中国精神的时代精华""牢记嘱托——走在全国前列　创造新的辉煌""时代新风——传承红色家风　弘扬岭南文化"三大篇章，共展出图片258张、家风故事89个、家风主题物件200余件，以小切口展示广东取得的新变化、新成就，多维度立体化呈现中华优秀传统文化、优良家教家风以及省直机关涌现出的爱国传家、敬业兴家、孝善安家、廉洁守家、勤俭持家先进典型事迹，是广东家庭家教家风建设成果的一次巡礼。其中，由广东作协组织作家陈继明到汕头挂职后创作完成的长篇小说《平安批》入选"潮汕侨批"部分展览。

9月15日，省作协在河源召开推进广东省文学志愿服务高质量发展座谈会。省作协党组成员、专职副主席苏毅主持会议并讲话。河源市委常委、宣传部部长江海鹰，河源市政协副主席、市文联主席刘伟德会见与会人员并充分交流意见。省作协二级巡视员、社联部主任谢石南，河源市委宣传部副部长陈德鹏和市文明办有关领导等出席会议。会议传达学习了全国文学志愿服务联席会议成立仪式暨文学志愿服务高质量发展推进会精神，省精神文明建设委员会《关于加快建设"志愿广东"推进志愿服务事业高质量发展的意见》和2022年工作安排，并就省作协关于开展"新时代山乡巨变 文学与你同行"主题志愿活动等系列工作进行动员部署和说明。梅州市作协主席陈柳金、清远市作协主席李衍夏、河源市作协主席罗志勇、惠州市作协副主席黄伟辉、广东省小小说学会常务副会长雪弟、五华县作协主席缪德良，分别介绍了本地文学志愿服务工作开展情况，并就如何更好地推动工作建言献策。当天，省作协在河源市江东新区胜利村党群服务中心举办了以"新时代山乡巨变 文学与你同行"为主题的文学"轻骑兵"文学志愿活动。著名作家鲍十、黄国钦分别作了题为《中国乡土文学的传统及新乡土写作的几种范式》《如何从身边人身边事发掘题材》的讲座。

9月27日，广东省作家协会修缮文德路红楼专家论证会在广东文学艺术中心23楼会议室召开。邀请华南理工大学、省文物考古研究院、省博物馆的专家组成专家组，省政府机关事务管理局、省财政厅、省作协、广州市城市规划勘测设计研究院等相关部门负责人、老作家代表以及安全鉴定公司代表等参加了会议。经论证，专家同意进一步修缮活化该历史建筑。

9月28日至29日，省作协组织"新时代山乡巨变 文学与你同行"红色文学"轻骑兵"活动走进惠州。惠州市委常委、宣传部部长黄细花会见了省作协党组成员、专职副主席苏毅一行并就如何立足本地特色、打造文学志愿服务品牌充分交流意见。省作协二级巡视员、社联部主任谢石南，惠州报业传媒集团党委副书记、副总裁、总经理臧守祥，惠州市文联副主席陈志昂，惠州市作协主席陈雪及广大文学爱好者参加活动，包括专题讲座、改稿会和基层调研。著名作家、广东文艺终身成就奖获得者章以武作了题为《书写岭南，为时代放歌》的讲座，从自己的创作经验谈起，认为好作品要写得有时光的味道，作家对大时代要有认知的能力、感悟的能力，对信息的组合要有想象的能力，好作家要有一双爱的眼睛，要热爱生活、热爱写作。著名评论家、广东外语外贸大学教授伍方斐作了题为《新时代山乡巨变与乡村叙事美学的突破》和《生态诗歌的多样化及其新趋势》的讲座，从当代乡村题材创作的历史、现状和展望等角度，立足新时代乡村叙事的创新需求和美学发现出发，讨论叙事模式的突破、"新人"形象的塑造和美学品格的提升等问题。其间，省作协一行先后赴东湖旅店（营救中国文化名人陈列馆）、东坡祠、惠州日报传媒集团、胜宏科技（惠州）公司深度调研并座谈交流，围绕推动文学志愿服务工作高质量发展，在整合资源、延伸手臂、形成合力等方面达成共识，进一步推动惠州文学志愿服务项目化、品牌化。

重阳节前夕，为贯彻落实习近平总书记关于文艺工作的重要论述和关于老龄工作的重要指示精神，营造敬老尊贤的良好风气和文学薪火代代相传的良好氛围，根据中国作协的有关工作安排，广东省作协党组书记、专职副主席张培忠，党组成员、专职副主席、机关党委书记陈昆，党组成员、专职副主席苏毅，党组成员、秘书长刘春分别带队走访慰问了在粤的中国作协会员赵寰、邝雪林和省作协会员李家璋、王有钦、黄方生等部分高龄会员作家，向他们致以节日祝福。

10月14日，省作协党组书记、专职副主席张培忠主持召开党组（扩大）会议，专题传达学习党的十九届七中全会精神，并研究部署贯彻落实措施。党组成员、专职副主席陈昆、苏毅，党组成员、秘书长刘春出席会议，各部门、杂志社负责同志列席会议。会议传达学习了《中国共产党第十九届中央委员会第七次全体会议公报》《中国共产党第十九届中央纪律检查委员会第七次全体会议公报》全文、中国作家协会党组传达学习党的十九届七中全会精神有关会议精神及中央、省委有关文件精神，并对集中收看习近平总书记在中国共产党第二十次全国代表大会上的报告和收听收看党的二十大重要新闻、做好宣传报道等有关工作进行了部署。

10月16日，省作协在广东文学艺术中心23楼会议室组织机关党员干部集体收看中国共产党第二十次全国代表大会开幕会实况直播，认真聆听习近平总书记代表十九届中央委员会向大会所作的报告。省作协党组班子成员、机关全体在编干部以及杂志社班子成员共55人，身着正装，齐聚一堂，满怀激动与喜悦，集中收看党的二十大开幕会实况直播，并认真做好笔记。省作协其他干部职工分别通过电视、网络等渠道自行收听收看开幕会实况。省作协党组书记、专职副主席张培忠强调，文学事业是党和人民的重要事业，文艺战线是党和人民的重要战线。省作协机关和全省文学界要把学习宣传贯彻党的二十大精神作为当前，乃至今后一段时期的首要政治任务。一要迅速抓好学习。在接下来一周的时间，要合理安排工作，继续组织关注、收看党的二十大重要新闻。把机关的学习和广东文学界的学习结合起来，把个人自学和集体学习结合起来，迅速兴起学习党的二十大精神热潮。二要迅速抓好宣传。省作协所属报网端屏要积极行动起来，及时转发重要新闻，组织重要稿件，营造学习宣传贯彻党的二十大精神的良好氛围。三要迅速抓好落实。要以学促干，通过扎实工作进一步推动学习的深化深入。大家纷纷表示，作为新时代文学工作者，我们要深入学习贯彻党的二十大精神，推进文化自信，自觉扛起新时代赋予文学事业的神圣使命，奋力推动广东文学事业高质量发展，为铸就社会主义文化新辉煌做出新的贡献。

10月18日，省作协召开党组（扩大）会议，集中专题学习习近平总书记在中国共产党第二十次全国代表大会上的报告。党组成员、各部门、杂志社负责同志结合工作实际，畅谈了学习体会和感想。党组书记、专职副主席张培忠作会议小结强调，习近平总书记在中国共产党第二十次全国代表大会上的报告是党带领人民迈向全面建设社会主义现代化国家新征程的一份政治宣言和行动纲领，在未来5年、甚至更长的时间必须遵循，我们要学深悟透，将报告精神落实到文学工作的各方面、全过程。一是要"抓实"。要以实的作风抓好学习宣传贯彻，谋划部署推动理论学习中心组、机关党委、各支部和全省文学界的学习和培训，组织主席团成员和重点作家撰写学习体会文章，形成学习热潮。二是要"求新"。要领悟总书记的新思想、新观点、新论断，创新学习方式方法，创新贯彻落实途径措施，创新打造精品力作，推进文学事业各项工作高质量发展的好思路好办法。三是要"务快"。学习、宣传、贯彻要又快又好，力争学出文学工作者担当作为的实际成效。

10月，省作协开展了"《粤港澳大湾区文学评论》双年优秀论文评选"工作。评选范围为《粤港澳大湾区文学评论》杂志创刊以来至2022年第4期（共12期）刊发的全部评论作品。经过初评、终评，共评选出6篇优秀论文，具体为丁帆的《启蒙现代性双重悖论下的中国文学——四十年文学批评史论纲》、陈剑晖的《"粤派批评"的缘起、发展路径与前瞻》、孙绍振的《谈"演讲体散文"的现场性和互动性》、李建军的《时代的辙迹与爱情的心迹——论路遥的短篇小说》、林岗的《从文学史看文艺的创新机制和它的启示》、吴俊的《近思录（一）——旧体文学、通俗文学、翻译文学"重构"新文学史刍议》。

10月，省作协决定对"三重"（重要人物、重大事件、重点风物）主题文学创作进行扶持。经公开征集、专家评审，并报请省作协党组审议通过，评选出第一批4部作品拟予扶持。具体篇目为郭小东长篇小说《受降地》、钟二毛长篇小说《东江纵队》、何向阳长篇非虚构《南海1号》、王心钢长篇非虚构《南华禅韵——禅宗祖师和弟子们》。

11月2日，省作协在广东文学艺术中心召开全省文学界传达学习宣传贯彻党的二十大精神会议。会议的主要任务是：传达学习党的二十大精神，贯彻落实《中共中央关于认真学习宣传贯彻党的二十大精神的决定》、《中共广东省委关于认真学习宣传贯彻党的二十大精神的通知》、中宣部学习宣传贯彻党的二十大精神电视电话会议、全省传达贯彻党的二十大精神大会、全省宣传文化系统学习宣传贯彻党的二十大精神电视电话专题会议，以及中国作协党组书记处扩大会议精神，把全省广大作家和文学工作者的思想和行动统一到党的二十大精神上来，把智慧和力量凝聚到党的二十大确定的目标任务上来，确保党的二十大精神在文学领域深入人心，落地见效，推动新时代广东文学事业高质量发展，为全面建设社会主义现代化国家、全面推进中华民族伟大复兴贡献文学的力量。省作协党组书记、专职副主席张培忠出席会议并讲话，党组成员、专职副主席苏毅，党组成员、秘书长刘春出席会议。本次会议以线上线下方式举行，省作协机关二级主任科员（含）以上干部及杂志社班子成员在现场参会，省作协三级主任科员（含）以下干部、职工及杂志社干部职工，省作协第九届主席团成员，各地级以上市作协、省作协各分会、各专业委员会负责人，各地级以上市作协、省作协各分会所属团体会员及专业委员会负责人，省作协主管的文学社团负责人在线上参会，全省文学界共计380人参加。会议由党组成员、专职副主席陈昆主持。

11月29日至12月1日，由省委宣传指导、省作协主办的"粤港澳大湾区文学周"活动在广东文学艺术中心举行。活动包括：广东文学评论年会，粤港澳大湾区文学发展峰会，"放歌大湾区 喜庆二十大"葛亮长篇小说《燕食记》、李朝全长篇报告文学《春天的前海》作品研讨会，第二批广东青年文学粤军创作扶持计划青年作家"名家导师制"导师聘任仪式、第二届签约文学评论家、广东"三重"主题文学创作扶持项目签约仪式暨"大美南粤·文明广东"主题、"粤菜师傅""广东技工""南粤家政"三项工程主题创作成果，《广东文学蓝皮书（2021）》、《风起岭南——广东著名作家访谈笔记》新书发布会共4场活动。

2022年，陈继明长篇小说《平安批》获中宣部第十六届精神文明建设"五个一工程"优秀作品奖，蔡东短篇小说《月光下》获第八届（2018—2021）鲁迅文学奖"短篇小说奖"，葛亮中篇小说《飞发》获第八届（2018—2021）鲁迅文学奖"中篇小说奖"。邓一光长篇小说《人，或所有的士兵》获第三届"吴承恩长篇小说奖"。林棹长篇小说《潮汐图》获第五届"宝珀理想国文学奖"首奖。葛亮中篇小说《书匠》获"2020—2021《中篇小说选刊》全国优秀中篇小说"，中篇小说《瓦猫》获第二届"曹雪芹华语文学大奖"中篇小说奖。邓一光短篇小说《带你们去看灯光秀》、陈启文报告文学《中国海水稻背后的故事》被评为"《北京文学》2021年度优秀作品"。蔡东中篇小说《来访者》、邓一光短篇小说《风很大》获"《长江文艺》双年奖（2019—2021）"。陈培浩《碎片化时代的逆时针写作》获第七届（2022年）"华语青年作家奖"新批评奖。谢有顺文学评论《思想着的自我——韩少功的写作观念对中国当代文学的启示》获"《南方文坛》2022年度优秀论文奖"。林棹长篇小说《潮汐图》、李兰妮报告文学《野地灵光：我住精神病院的日子》分别入选2021年收获文学榜"长篇小说榜""长篇非虚构榜"。林棹长篇小说《潮汐图》、葛亮中篇小说《瓦猫》、王威廉中篇小说《你的目光》入选"《扬子江文学评论》2021年度文学排行榜"。邓一光短篇小说《带你们去看灯光秀》、陈启文报告文学《中国饭碗》入选"2021年中国当代文学最新作品排行榜（《北京文学》杂志社）"。王威廉中篇小说《你的目光》、邓一光短篇小说《带你们去看灯光秀》、蔡东短篇小说《月光下》分别入选2021年度"城市文学"排行榜（《青年文学》杂志社主办）"中篇小说榜"和"短篇小说榜"。南翔短篇小说《伯爵猫》、林岗散文集《漫识手记》分别入选2022"花地文学榜"年度盛典"年度短篇小说"和"年度散文"。王威廉中篇小说《你的目光》入选"2021—2022年度《中国作家》·芒果'文学IP价值'排行榜评选"。厚圃长篇小说《拖神》、葛亮中篇小说《浮图》、王威廉短篇小说《我们聊聊科比》入选"中国小说学会2022年度好小说"。葛亮长篇小说《燕食记》、魏微长篇小说《烟霞里》、庞贝长篇小说《乌江引》入选人民文学出版社2022年"年度二十大好书""最美的书"。陈启文长篇报告文学《血脉——东深供水工程建设实录》入选中宣部2022年主题出版重点出版物选题。杨争光长篇小说《我的岁月静好》入选2022年中国作家协会重点作品扶持项目。聂怡颖（三生三笑）《粤食记》、唐国政（水边梳子）《贾道先行》、李宇静（风晓樱寒）《逆行的不等式》、王敏（冰可人）《女检察官》入选2022年中国作家协会网络文学重点作品扶持项目。

（邱海军　整理）